WOODLAND POINT

WOODLAND POINT

M.J. MOSCROP

översättning och bearbetning

Monica Lövström

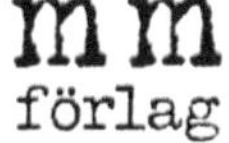

Originalets titel: *An Orphaned Visitor*

Översättning och bearbetning: Monica Lövström
Redigering och bearbetning: Amanda Möller
Formgivning, omslag och inlaga: Amanda Möller
Orginalutgåvans omslag: Cornelia Cronström

Utgivningsår: 2021
mm förlag
ISBN: 978-91-519-8308-0

Till Jim, Jodie och Nelly
Och till Elsa

Svårigheten med att skapa en riktigt skrämmande gestalt är inte att man blir rädd för den medan man skriver. Det svåra är att tillåta sig själv att bli den gestalten, om så bara för ett kort ögonblick, för att bättre kunna sätta sig in i hur den tänker.

Michael Moscrop
27 november 2013

JAG TÄNKTE INTE SÅ MYCKET på att solen sken den där dagen. Sommaren 1838 var inte mycket annorlunda än alla andra somrar, skulle jag tro. Varför skulle den vara det? Där ute rullade dagarna på som trädda på ett pärlband. Den ena långa dagen följde den andra i obruten harmoni på denna underbart isolerade plats. Inget rubbade cirklarna.

Jag säger isolerad, men kanske överdriver jag en smula, kanske inte? Det var inte som att vara på en öde ö eller så. Nej, inte riktigt. Men det var sannerligen svårt att hitta till Woodland Point och byn hade inte många förbindelser med omvärlden. Den var fortfarande bara en liten prick på mänsklighetens horisont, inte ens en fotnot på ett pappersark, kan man säga. Jag förmodar att man skulle kunna beskriva byn som en perfekt tillflyktsort, en undangömd fristad, eller en flyktväg undan det hektiska livet i de myllrande städerna runt omkring. Platser som denna fanns det inte många. I en värld som verkade krympa för var dag som gick framstod den som en sista verkligt outforskad utpost av frihet.

Trettio små trähus, en kyrka, en taverna och en bondgård; allt man kunde förvänta sig av en lantlig oas fanns där. Du kanske undrar varför byn inte var mer känd, men det berodde på att den låg mellan en stenig och slingrande bäck och några höga berg i väster. Med en befolkning på femtiotre personer kände alla sina grannar. Än viktigare var att alla kom överens med sina grannar. Om kaos skulle utbryta, och det tycktes länge osannolikt, så fanns det ett byråd för att hantera nästan alla situationer. Nästan.

Rådet var en liten organisation inom själva samhället. Det hade sju medlemmar, åtta om man räknade åldermannen som en av dem. Även om det rådde demokrati i byn, verkade det inte precis så när man tittade på rådet. De var alla födda till sina uppgifter som ättlingar till tidigare rådsmedlemmar. Ibland sammanträdde de inne i rådssalen men bara när det passade dem, ska du veta. Deras ovala palats av vit sten reste sig som en symbol för byns oskuldsfullhet högt över bosättningens grå, kullerstensbelagda pulserande hjärta – torget.

Alla hade sin plats i gemenskapen. Där fanns smeder, rådsmedlemmar, farmare och även en präst. De flesta arbetade för att förse bosättningen med förnödenheter. Skogshuggare fanns det många, märkte jag, för det var skogen som hade fått nybyggare att komma från när och fjärran för att skapa sig framtid i byn. Byns överlevnad var i själva verket beroende av skogen. Den omfattande timmerhandeln var det enda som gjorde Woodland Point till en livlig liten plats i den stora, blånande världen. I denna rofyllda avskildhet, varför skulle någon ha trott att sommaren 1838 skulle bli annorlunda än andra somrar?

Mina egna minnen av platsen har blivit mycket klarare under åren som gått sedan jag lämnade den. Det låter kanske konstigt i dina öron? Jag minns att somrarna var disiga om måndagarna, för röken böljade fram när byborna brände högar av torrt gräs. Att hålla jämna steg med vissnad vegetation och fallna grenar runt bosättningen var uppenbarligen ett hårt arbete för dem. Byborna var noga med att hålla den smala randen mellan dem själva och skogen fri från allt lättantändligt material genom att elda upp det på ett kontrollerat sätt. Det var en syssla som ofta delegerades till ungdomen i byn. Barnen i Woodland Point blev också ofta anvisade små arbeten här och där av byns lärare. De gav sig in i det med liv och lust, som om arbetet var en belöning och inte en lektion i hur byn skulle skötas. Barnen visste inget annat.

Man berättade för mig att det med några års mellanrum kunde komma ett oväntat skyfall som pågick en vecka, precis mitt i sommaren. Förvånansvärt nog såg man det som ett tecken från ovan i detta lilla samhälle, som redan börjat fjärma sig från Gud. Regnet förde med sig ett välkommet avbrott från hetta och sol den första dagen, men redan andra dagen förbannade somliga bybor det. Att hålla timmer, mängder av timmer, torrt under en oändligt lång vecka med regn är inte en lätt uppgift. Efter de våldsamma skyfallen lade sig ett tjockt dis över byn, ett dis som solen nästan inte kunde tränga igenom.

Detta gjorde livet i byn en liten aning för primitivt för mig, en engelsman i vildmarken. Men de skulle inte ha velat ha det annorlunda, gissar jag.

Just den dagen som vi anlände till byn regnade det inte. Det kom senare. I stället möttes vi av röken från eldarna, som hade bildat ett ordentligt moln nere i dalen. Molnet hade drivit ner genom ravinerna, följt bäcken söderifrån och sedan stigit till höjden där vi stod, uppe på en stig i bergen, och tittade ner på byn. Vi såg en väg som ledde bort genom täta skogar och vidare till nästa samhälle, några dagsresor därifrån. När man tittade ner i dalen kunde man få en bra bild av allt det som Woodland Point stod för. Först såg man kyrkan eftersom det var den högsta byggnaden i byn, även om den inte användes så mycket som fader Bluestone skulle ha velat. Sedan kunde blicken vandra över till byns mitt, en grå kullerstensbelagd plats som myllrade av aktivitet och som pryddes av en brunn och en gammal rustik port med stenvalv.

Genom träporten kom man till byns bostäder. Tre symmetriska rader av hus, små men ändå praktfulla på sitt sätt, och så ett större hus som låg för sig självt. Det var Lilys hus. Det var först då, när man hade fått en överblick över alltihop, som det slog en. Blicken sögs bort, över den höga stenmuren som omgav boningshusen, och upp mot det vidsträckta valvet av grönt som inramade röjningen; man skådade ut över ett grönskande hav. Jag hade aldrig sett en plats som denna på jorden. För att vara en man med anspråkslösa tillgångar har jag rest vida omkring, och här såg jag en skönhet utan like. Denna lilla glänta i den grönskande skogen hyste vad man lätt kunde uppfatta som mänsklighetens sista spillra, en livets vagga mitt i vildmarken. Väldigt få kände till den, ännu färre önskade känna till den, men man måste verkligen ha sett platsen för att förstå dess skönhet; denna bild av en liten grupp människor som arbetade och levde tillsammans nästan helt isolerade, omgivna av ett hav av barrträd. Frivilligt bortglömda av den stora världen såg de ett större sammanhang. Det var ett paradis på jorden där det fanns mer än nog åt alla.

Den hisnande vackra utsikten över byn där nere fick mig att tappa andan, men det gjorde även den kvävande röken som lade sig allt tätare runt oss. Den kramade hårdare om min bröstkorg än någon käresta någonsin gjort. Marishka bestämde att nu fick det vara nog och att vi måste gå ner till byn. Så det gjorde vi.

Marishka Taranova var min kompanjon. Hon var född i det ryskockuperade Litauen och föräldralös. Hennes föräldrar hade blivit skoningslöst eliminerade för att ha valt fel sida när Napoleon erövrade landet, det var i alla fall så det hade berättats för mig som hastigast. Inte ens flickan kände till sin bakgrund särskilt väl. Hon hade uppfostrats av mig sedan hon var sju eller däromkring. Marishka var ett par centimeter kortare än jag, men hennes hållning var betydligt ståtligare. Hon hade långt, svallande, svart hår som böljade över axlarna och ner till midjan. Hennes hy var anmärkningsvärt olivfärgad för en flicka från öst, hennes familj kanske kom från Balkan? Det är möjligt, men ingenting om Marishkas ursprung kan fastställas med säkerhet. Jag kan däremot berätta allt och lite till om henne från den dagen hon kom till mig. Vi ska gå in lite mer på hennes historia senare, men låt mig först berätta mer om den här platsen.

Vet du att jag fortfarande har ett kristallklart minne av ögonblicket när vi kom fram? Fortfarande efter alla dessa år. Henry Marshall stod ute på fälten och grävde i jorden, vände ner maskar, skalbaggar, gödsel. Han var den första bybon vi mötte och åsynen av honom där han bearbetade jorden har stannat kvar hos mig som en symbol för byn; en ärlig och hårt arbetande människa. Jag förmodar att mycket kan hämtas från den bilden av Henry. För mig har den också blivit en symbolisk bild av livet. Maskarnas värld vänds upp och ner men de kan ändå komma på rätt köl, gräva sig tillbaka i jorden och börja om på nytt. Jag förmodar att samma sak kan sägas om byborna. Om hur de återgick till ett relativt normalt liv efter en händelse som skulle skaka om deras värld kapitalt, den händelse som jag ska skildra för dig nu.

Nu inser jag att jag tar god tid på mig med det här, men du måste förlåta mig. Ännu efter alla dessa år har jag inte kommit på något lämpligt ställe att börja. När jag återger denna historia vill jag att du ska veta att jag har bemödat mig om att skriva ner alla fakta och alla ståndpunkter i min dagbok, så att du nu ska få en så korrekt version som möjligt av denna märkliga händelse i Woodland Point. Jag skulle kunna börja den här berättelsen så som de flesta sagor i vår tid börjar: Det var en gång för längesedan en prins och en prinsessa. Även om det delvis är sant för de händelser som utspelade sig i Woodland Point 1838 och 1839, så ska vi inte börja där. Det är nog ändå bäst att börja när de första rapporterna kom in. Ja, låt oss börja där.

Kyrkklockans dova klang kallade till samling. För det mesta betydde det bara ett av två ting: Antingen hade någon just avlidit eller så höll middagen på att serveras. Med tanke på att dödsfall var ovanliga i den lilla byn och nyheter verkade färdas som en löpeld, antog jag helt enkelt att det var dags att tysta ner mitt knorrande innanmäte. Jag var en ung man på tjugonio år då, och sensommaren 1838 hade jag och min kompanjon bara bott i byn i tre månader. Vid det laget hade vi redan köpt ett av de små trähusen av Lily och regelbundet tillkallat byns snickare för att få möbler till vår fristad i skogen.

Jag reste mig från det nytillverkade skrivbordet, som var ett utmärkt hantverk måste jag säga, och kallade på Marishka. Flickan var inte särskilt förtjust i middagsproceduren och låtsades ofta att hon inte hörde klockans ringande. Marishka åt gärna hemma på kvällen, men mat mitt på dagen var inte hennes likör, inte alls. Jag väntade på henne i vårt stora rum. Själva rummet var inte spektakulärt och sannerligen inte särskilt stort. Det var inte vårt hem heller, när allt kommer omkring. Stugan passade i alla fall våra behov på denna plats. Den var mörk, men varm. Ett delat sovrum, vilket jag medger var synnerligen olämpligt med tanke på min sjuttonåriga kompanjon, ett större rum, ett kök och ett sällskapsrum. Vi höll dock inte en endaste bjudning i vårt hus. Tvärs över hallen som förband stora rummet med köket fanns trappan. Bortom den fanns dörren och en klädhängare för mina rockar; inget fint eller överdådigt på något sätt, som sagt.

På väg mot dörren tecknade jag åt flickan att skynda sig. Hon hade aldrig sagt något om vad hon tyckte om måltidsprogrammet, men det behövde hon inte. Det var i grund och botten jag som uppfostrat henne och jag kände henne både innan och utan. Jag sträckte mig efter min bruna ytterrock.

”Måste du ha den där förfärliga saken på dig, Eli? Det är ju trots allt mitt i sommaren”, sa den unga flickan.

Jag bar den ganska ofta under den här tiden i mitt liv, även när solen gassade. Jag kände mig naken i den okända världen utan mina ytterkläder. Än i dag är jag sådan. Ha! Den gamla bruna ytterrocken…

”Inte om jag får se dig le, lilla vän!” Jag tecknade åt Marishka att gå ut och så hängde jag tillbaka min rock på kroken bredvid dörren. För den här gången i alla fall.

Vi stängde dörren till stugan och gick ner för de fyra rangliga trappstegen till den hårdbrända jorden. Våra utbölingskängor rörde upp det inhemska dammet när vi började gå mot portalen och ut från bostadskvarteren tillsammans med några av våra grannar, som alla småpratade vänligt med varandra. Det var inte bara våra kängor som var annorlunda där. Vi hade ännu inte lagt oss till med Woodland Point-klädedräkt heller, till sömmerskans förtret eftersom hon hade sett fram emot att få designa ett nytt livstycke åt min unga kompanjon.

En snabb promenad mellan den första och andra raden av hus ledde oss till portalen. Den var sex meter hög. Inte riktigt lika hög som kyrkan, men vi bleknade i jämförelse. Portalen var en sådan märklig företeelse på en plats som denna. Vad kunde den vara tänkt att stänga inne? Eller ute?

Genom portalen kom vi ut till torget. Det var ett torg, vad mer kan man säga? Byggnaderna runt torget var de enda i byn som var av sten. Byggda av klippblock från bergssidorna, förmodar jag. De var robusta och här fanns tavernan, smedjan, arkivet, skolan, kyrkan och andra gemensamma lokaler. Däremot var rådhuset byggt av vit sten, mycket dyrbar. Märkligt, kan tyckas, i ett samhälle där alla var jämlikar.

Ljudet av grova kängor mot kullersten och ett femtiotal babblande och hungriga bybor var mer påträngande än de lockande dofter som eventuellt kunde komma från det gemensamma köket till vänster om tavernan.

Byborna skämtade högljutt med varandra och det var konstigt att någon kunde höra någonting alls. Ännu mer förbryllande var det att de hade så mycket att prata om varje dag. De pratade ivrigt, som om de hade hört stora, fantastiska nyheter och ville dela dem med alla. Men det hade de förstås inte, det hände aldrig någonting intressant i Woodland Point. Inte förrän det året, i alla fall. Alla visste allt om alla. Trodde vi. Så vad hade de för rafflande berättelser att dela med varandra?

Vi stod alla på det kullerstensbelagda torget, som gnistrade i eftermiddagssolen, och väntade på att grindarna skulle öppnas till fältet där maten höll på att dukas fram. Marishka klapprade med kängorna mot den lena ytan på de blankslitna stenarna. Hon gjorde ofta sådana saker. Hon hade barnsliga manér, skulle man nog kunna säga. Jag förmodar att hon på sätt och vis var mycket barnslig, trots sina sjutton år. Men i ärlighetens namn så hade hon aldrig haft någon riktig barndom. Därför unnade jag henne detta lilla uttryck för de stulna barnaåren.

Ett myllrande torg var på intet sätt något nytt, för det var sällan stilla där under dagtid. Arbetarna samlades där mellan sina beting, kvinnorna samlades för att hämta proviant och männen hängde ofta där på kvällarna, nästan alltid efter att ha fått sig ett glas för mycket på John Morgans taverna.

Nu väntade vi alla otåligt på att de knarrande trägrindarna mot fältet skulle öppnas. När de gjorde det skulle vi välla in på en rektangulär gräsmatta omgiven av ett lågt trädgårdsstängsel som avskilde den från resten av byn. Detta var vårt måltidsfält där alla gemensamma måltider serverades, oavsett om det gällde bröllop, begravningar eller vardagsmiddagar. Ett ofantligt stort vitmålat bord med många trästolar längs ömse sidor uppfyllde hela fältet. Det kvittade hur otåliga vi hade varit när vi stod på torget, ingen knuffades och ingen hade bråttom. Vad skulle det tjäna till? Alla hade ju sin tilldelade plats. För att ändra på det fick man gå till rådet, vilket i allt väsentligt inte var värt besväret. Nu framstår det som en löjlig sak, detta att gå till rådet för att få en ny bordsplacering, men det var i grund och botten vad rådet var till för. De hade inte mycket annat att diskutera.

Naturligtvis var familjer placerade tillsammans, med sina vänner bredvid sig och så vidare, och så vidare. Rådet försökte åtminstone ge dig en plats bredvid de människor du hade mest gemensamt med. När man väl var inne på fältet och alla hade satt sig började man se sig omkring för att se vilka som saknades. Det var inte alls obligatoriskt att vara med på den dagliga banketten, men att vara borta en längre tid skulle väcka uppseende och leda till kritiska kommentarer, som att man egentligen inte alls ville vara en del av samfundet.

Här skulle det kanske vara lämpligt att gå in på de mer invecklade detaljerna om livet i Woodland Point? Du förstår, vi använde inte pengar. Inte till mat i alla fall. Pengar, liksom makt, ledde till stridigheter enligt Peter Stanford som grundade byn 1781. Han hade en vision om en plats där människorna skulle leva tillsammans, äta tillsammans, arbeta tillsammans, och alla skulle vara som en enda familj. Jag vet vad du tänker. Du tänker att det är rena dårskapen och omöjligt att genomdriva effektivt, eller hur? Jag skulle ha hållit med om jag inte hade sett det fungera så väl som det gjorde här. Maten odlades på bondgårdarna av män som valts ut av rådet på grundval av erfarenhet. Andra såg till att den bearbetades, lagrades och distribuerades rättvist. En del av tillgångarna lades åt sidan för de så gott som dagliga middagssammankomsterna och tre kvinnor tillsattes av rådet för att tillaga veckans måltider. De roterade varje vecka och de kvinnor som inte satt med vid bordet åt tillsammans i köksavdelningen.

Men vi fick faktiskt betalt för vårt arbete. Varje månad fick vi livsmedel och en liten summa pengar från rådet för utfört arbete. Om vi önskade köpa nya kläder, möbler eller något annat kunde vi använda våra pengar. Men de flesta kläder syddes och lappades hemma, så sömmerskorna hade inte mycket att göra förutom att laga finare kläder åt människor utifrån, som min kära Marishka. Smidesarbete kunde köpas billigt och byborna snickrade ofta ihop sina egna möbler av det myckna timmer som fanns att tillgå alldeles i närheten, ibland med synnerligen uppseendeväckande resultat.

Ja, alla våra pengar kom från timret. För att vara en så liten by, nästan okänd utanför dalen, gjorde Woodland Point riktigt bra vinst på timmerhandel med Whittletown. Det var en stad som låg i utkanten av dalen, tre dagsritter från Woodland Point. Handlarna där köpte timmer och sålde det vidare till städerna med mycket högre profit. Profit och pengar gör livet till ett gyckelspel och leder till inre stridigheter i ett samhälle. Det skapar samhällsklasser och det var något som gick emot själva grundvalarna i Woodland Point.

Men åter till middagsbordet. Vi noterade ofta vem som var borta och vilka som lagade maten. Var och en av oss hade sin egen favoritkokerska. Måndagar var allas favoritdag för den gemensamma måltiden, för det var då det kasserade virket brändes. Bara några få grenar och kvistar lades på bålet på morgonen, medan det mesta eldades upp på eftermiddagen. Det innebar att man kunde röka mat över elden och om det fanns gott om boskap eller om magasinen var fulla kunde en helstekt eller rökt gris finnas på bordet. Vilken överdådig måltid det kunde bli! Om man hade turen att inte stå i köket, vill säga. Andra dagar var inte lika storslagna, när alltför mycket bråte brändes. Då var bålet alltför hett för att vara till någon nytta i matlagningen.

Min plats var bredvid Marishka, som du kanske kunde gissa. Dagen då allting började åt vi soppa och jag såg att hon försökte låta bli att spilla på sin fina blå klänning. Det var inte så att hon hade svårt att äta soppa, det var bara så att, tja, det är sådant som brukar hända när man tar på sig ett fint, nytt, rent klädesplagg, eller hur? Den heta buljongen hade rullats ut av Clarissa, Amelia och Abigail. De var ogifta alla tre och inte heller hade de några barn, fastän det påstods att Abigail var havande. Inga stränga moralregler drabbade ensamma mödrar i Woodland Point, men det fanns redan rykten i svang kring vem som kunde vara fadern. Det kan också sägas att ingen av de tre hade någon erfarenhet av matlagning. Vid närmare eftertanke kanske Marishka skulle spillt lite soppa på sin klänning. Då skulle hon ha sluppit äta den. Soppan var inte direkt äcklig, men god var den inte.

Medan jag satt och småpratade med rådets ålderman, en viss Edward Jackson, om vad jag nu äntligen skulle åta mig för yrke i byn, fick jag – liksom alla andra runt bordet – korn på vilka som saknades. Jag gissade att klockan redan var över tolv och ändå stod det sex tomma stolar vid middagsbordet, varav tre hörde till kokerskorna. Det var inget ovanligt att skogshuggarna var sena, de brukade dyka upp 20 minuter efter alla andra. Men nu när middagen snart var över skulle det vara olämpligt att dyka upp. De måste ha tagit middagspaus i skogen, tänkte jag. Jag skulle ha släppt tankarna där om det inte hade varit för något ännu konstigare. De andra skogshuggarna satt vid bordet. Det var bara Oscar Helmsson och två av hans män som saknades. Jag drog mig ur samtalet med Edward och bad artigt Marishka att fråga damen bredvid henne om hon hade någon aning om vad skogshuggarnas frånvaro berodde på. Det kan verka trivialt nu, men det var ovanligt och illa ansett att utebli från middagsmålet, så detta var stora nyheter.

Hannah Turner var den största pratkvarnen i byn och om något var på tok skulle hon säkert veta om det. Men för första och inte sista gången visste den unga brunetten ingenting. Först såg jag på saken mer som något oartigt än som något oroande, men jag kunde inte skaka det av mig. Jag bestämde mig för att försöka lära känna den ganska egensinnige åldermannen bättre genom att fråga vad han ansåg om saken.

Edward Jackson var rådets ålderman, men detta innebar inte alls att han var kung i detta avlägsna slott. Han var en man i fyrtioårsåldern, möjligen något äldre, blond och med ett spretigt skägg men välkammad mustasch. Han bar fina kläder, inte alls som de man brukade se i byn, mycket dyrbarare än mina kläder. Född i byn som han var, verkade det besynnerligt att han ägde så fina plagg som en jackett och en exklusiv skjorta. Ingen annan tänkte så mycket på det. Som rådets ålderman förväntades han vara en smula rikare än andra, men var han kunde ha införskaffat sådana fina, grandiosa klädesplagg hade inte väckt någons nyfikenhet, förutom min.

Rådsmedlemmarna må ha fötts till sina ämbeten, men det hade enligt tingens ordning även Lily Owen. Hon var den enda i kolonin som hade högre rang än åldermannen. Eftersom hon var barnbarn till byns grundare och rättmätig ägare till alla dess tillgångar måste även den koleriske Edward Jackson och hela rådet få Lilys godkännande i de mer allvarliga spörsmålen.

Jag såg i hans blick att han överlade med sig själv innan han bestämde sig för att besvara min fråga om var Oscar och hans män befann sig. Han tvinnade sin mustasch innan han forcerade ett gentlemannalikt leende och tecknade åt mig att komma närmare. Hur han skulle kunna viska åt mig tvärs över ett stort middagsbord omgiven av alla bybor, det begrep jag inte. Men jag spelade med, spänd på att höra vad han hade att säga under vårt första riktiga samtal sedan jag blev en del av gruppen, och lutade mig försiktigt framåt för att inte doppa mina ärmar i någon av de skålar med jolmig soppa som stod i stort sett orörda mellan oss på bordet.

”Oscar och hans följeslagare har tagit på sig extra arbete denna vecka.” Han pekade med ett finger och log ännu ett föga övertygande leende. Med tonfallet hos en överklassaristokrat fortsatte han: ”Jag märker att ditt förflutna som detektiv fortfarande gör sig gällande, herr Walker?”

Nu för tiden kan man väl kalla mig konstapel, men på den tiden fanns det inga konstaplar i London. Det började man införa några år senare. Jag var mer som en assistent till magistraten. En vanlig man anlitad av privatpersoner för att spåra upp brottslingar och vagabonder och föra dem till London för rättegång och rättsskipning. Det hade jag gjort sedan jag var en pojke på sexton år. Ordet konstapel hade knappast yttrats i London när jag vandrade på huvudstadens gator. Än i dag är det inte något som tillhör det vardagliga.

Sedan vi anlände till byn tre månader tidigare hade vi inte haft några direkta arbetsuppgifter. I stället hade vi levt på de blygsamma besparingar jag hade hamstrat genom åren. Nu skulle vi dock ta oss an något arbete, dels för att det var ett av kraven för att få bo i Woodland Point, dels för att vi inte ville leva på deras gästfrihet utan att ge något tillbaka. Marishka hade valt undervisning som sitt yrke. Det fanns redan en fullt kapabel lärarinna i Catherine Loughlan, men hon skulle snart sluta. Nåja, i ärlighetens namn så skulle hon lämna byn för staden. Hennes man hade fått något jobb där men jag skänkte det aldrig någon närmare tanke märkligt nog, i en by där alla vet allt om alla. Men vilka skäl hon än hade att ge sig av, så skulle Marishka bli hennes ersättare. De kunde inte ha hittat en mer beläst ung kvinna.

Promenaden tillbaka hem från ängen där vi ätit var inte särskilt fridfull. Edward följde mig hela vägen till förstukvisten, men Marishka tog farväl redan på torget för att söka reda på Catherine Loughlan och få en lektion i hur man håller ordning i ett klassrum. Vid den tiden fanns det bara tre skolbarn i byn, så jag undrade lite över hur svårt det skulle kunna vara. Jag förmodar att Edward såg detta som ett idealiskt tillfälle att prata med mig.

De flesta männen i byn hade specifika yrken men jag var inte precis någon knegare. Jag hade inga valkar i händerna som en snickare, smed eller skogshuggare, så jag hade ingen aning om vad han skulle kunna föreslå för syssla åt mig. Jag var från andra sidan Atlanten, från London. Jag var duktig på papper och ekonomi, och jag hade kunskap om den stora vida världen. Hans prat om ökande timmerhandel, snabbt växande välstånd och en önskan att sätta Woodland Point på kartan frustrerade mig hela vägen hem. Det verkade som om den främste i rådet hade siktet inställt på att förvandla samhället till precis det som det en gång utformades till att inte vara – ytterligare en spelare i en ständigt föränderlig värld. I så fall skulle Woodland Point ha förlorat just det som gjorde byn så tilltalande för mig, denna plats undangömd för världen, denna plats där ingen kunde hitta oss.

När vi stod utanför vårt hus kände jag mig tvungen att bjuda in Edward, som redan var uppe på första trappsteget, så att vi kunde fortsätta prata även om jag kände att jag inte kunde smälta mer just då. Till min förvåning tackade han nej och insisterade i stället på att vi skulle träffas på John Morgans taverna om en timme eller så. Jag var inte så mycket för alkohol, men just då kände jag faktiskt för ett glas. Halvt motvilligt gick jag med på hans förslag.

Att prata med Edward på eftermiddagen skulle klarlägga lite mer om var Oscar Helmsson och hans män befann sig, och i förlängningen också lite mer om åldermannens karaktär. Om vilken sorts människa han var.

Det finns inte mycket att säga om John Morgans taverna. Den var inte stort annorlunda än den du och jag sitter på just nu. Den lilla kalla stenbyggnaden var en av de mest robusta i byn och det enda stället i sitt slag på tre dagsritters avstånd. Tavernan var en av de första byggnaderna man såg när man gick över den gamla stenbron och in i Woodland Point. Jag promenerade raskt längs den leriga stigen mellan husen igen, precis som bara någon timme tidigare, och fann torget förvånansvärt tomt när jag kom dit. Men ljudet av hönsen som flaxade runt i sina träburar, av vagnshjulen som gnisslade fram över kullerstenarna och klangen från smedens slägga gjorde att det folktomma torget ändå verkade livligt.

Jag oroade mig alltid över smedjans placering. Trots bybornas alla försiktighetsåtgärder kunde jag inte låta bli att undra vad som skulle hända om en av de där gnistorna flög ut på torget och landade i höstacken vid magasinet, eller i tändveden vid timmerupplaget? Det inferno som skulle ha uppstått hade säkerligen bränt ner hela byn, i synnerhet som de flesta män arbetade ute i skogen och kvinnorna till stor del befann sig borta i bostadskomplexet. Det var dock bara en tanke, jag nämnde det aldrig för någon. Byborna var visserligen vänliga, med de skulle inte bli glada om man antydde att de var vårdslösa. Många skulle ta det som en förolämpning mot deras erfarenhet och kunnande, i synnerhet om det kom från en person som fortfarande ansågs vara en utböling.

Jag hade sannerligen inte bråttom att träffa Edward och börja diskutera detaljerna i mina sysslor. Jag hade inte heller bråttom att få ta mig ett glas, trots att jag var sugen. Jag tålde nämligen inte särskilt mycket ale. När jag saktade ner stegen blev det mindre uppenbart att jag var på väg till ett viktigt möte. Men jag undrade hur jag framstod i bybornas ögon. En engelsk gentleman, eller något i den stilen, som kommer till byn, köper ett hus, inte skaffar något arbete, men äter deras mat och lätt blir berusad. Det var inte någon lyckad kombination. Marishka, å andra sidan, var mycket mer involverad i bylivet. Hon hade redan framhållits som en lämplig giftermålskandidat i många familjer med ogifta söner. När jag lät blicken svepa tvärs över torget mot smedjan och skolan kunde jag inte låta bli att observera henne när hon lekte med de små på lekplatsen. Hon verkade ha en moderlig hand med barnen. Och kanske var lekfullheten ett sätt för henne att leva ut sin egen barndom? Kanske, men det får jag nog aldrig veta.

Jag stod där ganska länge och tittade på henne och funderade på hur vi träffades första gången och hur annorlunda hennes liv var nu, här i denna by. Men snart vandrade mina tankar tillbaka till mötet med vår ålderman och jag bestämde mig för att nu hade jag dröjt mig kvar tillräckligt länge på det folktomma torget, så jag klev in på tavernan.

Han var redan där. Mina ögon hann knappast vänja sig vid det svaga ljuset från de flämtande lågorna i den mörka, ruffiga och ändå ytterst trivsamma tavernan innan min blick föll på honom där han pratade med John Morgan, tavernans värd. Bortsett från att baren var mörk och dåligt upplyst, blev det allt varmare där inne ju längre man stannade. Tolv bord och tre bås utgjorde hela tavernan tillsammans med de tio stolarna vid baren. De stenlagda golven blev katastrofalt mycket farligare ju längre puben var öppen. Jag hade hoppats hinna ta en öl innan Edward dök upp, men jag förmodar att som rådets ålderman i denna fridfulla by i skogen hade han inte haft några mer brådskande ärenden att ta itu med. Jag kunde inte vända om, det hade varit alltför uppenbart för Edward och de fyra männen runt honom vid baren. Men jag ville inte heller bli indragen i ett berusat samtal med de män som satt vid bordet. Om de satt här inne på dagtid i stället för att arbeta så hade de nog varit här hela dagen. Jag gick försiktigt över de våta fläckarna på det dammiga golvet, fram till bardisken.

”Herr Walker, ni kommer precis i tid!” Edward log stort på ett sätt som anstod en gentleman ur överklassen som var värd på en middagsbjudning.

”God eftermiddag, mina herrar!”

Jag hade inte stor lust att säga något för att sätta fart på samtalet, så jag bestämde mig för att bara rida på vågen och se vart den förde mig. Under mina tre månader i byn hade jag inte varit särskilt pratsam. I ärlighetens namn hade jag inte varit särskilt framåt i sällskapslivet alls sedan incidenten i Vilnius. Men vi kommer till det senare.

Trots att jag bara nickade mot John Morgan – en lång och välbyggd man, som närmade sig de femtio, med ett fint klippt gråvitt skägg och axlar som såg ut att kunna bära ett klippblock – så kom han över med ett stop ale. Jag började småprata med denne jätte, som innerst inne var hur vänlig och lojal som helst. Vi växlade några ord, om vädret tror jag, eller ditt och datt, inget särskilt viktigt, som du förstår, innan jag gick över till Edward i bortre ändan av baren. Han tyckte om att sitta i den mest upplysta delen av lokalen. Jag stannade inte länge där, utan flyttade till en annan del av tavernan.

När vinterbrasan var tänd tyckte jag om att sitta där i mörkret. Det fanns ett litet hörn till vänster om dörren när man kom in. Inga fönster, dåligt upplyst och ett bekvämt bås. Det var min favoritplats. Tavernan var på alla sätt ett tillhåll för gentlemän, en av de få aspekterna av ett modernt samhälle som byborna hade behållit. Brasan var dock inte tänd då, sommarsolen gjorde att ingen annan satt i den delen av tavernan, men Edward kom snart och gjorde mig sällskap. De andra gästerna föredrog att sitta vid fönsterluckan och titta på unga damer med svällande byst som eventuellt gick förbi ölstugan. Jag var orubblig i mitt val av plats. Medan Edward tvinnade sin perfekt kammade mustasch igen, en vana som jag började misstänka hängde ihop med att han tänkte eller kläckte en plan, tittade jag in i den tomma eldstaden och lät mina tankar vandra iväg.

De första nätterna i byn bodde jag och Marishka på tavernan medan vi väntade på att få köpa ett hus. Jag tyckte att jag hade lärt mig allt som fanns att veta om Woodland Point under de där dagarna. Vem som var vem, hur samhället uppstod och vad alla gjorde hela dagarna.

Det är ju så med tavernor, att de fungerar bra som informationscentraler. En man pratar om nästan vad som helst med sina vänner efter ett par öl. Tekniken att få någon berusad och sedan fråga ut dem hade fungerat mycket bra för mig genom åren, även om den är en aning kontroversiell. Om det finns en historia att dra fram så kan man nästan alltid hitta kärnan i den på puben. Visserligen stämmer det att de flesta fyllbultar bara berättar en liten del av sanningen eftersom en historia blir förvanskad, förvriden och alltmer fylld av osanningar ju oftare den upprepas. Men om du har huvudet med dig kan du alltid skilja sanning från fantasi och plocka ihop ett logiskt och relativt korrekt händelseförlopp. Förr eller senare kommer någon att gå för långt i sin bearbetning av berättelsen, och det är där sanningen kan skiljas från lögnerna.

De enda fantasierna som förekommer i min berättelse finns på de ställen där jag måste göra en ungefärlig gissning av vad som kan ha hänt eftersom jag inte var närvarande själv. Men då har jag flera vittnesmål, så jag tror du måste lita på mig. Märker du förresten att jag inte har druckit något ännu?

Nåja, nu satt jag alltså och tänkte tillbaka på den där första tiden när jag avbröts i mina tankar av att Edward harklade sig. Han hade uppenbarligen märkt att jag för tillfället vistades i sagornas värld. Han ödslade ingen tid utan lade korten på bordet direkt.

”Så låt oss gå direkt till saken”, började han, affärsmässig som alltid. ”Nu har det gått tre månader och jag skulle vilja veta vilken typ av spelare ni tänkte er att bli hos oss?”

Jag gillade inte anspelningen på spel och dobbel, men blev på sätt och vis nyfiken.

”Dörren står vidöppen för en intelligent man, en främling, att skapa sig ett namn i vår by.” Och jag som hade fått uppfattningen att här var alla jämlika och ingen skulle göra sig ett namn. Sedan tillade han: ”Jag har flera poster som jag tror skulle passa er perfekt.”

”Jag tror knappast att det behövs någon som upprätthåller lag och ordning i Woodland Point, herr Jackson”, svarade jag.

”Ni är en man med tillgångar, ni har sett världen där ute och vet att det är en ogästvänlig, orättvis och oförsonlig plats.”

Jag förväntade mig halvt om halvt att han skulle erbjuda mig en plats som skarprättare i byn.

”Jag tror att ni är rätt sorts man för vår senaste operation.” Rådmannen lutade sig framåt, närmare mig. ”Jag skulle vilja att ni assisterade mig, att ni blev min högra hand och hjälpte mig att leda Woodland Point in i en ny framtid.”

Kanske dömde jag efter utanverket, men jag anade att jag redan visste vart Edward ville komma. Han hade aldrig tvekat att visa sina ambitioner under de tre månader som jag hade varit där. Han plockade upp en pipa som han tände förvånansvärt snabbt, satte den mellan tänderna och pratade med rök i munnen.

”Ni kan få ett par dagar att tänka över det.”

”Det skulle jag uppskatta. Och tack för detta… eh… omtänksamma förslag.”

Om Edward hade varit invigd i det som jag just berättat för dig om list och knep på tavernor så hade han kanske tvinnat sin mustasch. En klunk av min ale gav mig tillräckligt mycket mod för att fråga honom om det som jag hade funderat över hela dagen. Han skulle nog svara, tänkte jag, men var inte helt säker.

Han skrattade ganska högfärdigt och påpekade igen att jag var mycket observant. Den komplimangen tröttnade jag aldrig på, vem den än kom ifrån.

Kort sagt, rådmannen avslöjade vad Oscar Helmsson arbetade extra med. Vad de hade gjort när de gick miste om den smaklösa soppan som vi försökte äta och sedan smälta på eftermiddagen. Edward hade skickat iväg Oscar och två av hans män, Jackson Green och Theodore Sullivan, till en ännu inte kartlagd plats några timmars väg in i skogen. De högg timmer utanför Woodland

Points vanliga avverkningsområde den här dagen. Fastän han inte sa det rakt ut till mig så misstänkte jag att rådets ålderman sålde timmer till andra och behöll vinsten själv. Jag hörde senare genom en av de där historierna som brukar cirkulera på tavernorna att ett hus höll på att byggas utanför byn också. Men vid den tidpunkten hade inga bevis för det kommit i dagen. Detta skulle ha gjort Tom Stanford, sonen till byns grundare, mycket upprörd om han fortfarande hade varit i livet. Det skulle inte heller ha tolererats av Lily Owen, Toms dotter och enda arvtagerska. Lily hade dock inte mycket egentlig makt, fastän hon var byns rättmätiga ledare, eller guvernör om du så vill. Definitivt inte så mycket makt som en diktator eller tyrann. Hennes ställning var mer ceremoniell och hon hade fått den i egenskap av ättling till grundaren. Därmed kunde hon samla på sig en stor förmögenhet och styra över rådet inom rimliga gränser. Alla inkomster från timmerhandeln gick i princip till Lily. Men under de senaste femton åren hade Lily dragit sig undan mer och mer och Edward Jackson kunde gradvis bemäktiga sig kontrollen över rådet. Han hade byggt upp bra relationer med rådsmedlemmarna och beviljats mer och mer makt över rådet av en intet ont anande guvernör. Lily måste dock fortfarande konsulteras i viktiga frågor som rörde skydd och säkerhet.

Woodland Point förde en strikt policy att hålla byn så isolerad som möjligt för att undvika, ja, låt oss säga komplikationer med andra byar, samhällen och städer. Eftersom Lily Owen var barnlös och det troligen inte skulle bli någon arvtagare till den Stanfordska förmögenheten, stod det helt klart att Edward strävade efter ett komplett maktövertagande. Efter hennes död, vill säga.

Edward sa inte mycket mer än att han hade bett Oscar hugga timmer i en del av skogen som inte var utsatt på kartan. Han skulle inte hinna berätta mer heller, för det var just nu allting började. Det var då hjulen började snurra i den mörkaste perioden av Woodland Points historia, och den mest osäkra tiden i mitt och Marishkas liv. Det började med ett tumult på torget vid kvart över tre på eftermiddagen. Skrik och tjut och ett väldigt bultande på dörren till tavernan fick liv i de druckna rådsmedlemmarna vid bardisken. Jag reste på mig, liksom de, för att se vad som stod på.

Det tog ett par sekunder för mina ögon att anpassa sig till det skarpa soljuset på torget, men jag såg tydligt att det var Oscar Helmsson som hade bankat på tavernans dörr. När jag kisade såg jag Theodore Sullivan och

Jackson Green borta vid brunnen där de stod och grälade högljutt. Bortsett från de arga rösterna och det höga tonläget verkade de som vanligt, men det gjorde inte Oscar. Han såg plågad ut, med ett skräckslaget uttryck etsat i ansiktet. Han var som förstenad. Han sa ingenting, men då och då fick han ur sig ett skrik medan det ryckte i hans ansikte. Edward försökte få kontroll över situationen och skakade om Oscar, men det fick honom bara att skrika mer. Jag banade mig fram genom folkhopen som snabbt hade samlats och drog Theodore, den tredje och minst erfarne skogshuggaren, åt sidan. Hans gräl med Jackson Green kunde vänta. Theo var lantmätare till yrket. Kartograf, om du vill. Han hämtade andan och utbrast sedan:

”Vi såg något! Och det var något som såg oss! Det stod bakom träden och kikade på oss!”

Exakt vad det var de såg, var något som steg för steg skulle få byn på knäna under de kommande sex månaderna. Skogshuggarna hade inte kommit ensamma tillbaka. Något höll dem fortfarande under uppsikt och bevakade byn bortifrån skogen. Någonting var på väg.

DET VAR INTE SÅ att det aldrig hade varit uppståndelse i Woodland Point förr. Sexton år innan vi kom till byn utspelade sig en kärlekshistoria, som en saga där prinsessan får sin prins. Prinsens namn var William. Och prinsessan var arvtagerska till kungariket. Hennes namn var Lily.

Prinsen var emellertid ingen groda. Hans far, en stor och stark jägare, dog när William var mycket liten, och hans mor följde efter några år senare. Då var han bara fjorton år gammal och sedan dess hade William levt ensam. Vid nitton års ålder var det dags att gifta sig. Alla männen i byn var avundsjuka på honom; han var stark och seg, såg bra ut och var vältalig. Det fanns inte hans like i fäktning och ingen som kunde slå honom i prickskytte, har man sagt mig. När det blev dags att välja en brud var det inte vem som helst som dög. De som hade giftasvuxna döttrar försökte framhäva dem så att de kunde vinna hans gunst, men till syvende och sist fanns det bara en flicka för William. Det var Lily.

Som jag berättat tidigare, så var Lily dotter till Tom Stanford vars far hade grundat byn. Hon föddes till rikedom och lilla Lily fick alltid som hon ville. William var omtyckt, men inte för att han stoltserade omkring i samhället, som man kan förvänta sig av en så stilig man. Han var omtyckt för sin medkänsla, sin vilja att ta sig fram efter en sådan anspråkslös barndom, och för sin passion. Lily var däremot bortskämd, välutbildad, rik och snarstucken. Ja, William tyckte väldigt mycket om Lily. Hon var en utmaning för honom.

Ingen förvånades när de började uppvakta varandra. Alla i byn hade höga förväntningar på paret och de behandlades som kungligheter när de behagade dyka upp vid de gemensamma måltiderna. Edward Jackson hade ännu inte blivit ålderman i rådet. Gamle Tom Stanford satt fortfarande vid rodret, och de flesta förväntade sig att Lily och William skulle ta över vid hans frånfälle. En förening mellan de två skulle ge en arvinge så att raden av, ja, ledare om du så vill, kunde leva vidare i den avsides belägna byn. Det var vad man förväntade sig av dem, vad man förväntade sig av deras äktenskap. Det ryktades till och med att Tom funderade på att dra sig tillbaka och lämna över ledningen till dem redan före bröllopet. Jag tror fullt och fast att han skulle ha gjort det om inte Lily hade visat ett sådant ointresse för posten. Bortskämd var hon kanske, men hon hungrade inte efter makt, utan efter ägodelar. Hennes behov hade uppstått ur en önskan om att leva bekvämt i lugn och ro, ungefär som hennes farfars ideal. Lily hade ingen lust att tillbringa sina dagar med så triviala ting som bordsplaceringar och middagsscheman. Det är delvis anledningen till att Edward lyckades nästla sig in några år senare, men det är en annan historia.

Ja, så någon gång under 1822, jag har inte lyckats fastställa exakt datum, blev Lily och William ett par. Efter vad jag hört var William helt betagen av arvtagerskan. Man såg dem många gånger under året njuta av varandras sällskap under de höga furorna i utkanten av byn. När det regnade brukade han bana en stig så att hennes klänning inte skulle bli våt i vattenpölarna, på vintern kastade de snöboll på varandra på ängen bakom åkrarna. Det var en barnlek, en flirt med kärleken som vi alla söker men få av oss någonsin hittar.

Åh, så betagen han var i henne, och hon – träffad av Amors pilar kan man säga – besvarade hans känslor. Det skulle inte dröja länge förrän det var dags. En mycket speciell morgon knackade han på i det ståtliga Stanfordska hemmet. När han hade frågat efter arvtagerskan, tog han henne i handen och ledde henne genom byn strax före middagen har man sagt mig, så att alla skulle se dem. William ledde henne till rådhuset, förbi brunnen men inte ända fram till kyrkan, och stack sin hand i fickan för att plocka fram en röd blomma. Jag är inte botaniker, så jag vet inte vad det var för slags blomma han gav henne, men jag vet att de växer vid den lilla sjön mellan klipporna några timmars vandring in i skogen. Där stod de unga tu och omfamnade varandra på torget fullt synliga för alla i byn. Från den andra fickan plockade han fram en röd tygremsa. Den var fint vävd och hade Lilys älsklingsfärg. Han virade en bit av denna remsa runt sin hand.

Som historien förtäljer, doppade William sedan tygremsan i brunnen och virade den runt Lilys panna, innan han försiktigt drog ner den över hennes ansikte så att den täckte hennes ögon med en kylande känsla som hon aldrig skulle glömma. Jag har fått berättat för mig att härifrån ledde han henne över den gamla stenbron och in i skogen. Inga smygtittande, nyfikna bybor kunde berätta mer. Men det finns faktiskt mer att berätta, vilket skulle visa sig senare i Lilys dagbok. Lily gav dagboken till mig när detta äventyr var över, men det är en annan historia. Låt mig nu berätta vad hon skrev om den här dagen:

När jag frågade var han hade hittat blomman, samma blomma som ligger pressad mellan dessa sidor, band han för mina ögon. Därefter ledde han mig nerför något som kändes som en lerig väg, men jag höll på att spricka av spänning och var en liten aning rädd eftersom jag inte kunde se stigen framför mina fötter. Så småningom stannade vi och jag hörde vatten, vatten som droppade så fort, fort. Jag hade aldrig varit på andra sidan bron förr och jag hade sannerligen aldrig sett ån, så jag visste att jag inte var hemma längre.

Det verkar som om William hade lett Lily längs ån upp till sjön bland bergen. William och Lily är de första byborna vi känner till som besökte sjön. Lily beskriver också ett litet vattenfall, men när jag kom dit sexton år senare såg jag en ravin i dalen med en sjö längst ner och högt uppifrån strilade bara rännilar av vatten. Under vintrarna 1838 och 1839 kan detta lätt förklaras och jag är säker på att den sjö hon beskriver och den jag såg är en och samma. Lily fortsätter:

När jag tog av ögonbindeln kunde jag se var ljudet kom ifrån. En grotta med strilande vatten som låg bakom ett litet vattenfall. Fastän det var litet brusade det så vackert. När jag lutade mig över kanten för att kika ner i bergsskrevan såg jag tydligt att William redan hade varit där och förberett vår ankomst. Så tidigt han måste ha varit uppe för att förbereda en så överdådig traktering! En liten korg med en tillredd måltid stod vid mina fötter och där fanns även en filt att sitta på. Tanken på att utebli från middagsmåltiden skrämde mig lite. Jag hade aldrig missat den förr, men William försäkrade att pappa visste var jag befann mig. Jag känner mig fortfarande okynnig om jag missar den gemensamma måltiden.

Vi får veta genom Lilys dagböcker att detta är den stund som hon kallar den mest romantiska de har haft tillsammans och att det var då William lät sjuttonåringen veta att han gick i giftastankar. Enligt dokumenten i Woodland Points arkiv hade Tom Stanford varit i färd med att förbereda bröllopet i månader och Williams signatur var också tydligt igenkännbar på en del av pappren. Det verkade som om planen hade uppstått hos de två männen långt innan Lily blev medveten om den. Naturligtvis tackade hon ja till frieriet och ärligt talat undrar vi varför ett frieri behövdes över huvud taget. Utifrån allt jag läst och hört om de där åren skulle det ha varit synnerligen underligt om inte deras förening hade fullföljts. I sin sista dagboksanteckning om denna händelse skriver Lily:

Jag ska gifta mig. Åh, den platsen där vid sjön, jag skulle kunna bo där med William för evigt. Där är så vackert och förtrollande; träden och stigarna verkar ändra form som om någon osynlig kraft skämtade och bedrev häxkonst eller trolleri. Bergsskrevan ger skugga, det friska vattnet och ljudet av dess porlande ner i sjön är helt underbart. Kanske ska jag fråga om vi inte kan bo där? Jag är säker på att pappa inte skulle tycka illa vara. Jag längtar så till min bröllopsdag och tills mitt liv tillsammans med William börjar. Jag är prinsessan och han är min prins.

Och så slutar Lilys korta dagboksanteckning om detta. Hon skriver inget på flera månader, och förutom några nedkrafsade kommentarer faktiskt inget mer alls. Kanske tog bröllopsförberedelserna det mesta av hennes tid? Kanske fylldes hennes dagar därefter av annat så att det inte fanns tid för en till synes så flickaktig sysselsättning som dagboksskrivande? Kanske var livet alltför privat och hemlighetsfullt för en dagbok? Ja, säkerligen.

Strax efter frieriet upptäckte Lily att William och Tom hade planerat och konspirerat kring bröllopet sedan de inledde sin kurtis några månader tidigare. Det kan man utläsa av de korta noteringarna i hennes dagbok, men hon skriver inget om sina känslor kring det, där finns bara en tanklös ung flickas klotter. Vad som också nämns är att Tom tänkte bygga ett nytt hem åt Lily och hennes make, och att det skulle inte finnas dess like i Woodland Point, varken i storlek eller elegans.

Och det byggdes ett hus, i det övre vänstra hörnet från byns bostäder sett, grandiost och utan motstycke, precis som Tom ville ha det. Lilys hem låg inte bland de andra husen. Det låg drygt tvåhundra meter eller så från närmaste hus, invid skogsbrynet. Lily fick aldrig sin önskan uppfylld att bo vid sjön mellan klipporna, någon annan gjorde den platsen till sin, men Tom såg till att hon fick lite avskildhet. Huset låg mellan fyra tallar, som skyddade huset från snokande grannars nyfikna blickar. Det var kanske mörkt och lite skrämmande på utsidan, men inuti var det ett palats som dög åt en prinsessa. Det tog bara ett år att bygga huset, sägs det, men visst borde det ha varit omöjligt? Jag har fått berättat för mig att så var inte fallet. Tom skydde inga utgifter för byggandet.

Handeln med timmer var den enda inkomstkällan i Woodland Point, men den var omfattande. Gamle Tom lade beslag på lejonparten och fördelade resten, fortfarande en rejäl summa, till rådet och byborna för deras arbete. Det kan verka ganska komplicerat för dig som kommer från staden, men jag försäkrar dig att det var det inte.

Med den gigantiska förmögenhet som hans avlidne far hade lämnat efter sig, och med sin egen inkomst av den snabbt växande timmerhandeln, förmodar jag att man logiskt kan anta att Tom Stanford kunde bygga något sådant på ett år. Snickarna tilldelades arbete på huset hela året och det finns bevis i rådhusets arkiv som visar att Tom kanske till och med anlitade hjälp från Whittletown.

Whittletown var Woodland Points närmaste granne. Det var inte en by, men inte heller en stor stad. En köping skulle du nog kalla det, gissar jag. Tre dagsetapper med häst och vagn norrut tog en dit, om inte vargar, vind eller vildmark kom i din väg.

Rådet lade sig inte i hur Tom spenderade sina pengar, inte heller hade de några invändningar mot att en stor del av exporttimret användes till att bygga Lilys hem. De skulle inte ha sagt något i vilket fall som helst, tror jag. Det var trots allt Tom som betalade rådmännens löner och på hans tid hade de inte mycket verklig makt. Ursäkta, nu tappade jag tråden igen. Var var jag? Javisst, ja, bröllopet. Det var rådet som hade utsetts att organisera bröllopet förstår du. Det måste ha varit en av de största och vackraste begivenheterna någonsin sedan Woodland Point byggdes upp bara någon generation tidigare.

I Lilys dagboksanteckningar nämns ingenting om när arbetet på huset var klart, och inte heller något om själva bröllopet. Däremot finns det i arkiven dokument som detaljerat beskriver ett bröllop så grandiost som byn bara kunde kosta på sig. En hel vecka före bröllopet genomfördes en kontroll så att allt skulle vara klart i tid. Ett vackert scharlakansrött altare byggdes av snickarna och om man kan tillskriva bröllop en särskild färg så var Lilys bröllop definitivt rött. Små flaggor och vimplar stacks ner i det våta vårgräset och flaggspel hängde mellan byggnaderna. Det tillverkades till och med ett nytt bord och nya stolar av de snickare som inte arbetade på huset.

Tillställningen beskrivs som livfull i byns krönikor. Allting var nytt, doftade friskt och användes uppenbarligen bara en enda gång. Det faktum att en så liten by kunde genomföra ett så påkostat evenemang är i sig ett vittnesbörd om den harmoni och sammanhållning som en gång genomsyrade samhället. Senare skulle några av människorna från stan beskriva bröllopet för mig som majestätiskt. Solen glittrade i de våta kullerstenarna och gyllene solstrålar sköt ner över torget, enligt en av byborna. Sömmerskorna arbetade dygnet runt för att sy extravaganta kläder för begivenheten och detta finansierades också av Tom Stanford. Hannah Turner berättade för mig att hon mindes sin mors kommentar om att även smederna såg vansinnigt eleganta ut i sina gentlemannakläder, förvisso en mycket ovanlig syn i samhället.

Redogörelser för bröllopsdagens morgon avslöjar att det var tyst, mycket tyst. William hade varit uppe sedan tidiga morgonen med sina kamrater. John Morgan hade öppnat tavernan så att William och hans kumpaner kunde ta sig ett par öl före bröllopet. Williams långa svarta hår var samlat i en hård svans som faktiskt såg ut som en riktig hästsvans, välvårdad och fästad högt upp i nacken mellan hans breda skuldror. Hans vänner skålade för hans framtida lycka. Förmodligen var han glödande full av liv där han stod mitt på torget och småpratade med folk som passerade förbi och önskade lycka till. Elegant klädd i vitt smälte den välbyggde gentlemannen nästan ihop med rådhuset, bara det långa svarta håret stack ut. Medan han stod där kunde han se tvärs över torget på mödrarna som försökte tygla sina ohyfsade barn inför ceremonin. Hannah Turner var ett sådant barn på den tiden. En av ungarna som ville hoppa hage i stället för att vara med på ett bröllop, kan man tänka sig.

Lily vaknade i sin fars hus för sista gången. Hon måste ha slagit upp sina sömndruckna ögon kvickt denna morgon, morgonen då hon skulle gifta sig. Kände hon sig skräckslagen när hon steg ut på torget i sin snövita klänning? Vi får aldrig veta hur rädd prinsessan var, men vi kan med säkerhet anta att det inte fanns en enda kvinna i hela samhället som inte skulle ha velat byta plats med Lily som William Owens brud. Huruvida Lily oroade sig för sin bröllopsdag är kanske inte känt, men att hon njöt av den, det vet man sannerligen.

Ingenting lämnades åt slumpen i strävan att göra dagen till den största av alla. När Lily steg ut från sitt hem fann hon ett tomt torg och alla byborna installerade vid bordet på ängen. Förmodligen kände hon doften av nymålat trä från vartenda byggnadsverk. Hela byn hade snyggats till inför denna dag. Det låter kanske som ett enkelt och banalt göromål, men för det här samhället kunde inget ha varit mera ovanligt. Doften av målarfärg kan dock inte ha dröjt sig kvar i hennes medvetande så länge när hon väl börjat gå längs den utlagda stigen av blommor och kvistar bort till den gröna, skimrande ängen bredvid kyrkan. Byns invånare hade samlats där före henne och kanske många av kvinnorna fylldes av avundsjuka där de gick längs den blombeströdda stigen. Ingen av dem hade någonsin haft ett så praktfullt bröllop.

Det bröllop som gick av stapeln så snart Lily kommit fram till ängen var det mest praktfulla någonsin sedan bosättningen grundades. Lily Stanford, som hon hette då, ledsagades in på ängen av sin far Tom och Amelia Dupont, en barndomsvän och vår bydoktor, skulle man kunna säga. Hon gick fram mellan gästerna som hade fått sittplatser enligt en särskild bröllopsplacering. Allt på ängen var helt omorganiserat, enligt Lilys egna planer kan jag tro. När hon nådde fram till det nysnidade altaret stannade hennes eskort och hon gick ensam uppför ett trappsteg till en bred, vit plattform. Fader Bluestone stod inför församlingen. Woodland Points präst expedierade snabbt ceremonin och så blev de tu gifta under den stekande solen i landskapets behagliga grönska.

För första och enda gången i Woodland Points historia hade invånarna en hel dag ledigt mitt i veckan för att njuta av festligheterna. Henry Marshall hade valt ut de bästa djuren för slakt och de serverades nu helstekta bland många andra läckerheter på borden. Invånarna i Woodland Point var varken musikaliska eller fick någon undervisning i musik, så Tom hade hyrt in musiker utifrån för detta tillfälle. Lily och Tom dansade, alla dansade, och man har sagt mig att det är precis vad Edward Jackson också gjorde ända till kvällen, något som jag än i dag inte kan tro är sant. När de inte kunde dansa mer och himlen höljdes i ett mörklila töcken, drog sig damerna tillbaka till hemmet medan herrarna flydde till tavernan. William fick också följa med och ta sig en rackare innan han förväntades gå hem till sin rosiga och strålande brud.

Lily kom hem och fann sin säng översållad med blomblad. Utströdda över lakanen och omsorgsfullt spridda vid sängens fotända bildade de en asymmetrisk tavla av färg och skönhet som underblåste Lilys växande passion för kärleken och för livet. Ledstängerna i trappan som ledde upp till hennes rum var också smyckade med utsökta, färgglada blommor och blad. Doften av dem fyllde de tomma salarna och rummen i parets nya hem. Hennes allra första natt som gift skulle bli så som hon alltid hade drömt om. Luften fylldes av dofter från utsökta oljor och parfymer, hennes näsborrar kittlades av en vällukt hon bara hade kunnat drömma om under månaderna före bröllopet. De hade hämtats, liksom allt annat inför ceremonin, från när och fjärran för en ansenlig summa pengar. Lily var äntligen brud, prinsessan hade fått sin prins.

Medan Lily drömde sig bort i en fantasi fylld av orkidéer och cederträdoft gick William in på tavernan där han möttes av rop och jubel från de andra männen. All form av nyktert beteende hade sedan länge runnit av dem. En del visslade och hoade otillbörligt, långt ifrån den romantiska iscensättning som hade byggts upp och väntade den nygifte mannen därhemma. Gamle Tom var den förste att gratulera honom, sedan Edward och de andra männen i rådet, innan resten följde efter. Enligt John Morgan, som jag pratade med om denna händelse drygt tio år efteråt, hade inte allt gått enligt planen för William.

William sägs ha låtit ölen ta överhanden, något som skulle hemsöka honom de sista åren av hans liv, och han fick fösas iväg från tavernan mot sitt hem flera timmar senare. Det var som om han glömt vad han hade där hemma. Men Lily kunde senare berätta i förtroende för Marishka att de hade älskat under en bar himmel full av stjärnor den natten, som de nyblivna herr och fru Owen.

Det är föga förvånande att Lily bara några månader efter bröllopet väntade barn, deras första och enda. Tom var den förste som fick veta att Lily var havande, innan nyheten spreds från mun till mun bland invånarna i Woodland Point. Det väckte viss uppståndelse, men sedan återgick man sakta men säkert till vardagslivets rytm.

Strax därefter, inte mer än en månad eller kanske sex veckor senare, visade gamle Tom tydliga tecken på sjukdom och sviktande hälsa. Likt en ovälkommen gäst härjade ålderdomen i den vise mannens kropp och hans offentliga framträdande blev allt färre och blekare efter bröllopet, och till slut upphörde de helt. När han ombads vara med på möten i rådet dök han sällan upp, oavsett om de var viktiga eller oviktiga. Under de första veckorna av sin sjukdom brukade Tom skicka ett bud till rådet som informerade om vad han beslutat i någon fråga och signerade de papper som behövdes. Allteftersom hans dagar led mot sitt slut och sjukdomen tvingade honom att stanna till sängs, fortsatte rådet på Edward Jacksons inrådan sitt arbete utan honom. Det verkar som om Lily ansågs vara alltför upptagen av såväl sitt eget tillstånd som sin fars snabbt försämrade hälsa för att bry sig om de banala frågorna i rådet. William, som man hade sett som Toms naturlige efterträdare, brydde sig knappt om rådspolitiken. Så länge han fick som han ville såg han ingen anledning att lägga sig i en samling torra gamla gubbars affärer.

I början av havandeskapet brukade Lily tillbringa dagarna med att inreda hemmet och förbereda det för många lyckliga år framöver och med att hjälpa sin plötsligt opassliga far. William karvade på träsniderier. Han brukade sitta på verandan utanför huset på en pall, dricka öl och tälja på några träblock; han tillverkade leksaker till sitt barn. Man kunde se honom där bittida som sent. Ölstopet verkade alltid vara fullt men hans fingrar var aldrig blodiga eller såriga. William, som Tom Stanfords nye svärson och Lilys make, hade hur mycket tid som helst att göra vad han ville. Ibland nickade han åt förbipasserande bybor som hälsade på honom, men han reste sig aldrig upp för att möta dem eller svara på deras frågor. Han koncentrerade sig helt på sitt hantverk. Otroligt nog låg några av de leksaker som Will hade täljt fortfarande inlåsta i en kista i Lilys hem när jag besökte henne 1839. Man kunde säga att William var duktig på mycket, men hans träsniderier lämnade en hel del övrigt att önska. Det är mycket möjligt att man gjorde sig lustig över hans privata slöjdande nere i byn, men då enbart bakom hans rygg. Och ingen kunde anklaga honom för att inte försöka sig på ett yrke.

Det är inte mycket annat som finns nedtecknat i Woodland Points krönikor. Ingen minns något speciellt från den tiden. Nästa datum av intresse i byns historia, som jag försöker återge för dig nu, inträffade sex månader efter att det tillkännagavs att Lily väntade barn. Gamle Tom gick bort. Hans död blev ett hårt slag för byn, hans dotter tog det särskilt hårt, och det kan man förstå. Tom Stanford fick inte leva för att se sitt barnbarn födas, inte heller uppleva Williams död några år senare eller hur Edward Jackson tillskansade sig kronan i Woodland Point. Om den gamle mannen hade levat ett tiotal år till, kanske inget av det jag håller på att berätta för dig någonsin hade hänt.

Underligt nog finns det färre redogörelser och anteckningar i arkiven rörande denna tid än under någon annan period i Woodland Points historia. Man måste gräva väldigt djupt för att dra fram någon som helst information om byn just då. Det är känt att gamle Tom Stanfords begravning hölls i bykyrkan i december 1823. Hannah Turner var en av de få som berättade något för mig när jag frågade. Hon beskrev händelsen med ett visst mått av kreativitet:

Det var som om solen inte gick upp den morgonen, en röd himmel välvde sig över byn, denna dag av jordisk sorg. Gamle Tom hade somnat in under natten, fridfullt avlidit i sömnen, fick jag veta. Han hade levt ett bra liv och Döden väntade med att hämta honom tills han var över femtio. Begravningen hölls på kvällen, under en snöig himmel. Graven såg dubbelt så djup ut på grund av snön och Lily klamrade sig fast vid Williams arm när de sänkte ner Tom i jorden. Fader Bluestone läste ur Bibeln innan han kastade ner en handfull jord på kistan, som var väldigt elegant och glittrade mot snön. Den var byggd för att vara värdig kroppen som nu vilade i den. Lily tackade prästen innan hon drog sig tillbaka med William till Toms hus för att tillbringa natten där, i stället för i deras eget hem. Det skulle inte hållas någon vaka, ingen fest, hela byn sörjde.

Toms sista vilja och testamente var klart och koncist. I och med Toms bortgång skulle Lily ärva alla hans jordiska ägodelar. Hans hus, hans förmögenhet, hans plats som ålderman i rådet, hans timmerhandel och naturligtvis hans by; allt skulle nu tillfalla den sörjande, alltmer omfångsrika blivande modern. Hon hade i princip blivit rättmätig ägare till Woodland Point. Det skulle dock inte bli så, eftersom det är här vår historia tar en otrevlig vändning, är jag rädd.

Det visade sig att William inte var någon ädel prins, utan en buse förklädd till en stilig och ståtlig riddare. I den mansdominerade världen tog han snart över egendomarna. William syntes på tavernan nästan varje kväll, medan hans unga fru satt isolerad i deras hem. Han törstade fortfarande inte efter bypolitiken, som ju var rätt menlös, men han såg uppenbarligen sig själv som en kejsare och gladde sig oerhört åt ”sin” nyfunna rikedom. Det dröjde inte länge förrän det gick rykten om att han var i färd med att slösa bort hela härligheten på vackra importsaker och långa resor bort från byn där han kunde stanna en vecka i taget. Man berättade för mig att käre William utvecklade en passion för omåttligt drickande, så till den grad att det för första gången i byns historia förekom många stridigheter och mycket handgemäng utanför tavernan efter stängningsdags.

Williams plötsliga dragning till ölet var så stark att den kväll som Lily födde deras son syntes han inte till. Naturligtvis är det sedvanligt att fadern håller sig borta från förlossningen, och ännu vanligare att han firar med ett glas. William höll sig dock inte bara borta från sin fru och sitt nyfödda barn, han gick helt överstyr. Det sägs att han drack sin kroppsvikt i öl och sedan blev förolämpad av en glad spelevink som kallades Smithy. Om man ska tro rapporterna, så gick det hela till så här:

När man på tavernan förde den förestående födelsen på tal påstod han sig inte behöva bekymra sig om sin hustrus kroppsliga tillstånd. Han hävdade att han kunde, eller enligt vissa rapporter redan hade, använt sin nyfunna rikedom för att komma under kjolarna på paret Greens yngsta dotter, Tricia. Sanningshalten i detta påstående kan diskuteras, men med tanke på vad framtiden hade i sitt sköte för William är jag böjd att tro på det.

Efter sina druckna, kränkande och nedsättande kommentarer om sin fru kom han in på sin förmåga att komma under kjolarna på vilken som helst av byns unga flickor och fortsatte med att skryta om hur mycket rikare han var än alla andra, och dessutom fortfarande ung. När John Morgan artigt påminde honom om att hans förmögenhet kom från gamle Tom påstås William ha fräst åt den trevlige pubägaren att han bara var avundsjuk på William som med sin status kunde få vilken kvinna han behagade. Det var då som mannen vid namn Smithy blev indragen i samtalet.

”Du rör inte min fru, det säger jag bara unge man”, lär han ha sagt.

”Det har jag redan gjort och det kommer jag att göra igen om jag vill”, svarade William.

Smithy kom då med någon kommentar om att byta sin egen fru mot Lily. William tog det som en utmaning och fick ett vredesutbrott. En tung högerhand däckade Smithy. När han landade på det hårda stengolvet dunsade hans nacke mot benet på en omkullvält stol och huvudet slog i det smutsiga, kalla golvet med en smäll. Blod forsade från den stackars mannens huvud och en av Smithys vänner skrek åt William att han var en usling. Då tog William en rallarsving mot honom också. Pubägaren stod beredd att ge sig in i slagsmålet, men William föstes snabbt ut från tavernan och leddes hem av sina närmaste vänner innan John hann reagera. När han vinglat uppför trappan, upptäckte han snart ytterligare två personer i huset förutom sin fru. Amelia Dupont, som hade hjälpt Lily vid förlossningen, och den nyfödde Jeremiah Owen.

Efter sonens födelse väntade man sig att William skulle bli lugnare och gladare. Det var ett rimligt antagande, men det skulle inte bli så. Det var Amelia Dupont, byns doktor, eller det närmaste man kunde komma en sådan, som berättade nyheten om den lyckade förlossningen när hon fann William i huset, långt från nykter och lutad mot träpanelen i trappan. Med tröga rörelser skakade han henne av sig och efter att ha gjort klart för henne att ingen kvinna kunde befalla honom att göra någonting återvände William till tavernan, till förtret för dem som satt där och njöt av samvaron i lugn och ro, har jag hört sägas. Amelia blev än en gång påmind om att hon var kvinna och om att hon var betydelselös i männens värld, åtminstone i Williams ögon, och återvände nedslagen till Lily Owen.

Vad det var som fick William att nesligen överge sin fru och sin nyfödde son och hyra ett rum på tavernan till nästa dag är helt uppenbart för mig. Det var ölet. Amelia stannade med mor och barn tills morgonen kom. I städerna hörde man aldrig talas om att barnmorskor gav denna typ av trygghet eller omvårdnad. I Woodland Point var det naturligt. Amelia var vän med alla i byn, så ingen kan ha blivit särskilt förvånad över att hon försäkrade sig om att mor och son mådde bra även dagen efter. Utom möjligen William, som må ha blivit förlåten sina dryckesdemoner tidigare under året, men nu hällde han i sig starkt öl i ett av tavernans gästrum tills solen gick upp och han själv slocknade som ett ljus.

Nyheten om Jeremiahs födelse spred sig i byn och gratulanter av alla slag dök upp i det Owenska hemmet hela morgonen. Allra först var William. Liksom den nedgående solen hade sett honom dricka sig till sömns, så måste morgonsolen ha stungit hans ögon och själ. Han kände sig säkert skamsen, för när han kom tillbaka hem till Lily hade han med sig en bukett av hastigt hopsamlade röda blommor från skogen utanför byn. Lily visste var de kom ifrån. De hade brukat gå dit i början av sitt förhållande, vilket inte låg så väldigt långt tillbaka i hennes minne. Det var tydligt för Lily att William hade varit på en lång, berusad promenad den morgonen, till sjön uppe i bergen och plockat blommorna där. Sedan hade han banat sig tillbaka, sakta och ostadigt genom byn, en sorglig syn för alla att beskåda. Lily lade märke till de dyngvåta kläderna; jackan hade han uppenbarligen glömt på tavernan eller tappat bort. Han skakade när han stod där undergiven inför henne. Förmodligen en förkylning, tänkte hon. På sina ostadiga ben hade han väl fallit i den kalla bergssjön. Han stod vid hennes säng, smekte henne och kikade ner i hennes famn, medan han sökte försoning för sitt beteende, och hade inga problem med att krypa för en kvinna, vad det verkar.

Williams ansträngningar för att få Lilys förlåtelse verkar ha varit tillfredsställande för den nyblivna modern. Tidigare hade han varit ute på mången öldränkt natt, men kanske Lily naivt nog antog att det var Williams sätt att sörja Tom. Hon tyckte att de hade stått varandra väldigt nära. Hans uppenbara ointresse för deras unge son bekymrade henne dock, särskilt som William inte kände något behov av att hålla sin förstfödde utan i stället lunkade iväg och försiktigt manövrerade sig uppför trappan till gästrummet. Lily tänkte inte mera på det. Nåja, det var efter det, efter att William hade smitit undan för att sova, som gratulanterna kom.

Insvept i röda lindor sov barnet djupt i Lilys famn och gav knappt ifrån sig ett pip under hela tiden som alla de drygt fyrtio besökarna kom och gick under flera timmar. Hur den nyblivna modern orkade sitta vid dörren och småprata med dem alla efter vad hon utstått kommer jag aldrig att förstå. Vilken styrka hon måste ha uppbådat, i synnerhet med tanke på hur hennes själviske make betett sig. Barnafödsel är ett besvärligt ämne för en man som jag, jag vet inte mycket om det och jag är ganska blödig när det gäller sådant. Ja, det anses väl rentav opassande för män att känna till detaljerna i processen, men det är ett mirakel, har jag fått höra.

Under dagen hade Jeremiah varit så tyst att Lily frågade sig om barnet levde, men ett svagt gnyende när hon lade ner honom för att räta på ryggen försäkrade henne om att så var fallet. Lily kan inte ha vetat mycket om moderskap vid den tiden. Hennes egen mor dog i barnsäng och lämnade Lily ensam med sin far, utan några syskon. Hon hade säkerligen inte blivit förberedd eller informerad om hur man handskas med barn. Allting måste ha varit helt nytt för henne.

Under de kommande tre månaderna var Lily inte ofta ute bland folk, och babyn såg man ännu mindre av. Amelia hade fått tillstånd att komma hem till dem och kontrollera barnets hälsa, men som jag sa; pojken syntes sällan till. William såg man å andra sidan desto mer av. Han satt på tavernan så ofta det gavs tillfälle, mycket oftare än någonsin tidigare under det korta liv han levde. När nu Toms förmögenhet och land hade tilldelats det unga paret, vågade rådet av darriga äldre män inte misshaga Woodland Points nye guvernör. Lily kunde kanske skapat någon slags naturlig balans till Williams excentriska leverne, men man såg som sagt inte till henne. Man vågade inte avhysa honom från tavernan av rädsla för att han skulle kunna se till att den fick stängas för gott. Jag tvivlar starkt på att Will skulle ha gjort det. Han hade blivit så beroende av tavernan att det var det enda han brydde sig om i denna utopiska by. John tordes ändå inte sätta sig upp mot honom utan stod ut med fyllbulten som hade fallit långt från all ära och redbarhet ner i dyn där han orerade om sin rikedom och makt och sina erotiska bedrifter med Tricia Green. Williams vänner blev färre och färre för varje dag.

För att hitta en lösning måste rådet kräva att Lily tog över styret av Woodland Point och att John, om han kunde vara säker på Lilys stöd för att fortsätta hålla tavernan öppen, körde William på porten tills han lugnat ner sig. Men ingen kunde få tag på henne. William hade nästlat sig in i hennes hjärta och förbjöd henne att kontakta andra, berättade hon för mig senare. Det var bara Amelia som umgicks med Lily, men det visste ingen annan om. För mig verkar det som om William blev mer och mer svartsjuk och kanske rädd för att hon skulle inkräkta på hans makt. Han var nog medveten om sitt lumpna beteende och om hur menligt det inverkade på samhället och gemenskapen. Ändå valde han att fortsätta sitt välde av dryckenskap på tavernorna, att spärra av sitt hem och isolera sin son och i synnerhet sin fru; den enda person som verkligen hade möjlighet att hålla honom i tyglarna.

William höll sakta på att förlora förståndet och ödslade bort pengarna från den lukrativa timmerhandeln på förlustelser och lyx utanför byn, Lily satt instängd därhemma, och Woodland Point var i skriande behov av någonting trevligt att diskutera under de bittert kalla middagsstunderna.

Men den 15 februari 1825 kom William osedvanligt nykter och gråtande till rådsmötet. Om William i nyktert tillstånd var en överrumplande syn för de gamla männen, så var nyheterna han förde med sig verkligen förkrossande för dem. Jeremiah Owen hade avlidit under natten. Det lilla barnets död slog hårt mot byn, en mardrömslik sorg hade drabbat det unga paret. Boken om deras kärlekssaga smälldes ihop medan de fortfarande hade fingrarna mellan pärmarna. Varenda en i byn uttryckte sin sorg över förlusten av den lille pojken och på den tragiska begravningen såg man Lily för första gången på länge. Inget rött fanns att se den dagen. Hannah Turner beskrev senare begravningen för mig, denna gång något mindre utsmyckat:

Den våren drabbades alla hårt av nyheten om Jeremiah Owens död. Jag kan inte ens föreställa mig hur det måste ha varit för Lily. Begravningen arrangerades väldigt snabbt, jag förmodar att det hjälpte att få det snabbt överstökat, att det hjälpte henne att komma över sorgen. Spädbarnet bars ner från Owens hus i en ornamenterad kista, William kysste locket, och den lilla kistan sänktes ner i ett litet, grunt hål. Jag kommer aldrig att begripa hur Lily klarade sig igenom det, men vid Gud, det gjorde hon. I dag verkar hon nästan som vanligt, men det har ju gått fjorton år.

Denna plötsliga död och begravning av ytterligare en medlem ur familjen Stanford-Owen skakade Woodland Point. Det skulle dock lugna ner sig och saker och ting återgick till det normala. Med tiden började Lily synas mer ute i byn igen. Under en vecka efter begravningen rörde William inte ett endaste glas öl, men snart var han igång igen. Han söp ner sig i fördärvet och nådde nya lågvattenmärken och det förvånade inte någon att man knappa fyra år senare fick bevista ytterligare en begravning i familjen Stanford-Owen. William var död.

Innan han kunde läggas till vila skulle dock ännu ett kapitel i boken skrivas. En sista tragisk händelse som beseglade de fyra åren. Kvällen innan han skulle begravas låg Lily och sov i sitt hem medan hennes makes döda kropp blev bortrövad. Vem som än hade brutit sig in i deras hus kunde smyga oförmärkt. Lily vaknade inte, och ingen av de närmaste grannarna märkte något, men inkräktaren hade slagit sönder en ruta och släpat ut kroppen genom vardagsrummets fönster, förmodligen bort till skogen.

En inspektion av platsen dagen efter visade att det sönderslagna fönstret var täckt av blod som kunde ha kommit antingen från inkräktaren eller den bortförde. Leriga avtryck syntes på golvet, och fastän där inte fanns några urskiljbara fotavtryck såg man spår efter något som släpats över gräset i byns östra utkant fram till skogsbrynet några meter bort. Någon hade valt att stjäla Williams döda kropp, någon som inte ville att han skulle begravas. Man har aldrig hittat det minsta spår efter honom.

Exakt vad som hände den familjen under de fyra åren är svårt att förstå och oändligt sorgligt, men det var med deras äktenskap som Woodland Points olycka började, med de tre dödsfallen i familjen Stanford-Owen. Woodland Point skulle hemsökas av död och skräck. Flera katastrofer och tragedier skulle skaka samhället tio år senare. Mysterier skulle uppstå ur intet och förbli olösta under en lång tid. Men som varje erfaren utredare kan berätta för dig: inget förblir olöst för evigt.

MED HJÄLP AV EDWARD JACKSON hade vi fått in männen på tavernan där de fick sätta sig ner. Den panikslagne Oscar Helmsson hällde i sig ett stop vatten och de andra drack öl i stora klunkar medan vi försökte lirka ur dem vad det var som hade skrämt dem där ute i skogen. Vi var noga med att hålla de andra byborna ute från tavernan. Det var utan tvivel större chans att skogshuggarna skulle berätta vad som hänt när de var ensamma. Det sista man önskade i Woodland Point var mer dramatik, man hade fått nog av det tio år tidigare. Ja, det var av största vikt att skogshuggarnas rapport inte nådde fram till de övriga byborna som nyfiket spetsade både öron och ögon.

Hur vi än lirkade med Oscar fick vi inte honom att tala. Han satt med knäna uppdragna mot bardisken, höll händerna om huvudet och skakade våldsamt, nästan som ett barn med mardrömmar i natten. Vi tände upp så gott vi kunde i tavernan, men till ingen nytta. Oscar Helmsson vägrade säga ett dyft om vad som hade hänt i skogen. Sedan blev Jackson Green osäker på vad exakt de skulle ha sett där ute i vildmarken, så allt hopp om att få en förklaring vilade på Theodore Sullivan. När han hade tänt sin pipa med darrande fingrar och dragit in nog med tobaksrök i lungorna var han äntligen beredd att ge sin version av händelserna. Jag försökte vara så varsam som möjligt med tanke på den aura av skräck som de tre männen hade utstrålat, om än i olika grad. Att få Theo att börja prata tog tid, det var som att dra en sticka ur fingret, men han lät sig övertalas så sakteliga och vi fick höra hans version. Jag satt hukad framför honom och lade en hand på hans arm.

”Okej, Theo, ta det så sakta och börja från början helt enkelt”, bad jag.

”Vi var ute i skogen, borta vid området som Edward Jackson hade bett oss avverka." Theodore nickade i riktning mot åldermannen som rörde sig nervöst på sin stol borta vid baren. Edwards instruktioner skulle snart bli allmän kännedom, åtminstone till vissa delar.

"Alla fåglar slutade kvittra och löven slutade rassla. Det var kusligt, det verkade som om alla djur bara dog." Han såg förvirrad ut men fortsatte: "Sedan hördes det där vrålet. Det var fruktansvärt, det kom från ingenstans och liknade inget jag någonsin hört förut. "

Jag stirrade i det uttryckslösa ansiktet hos denne kartograf som blivit skogshuggare och såg att ögonen bekräftade hans berättelse. När hans vänstra hand började darra igen, tog han tag i den med sin högra innan han fortsatte.

"När vrålet hade tystnat kom ett morrande ljud, och jag kände de där ögonen titta på mig, någonting iakttog oss, jagade oss."

"Menar du som en varg eller en hund?" Jag hann inte ställa frågan färdigt förrän Theodore avbröt mig.

"Nej, Eli ... herrn, det var inte alls så, detta var underligt. Jag vände mig om förstår ni, för jag kände mig tvungen, och där stod den, på toppen av ravinen."

"Vad stod där?" inflikade Edward ivrigt och otåligt från andra sidan rummet där han nu hade ställt sig upp.

"Jag vet inte vad man kan kalla den. En demon som såg besynnerlig ut, jag kunde känna att den var ond, förstår ni? Sen hoppade den bara rakt ner i ravinen och vi hörde ett hasande i löven nedanför oss, så vi började springa."

Oscar såg ut att återuppleva händelsen för sitt inre öga; han skakade på huvudet, torkade sin svettiga panna men darrade som om han hade stått ute i regnet hela natten. Ingen av oss där i rummet hade någonsin sett en människa i ett så upprört tillstånd.

"Vi började bara springa och jag kände att jag måste se mig om, men jag såg ingenting. Jag vet att den var där, för jag kunde höra grenar knäckas som om den sprang rakt igenom dem och tog in på oss." Även Theodore började sakta tappa färgen och blev fruktansvärt blek, som om han hade sett ett spöke.

Oscar kramade tyget i rådmannens byxben och bröt äntligen sin tystnad.

"Den är där ute, Ed, det är något där ute i skogen!" fick den paralyserade skogshuggaren ur sig med ett hysteriskt tonfall. Theodore belönade Oscars påtagliga mod med en nick. "Jag går inte tillbaka dit", fortsatte han, "aldrig på tiden!"

Det vilade fortfarande en rädsla över männen som kändes äkta. Jag studerade deras ansikten och såg ingen lögn i deras ögon. Skyldiga människor, i synnerhet lögnare, har alltid nervösa ryckningar eller en synlig reaktion i ansiktet när de ljuger, har jag märkt. Dessa tre visade inget sådant, vad jag kunde se i alla fall. Jag trodde dem, vad de än sa att de hade sett, och att detta något sannerligen hade skrämt dem. Det här var inga dansörer eller musiker eller gycklare. Detta var stora, starka bastanta skogshuggare.

Edward vred sig loss ur Oscars grepp och kom över till mig. Han sträckte ut en hand för att hjälpa mig upp och ledde mig sedan till tavernans dörr. Vi öppnade bara en liten springa i dörren, men det svaga solljuset som spred sig in i rummet hade en lugnande inverkan på Oscar. John Morgan stod stadig bakom den tjocka skivan i bardisken, Theodore tittade på honom och Oscar såg sig nervöst omkring i rummet efter några tecken på det som han hade stött på i skogen. Jackson, ja... Jackson, han drack sitt öl. När de kom tillbaka från skogen var han också rädd men nu verkade han lugn. Kanske tvivlade han på vad det var de hade sett, trots allt? När dörren öppnades ytterligare och mer ljus trängde in på tavernan sken rummet upp i blänket från de bruna möblerna och de skimrande grå stenarna. Byborna utanför hade gått. Där stod inte längre någon nyhetstörstande församling. Faktum är att det inte verkade finnas något intresse för den här historien alls. Invånarna i vår lugna by hade alla återvänt till sina göromål. Alla utom skogshuggarna. Med knappt hörbar röst frågade Edward:

”Det är du som är konstapel här, Eli. Vad säger du om detta nonsens?” Förmodligen tänkte han att jag till slut hade hittat mitt kall här i byn.

”De verkar genuint skrämda, men jag kan inte låta bli att tänka att de har sett en björn eller några vargar. Faktum är att de flesta rovdjur är sådana att de andra djuren tystnar när de tar sig in på deras område”, svarade jag och stödde mig på all kunskap som jag hade sugit i mig från den långa rad av böcker jag förvärvat genom åren.

Edward nickade instämmande och strök sin mustasch. Han höll på att lägga upp en plan, det märktes. ”Ett djur kan få helt felaktiga proportioner i det här solskenet, i synnerhet om det står högt ovanför en.”

”Det håller jag med om, men det förklarar inte morrandet och vrålen”, lade jag till. ”Vi är omgivna av mil efter mil av outforskade skogar, herr Jackson. Det skulle kunna finnas hur många okända djur som helst där ute. En del kan vara farliga, andra inte.”

En sista strykning över det spretiga skägget med skrovliga händer och han hade bestämt sig för vad som var ett lämpligt svar. Han höjde på ögonbrynen, pekade med ett finger upp i luften och stötte sedan ner det i min axel.

”Jag ska skicka ut en spaningspatrull genast i morgon bitti.” Han underströk varje ord med en knackning på min axel. ”Vad det än var som skrämde livet ur grabbarna så ska vi hitta det, identifiera det, katalogisera det och hitta ett sätt att övermanna det.”

Sedan stegade han iväg till rådssalen där han tillbringade sin mesta tid med att hänga över oviktiga papper. Så var det med det.

Jag antog att hans svar betydde att vi alla nästa dag skulle ge oss ut i skogen till den outforskade avverkningsplatsen, beväpnade med gevär för att jaga rätt på en varg eller kanske en björn. Det verkade lite överdrivet med tanke på att det fanns hundratals vargar i närheten som hade hemsökt boskapen i åratal, men Edward hade rätt. Den delen av skogen behövde undersökas, den kunde ju åtminstone kartläggas. Det var synd att vår ende kartograf inte verkade ha någon lust att följa med. Men det skulle visa sig att han inte hade mycket till val.

Vad som sas på tavernan hölls mellan fyra väggar, men det var riktigt svårt i en tätt sammanhållen gemenskap som Woodland Point. I allmänhet var man nöjd om man kunde hålla något hemligt för Hannah Turner. Under eftermiddagen växte intresset för dagens händelser igen. Många pratade om vad det var man hade sett, fast de flesta valde att bortse från de ganska ovanliga aspekterna av händelsen och såg det i stället som ett ypperligt tillfälle att jaga upp de förbaskade vargarna som hade plundrat byns köttförråd i åratal. Jag hörde också någon hävda att skogshuggarna bara hade ätit för lite och blivit förvirrade. Det var inte en alldeles omöjlig teori.

När jag lämnade tavernan var min första tanke att jag skulle bege mig hemåt. Solen lyste fortfarande starkt men en kylig bris hade börjat svepa runt torget som om där fanns en spöklik närvaro. Molnen hopade sig snabbt och när jag fick syn på Marishka var det riktigt kallt. Jag lutade mig mot den gamla vita väggen igen, som jag hade gjort tidigare på dagen, för att iaktta henne. Det var fantastiskt att se hur långt hon hade kommit. Jag stod där för länge och såg på när hon lekte med barnen, för hon fick syn på mig. Hennes hand skar genom de kalla spöklika vindarna som en varm kniv genom smör. Hon tecknade åt mig att komma över och jag lydde.

Småbarn har aldrig riktigt varit min melodi. När jag tog hand om min unga kompanjon var hon redan lite större, och tur var det, för den väldiga uppgift det hade varit att uppfostra henne från födseln hade jag kanske inte gått iland med. Jag har tillbringat större delen av mitt vuxna liv med att jaga bovar och skurkar, hur skulle jag ha klarat det? Nog hade jag en del pengar men inte tillräckligt för att ha råd med en amma. Men ändå, allt jag hade i denna värld efter att ha flytt från England var Marishka. På det sättet var hon mitt barn och jag log åt dessa tankar här vid lekplatsen. På andra sätt var hon mer en kompanjon än ett barn. En god vän.

Jag förvånades över hur upptrampad och kletig den leriga, mjuka jorden kunde bli av några små barn som trippade omkring i sina skor. De gjorde marken till sin egen och hade skapat mönster i den på samma sätt som en häst kunde ha gjort. Jag förmodar att när man jämförde lekplatsen med kyrkan så såg det fruktansvärt ut, bara oordning och röra. Men jämfört med åkrarna till höger och med bostadskomplexet som låg till vänster bortom skolan så var den upprivna och genomblöta lekplatsen inte så annorlunda.

Miniatyrmänniskorna sprang runt och grep tag i Marishkas klänning, dansade i ring kring min kära flicka, medan de skrattade och lekfullt retades med varandra och tog skydd bakom sin framtida lärare. Jag stod vid grinden och ville inte gå in och störa de små barnens fridfulla lek. Trästaketet kändes kallt mot mina händer, det sträva träet skavde till slut mina en gång så lena handflator. Jag vet inte varför jag höll så hårt i det, det verkade bara naturligt. Jag stod där en minut eller två innan Catherine Loughlan kom ut. Hon hade inte samma lekfulla ton som Marishka. Med en nick åt Marishka föste hon snabbt in barnen till ännu en lektion i sådant de skulle behöva kunna i livet för att frodas och tjäna samhället som vuxna. När Marishkas nya barnkull försvunnit inomhus kom hon bort till mig. Hon lutade sig över det slarvigt hopsnickrade staketet, som fyllde liten eller ingen funktion alls vad jag kunde se, och log ett oskyldigt leende som inte övertygade mig alls. Hennes uppnosiga leende hade alltid varit ett tecken på att hon var begeistrad över något. Jag gav henne ett enkelt och symmetriskt leende tillbaka. När jag öppnade munnen för att börja prata svepte plötsligt en vindil runt oss. Hennes långa svarta hår fladdrade till och spred ut sig över hennes axel.

”Vill du veta vad det var som hände i skogen?” frågade jag innan hon ens fick en chans att charma eller kollra bort mig ytterligare med sitt leende.

”Ja, om jag får, Eli!” Hennes mjuka östliga accent hade börjat blekna bort de senaste åren och ersättas av en mycket stabilare engelska. Ännu ett noga avvägt leende skickades i min riktning. Hon visste att jag aldrig skulle neka henne något.

”Det är nog inte meningen att jag ska prata om det.”

”Eli, menar du att du har hittat din uppgift här?” skojade hon. Med en suck lät jag mig bevekas.

”Om du är klar här så kan vi gå hem och kanske, kanske, berättar jag det för dig”, skämtade jag i min tur med den unga kvinnan, vars leende ännu inte hade ersatts med ett brett triumferande grin, men det var inte långt borta.

När hon snodde runt svepte hennes svarta hår upp i mitt ansikte så att jag för ett ögonblick inte såg någonting. Hon skyndade sig bort till den lilla rangliga grinden i andra änden av skolgården och jag följde henne med blicken. Marishka lyfte den långa, rostiga haspen på den murkna grinden, slank ut och började med kvicka steg bege sig mot portalen in till bostäderna. Jag travade efter men snart stannade hon och väntade på mig för att ta min arm. Min lilla Marishka var utpumpad efter sin tjänstgöring. Jag minns inte att jag någonsin hade sett henne så utmattad under alla de år vi varit tillsammans. Vi var alltför medvetna om faran med att prata högt ute bland folk. Hannah var ett hot; ord som rann ur hennes mun skulle lätt kunna förvandlas till en löpeld av något mycket farligare och mer olycksbådande än vad som ursprungligen hade sagts. Vad helst jag tänkte berätta fick vänta tills vi var hemma i tryggheten.

Eftersom vinden tilltog, trots det varma och soliga vädret, bestämde vi oss för att inte stanna till i affären för att hämta vår veckoranson av livsmedel. Vi hade tillräckligt med varor hemma ändå för några dagar till, men Marishka hade tjatat på mig om ett besök hos sömmerskan. Det blev inget av med det heller. Den blå klänningen som Marishka var så noga med att inte smutsa ner under middagsmålet hade dock oundvikligen blivit lite sönderriven av de små rackarungarna.

Promenaden hem gick mellan de första två raderna av bostadshus. Vi gick förbi husen där skogshuggarna bodde och lade märke till att deras fönsterluckor var igendragna och dörrarna ordentligt stängda. Byborna i Woodland Point hade annars ofta dörrarna öppna under sommaren för att vädra och för att signalera till förbipasserande att de var hemma. Jag gissade att skogshuggarna inte var upplagda för besök.

Strax innan vi var framme vid Oscar Helmssons hus, tog vi av till vänster och gick mot vår egen husrad. I den tredje raden, tre hus ner från den stora portalen, låg vår boning. Huskomplexet var utformat för att vara asymmetriskt. Det fanns tre rader av hus och vi bodde som sagt i den tredje. Varje rad hade fem till åtta hus och några utspridda hus längre bort bildade en rand, eller fjärde rad om man så vill; en vid halvcirkel som sträckte sig längs hela den norra och östra gränsen av komplexet. Sedan fanns ju också Lilys hus, långt ute till vänster från portalen sett. Det låg en bra bit ifrån de andra husen och nära gränsen till skogen, som markerades med över fyrtio lanternor. Gränslanternorna kallade vi dem. De stod på ett stråk av gräs som var mindre än en meter tvärs över och där bortom låg den vidsträckta skogsmarken som blev allt tätare ju djupare in i skogen man gick. Från 1839 och framåt var det inte många som någonsin gjorde det.

På vägen tillbaka frågade jag Marishka hur det gick och om hon på allvar övervägde lärartjänsten. Hon skämtade igen. Kanske hade hennes barndom blivit stulen men någon annan skojare hade givit tillbaka den till henne under hennes sjuttonde levnadsår, tänkte jag.

"Tja, en del av oss måste passa in här, Eli!" retades hon.

Vi kom hem på en sex, sju minuter och vid det laget blåste det så förfärligt att sanden började tränga in genom den öppna dörren. Jag tänkte på skogshuggarna och undrade om de hade haft fönsterluckor och dörrar öppna om det inte hade varit så blåsigt? Jag höll kvar den tanken ett tag, i synnerhet medan jag sopade upp det torra gruset som hade blåst in genom dörren i vårt eget hem. Efter dryga tjugo minuter lade jag inte mer tid på eventuellt stängda luckor och skrämda skogshuggare utan började fundera på vårt andra ämne. Jag småpratade med Marishka från hallen om hennes yrkesval igen. Diskussionen var inte särskilt viktig, varken för mig eller henne. Hon hade valt att ta uppdraget så vår fortsatta konversation var bara artigt småprat, men även det dog ut medan vi städade upp den ovälkomna smutsen som de ohyfsade vindarna hade dragit in i vårt hem.

Det var så här jag och Marishka brukade göra. Vi pratade aldrig om något viktigt utom vid kvällsvarden. Under dagarna diskuterade vi ytligt nonsens, eller kallpratade som de säger i stan. Sedan när vi satte oss ner för att äta eller låg i våra sängar på kvällen diskuterade vi ordentligt allt det vi hade på hjärtat. Det är ganska märkligt. Jag minns knappt hur det är att sova ensam i sovrummet. När jag precis hade hittat flickan sov hon i en liten snabbt hopsnickrad säng mitt emot mig i sovrummet. Strax efteråt kunde jag kosta på henne en annan säng, men även den stod i mitt sovrum. Sedan har vi aldrig brytt oss om att ändra på arrangemanget. När vi kom till Woodland Point efter tio år hade det blivit helt naturligt för oss att sova i samma rum, så vi fortsatte att göra så. Vår bostad blev betydligt billigare också, eftersom vi behövde ett rum mindre. Där ute i vildmarken var det inget som kändes så hemtrevligt som när vi satt i våra sängar på kvällen, drack te och diskuterade den ständigt föränderliga världen. De stora männen här på jorden kan få ha sin konjak och sina pipor, och diskutera maskiner och revolutioner. Jag skulle gladeligen och när som helst välja en intellektuell diskussion med min kompanjon i vårt sovrum framför manligt skrytsamma debatter om makt och rikedom.

Efter en ypperlig måltid på kyckling, potatis och morötter tog Marishka upp tråden igen med dagens händelser, som hon hittills inte hade funderat på. Det var åtminstone det hon ville att jag skulle tro. Hon började fika efter information genom att artigt fråga mig om jag hade funderat närmare på en uppgift i Woodland Point. Marishka hade många goda egenskaper, men list var inte en av dem; jag läste henne som en öppen bok. Egentligen behövde hon inte vara så försiktig, vi hade inga hemligheter för varandra. Det var så här jag hade uppfostrat henne. Jag tyckte att jag redan hade accepterat att det var ett berättigat ämne för diskussion där borta på lekplatsen. Marishka var ju trots allt inte vem som helst. Hon var en stråle av ljus i ett isolerat liv, kringskuret av en värld full av onödiga fientligheter, ändlösa strider och brutalt slaveri. Åtminstone i mitt liv var hon ljuset.

Vårt vardagsrum var anspråkslöst. Rektangulärt och ofta mörkt med fönsterluckorna stängda. De var de enda i hela huset som nästan alltid var stängda. Jag ville ha det så, det är något jag vande mig vid i London där det bländande ljuset sken in medan jag läste under skymningstimmarna. Böcker upptog en stor del av rummet. Ett litet skrivbord, tre stolar som var bekväma om än inte direkt praktfulla och ett rejält bord fyllde resten av utrymmet. Vi åt vid bordet i vardagsrummet, för vi hade ingen matsal. Det var fullt tillräckligt, med tanke på var vi befann oss.

Ett enda ljus lyste upp rummet från mitten av bordet. Det gav en trivsam stämning som påminde om en supé jag hade varit på i Paris elva år tidigare. Jag hade tyckt om den känslan och snabbt infört levande ljus i våra rutiner när vi kom till England från Vilnius.

Vi levde på vårt eget sätt och det kunde vi med lätthet göra i Woodland Point, långt borta från den engelska societetens nyfikna blickar. Allt det en kvinna skulle vara, det var Marishka inte. Allt det en gentleman skulle ägna sig åt, det gjorde jag inte.

”Vad är det de säger sig ha sett?” frågade flickan ivrigt med mat i munnen. På en bjudning i London hade det inte tolererats. För mig var det varken förolämpande eller ohyfsat, och inte var hennes iver ovälkommen heller.

”De vet inte säkert”, svarade jag så uppriktigt jag kunde.

”Vargar?”

”De säger att de hörde ett vrål eller ett skrik som inte påminde om något annat djur man har hört. De säger att någonting bevakade dem, att de blev förföljda av något nästan ända fram till byn innan det försvann.”

Jag försökte krydda berättelsen lite för att väcka hennes intresse. Marishka uppskattade diskussioner. Jag tog ofta upp sådana ovanliga händelser för att sporra hennes intellekt, och mitt eget. Visst insåg jag att jag, genom att lägga till något till deras berättelse, om än aldrig så litet, for med osanning i likhet med vår granne i huset intill, den förutnämnda Hannah Turner. Men jag brydde mig inte så mycket om det. Marishka var obrottsligt lojal och skulle aldrig yppa ett ord om något jag berättat för henne. Det hade hon aldrig gjort förr, och det kommer hon aldrig att göra. Så till den grad litar jag på henne.

”Så inte vargar då?” sa hon, vetgirig men förbryllad.

”Uppenbarligen inte.” Jag satte mig till rätta i stolen och lutade mig bakåt mot ryggstödet, som knakade en aning. ”Men det finns många djur där ute, kära du, många av dem är kanske inte katalogiserade ännu. Det är fullt möjligt att ett okänt djur finns där ute i skogen och att det blev felaktigt identifierat, men jag tror knappast vi pratar om monster här.”

”Kan de ha hittat på alltihop?”

Jag rynkade pannan; Marishka uppfattade min besvikelse över frågan, men hon visste att det skulle gå över.

”Nej.” Det var jag säker på. ”De var alldeles för skräckslagna för att ha svängt ihop vilda fantasier. Det fanns något där ute och detta något har skrämt dem, så mycket är klart.”

Till min besvikelse slutade vår diskussion där. Marishka sa nästan ingenting mer om detta på hela kvällen. I stället satt vi framför den tomma eldstaden och pratade om andra saker vi varit med om och som jag tänker berätta mer om senare. Vi diskuterade också hennes schema för resten av veckan, innan vi hade ett långt samtal om tiden i sig. Jag tycker det är fantastiskt hur människan kan hoppa från ett ämne till ett annat, så att de efter bara några minuter inte verkar ha något samband alls och det blir obegripligt hur man kom fram till just det.

När vi var klara att gå till sängs, strax före nio, kunde jag knappast dra mig till minnes vad männen hade sagt att de såg i skogen. Men jag skulle snart få veta det, för någonting var på väg till byn, någonting fanns utanför och någonting skulle obevekligt ansätta byn och dess invånare resten av året. Vi skulle inte behöva vänta länge.

DEN ANDRA IAKTTAGELSEN av den mystiska varelsen skedde samma natt. Kanske hade den magiska besten inte gett sig av när skogshuggarna vände tillbaka till byn? Kanske hade den följt dem till byns utkant och stannat där, nyfiket kikat tvärs över landskapet och studerat detta nya och okända område. Hur som helst, rapporten kom in cirka halv tolv på natten.

Jackson Green låg klarvaken i sin säng inte långt från vårt hus, i den vänstra delen av bostadskvarteret. Jacksons hus låg med baksidan mot en mur intill timmerupplaget och det var ett av de få som hade trädgård. Nu låg han orolig i sängen och hans fru Evelyn försökte lugna denne man som hemsöktes av förvirrande tankar på vad han egentligen hade sett uppe på ravinens kant. Allt eftersom kvällen led lugnade stormen ner sig och byborna kunde tända gränsfacklorna som vanligt. Ringen av lanternor runt hela samhället lyste upp ett område från den gamla stenbron, byns västligaste utpost, till husen i bostadskvarteret i nordöst. I hela Woodland Point var farmen det enda bebodda området som inte var ordentligt upplyst under natten. Redan vid tio hade vindarna mojnat, och ljuset bredvid Jackson hade slutat fladdra helt och blivit så stilla att det var som om det inte var tänt alls.

De flesta byborna gick till sängs vid samma tid, så ljudet av grannar på väg hem från tavernan dog snabbt ut, tills det inte hördes någonting alls där ute. Bara ibland hördes skällandet från någon grannes hund, men det var inte särskilt skrämmande, det var snarare ganska vanligt. Ändå kunde Jackson inte sova. När han inte längre visste vad han skulle ta sig till, utan tänkte ge upp försöket, började hans hund skälla högt i den lilla trädgården utanför deras hus. Evelyn bad honom stanna i sängen och låta hunden skälla. Mot sin frus vilja bestämde han sig för att undersöka vad som gjorde hunden orolig och gick ut med ett laddat vapen. Det verkade som om Jackson inte tog några risker efter mötet i skogen. Med ett hastigt tänt ljus i ena handen och en pistol i den andra gick han till trappan som ledde ner till ytterdörren. I dörren satt en glasruta genom vilken man kunde skymta trädgården. I farstun stod han och stirrade ut i nattens stillhet när han kände närvaron av någonting där ute. Han fingrade på låsen och kände sig lugnad. Dörren var fortfarande ordentligt låst, vilket i sig var ovanligt för den här tiden på året i Woodland Point. Ändå fortsatte hunden att skälla högre och högre, mer och mer ihållande.

Jackson måste ha uppbådat mer mod än han trodde sig kapabel till för att våga öppna dörren. Ett ljus flimrade hastigt till på väggen vid trappan och en skuggliknande figur avtecknade sig. Just då kunde han ha förlorat allt kurage om det inte hade varit för att han såg att siluetten rörde sig precis likadant som han själv. Med växande självförtroende sträckte han sig efter regeln på dörren. Om det fanns något egendomligt som låg på lur så var det där ute, tänkte han. Men när han sträckte sig efter handtaget tappade han modet en stund. Sedan skakade han av sig rädslan. Sakta, sakta öppnade han dörren; nu var han ett nervknippe. Hunden hade tystnat där ute i natten när Jackson stack ut huvudet. Det var lugnt och tyst, alltför stilla.

Jackson hävdade att han hade känt sig löjlig när han frågade ”Vem där?” och inte fick något svar. Detta var innan han satte först ena foten utanför dörren, sedan den andra. Det kom inget svar, inte ens från hunden som var tystare nu än någonsin tidigare under kvällen.

Jackson fortsatte darrande ut i trädgården, stannade upp och tog sedan ytterligare ett steg ut i den dåligt upplysta omgivningen. Sedan vände han och började gå tillbaka mot dörren, men blev osäker och stannade upp. Så samlade han mod och gick snabbt ut till mitten av trädgården, till en relativt öppen plats i den buskbeväxta trädgården. Plötsligt gläfste hunden till. Uppskärrad lyfte Jackson vapnet och spanade i ljuslågans sken efter vad som fått djuret att gläfsa så. Men han såg inget. Bortsett från honom själv och byrackan trodde han sig vara ensam i natten.

Månljuset och stjärnhimlen avslöjade ingenting men Jackson kunde ana de fladdrande gränslanternorna långt borta på andra sidan av bostadskomplexet. Theodore Sullivans hus låg en bit bort, ganska nära lanternorna, och dolde de andra husen. Mycket mer än så kunde skogshuggaren inte se. Jackson Green tvingade sig därför att fortsätta gå mot den andra raden av hus, medan hans egen trädgård föll i allt djupare mörker bakom honom. Hans fru kikade på honom genom rutan i den öppna dörren.

Ju längre Jackson gick, desto räddare blev han. När ytterdörren slog igen bakom honom hoppade han till. När grenarna på ett träd i närheten rasslande gneds mot varandra av en plötslig bris hoppade han ännu högre. Den snabba vindilen dog snart bort och han undrade hur den uppstått. Den hårdhudade och för det mesta orubblige skogshuggaren kände kylan krypa i skinnet, samma kusliga tystnad och samma känsla av annalkande fara som hade följt honom ute i skogen tidigare på dagen. Jackson Green blev som fastfrusen, oförmögen att ta ett steg framåt, oförmögen att gå tillbaka till den relativa säkerheten i huset. Han stod och övervägde sin styrka. Hade paranoian fått övertaget över honom?

Det kändes så. Darrande av skräck tvingade han sig att börja gå, trampa det torra gruset tillbaka mot den stängda dörren. Men där var något märkligt, något som fick kallsvetten att rinna längs ryggraden på honom. Husen han var på väg mot hade plötsligt svepts in i en spöklik dimma. Dörren som sakta kom inom synhåll var bara några meter bort, tryggheten var inom räckhåll. Men då blåstes stearinljuset ut och skräcken växte till en helt ny nivå. Det var i detta ögonblick som han kände ögonen på sig igen och rusade mot den stängda dörren, men något grep tag om hans vrist och drog omkull honom. Hans kände gräset mot ansiktet när han träffade marken. Häftigt snodde han runt för att möta sin angripare. Långa hopslingrade revor från buskarna hade fastnat runt hans vrist och dragit omkull honom. Jackson skrattade av lättnad. Han befriade sig från revorna, rätade på sig och såg mot dörren. Men det var fortfarande någonting som inte kändes som det skulle. Hans huvud dunkade och hjärtat hoppade över ett slag när han ansträngde sig för att se och förstå vad det var som stod framför honom.

Där var den. Varelsen från skogen stod rakt framför honom, helt lugnt, tydligt avtecknad mot buskaget bredvid dörren. Den stod hukad där, ja, rentav hopkrupen. Jackson vågade inte röra sig; han hade inte kunnat ens om han hade velat. Vi kan nog aldrig förstå vad som gick genom hans huvud i den stunden. Jackson var som hypnotiserad av besten, stod och stirrade på det som plågat honom i drömmen. Den måste ha funnits där i buskarna hela tiden när han sakta smög förbi. Han hade kanske varit mindre än en meter från den.

Till en början kunde han inte riktigt avgöra vad det var för ett slags varelse som hade skrämt honom, tror jag. Den såg ut som ett runt klot med klor, det var allt. Gradvis kunde Jackson sedan urskilja formen av en kropp, allt eftersom den rätade ut sig från sin hukande ställning. Varelsen hade ett tydligt huvud, fyra lemmar och en svans. De två främre lemmarna såg ut som armar, men de nådde nästan ner till marken när den stod fullt uppsträckt, så det var definitivt inte någon människa. Var det en demon som hade lösgjort sig ur hans mörkaste mardrömmar, som hade blivit verklig för att plåga honom för evigt? Den var nästan lika lång som en människa men Jackson kunde inte se bra nog i mörkret för att kunna identifiera besten närmare. Han sa senare att det som skrämde honom mest var de insektslika benen. Han beskrev dem som spindelliknande och böjda, likt benen på en gräshoppa. Varelsen höll sig tyst och stilla men Jackson tyckte att han kunde se dess ögon stirra ut ur det becksvarta mörkret rakt på honom. Sedan släppte hans förlamning och all ångest och den fasansfulla skräcken bara försvann. Hans rädsla bleknade bort och kvar hade han den trygga känslan av vapnet. Han lyfte sin arm och avlossade ett skott. Skotten ekade i natten så att alla kunde höra. Han sköt och laddade, sköt och laddade tills hans ammunition var slut. Nu måste han väl ha träffat den? När han slutade skjuta hade redan flera grannar strömmat till bakom honom medan hans hustrus skrik bakom den stängda dörren fortfarande skar genom byn.

Nu fick han kontroll över sig själv igen och rusade fram till huset, men där varelsen hade stått bara några sekunder tidigare syntes ingenting. Icke ett spår. Han var säker på att han hade träffat. Där fanns inga skotthål i dörrarna eller väggarna. Den hade stått mindre än två meter ifrån honom, tydligt avtecknad mot väggen. Han måste ha träffat. Det syntes inga spår av blod heller, och knappt hade hans skräck klingat av förrän den återvände. Vad var det som hände? Vad var det han just hade sett? I detta ögonblick undrade han om han möjligen hade skjutit mot Döden själv. Det skulle sannerligen ha varit ett oväntat möte. Och Döden rår man trots allt inte på.

Ingen av oss fick mycket till vila resten av natten, inte efter vad som hänt Jackson. En del av kvinnorna var rädda för att sova. En del som aldrig förut hade låst sina dörrar kände plötsligt ett behov av att göra det. Jag själv? Jag tillbringade återstoden av natten i Greens hus med Marishka, Edward och flera av rådmännen. Vi hade anmält oss frivilligt till att stanna hos honom tills solen gick upp, ifall varelsen bestämde sig för att återvända. Men vad det nu än var för en varelse, så hade den inga sådana planer den natten.

Med Marishka hopkrupen bredvid mig i en stor fåtölj – som jag eventuellt var lite avundsjuk på – drack jag av vårt importerade te och ställde frågor till Jackson om natten och antecknade vad han menade hade hänt utanför huset. Hans berättelse om mötet var den jag just nu har berättat för dig. Antingen fanns det något mycket mystiskt och kraftfullt, en varelse helt okänd för vetenskapen, som smög fram i vildmarken runt Woodland Point, eller så såg Jackson Green i syne. Kanske var det en vakendröm som framkallats av den oerhörda skräck han känt för det som egentligen hade varit ett normalt, vanligt djur de mött ute i skogen den eftermiddagen? Detta var i alla fall min preliminära rapport till Edward Jackson. Jackson Green lade fram sin berättelse exakt likadant varje gång hur många gånger jag än bad honom att upprepa händelseförloppet. Det gick alltid ihop. Genom mitt arbete med Jackson fick vår ålderman i rådet upp ögonen för mina talanger och jag tror att det är därför jag blev så nära involverad i händelserna i Woodland Point. Det hade kanske varit bättre om jag inte hade blivit det.

Mitt sätt att ställa frågor och formulera teorier bakom rapporterna gjorde att Edward ansåg mig ansvarsfull nog att leda en utredning om den mystiska iakttagelsen och det nattliga besöket. Jag skulle använda allt mitt kunnande som konstapel för att spåra djuret och föra det tillbaka för vetenskapliga undersökningar. Tanken på en sådan uppgift gjorde mig begeistrad, måste jag erkänna. Fram till dess hade jag inte varit alltför glad över möjligheten att bli lagens långa arm i Woodland Point. Det förekom ju ingen brottslighet och praktiskt taget inget våld. Skulle jag bli pladderkonstapel och haffa dem som skvallrade? Nä, det här var betydligt mer stimulerande. Under många år hade jag läst böcker om det ovanliga, det exotiska och alla möjliga slags vetenskaper så möjligheten att eventuellt få studera en okänd varelse och lära mig allt som fanns att veta om den var rena lyckan. Och Marishka var också sprudlande glad även om hon fick dölja det för rådmännen. I vårt partnerskap agerade jag aldrig ensam. Det visste hon.

Hela händelsen hade gett mig ett arbete. En post långt från de tröttsamma fjäskuppdragen som rådet säkerligen hade förberett för mig i utbyte mot tillstånd att bosätta mig i Woodland Point. Något helt annat än att bli Edward

Jacksons högra hand. Nu hade jag chansen att återfå lite av min självrespekt genom ett jobb som jag förlorat kontakten med sedan vi lämnade London. Nu var jag polisinspektör igen, på sätt och vis i alla fall.

Föga förvånansvärt hölls det ett möte i rådssalen nästa morgon. Det var ganska vanligt att rådet sammanträdde några gånger per vecka för att diskutera det ena eller det andra. Det var däremot inte vanligt att jag fick en kallelse knappa sex timmar före sammanträdet. Marishka och jag hade somnat till slut vid fyratiden på morgonen och väcktes klockan sju av Evelyn Green som kom in med en lätt frukost på havregrynsgröt och några kex. Inte många hade pratat under kvällen efter Jackson Greens upprepade men konsekventa återgivning av vad han sett. Besökarna hade bara hållit utkik efter några tecken på att varelsen skulle återvända. Evelyn var på gott humör den morgonen och gick med fjädrande steg. Kanske hade gumman blivit upprymd av allt det som nu hände i byn. Hon hade ju inte själv sett besten utan bara skrikit när hon hörde skotten. Vi hade inte mycket tid för att byta om, så vi borstade bara av oss de hårda kexsmulorna och gick mot verandan för att börja den första dagen av det jag kallar "iakttagelseperioden". Jag har delat upp händelserna i och runt Woodland Point under 1838 och 1839 i tre separata perioder. Den första tiden av iakttagelser har alltså ett passande namn. Den andra perioden kallas "den lugna perioden" eftersom inga iakttagelser eller rapporter om varelsen dök upp under dessa sex månader. Till sist kommer "finalen" då det skedde en dramatisk händelseutveckling och jag skulle få se besten med egna ögon. Men så här tidigt i berättelsen befinner vi oss alltså i iakttagelseperioden.

När det var dags att gå till rådsmötet krävde jag att få ha Marishka närvarande i salen. Kvinnor fick egentligen inte vara där, men det hade man naturligtvis gjort undantag för tidigare när Lily Owen tog över styret av samhället. Lily var ju dock bara en enda kvinna och dessutom stadens guvernör om man så vill. Marishka var inte ens lärarinna ännu, bara en flicka i deras ögon, en utomstående och omogen flicka. Du undrar varför jag var så envis med att hon skulle få vara med i rådssalen? Jag har ju berättat att jag inte hade några hemligheter för henne, eller hur? Men om sanningen ska fram så var det hon som höll mig vid sunda vätskor. Om jag drev iväg för långt bort från normala resonemang brukade hon hala in mig igen även om jag spjärnade emot och slingrade mig. Jag gav henne kunskap och spänning (som hon skulle säga), hon gav mig stabilitet. Du har kanske inte märkt det, men jag har en tendens att bli lite, hur ska jag säga, lite upphetsad, över ganska mycket. Ja, det stämmer bra! Marishka var min garant för att det inte skulle hända. Inte så ofta, i alla fall.

Edward vägrade först blankt att låta henne vara med i rådssalen, men lyckligtvis i ett ögonblick som denne ålderman med järnnäven inte hade förutsett: när han sa tvärt nej var Lily själv närvarande. Hon hade kommit till paret Green när hon fått höra om deras möte med varelsen. Lily, som efter vad som sas inte brukade engagera sig nämnvärt i rådets göromål, verkade upplagd för en kamp mot den egoistiske och makthungrige Ed, en gammaldags och högmodig man. Kanske tänkte hon att en extra kvinna i rådssalen skulle utjämna åsikterna i styrelsen om någon av medlemmarna, det vill säga Edward, röstade för drastiska åtgärder. Han skulle nästan säkert ha röstat för handlingsplaner som inte hörde hemma i Woodland Point, oavsett om vår mystiske gäst var en varg, en björn eller djävulen själv. Plötsligt hade Edward två kvinnor i utredningspanelen, varav en hade högre rang än han själv och skulle kunna beröva honom hans roll om hon så önskade, åtminstone i teorin. Han var inte förtjust.

Vi gick ut genom portalen, tvärs över torget och stod sedan framför rådhuset och dess bastanta vita stenväggar när klockan slog åtta. Jag hade bara varit inne i byggnaden en enda gång tidigare, men aldrig i själva rådssalen. Det var sällan byborna fick tillfälle att vistas i salen, i stället fick de vänta i vestibulen på ett utlåtande eller en dom i ärendet som skulle avgöras. Nu gick jag in där. Rådhuset hade trappor av sten, till skillnad från alla andra byggnader i Woodland Point. De ledde till ett valv och ett par majestätiska dörrar med utsnidade keruber och andra sådana snirkligheter som folk tycker är så intagande att de smyckar viktiga och symboliska byggnader med dem. Rådhuset såg verkligen malplacerat ut i Woodland Point. Det kanske hade passat bättre i London, tänkte jag. Inne i byggnaden fortsatte de vita väggarna in till ett väntrum med träbänkar prydligt placerade på tvärs i rummet likt kyrkbänkar, fast inte lika välanvända. Där bortom fanns en dörr som oftast var stängd och dolde själva rådssalen för de bybor som eventuellt kom in. Inne i salen pryddes de skinande väggarna av målningar och golvet av mattor.

Ingen hade mattor därhemma och inga tavlor heller, åtminstone inte vad jag hade sett. Denna skönhet var kanske förbehållen rådets hjärta, kärnan i den organisation som upprätthöll lugn och frid i samhället?

Väl inne i rummet intog alla sina tilldelade platser, här fanns det inga träbänkar. Rådmännens stolar var ordnade i en halvcirkel under de strålar av sol som trängde in i rummet från en glaskupol i taket. Lily ledde mig och Marishka till ett par extrastolar som hade placerats framför dem.

Det vilade nästan något gudomligt över rådet i det majestätiska motljuset där de satt och harklade sig på det där sättet som bara trötta gamla män brukar göra. Lily intog sin plats i mitten, bredvid åldermannen. Som en del i den pompösa ceremonin hölls ett upprop för att fastställa vilka som var närvarande. Det var en löjlig formalitet, förmodligen en tradition som hade startats av någon jurist som satt med i det allra första rådet, och som sedan helt enkelt bara fortsatt. De tre skogshuggarna som var nyckelvittnen i frågan som skulle diskuteras var inte närvarande. Eller rättare sagt, de var inte inbjudna. Övertygad om att han hade tagit reda på alla "fakta" om de två händelserna inledde Edward mötet med en återgivning av skogshuggarnas iakttagelser och därefter följde en sammanfattning av vad Jackson Green hade sett. Marishka lyssnade uppmärksamt på berättelsen om de första iakttagelserna, men det verkade som om hennes tankar vandrade iväg under den senare delen av redogörelsen, jag kunde se hur hennes blick vandrade över den vackra salen. Inte förrän resumén var komplett kunde rådets diskussioner inledas.

Jag kallades fram till Edward och Lily, och än en gång begärde jag att få ha Marishka vid min sida, något som rådet motvilligt gick med på. Behovet av ett rådsmöte framstod plötsligt som gammaldags och irrelevant. Det blev uppenbart att rådet inte fattade några beslut i den här salen, utan använde den för att tillkännage sina intentioner. Beslutet att blanda in mig i fallet hade tagits utan att vi någonsin varit delaktiga i det, kanske redan när vi stod i vestibulen. Edward styrde och ställde utan att samråda med någon annan. Det var ett bevis på hans snabbt växande maktposition i byn.

När jag stod framför rådmännen fick jag ett papper att signera. Sedan började Edward räkna upp vad jag hade rätt eller inte rätt att göra i min befattning att upprätthålla lag och ordning i Woodland Point och som utredare av de två incidenterna. Det verkade ganska formellt men var samtidigt logiskt. Jag ska inte gå in på några detaljer om vad jag rent allmänt hade tillstånd att göra eller vad som var förbjudet, jag är säker på att du kan tänka dig var gränserna gick. Men det var något som saknades i dokumentet.

"Kan jag få be er att inkludera min kompanjon i denna utredning?" framkastade jag djärvt.

"En flicka från byn? Omöjligt!" spottade Edward omedelbart ur sig.

"Det kan ni räkna med, herr Walker." Rådets ledande Lady avvisade invändningen.

"Hon är bara ett barn. En blivande lärarinna."

"Och kunnig i mycket, det har jag sett. Det går bra, herr Walker."

För första gången hade Lily visat sin verkliga styrka. En kort, ohörbar diskussion följde mellan de två, och man behöver inte vara jurist för att räkna ut vad den handlade om.

"Fröken Taranova, eftersom det verkar som om herr Walker inte vågar fortsätta utan dig, och eftersom du nu står inför det samlade rådet med Lady Owens godkännande, så ska du också signera deklarationen under Elis namnteckning för att legalisera din utredning av denna enda fråga", sa Edward spydigt. "Du är emellertid inte på något sätt ansvarig för att upprätthålla lag och ordning, du skall avgå när herr Walkers utredning är klar, och din ställning i detta ärende kan ändras av rådet om de anser det nödvändigt", lade den ilskne och besegrade åldermannen till.

Edwards villkor påminde mer om kapitulationsvillkor i ett fredsavtal än om något annat, men var icke desto mindre något som flickebarnet accepterade med glädje. Jag är inte säker på om Edward förstod att Marishka drev med honom när hon neg efter att ha signerat dokumentet, men hon hade ett okynnigt leende av ett slag som jag knappast sett sedan dess. Det verkade som om Lily såg någonting hos flickan, men vad det var skulle förbli höljt i dunkel ännu ett slag.

Mötet hann knappast avslutas förrän Marishka och jag leddes ut ur rådssalen med order om att rapportera till rådet så snart vi uppdagat någonting av värde. Med mina polisiära uppgifter kom också ett arbetsrum i själva rådhuset. Lily upplyste mig om att detta var hennes verk och att det var en ära att få ha det. Bara Edward och hon själv hade arbetsrum i byggnaden. Dessa rum skulle fungera som ett nav för verksamheten; i detta samhälle ansågs det vara av största vikt att skilja arbetet från vardagslivet för att det inte skulle bli alltför överväldigande. I London har jag aldrig hört talas om något sådant.

När vi lämnade vestibulen med de vita väggarna och gick ut på torget, tog Marishka min hand. Vi gick hemåt utan någon klar uppfattning och vad vi skulle göra härnäst, mellan arbetare på väg till sina sysslor och grupper av folk som stod och småpratade. Var skulle vi börja? Vad kunde vi börja med?

”Så vad gör vi nu?” frågade hon oskyldigt och verkade just så rådvill som en privatdetektiv kan förväntas vara första gången.

”Nu, lilla vän, ska vi organisera en skallgångskedja, precis som Edward vill, för att finkamma området där de högg timmer i går.”

”Tänker du följa Edwards instruktioner till punkt och pricka, Eli?” Hon såg på mig med sina stora mörka ögon med ett egendomligt uttryck i ansiktet och hennes ögonlock fladdrade en aning i det skarpa solskenet. Marishkas mörka hår kändes varmt när jag tog hennes ansikte i mina händer.

”För tillfället”, sa jag med en blinkning innan vi fortsatte förbi brunnen. ”Jag håller med om att det behövs en genomsökning av skogen, så den här gången kommer jag att göra som han vill.” Vi stannade till mitt på torget ett kort ögonblick, och jag tillade: ”Det håller honom lugn ett slag medan jag formulerar en teori.”

Medan vi stod där överraskades vi av att klockan ringde. Det var ett par timmar för tidigt för middag, så vi gjorde helt om och tittade bort mot fader Bluestones kyrka som dånglandet kom från. Alla rådsmedlemmar strömmade nerför trappan, inklusive Edward och Lily. Från andra hållet kom smeder och bönder, John Morgan och arkivarien, sömmerskor och barn; alla skyndade sig ut på torget. Om jag inte hade vetat bättre kunde jag ha trott att Marishka och jag som stod där mitt på torget omringade av bosättningens hela befolkning var på väg att brännas på bål, som i gamla tider.

När folket samlats på torget fortsatte de sina diskussioner om de två sammanstötningarna med varelsen. Alla oavsett yrkesgrupp och utbildning pratade och käbblade om vargar, björnar och demoner. Jackson, som ansattes med så många frågor att han inte han öppna munnen för att svara innan nästa kom, blev så irriterad att han till slut vrålade att om alla bara var tysta skulle allt tids nog få sin förklaring. Oscar Helmsson, den av skogshuggarna som hade blivit mest uppskrämd den första dagen, förblev tyst. Han hade såvitt jag visste inte sagt ett ord till någon sedan tavernan.

Edward klev ner på nedersta steget och stod med rådet tätt bakom sin rygg. Man kunde inte ta fel på hans ställning i byn. Han talade högt och ljudligt till byborna. Bara den susande vinden vågade tävla med hans röst, och i en stund av högst passande ironi drog mörka moln in framför solen så att grå skuggor kastades över torget – kalla grå skuggor. Edward tystade folkhopen med sin röst:

”Som ni säkert redan hört, så hävdar flera av våra skogshuggare att de såg någonting i går ute på avverkningsplatsen.”

”En del säger att det inte var på avverkningsplatsen, utan någon annanstans!” invände Hannah som väntat. Med tiden skulle hennes ungdomliga oförvägenhet lägga sig och hon skulle lära sig veta sin plats, men för ögonblicket gjorde denna yppiga brunett och skvallerkvarn en kvicktänkt iakttagelse, om än omotiverad ur Edwards synvinkel.

”Om det inträffade här eller där är helt irrelevant, fröken Turner,” sa han. ”Det viktiga är att detta djur har siktats i våra skogar, och sedan en gång till i vår by i natt.” Jackson Green nickade instämmande. ”Jag är säker på att några av er känner till Eli Walkers förflutna som polis i London”, fortsatte Edward, ”och i förmiddags utsåg rådet honom att leda utredningen av dessa incidenter, som lagens långa arm i vår kära by.” Folksamlingen stod tyst. ”Jag uppmanar er att rapportera alla iakttagelser ni kanske gör i dag när ni utför era sysslor, eller vid något annat tillfälle. Herr Walker kommer att ta kommandot över utredningen och vi förväntar oss att han kan ge er svar ganska snart, stämmer inte det, herr Walker?”

Jag mötte Edwards blick och förstod hans plan. Om jag inte fick upp något spår efter besten skulle många säkerligen bli missbelåtna med mitt arbete, kanske tillräckligt missbelåtna för att få mig avsatt från min post. I så fall skulle det bara finnas en person som kunde befästa min roll i samhället. Ett bra drag av vår ålderman för att försäkra sig om min lojalitet, eller min medgörlighet.

”Det stämmer, herr Jackson. Jag ska börja undersöka dessa händelser omedelbart.” Jag insåg att mitt svar skulle ha riktat sig till folksamlingen runt mig, så jag vände mig mot dem. ”Redan i eftermiddag ska jag genomsöka avverkningsplatsen och jag ber härmed om frivilliga att hjälpa till i sökandet efter vad det nu är som dessa herrar har sett.” Jag vände mig runt och iakttog alla dessa ansikten som såg på mig, en del med rädsla, några förbryllade, andra förströdda. ”Finns här några frivilliga?”

Först var det ingen som lyfte handen, många var alltför upptagna av sina egna plikter för att gå på en lönlös jakt långt inne i det okända skogsområdet som inte ens fanns på någon karta. Många trodde fortfarande att vår besökare bara var en varg och de som inte trodde det var inte villiga att lägga tid på att jaga en mystisk nattvarelse. Demoner var sådant man fruktade i kyrkliga samhällen, inte här i Woodland Point. Så småningom var det en man som sträckte upp handen; John Morgan, vår pubägare. Varken Jackson Green eller Oscar Helmsson hade kurage nog att möta sina demoner och jaga rätt på sin plågoande.

”Finns det inte någon mer?” Lily lät besviken när hon till slut tog till orda.

Bybornas bristande engagemang gjorde henne ledsen, detta var inte vad Woodland Point stod för. Men varför skulle byborna erbjuda mig sin hjälp? Jag hade funnits ibland dem ungefär tre månader och hade inte varit till mycket nytta. Detta var faktiskt den första dagen jag arbetade i byn. Många menade säkert att jag som utredningsledare och företrädare för lag och ordning skulle göra det själv.

”Jag ska visa dig vägen dit!” ropade en modig själ ibland de fega byborna.

En man var beredd att möta sin nemesis, det var Theodore Sullivan. Kartografen hade mod nog att räcka upp handen när så många andra inte vågade, vilket visade på en verklig karaktärsstyrka. Att det fanns någon som var beredd att bege sig tillbaka in till helvetesdjupet efter vad han påstod sig ha sett kändes uppmuntrande.

Marishka lyfte sin hand i ännu en utmanande handling. Jag hade hela tiden räknat med att hon skulle följa med spaningspatrullen men om Edward hade räknat med det kunde jag inte avgöra. Hon hade inte behövt förklara sig beredd att gå med i sökandet, men jag vet att hon gjorde det enbart för att reta upp åldermannen, som hon tyckte hade kränkt henne genom att avfärda henne som bara en flicka. Jag har berättat att Marishka har en stark vilja och är en otroligt bestämd ung dam, eller hur? Könstillhörigheten sätter inga gränser för Marishka.

Jag blinkade åt henne och förklarade för de två männen att vi skulle ge oss av omedelbart. Jag uppmanade dem att packa för regn, med kraftiga stövlar och vandringsstavar. De skulle helst också ta med sig vapen. Vem visste vad vi skulle stöta på där i vildmarken?

Det fanns ingen tid för ett rejält mål mat innan vi skulle börja sökandet, så vi åt några kokta ägg och lite torrt bröd som vi hade hemma och stuvade ner lite matsäck i en läderväska. Vi behövde också ha med oss vapen. Jag hann precis hämta mitt svärd innan störtregnet kom. Skjutvapen hade jag aldrig riktigt förstått mig på och var rädd att det skulle inträffa någon malör med avtryckaren. Att oavsiktligt döda någon var det sista jag ville. Dock var jag kunnig i fäktandets konst, vilket jag hade upptäckt under farliga och tragiska omständigheter ett tiotal år tidigare. Jag tog mitt svärd och hoppades att någon annan i gruppen bar pistol, så länge den var i rätta händer.

”Har du ett vapen med?” frågade jag Marishka. Ärligt talat visste jag inte vad jag gav mig in på, eller ännu värre, vad jag involverade Marishka i. Jag var glad att hon var med mig, men fruktade ändå för hennes liv, i synnerhet om det var något farligt som hotade oss från den okända världen bortom våra gränser. Jag var inte så rädd för att hitta djävulen i Woodland Point som för att stöta på en stor varg. Besten hade dock hittat till vår by så jag försökte intala mig att hon var säkrare ute i skogen än om hon stannade kvar, att i skogen var hon åtminstone vid min sida och jag kunde försvara henne med mitt liv. Det hjälpte.

Marishka nickade och visade upp en halvstor dolk innan hon varsamt dolde den i kjolarna. Hon hade blivit ganska van vid att hantera knivar och svärd sedan vi flyttade till Woodland Point. Det var ännu en av de egenskaper som var opassande för en dam, men som jag beundrade. Hon anförtrodde mig att byns smed, Stephen Holmes, i hemlighet låtit henne träna i smedjan. Han var en kraftigt byggd ung man som nog var hemligt förtjust i min kära Marishka, och skulle inget säga till rådet. De skulle säkerligen inte ha varit särskilt imponerade av en kvinna som svingar svärd i en verkstad, så jag förstod att hon inte ville skylta med vapnet nu.

Vid tolvtiden var vi färdiga att gå. Himlen hade blivit gråsvart och uppvisade en palett av skuggor. De flöt ihop till ett täcke som solens strålar inte orkade tränga igenom, som en kolteckning som lämnats ute i regnet. Marken under våra fötter var slafsig och gul. Leran hade börjat blandas med sandlagret under jorden och bildade en förrädiskt slipprig yta, fylld med vattenpölar, som vi skulle korsa. Det stilla smattrandet av regn var till en början försynt men övergick snart till ett tyngre, bombastiskt dån. Man kunde höra dropparna hamra på glasrutorna i byn, även när man var utomhus. Det kvittade dock. Vi var tvungna att ge oss av ändå, och rida över de fruktansvärt våta och leriga markerna.

Vår lilla trupp samlades på torget men det var av lite eller inget intresse för resten av samhället. Inte ens rådet hade stannat för att vinka av oss. Byborna var väldigt glada över att ha något att skvallra om, men huruvida vi fångade in ett vilt och kanske farligt djur verkade de ointresserade av. Vi fick syn på John där han stod under verandataket på tavernan, väl skyddad från regnet får man säga. Han var ingen dumbom, utan hade tagit med sig ett vapen. Pubägarens starka armar gjorde mig optimistisk, men ju längre det dröjde innan vi kom iväg, desto mer nervös blev jag.

John väntade tills Theodore hade anslutit innan han vågade sig ut i regnet. Då hade det börjat ösa ner, vattnet strömmade över marken och exploderade i kaskader mot kullerstenarna. Vi rusade tvärs över torget på den västra sidan via den genomvåta och uppblötta stigen bakom smedjan mot de släckta och fuktiga facklorna vid farmen där vi skulle få våra hästar. Vi hade berett oss på att gå till fots till platsen där varelsen först hade siktats, ungefär samma väg som skogshuggarna en dag tidigare. Men rådet hade rekvirerat fyra hästar som vi skulle använda i sökandet.

Henry Marshall, farmaren, mötte oss vid stallet och visade oss in i värmen. Där stod fem fina hästar tjudrade med sadlarna på. Jag bedömde situationen.

”Du har fem hästar där?”

”Aye. Du trodde väl inte att jag skulle låta er galoppera iväg i ovädret med mina bästa fålar?” svarade Henry.

Ett leende smög fram i Marishkas ansikte men hennes långa svarta hår låg klistrat över hennes panna och läppar så det syntes knappt.

”Ju fler desto bättre”, sa hon upprymt. Vattnet droppade fortfarande från hennes näsa. Det var åtminstone en som gladde sig. Hon hade längtat efter ett äventyr av det här slaget, märkte jag.

”Låt oss först rusta hästarna för spöregn! Och jag behöver ett par saker från sadelkammaren. Ridspö kanske!” Henry skrockade åt något som uppenbarligen var ett skämt. Spöregn och ridspön! Nåja, jag tyckte då inte det var särskilt klatschigt. Kanske var det den förestående faran som gjorde att jag inte var upplagd för skämt, kanske var det att jag var tvungen att erkänna en svaghet.

”Vi kan sadla av en av hästarna”, sa jag motvilligt.

”Du kommer att behöva sadel, herr kommissarie”, sa Henry med ett skratt.

”Han rider med mig”, avbröt Marishka.

”Jag kan inte rida”, mumlade jag.

”Du kan inte vad, herr kommissarie?!” ropade Henry högt, som för att retas.

”Jag kan inte rida, för helsicke!” Mer irriterad än förlägen stegade jag fram till den närmsta hästen och började lossa grimman.

Jag hade aldrig suttit på en häst förr, jag hade aldrig behövt göra det. Jag hade alltid kunnat förlita mig på kuskar och hästekipage. Marishka hade lärt sig rida som en del i sin informella utbildning, men jag? Nej.

”Och du väljer den här dagen, när Gud öser sin regntunga börda över oss från himlarna, för din debut? Just den här dagen?” Hans djupa skratt måste ha börjat ända nere i tårna och arbetat sig upp genom magen. Men det blev Henrys sista skratt på ett tag. Det skulle inte bli så mycket skrattat när vi var på väg; detta var lugnet före stormen.

När vi ledde ut hästarna gurglade det om regnet och en ljudlig åskknall hördes ganska nära över skogen. Samtidigt smällde stalldörren igen bakom oss och det hjälpte inte stackars Theodore Sullivan som säkert redan tvivlade på att han hade mod nog att följa med på vårt äventyr.

För min del var det först när jag satt upp bakom Marishka, och hade kommit över hur pinsamt det var att behöva bli hjälpt upp på kusen, som jag blev rädd. Rädslan kom plötsligt och det var faktiskt inte själva spaningsuppdraget jag oroade mig för, utan hästens stabilitet. Jag intalade mig själv att det bara var en ny erfarenhet, att både jag och hästen skulle klara det.

Theodore samlade mod och tog täten, vilket var hans uppgift, för att leda oss till platsen för den första iakttagelsen. Hästarna var inte heller på humör för en rekognosceringstur så Marishka bad mig hålla hårt om henne när vi började trava mot den gamla bron, och sedan därifrån till skogshuggarnas stig bort mot det okända.

Jag hade aldrig hållit om Marishka på det sättet förr, det väckte något inom mig. Något som jag visste var fel, men som jag hade märkt hos henne också under åren efter att hon utvecklats till kvinna. Det kändes tryggt att sitta med armarna om henne. Marishka var robust för att vara en slank ung kvinna, men hennes hår var ett problem. Hon bar nästan aldrig huvudbonad, till skillnad från de andra i byn. Hennes svarta hår dolde sikten för mig och jag kände tydligt doften av regnvatten i näsborrarna. Jag vågade inte lyfta handen för att stoppa ner hennes hårslingor i livstycket av rädsla för att tappa greppet och falla av. Jag pressade in fingrarna i sidorna på hennes livstycke och ett par gånger kände jag något som jag tror var hennes höfter röra sig upp och ner när vi galopperade. Det var en märklig känsla. Jag hade aldrig tänkt på henne på det sättet förr, även om jag tror att hon kanske hade det.

Det kalla vattnet skvätte kring hästarnas hovar och upp på mina svarta byxor så att det bildades ljusbruna fläckar ovanför mina anklar. Tanken slog mig att det kunde hjälpa oss att undgå rovdjuret om vi smälte in i naturen runt oss, men den här färgen skulle inte vara till någon nytta på platsen vi var på väg mot. Ritten var skakig och vinglig, alltför snabb för min smak och jag vågade inte titta ner på marken när vi började få upp farten på andra sidan den gamla bron. Marishka verkade njuta i fulla drag. Ibland gick det skrämmande snabbt, som om vi jagades av en flock osynliga vargar. Men de gånger Theodore var osäker på vägen saktade vi tack och lov ner. Efter en halvtimme såg vi skogshuggarnas bro framför oss. Det var den mindre av de två broarna över bäcken som slingrade sig genom skogslandskapet i vår del av världen, knappast mer än några tunga stenar som vältrats ner i vattnet. Den var inte ämnad för hästar, utan bara till för att skogshuggarna inte skulle behöva bli våta om fötterna. Trots allt var det ju bara de som brukade ge sig så här långt in i skogen. Hästarna klarade snabbt av bäcken genom att helt enkelt ge sig ut i vattnet i full fart. Det stod inte högre än en fot eller så, och strömmade inte särskilt snabbt.

Vattnet från ovan var däremot obevekligt. Det öste ner över oss när vi var ute i öppen terräng, och när vi var i skogen studsade dropparna på träden och skvätte ner oss från alla håll. Det var ganska varmt och det hade synts små tecken på att solen skulle kika fram genom molnen, men regnet verkade inte avta. Jag hade en gång läst att regn och solsken på samma gång var ett dåligt omen. Inte för att jag var skrockfull, men det var Marishka.

När vi kommit över bäcken lättade regnet. Det var dags för en kort respit från ridandet, men en oplanerad sådan. Theodore som ledde gruppen stannade först, det var något som hade fångat hans uppmärksamhet. Det låg något på marken framför oss som man lätt hade kunnat rida förbi.

”Konstapeln?” ropade han.

Vi satt av och gick framåt i ledet för att ta en ordentlig titt på vad Theo hade hittat. Jag visste att det var ett kadaver innan jag hade kommit fram. Det kändes inte någon från doft av förruttnelse, men ljudet av surrande flugor gjorde att ingen behövde tveka. De for som gnistor i vinden över en eld och svävade stilla över kadavret tills de dök ner igen.

Jag öppnade min väska och tog fram en liten oljeflaska med träplugg till kork och gick fram mot kadavret. Den dammiga gamla flaskan väckte herrarnas nyfikenhet. Var detta anledningen till att Eli Walker erbjöds uppdraget, undrade de kanske i sitt stilla sinne. Jag hällde ut lite bredvid det döda djuret och tände snabbt med en av de smala tändstickorna som jag också hade tagit med mig ifall vår utflykt skulle bli längre än planerat och vi skulle behöva göra upp eld. Flugorna försvann snabbt, bara för att återvända så snart lågorna hade brunnit ut.

”Katt”, förklarade jag så rättframt jag kunde. ”Den verkar ganska färsk, jag skulle säga att den har varit död i ungefär tolv timmar.”

”Hur kan du se det?” frågade Theodore.

”Kroppen visar tecken på stelhet, men den verkar i stort sett orörd”, sa Marishka.

”Kan varelsen fortfarande vara i närheten och bara vänta på att hugga in?” Theodore var nervös, hans rädsla började än en gång tära på honom.

”Det behöver inte vara varelsen som dödade katten.”

”Då var det vargar!” försökte Theodore intala sig själv medan Marishka drog sig närmare mig. ”Vargar, eller hur?” Han vände sig mot John och Henry för att få deras bekräftelse men möttes bara av ett par axelryckningar.

”Vargar säger du?” Marishka stod nu bredvid mig. ”Men det finns inget blod”, viskade hon i mitt öra.

”Det syns inget blod och nacken är bruten, vilket tyder på fingrar, inte tänder”, sa jag till gruppen. ”Det är också fullt möjligt att katten helt enkelt föll ned från ett träd.”

Det trodde hon nog på lika lite som jag själv. Det kraftiga regnet kunde visserligen ha spolat bort alla tecken på ett sådant fall, men undersökningen av kroppen visade inte på några brutna lemmar. Katter hamnar inte på huvudet när de faller, de landar smidigt på sina fötter. Katter är mästare på höga fall. Jag kände mig övertygad om att detta definitivt var ett verk av någon slags fingrar, eller möjligen klor. Men våra undersökningar ledde ingen vart, och jag lät saken bero.

”Det är inget att bry sig om. Ska vi fortsätta, mina herrar?”

När jag hade fått hjälp att komma upp bakom Marishka på hästen igen kunde jag ha svurit på att jag såg något i ögonvrån. Efter en snabb och tyst mönstring av platsen intalade jag mig själv att jag inget hade sett. Bara en skogshuggares hjärnspöken, tänkte jag. Och här ute i sådana omgivningar kunde ett onaturligt vrål från vilket vilt djur som helst räcka för att man skulle bli galen.

Vi red vidare. Ytterligare halvannan timme gick utan att vi gjorde några framsteg. I sakta mak, med hästarna försiktigt trippande på marken som var full av grenar, stockar och kaninhål, fortsatte vi under tystnad. Alla spetsade öronen efter någonting som skulle kunna kasta ljus över mysteriet. Det gick ett bra stycke tid innan vi till slut nådde fram till en glänta och där såg vi något som lade en sordin över oss.

Vi tittade ut över ett hygge där inga träd och buskar verkade ha fått växa på länge och det gjorde oss obehagliga till mods. Jag har inte sett många skogsmiljöer där sådana gläntor uppstår naturligt.

”Jag trodde att Edward inte skickade hit er förrän i går”, sa jag misstänksamt till Theodore. ”Hur kan ni ha hunnit med att hugga ner så många träd på några timmar?”

Min fråga möttes av döva öron. Jag tror inte att jag var hälften så bekymrad över att Edward stal från gemenskapen, uppenbarligen i syfte att skaffa sig både en egen förmögenhet och en egen rörelse, som över det faktum att han hade ljugit för mig. Vår ålderman hade bedrivit den här operationen ganska länge, verkade det som, och utvidgat den år från år.

Men Theodore ignorerade mina frågor och pekade i stället mot himlen som nu hade klarnat upp bakom mig. Hans finger visade på en brant ravin, nästan 10 meter hög, kanske mer.

”Där”, kved Theo. ”Det var där vi såg den. Den kom ner därifrån.”

”Därifrån?” undrade John Morgan. ”Det är omöjligt.”

”Varför det?”

”Ni såg den säkert, men den kan inte ha hoppat.” Det var Marishka som blandade sig i samtalet. ”Det är omöjligt att hoppa så.”

Henry Marshall höll sig tyst och valde att förbluffad granska ravinen.

Sakta började mina ögon verkligen ta in hur brant ravinen var. Sidorna var täckta av våta löv och grenar. En djup klyfta var utskuren vid foten. Klyftan fortsatte ner i dalen, både västerut och österut. På motsatta sidan av ravinen sluttade marken neråt mot klyftan, men denna sida var inte heller särskilt lätt att klättra på. När jag kikade över kanten ner i klyftan såg jag en passage ner till botten och en långsamt slingrande bäckfåra.

”Den hoppade där uppifrån, ner dit?” sa Henry slutligen och pekade upp mot andra sidan ravinen och sedan ner i klyftan. Han hade kanske bara försökt bedöma avstånden innan han lade sig i debatten?

Theo nickade och drog sig sedan tillbaka mot sin häst. Skräcken sipprade nu ut genom porerna på honom. Jag gick fram till skogshuggaren.

”Omöjligt”, insisterade jag. ”Ingen enda människa skulle...”

”Jag har ju redan sagt att det inte var en människa!”

”Det hoppas jag verkligen, annars är vi riktigt illa ute!” Jag sade det lite skämtsamt, men Theo log inte.

Nu tog en nyfiken instinkt över. Jag gick fram till ravinens brant igen. Marishka höll sig så nära min skugga att den kunde ha gläfst till om hon trampat på den. Jag hittade en passage som verkade framkomlig och började klättra nerför sluttningen till ravinens botten. Marishka och Henry följde efter först efter att ha försäkrat sig om att John ensam kunde vakta hästarna och ta hand om Theo, som nu närmade sig kollaps. Klättringen ner till botten var en övning i snabbt och försiktigt fotarbete. Vi kom ner alla tre utan att falla.

Vattnet virvlade över våra fötter medan vi hjälpte varandra att korsa den kalla strömmen. Klättringen ner hade varit enklare än jag hade trott, men att komma upp på andra sidan där Theodore hade sett varelsen var en helt annan sak. Våta kängor och våta löv gav oss gång på gång problem.

”John, käpparna!” ropade Henry när han hade bedömt situationen. Hans röst ekade över bergstoppen. Om någonting fanns i närheten skulle det helt säkert ha hört Henrys högljudda hojtande efter provisoriska vandringsstavar.

Vi kunde tydligt se hur John där uppe kastade ner de meterlånga träkäpparna i ravinen. De borrades inte ner i marken som vi hade väntat oss, utan studsade på de hala stenarna över till andra sidan. Henry stack ned en av käpparna i den våta jorden under den glidande mattan av löv och grenar, medan han grep efter en trädstam med andra handen för att hålla sig upprätt. När han väl stod stadigt hjälpte han Marishka och mig att göra likadant. Vi stack stavarna i den mjuka jorden nedanför honom så att vi fick något att gripa tag i och kunde nå det första trädet, det som stod närmast bäckens fuktiga kanter.

Efter det första trädet blev det betydligt svårare. Våra muskler hade inte haft det särskilt lätt på hästarna, i synnerhet inte mina eftersom jag inte var van vid att rida. Benen värkte och tvingades arbeta på övertid för att ta oss högre och högre upp längs ravinens klippvägg. Henry drog upp mig till nästa trädstam och sedan drog jag upp Marishka och så vidare. Hon bar sitt livstycke över en gammal beige klänning som var sliten och trasig redan innan vi gav oss av. Nederkanten hade blivit brun av lera och smuts men hon verkade inte bry sig så mycket.

Ju högre vi kom, desto svårare och mer krävande blev klättringen. Och farligare. Ett sjok av det instabila ytskiktet i ravinen lossnade så att löv och kvistar gled ner bredvid oss som en slipprig matta av mylla. Vi hade just klarat oss undan raset när regnet började strila igen, men vi var så våta att det inte verkade göra någon skillnad. Och vad gällde fotfäste så var våra kängor inte till mycket mer nytta än nakna fötter skulle ha varit.

Vi var nästan i toppen av ravinen, oskadda. Men den sista halvmetern var precis utom räckhåll för oss. Trästavarna hade vi lämnat på halva vägen för när vi kom längre upp märkte vi att det fanns fler och mer jämnt utspridda träd som var lätta att gripa tag om med händerna. Ibland så tätt att vi med fötterna kunde häva oss upp till nästa.

Stavarna ville ingen av oss gå ner och hämta, men Marishka var uppfinningsrik som vanligt och hade en idé. Hon tryckte sig med ryggen mot ett träd nära toppen, tog min läderväska och började lossa på axelremmen. Genom att veckla ut remmen i sin fulla längd fick hon till ett slags rep med en ögla som hon slog runt en död trädstam som hade fallit för länge sedan. Det var kanske lite klent, inte helt säkert, men under omständigheterna så fungerade det och visade sig hålla tillräckligt länge för att Marishka och jag skulle nå tryggheten högst uppe på ravinens brant. Jag klättrade först till toppen och vågade inte se mig om förrän jag hade dragit Marishka i säkerhet. Vi hjälptes åt att dra upp Henry men även tillsammans fick vi kämpa för att lyckas.

Där stod vi, högst uppe på ravinens brant, och tittade ner på botten av klyftan cirka tio meter nedanför. Vi försökte se de två männen vi lämnat bakom oss men de syntes knappt. Trädens kronor bildade ett naturligt kamouflage för våra följeslagare. En avlägsen gestalt syntes i skuggan under trädtopparna och det var tvivelsutan John, stor och stabil. Jag gissade att Theo fortfarande hukade sig bakom sin häst.

Henry, Marishka och jag tappade andan när vi stod uppe på höjden, den vackra utsikten var förtrollande. Henry hade aldrig varit så långt utanför byn förut, han hade aldrig sett denna vy. Det var inte många som hade gjort det. Vi klamrade oss fast vid varandra där vi stod och beundrade naturens skönhet. Detta var vad vi hade lämnat England för. För ett par ögonblick upptog det vackra landskapet alla mina tankar; vi glömde varför vi egentligen hade klättrat upp dit. Sedan sansade vi oss. Det fanns inga spår efter varelsen, det fanns inget som tydde på att den någonsin hade varit där. Det fanns ingenting där. Förutom den spektakulära utsikten.

I väst kunde vi se konturen av en bergsformation. Vi visste det inte då, men det var längs dessa klippor som man efter en dryg timmes vandring nådde vattenfallet vid Lilys lilla sjö. Om man följde bäcken skulle den säkert leda direkt dit. Mot norr kunde vi skönja den stora vägen som slingrade sig likt en orm genom skogslandskapet och ledde vidare till Whittletown. Det var vägen som användes av folk utifrån som skulle ta sig till Woodland Point. Söderut såg vi den oändliga skogen. Små, smala bäckar skar fram mellan de yviga trädtopparna som omgav samhället. När vi vände oss och tittade österut igen kunde vi se Woodland Point långt där borta. Vyn var ännu vackrare än den vi hade sett när vi först kom dit. Bara en liten prick i ett hav av grönska, men det var vår by, inget annat. Plötsligt hörde vi ett osammanhängande rop i fjärran. Det var svårt att höra men det lät som ett nödrop från andra sidan bergets topp! Jag blickade sökande ner mot platsen där John och Theodore stått, men något var galet. John syntes inte längre till. Det fanns ingen tid att förlora, vi måste snabbt ta oss ner i ravinen med de hala löven.

Vad än Theodore hade sett ”hoppa” häruppifrån och ned till botten måste ha varit något i hans fantasi. Allt annat var omöjligt, intalade jag mig. Vi kanade ner på våra bakdelar och grep efter allt som kunde bromsa vår färd utför, så att vi inte började tumla runt. Så småningom var vi på botten och körde ner hälarna i den mjuka leran för att inte hamna på rygg i strömmen. Jag klättrade över högen av småsten och klippstycken som samlats vid foten av berget och hjälpte Marishka tvärs över den lilla strandbrinken. Alla tre sprang vi upp på andra sidan så fort benen bar oss. Redan utmattade efter klättringen tog det längre tid än väntat att ta sig upp. Vi ropade men hörde ännu inget svar från Theodore eller John och ingen eller inget mötte oss när vi nådde hästarna.

Solen vräkte ner mellan molnen som på beställning och lyste upp bergstoppen. Vi ropade igen på våra två försvunna vänner. Vi rusade genom snåren och förbi de bundna hästarna innan vi alla tre föll ner i ett dike när den plana ytan plötsligt övergick i en tvär sluttning. Jag är förbryllad över detta dike än i dag, för jag kan svära på att det inte fanns när vi kom dit. Det skulle hända gång på gång det året, att naturenfenomen dök upp och försvann på ett mystiskt vis. Var det hjärnans sätt att handskas med rädslan i en väldig skog där det är lätt att gå vilse? Jag undrar det.

I fallet hade vi fått otäcka skrapsår och rispor från törnbuskar men vi var dock inte skadade. Ett trettiotal steg längre bort hittade vi John som låg på knä på marken. Vi ropade igen när vi kom närmare, han satt med ryggen mot oss och stirrade på något vid foten av en hög fura.

”John, är du oskadd?” frågade jag. Det var något besynnerligt med hans kroppsställning.

”Aye, med mig är det bra. Men det är slut med Theodore.”

Jag tog några steg till och kunde kika över pubvärdens högra skuldra för att se Theo.

Han satt lutad mot en gigantisk tall med fingrarna krökta som om han höll hårt om någonting. Hans ögon var fortfarande vidöppna, hans mun likaså, men sned och förvriden. Hans huvud hängde framåtlutat åt ena sidan. Av hans kropp att döma hade döden varit ögonblicklig, eller nästintill. En snabb kontroll av puls och andning gav inget resultat. Vi undersökte hans kropp men såg inga uppenbara yttre skador. Den stackars mannen hade dött av skräck och dukat under av en massiv hjärtattack. Rädslan hade till slut fått övertaget över skogshuggaren, rädslan hade tagit livet av honom. Hade Theo till slut stått öga mot öga med det som förföljde honom? Hans chockade ansiktsuttryck bar fortfarande spår av den fasa han måste ha känt sekunderna innan han avled.

John hävdade att han hade förrättat sina behov när han hörde Theo mumla där borta. Han hörde inga skrik, inga rop och inga fotsteg, grymtanden eller ylanden. Han hade lämnat Theodore att klara sig själv och sedan funnit honom såhär.

Medan vi överlade om vad vi skulle ta oss till svepte en kompakt tystnad in över området. Djuren tystnade, träden slutade röra sig, vindarna dog bort, precis som det Jackson Green hade upplevt innan de gjorde den första iakttagelsen. Med svärd och pistoler dragna tryckte vi oss tätt tillsammans, Marishka i mitten av en trio vapen riktade åt alla håll. Vi rörde oss bort från Theos döda kropp. På helspänn mönstrade vi varje skrymsle av landskapet på jakt efter några tecken på rörelse.

”Vi är iakttagna.”

Jag kunde känna ondskan där på platsen som de hade berättat om, den fanns runt omkring oss. Vi var jagade, vi var villebrådet. Rädslan svepte in oss i ett hölje av skräck. Det gick en minut, kanske två, av bävan och tystnad. Så småningom började fåglarna kvittra igen och trädens grenar rörde på sig. Det var över. Vad det än var som hade framkallat en sådan fruktan hos stackars Theo hade nu lämnat platsen. Vi skulle också ge oss av, rida tillbaka med en avliden vän och en isande insikt: Det var faktiskt något i skogen.

JAG HADE BÖRJAT RUSA FEBRILT hit och dit bara några minuter tidigare. Med händerna grep jag på måfå efter saker i rummet och följde några ännu inte uttalade befallningar snabbare än min hjärna kunde formulera dem. Våra väskor var sprickfärdiga av packning men kändes ändå tomma. Hur många viktiga saker kan man få ner i några simpla resväskor när man är desperat och måste fly? Förbaskat tunga var de, och de innehöll mest böcker, det medger jag. Marishka for runt och ställde till synes irrelevanta frågor om ting som var totalt oviktiga för mig. Hennes frågor rörde sidenband och speglar, en hel radda materialistiskt strunt och nipper som hon samlat på sig genom åren. Jag hade bara en enda fråga i huvudet: Vart skulle vi ta vägen?

Stearinljusen fladdrade och de suddiga skuggorna av våra händer for över de beige väggarna i vårt vardagsrum som om våra förföljare sveptes in med själva vinden. Det var visserligen mycket enkelt, men jag saknar det rummet oerhört nu. Man kan nog säga att det huset, den natten, utgjorde slutet på början för oss. Ingenting blev någonsin detsamma efter att vi hade smällt igen den bastanta dörren och sagt adjö till den mörka natten. Adjö till London, adjö till England. Det gamla huset hade varit mitt hem så länge jag vågade minnas. Det rummet, den natten med min stora slitna koffert uppställd mot den västra väggen, de dammiga gamla tavlorna av en familj som för länge sedan gått bort, våra trivsamma kvällar vid den sprakande brasan; allt skulle gå förlorat.

Marishka kilade hektiskt omkring mig. Jag blev så utom mig att jag slutade packa och grep hennes arm.

”Lilla vän, packa bara sådant du inte vågar leva utan!” fräste jag nästan ilsket. Marishkas ögon vidgades av chock och jag släppte henne hastigt, själv förvånad över mitt tilltag.

Hela situationen fick mig ur balans. I nästintill tio år hade jag vetat att vi en dag skulle bli tvungna att göra detta. Jag hade alltid tänkt att de skulle hitta oss till slut, men ändå var jag inte beredd när den dagen kom. Ja, både jag och Marishka hade länge vetat att händelserna i Vilnius till slut skulle komma ifatt oss, att vi skulle bli tvungna att fly, ge oss av och hitta ett gömställe. Lämna allt vi hade – arvegods, fina kläder, mitt hem, vårt hem, till och med själva London – för att söka skydd på en främmande plats. Någonstans där vi kunde vara tillsammans och undkomma straffet för mitt misstag.

”Jag är ledsen,” sa jag. ”För att jag har åsamkat dig det här. Vi behöver inte ge oss av om...”

”Jo, det måste vi. Efter det som hände. Det räcker nu. De kommer inte att skona oss, de kommer att döda oss bägge två.”

Hennes tillgivenhet och lojalitet ekade ut i alla fyra hörnen av det skralt upplysta rummet, rummet som var så fullt av kära minnen, rummet som under så lång tid hade varit vår fristad undan den grymma, hektiska världen i imperiets huvudstad.

Det finns i ärlighetens namn inte mycket att berätta, inte om själva huset i alla fall. Min familj hade ägt fastigheten. De ärvde den av sina föräldrar precis som jag hade tagit över den efter deras död. Jag övergav en enrummare nära slaktaren för deras i jämförelse påkostade boning, men hade trots myriaden av rum hållit mig till ett enda av dem det mesta av tiden – vardagsrummet. Mina föräldrar hade dött tillsammans i själva huset, precis som vi skulle ha gjort om vi hade stannat den natten. Mycket mer behöver jag dock inte säga om mina föräldrar. De är minnen som är väldigt vaga hos mig. Det lilla som finns kvar har fördunklats av allt annat som har hänt efteråt och jag tänker inte yppa mer än så. Jag ska bara säga att deras död inspirerade mig mer än någon annan händelse i mitt liv till att jaga rätt på farliga lösdrivare och tjuvar.

Trots vårt raska packande hade vi tiden emot oss. Det som kändes som en timme var snarare tre. I skydd av mörkret lastade vi vagnen utanför och smög tyst iväg genom natten.

Brådskan hade börjat tidigare på dagen när ett brev nådde mig. Det var skrivet av en vän som bodde i Vilnius vid tiden när händelserna utspelades. Det var en varning. När jag öppnade det skrynkliga och slarvigt skrivna brevet var vårt öde beseglat. Jag kan det utantill:

Käre Eli, jag har nyheter om att efter flera år av fruktlöst sökande, har familjen Lajunas slutligen hittat din vistelseort. De har inte glömt Vladimir eller Vilnius och är ute efter vedergällning, som du helt korrekt förutsade. Jag vet inte hur de fick reda på din identitet eller hur de lyckades spåra dig, men de är på väg till London och jag är rädd att de tänker vålla dig stor skada och sorg. En bekant håller ett vaksamt öga på familjen och har skuggat dem sedan de lämnade öst. De passerade Torino för mindre än två dagar sedan och kommer utan tvivel att nå Calais och London inom kort. Ta dig i akt och var försiktig, gamle vän.

Hälsningar, Gareth.

Varningen från Gareth Stonemaker var allt som behövdes för att sätta mig i beredskap. Jag vidtog genast åtgärder, inte minst därför att Marishka kanske var i större fara än jag om de hittade henne hos mig.

Morgonen när brevet kom lämnade jag försiktigtvis henne på torget för att handla livsmedel som vi sedan aldrig skulle äta. Allt medan jag sökte upp en gammal kollega. Före middagstid passerade jag Saint Paulskyrkan och gick raskt nerför Puddle Street Creed till Puddle Dock där man vanligtvis kunde hitta min vän så här dags.

Jag hade känt Marcus Henwood i många år. Vi hade vuxit upp tillsammans och sedan förlorat kontakten i vad som lätt hade kunnat bli en evighet. Det var rena slumpen att vi råkade träffas igen, en kväll på tavernan nära mitt hem i Islington många år tidigare. Jag är glad att vi gjorde det, för det mötet skulle ge oss en möjlighet att fly London den här dagen.

Marcus var en fläck på min yrkesheder, eller kunde i alla fall uppfattas så av andra i mitt skrå. Jag har lärt mig att alla lagens tjänare stod i förbund med en eller ett par män som de, av skäl de själva bäst kan redogöra för, hade låtit bli att sätta fast. Marcus Henwood var min egen strategiska bricka, som hade skonats enbart på grund av vår vänskap i barndomen. Ödet log vänligt mot mig då, kan man tycka.

Han hade gripits för ficktjuveri för tolv år sedan, långt innan mina äventyr i Vilnius. Jag hade blivit personligen utsedd att förhöra honom, men jag kunde inte förmå mig till det. Dödsstraffet för ficktjuvar hade avskaffats två decennier tidigare, år 1808, men han skulle utan tvivel ha fått ett hårt straff om han hade befunnits skyldig. Jag skäms inte för att säga att jag köpslog med honom, lovade att jag skulle garantera hans frihet och bevisa hans oskuld. Det var faktiskt tack vare mig han gick fri, som ett offer för tillfälligheter och felaktig identifikation. Det var i alla fall vad man trodde i London. Jag tvivlar starkt på att Marcus Henwood var oskyldig till detta ringa brott, men jag bad honom att inte berätta sanningen för mig. Jag ville inte veta. Att trotsa mina överordnade för en barndomsvän skulle dock visa sig bli lönsamt för mig i längden; jag behövde hans hjälp den här morgonen.

Några år efter att Marcus slapp undan arresten hade han verkligen lyckan med sig och vann en skonare av Basil Lexington genom kortspel. Än en gång ville jag inte veta några detaljer om ägarbytet, men Basil hade uppenbarligen hållit ord. Jag vet inget mer om den mannen, bara hans namn, och jag har aldrig träffat honom, så vad kan jag säga mer än att den skonaren skulle tjäna ett syfte? Den skulle bli min och Marishkas räddning.

Den nyblivne kaptenen hade under många år upprepat sina ord om att vilja hjälpa mig. Han kallade det en gentjänst, om jag någonsin skulle behöva en, vilket jag förmodar var så gott som ett erkännande av att han varit skyldig. Men den dagen jag hade fått honom fri hade han börjat se klart, sa han till mig, och blev därefter en laglydig medborgare i riket, i den mån det finns några sådana.

Jag hade halvt om halvt hoppats att jag aldrig skulle kassera in den där gentjänsten. Varför skulle jag behöva det? Men efter det som hände i Vilnius bara två år efter att han gick fri, hade tanken på att komma bort från alltsammans och be om hans hjälp dykt upp ganska ofta. Vi behövde komma iväg, och det snabbt, och Marcus skepp var så bra som något.

Den här dagen stod han stillsamt lutad mot en kraftig trälår som hade blivit sliten på locket av en lång rad män som stått på samma sätt som han. Marcus rufsiga korta hår rörde sig i den milda middagssolen och med sin vita bomullsskjorta, smutsig och fläckig av hårt arbete, såg han ut som vem som helst i besättningen. Han var en av dem. Bredvid Marcus stod flera tunnor och lårar, alla fyllda till brädden av frukt, saltat kött och vatten. Det verkade som om han var på väg att sätta segel, att ge sig av på en resa, men själva skonaren syntes inte till någonstans. Jag blev dock inte alltför modfälld. Ingen jäkel simmar över Atlanten med sin proviant under armen.

”Eli!” ropade han när han såg mig på avstånd, i vimlet av män som kilade fram och tillbaka på kajen.

”Marcus!”

En snabb omfamning följd av en ryggdunk; en mycket hårdare sådan än jag var van vid. Jag frågade om han var på väg någonstans. Det lät lite fånigt, med tanke på alla proviantlårar som stod framför honom.

”Jo du, nu är man världsvan! Jag har leveranser till New York, handel och sådant.”

Han hade verkligen förvandlats de senaste tio åren, från en simpel småtjuv till en redbar handelsman. Han skulle säga att jag hade förändrat hans liv genom att vägra sätta fast honom, jag skulle dock säga att det var skeppet som fick tärningarna att rulla och skapade en ny man, en rik man, långt ifrån hans tidigare liv som smed i Whitechapel.

”Vad kan jag göra för dig en dag som denna, herr Walker?” sa han.

En matros stirrade på oss när han gick förbi. Jag vinkade åt Marcus att komma närmare, och lutade mig mot hans öra. Stojet och larmet i hamnen skulle ha varit tillräckligt för att dölja alla ljud från vårt samtal, men jag ville vara absolut säker.

”Jo, Marcus, jag undrar om du skulle vilja vara så vänlig och göra mig den där gentjänsten som du nämnde för många år sedan?” Jag var orolig att han skulle ha glömt löftet vid det här laget och för ett kort ögonblick verkade det så. En förvirrad uppsyn gav vika för ett fånigt leende och sedan ett stort grin och en blinkning.

”Aye, Eli. Hur kan jag hjälpa dig?”

”Jag måste till New York, och jag tänker inte komma tillbaka.”

Jag förklarade kortfattat men utelämnade detaljer som skulle kunna utsätta honom för fara ifall de där Lajunas någonsin skulle komma underfund med vem han var.

”Det börjar dra ihop sig och nu måste jag ge mig av. Marishka också, för att undvika alla, ska vi säga, oönskade förvecklingar?”

”Men ditt hem och dina ägodelar?” Han blinkade igen, en förmögen man med turen på sin sida.

”Möbler och inredning är ditt i utbyte mot en trygg överfart till New York. Huset och marken säljer du åt mig och så delar vi på vinsten, du och jag. Har vi en överenskommelse, Marcus?”

Jag visste svaret redan innan jag hade ställt frågan.

”Aye, absolut, Eli!” Han sträckte fram handen och jag tog den mellan mina båda händer och skakade den så ihärdigt hans järnlika grepp tillät.

Nu återstod mitt arbete och vad som skulle hända med det. Jag ville inte att någon skulle leta efter oss, men ingen fick veta vart vi tagit vägen! Jag hörde av mig till några få omdömesgilla bekanta med orden: *Jag måste ge mig av. Leta inte efter mig. Om någon frågar har jag försvunnit spårlöst.*

Med lite tur skulle mina kollegor misstänka familjen Lajunas om de dök upp i London i samband med mitt försvinnande. Då fanns det en ytterst liten chans att man skulle hejda dem och ge dem en läxa med rimliga medel. Annars hoppades jag på att bli dödförklarad tillsammans med Marishka, två människor, försvunna för alltid från jordens yta. I vilket fall som helst var korten givna; tid och plats bestämda.

Tillbaka på torget avslutade jag abrupt Marishkas inköpsrunda och skyndade hem. Marishka var milt sagt förbryllad. Hon frågade varför vi måste ge oss av så plötsligt när de flesta av hennes mest omtyckta frukter och köttbitar fortfarande låg kvar i stånden. Det var en fråga som jag fick vänta med att besvara tills vi var i säkerhet i vårt hem.

Promenaden hem gick i rask takt och jag stängde och låste dörren så hårt att den stackars flickan halvt om halvt trodde att hon gjort något otillbörligt. Jag hjälpte henne snabbt av med kappan och när jag nu ser tillbaka på det så jäktade jag kanske på lite mycket?

”Lugna nu ner dig lite, vad är det här för galenskap?” ville hon veta.

”Det är dags, lilla vän, nu hastar det och vi måste förbereda oss.”

Mitt virriga tal kanske fick mig att låta som en galning av den typ vi hade läst om i någon av de skrattretande berättelserna i Gazette, fantasifoster skapade av äldre män som av någon obegriplig anledning ville gestalta fantomer och psykopater i sina skriverier.

”Du yrar, Eli!”

”Inte nu, lilla vän, vi måste skynda oss.”

Det faktum att jag var tvungen att ordna med mina tillhörigheter gjorde mig okänslig för hennes känslor och frågor. Jag kilade runt i rummen, skrev anteckningar och mätte trälårar. Medan jag pladdrade på om att skriva en godsspecifikation, eller något åt det hållet, över allt det jag inte kunde förmå mig till att lämna kvar, stod hon stilla bakom mig. En bildstod av beslutsamhet och styrka. Med armarna i kors över den trinda barmen och ett ilsket ansiktsuttryck som man kanske snarare skulle vänta sig av ett barn än av en ung lady i London. Hon var förnärmad.

”Sluta!” Det var inte ett skrik, inte heller ett rop från en dam; det lät snarare som det kom från en befälhavare. Hon stod blixtsnabbt vid min sida och tog min hand, som i sin tur höll en bok.

”Sluta Eli, jag ber dig. Jag står förstås vid din sida för att hjälpa dig på alla sätt jag kan. Men du måste vara uppriktig mot mig, Eli. Vad beror all denna brådska och galenskap på?”

Jag lugnade ner mig, om än bara tillfälligt. Mitt hetsiga jäktande skulle börja igen om en timmes tid, men just nu, för hennes skull, fick det vänta.

”Det har hänt nu, Vilnius har hunnit ikapp oss. Vi måste ge oss av.”

”De har hittat dig?”

”Det har de och vi måste iväg.”

”Vart ska vi ta vägen?” frågade hon oroligt, och jag såg paniken sakta växa inom henne.

Jag låtsades inte att jag hade något svar på den frågan, men jag visste i alla fall var vi skulle börja resan.

”New York först och sedan, vem vet.” Jag vände mig mot henne, lade ner boken mitt på bordet och grep hennes båda händer. ”Du kan stanna om du vill, men om du följer med ska jag ta hand om dig vad som än händer. Vart vi ska ta vägen, det vet jag inte, vad för människor vi kommer att träffa, det vet jag inte, men du kommer att vara i säkerhet, det kan jag garantera.”

Jag såg henne djupt i ögonen. Den oskyldiga blicken som flimrade där förföljde mig. Jag frågade mig själv om jag hade gjort det rätta i Vilnius. Var det rätt av mig att ta med henne till ett sådant liv, på flykt tillsammans med mig undan det som varit rätt men blev fel.

”Kommer du med mig, Marishka?” Hon sänkte huvudet, och lyfte det igen med ett leende, ett ynkligt leende. Dumma Eli, tänkte jag, du är en idiot. Så klart hon följer med dig, hon älskar dig, tror jag. Ja, det var så jag tänkte. Hon svarade allvarligt.

”Jag följer med.”

Så vände hon sig också om och gick mot sovrummet. En kvinnas högst skattade ägodelar är tvivelsutan hennes smycken och i avsaknad av sådana, för Marishka hade inte många, hennes kläder, oändliga rader av klänningar, dräkter och kappor. Jag kunde inte hjälpa henne med packandet för jag visste inte vår destination. Skulle där vara kallt? Skulle där vara varmt? Jag kunde inte säga nej till någonting. Så hon packade för baler och banketter, för lantbruk och för strider. Jag packade för kunskap. Böcker, tidskrifter, kartor och tidningar. Tillsammans hade vi en oändlig tillgång på kunskap och en oändlig tillgång på kläder. Vi skulle ha allt som behövdes, vart vi än begav oss. Det var i alla fall vad vi trodde.

Vi stannade bara upp en gång, för en kopp te och så att jag kunde avslöja planen för vår avfärd, och sedan fortsatte vi att frenetiskt packa för våra liv. Tiden var snart ute.

Det var ganska ovanligt att skepp lämnade den lilla hamnen på natten, men så skulle det bli den kvällen. Vi rafsade ihop så mycket vi kunde där hemma och sedan var vi slutligen iväg. En stilla tur i vagnen tog oss förbi välkända landmärken en sista gång. Den tunga, illaluktande luften slog emot våra ansikten nästan som en aggressiv handling. London bedrövades för att vi skulle lämna henne bakom oss för den friska luften i den Nya Världens skogar. Över en miljon människor, de flesta omstoppade i sina sängar, sov djupt när vi gav oss av från huvudstaden. De enda som bevittnade vår avfärd var mördare, våldtäktsmän och andra avvikare som i allt större antal numera strök omkring på gatorna. Just de människor som jag inte längre skulle ha ansvar för att ta fast.

Fotogenfacklorna lyste nätt och jämnt upp vår väg genom nattens dimma på gatorna. Det lugnande klappret av hästhovar mot gatsten berättade för oss att vi inte var vid Themsen ännu. Den nybyggda Islingtonkanalen skulle jag inte sakna, inte heller oväsendet från de många varietéerna och teatrarna som utsmyckade London. Allt det oljudet bytte jag gärna mot tystnaden vid vår resas slut, även om jag då inte visste var det skulle bli. Det skulle dröja innan vi var säkra på vår destination, vi visste bara att vi skulle försöka hitta ett samhälle som endast var känt genom hörsägen och inte fanns på några kartor. Bara Marcus kände till att vi flydde över havet till New York, men även han var ovetande om vårt slutliga mål.

Från det ögonblicket skulle jag inte ha någon kung och inget fosterland. Jag skulle inte vara mer engelsk än Marishka var litauiska eller ryska. Herr Eli Walker skulle vara mitt namn, och fröken Marishka Taranova min kompanjon, varken mer eller mindre. Vi skulle leva våra liv stillsamt, tillsammans och i relativt välstånd och bekvämlighet. Adjö Goswell Road, adjö London, adjö England.

Sent på kvällen stannade vår vagn vid hamnen. Skonarens siluett reste sig ur dimman som ett spöke. De långa, tunna dimslöjorna som svepte runt masterna fick den att se ut som något ur en kvardröjande mardröm. Det var svårt att tänka sig att dimma kunde täcka den massiva trehundrafyrtiofemtonnaren, men så var det sannerligen denna kväll. Det var inget lyxigt fartyg, inte heller var hon särskilt stor. Hon var precis vad vi behövde.

Vår resa tog två månader, och vi behandlades vänligt och tillmötesgående av kapten Henwood och hans besättning. Våra kojer hade hastigt ställts i ordning under dagen, efter att Marcus hade fått alla papper rörande huset, förstås. Han lurade mig inte vill jag tillägga innan du frågar. Jag fick min andel av pengarna ett halvår senare, strax innan alla våra bekymmer började i Woodland Point. Jag tänker inte berätta hur mycket det var, för det är min ensak. Men jag kan säga att precis som med skeppet så var det just vad vi behövde.

Vi åt med Marcus varje dag och njöt av den lugna seglatsen på vår väg mot friheten. Jag tror att under dessa sextio dagar kom vi närmare varandra än någonsin tidigare under vår vänskap, om man kan kalla det så. Vi kom att träffa honom igen, långt efter att våra prövningar i byn var över. Han är fortfarande en god vän.

Ja, så var det den kvällen, den tolfte november, en mycket farlig tidpunkt att ge sig ut på havet, när vi gick ombord på Lady Neptune. Vi seglade iväg på en skonare på väg mot den för oss då okända byn Woodland Point och mot de fasansfulla händelserna under sommaren 1838 och vintern 1839.

KYRKKLOCKAN KLÄMTADE REDAN när vår decimerade trupp återvände till byn den där dystra eftermiddagen. Vi hade varit borta lite mer än fem timmar och nu var solen framme igen och strålade över hela den sorgsna himlen. Den snabba ritten tillbaka till byn – med Theo ovetande om vår resa liggande tvärs över ryggen på John Morgans häst – verkade vara över redan innan den börjat. Vi hade bestämt oss för att återvända hem snarast möjligt, för att lägga Theodore Sullivan till vila och förbereda rådet på dåliga nyheter. När vi var nästan framme vid den gamla bron fick vi syn på ett antal bybor som stod och väntade på vår hemkomst. De spejade och pekade i vår riktning och sedan dröjde det inte länge förrän hela byn hade samlats på torget. De verkade redan sörja Theo utan att riktigt veta om han var levande eller död. Nu var man sannerligen intresserade av vår mödosamma resa.

Vi red förbi kyrkogården bakom kyrkan, den avlidne skogshuggarens nya hemvist, och möttes av en rådman med armarna i kors över bröstet och ett ogillande ansiktsuttryck. Edward stod i kyrkporten, lika väldig och orubblig som en staty. Till en början kom ingen fram till oss, de höll sig på avstånd medan John Morgan satt av. När jag hade glidit ner från Marishkas häst hjälpte jag pubvärden att få ner Theodores kropp från hästen. Henry tog sedan kroppen i sina väldiga armar, bar fram honom till kyrkan och lade ner honom vid den stora träporten. Theos hår var fortfarande vått och lade sig över kyrktrappan i spretande, spöklika testar. Han såg ut ungefär som i dödsögonblicket, fingrarna var fortfarande krökta och hans ansikte ohyggligt förvridet, trots att det knappast var troligt att likstelheten hade satt in redan då.

Fader Bluestone lösgjorde sig från folkskaran för att lägga en hand över

Theos ominöst stirrande blick. Om han hade kunnat se skulle han i döden ha blickat upp på kyrkans välvda port och bevingade änglar. Ingen dålig syn, tänkte jag, i jämförelse med den demon han nog hade mött medan han levde. Edward böjde sig ner för att undersöka skogshuggarens döda kropp. Han ställde sig på knä och när han nyfiket granskade den skrämmande dödsmask som vilade över Theos ansikte, noterade han bybons krökta fingrar. Han reste sig och tog två steg ner mot vår trupp.

”Du... du hittade honom såhär?” frågade han John nervöst.

”Ja, det gjorde jag, sir. Ena sekunden var allt bra, han var lite rädd, men det var allt”, sa pubägaren. ”Sedan skrek han, jag springer fram till honom och så... det här.”

Edward sträckte på sig och tecknade åt fader Bluestone att ta in kroppen i kyrkan, utom synhåll för den nyfikna folkhopen, där alla trängdes för att komma längst fram. Människor verkar inte kunna låta bli att fascineras av döden.

”Det finns inget att se här, gå hem i stället. Utrym torget, mina herrar, och ni också, mina damer.”

Motvilligt gjorde de som Edward sa. Medan folket troppade av mumlade rådsmedlemmarna sinsemellan. De skulle från och med nu lägga ner all sin energi och all sin kraft på att ta fast förövaren som utfört detta förfärliga dåd. Rådet trodde inte på demoner eller vargar, de ville ta fast en man, ha ett ansikte att ställa till svars för Theodores död. Jag var inte övertygad om att de skulle lyckas med det.

Åldermannen banade sig fram genom gruppen till Marishka och mig. Han visade upp ett besviket ansikte, men jag kände också att han anade vissa möjligheter. Så uppfattade jag det alltid när han strök sin mustasch. Han knep ihop läpparna, gned sin haka med pekfingret och tummen. Han tvinnade mustaschen. Han tänkte intensivt.

”Jag kommer att behöva en full redogörelse för det här, Eli, från alla er.” Han släppte den lilla klyftan i hakan, mustaschen förblev ostörd. ”Jag vill veta exakt vad som hände där ute.” Det fanns en viss disharmoni i hans röst.

”Naturligtvis, herr ålderman”, sa jag tjänstvilligt.

Marishka, som förblivit uppsutten under uppståndelsen, hoppade nu ner från sin häst och räckte tömmarna till Henry. Han tog dem och började leda hästarna tillbaka mot stallet.

”Ni också, herr Marshall!” ropade Edward spydigt efter honom. Henry växlade en uppgiven blick med smeden som stod bredvid honom, sedan nickade han bara och fortsatte att gå mot stallet.

”Nu till exempel.”

”Som ni behagar, herr ålderman”, svarade han och gav tömmarna till Stephen.

”Här finns det inget som behagar mig.” Edward vände på klacken och gick mot rådhuset.

När vi gick in i rådssalen för andra gången denna dag, kände jag plötsligt att jag inte kunde få ihop dagens händelser, inte få något grepp om dem. Jag hade fått i uppgift att agera polisinspektör, men det verkade som om jag inte hade några ledtrådar att följa. Hur kunde detta hända? Jag kände inte till något djur som kunde döda genom att bara uppenbara sig. Såvida detta inte var något djur, förstås. De skinande vita väggarna verkade ha mattats, väntrummet var höljt i mörker och död. Henry och John hade båda varit i salen i över tjugo minuter och återgivit sin version av händelserna så gott de kunde, och sedan berättat exakt samma historia en gång till som påbröd. Man hade kunnat dra den förhastade slutsatsen att rådet anklagade vår sökpatrull för mordet på skogshuggaren, eller kanske bara Marishka och mig? Vi fick sitta utanför och otåligt invänta vår tur inför det upprörda rådet, där alla snarare verkade trötta och missmodiga än sorgsna och förbryllade över den stora gåtan. Exakt vad var det som hade hänt Theo där ute i skogen?

Det var Edward som öppnade dörren och följde oss in i salen till vårt korsförhör, som i bästa fall skulle bli en återupprepning av farmarens och pubägarens berättelser. Det stod ingen värme eller tröst att finna i det faktum att vi nu satt på samma stolar och inför samma råd som tidigare på dagen skänkt oss både stora gåvor och stora uppgifter. Det stod ingen tröst alls att finna. Salen var som alltid kylig men nu sken solen, om än bara genom fönstret. Förbannade sol, tänkte jag fortfarande en aning våt. Mina tår anfäktades av fukt och ett lätt klafsande hördes från mina trötta fotsteg när jag inställde mig till förhöret. Vi var inte helt ovetande om vad de skulle fråga oss, men vi var lite fundersamma över hur de skulle reagera, särskilt när det gällde mig. Marishka var ju trots allt bara en okunnig ung flicka i deras ögon, ett äventyrslystet barn som lade sig i deras manliga roller. Jag hade lett expeditionen, det var jag som var ansvarig. Tystnaden lade sig över rummet när Edward talade. Till och med mina skor slutade låta.

”Vi är inte intresserade av att höra ännu en version av eftermiddagens händelser, Eli.” Han vände sig till en annan rådsmedlem vars stadiga blick tillbaka på åldermannen fick mig att misstänka att de hade formulerat sina frågor mycket noggrant.

”Vi har kallat in dig för att få fram någon slags förklaring, få höra om du har några idéer, kanske lösa funderingar, eller någon som helst anledning att tro på denna varelses existens.” Han kittlade den sandfärgade mustaschen igen. ”Dessutom kommer vi att be dig att lägga fram en handlingsplan, någon lösning du kan komma på, angående hur vi ska gå vidare och ta itu med denna högst besvärande affär.”

Edward hade inte längre Lily sittande bredvid sig. Det verkade som att hon inte alls hade varit med på rådsmötet. I stället var det Isaac Daniels, en man jag aldrig hört yttra så mycket som ett ord, som återigen nickade mot Edward. Daniels var så uppenbarligen en marionett i åldermannens arsenal att inget mer behöver sägas om honom.

”Jag var inte medveten om att vi hade kommit överens om att bekräfta någon varelses existens, herr rådman”, svarade jag i mitt eget bästa intresse. Alice Briggs, som satt vid protokollet, började skriva ner mitt vittnesmål. ”Tills jag har identifierat detta djur vågar jag inte föreslå något alltför drastiskt.”

”Vi har rapporter, herr Walker.” Det var Isaac Daniels som äntligen tog till orda. Hans röst överraskade mig. Jag hade inte väntat mig att en man med brunt vågigt hår och pojkaktiga drag skulle ha en så raspig röst.

”Javisst, men ingen rapport som låter vettig.” Jag reste mig från min stol och pinsamt nog stämde mina fuktiga skor in med ett kippande ljud när jag började min monolog.

”Jackson Green hävdar att varelsen hoppade från en brant, ner i ravinen och förföljde skogshuggarna i går vid middagstid. Jag har sett ravinen och inget djur jag känner till skulle kunna göra något sådant, inte utan vingar, herr rådman.” Ett kort skratt från de äldre i församlingen uppmuntrade mig att fortsätta. ”Senare på natten rapporterar Jackson Green att han sett samma så kallade varelse, eller något annat, i sin trädgård. Ungefär lika stor som en människa men helt okänslig för skott som avfyrades mot den, verkar det som.”

Jag erkänner villigt att jag inte hade någon aning om vad jag ville uppnå med mitt tal. Men det kändes bra att lägga fram lite grundläggande fakta och åtminstone försöka uppvisa känsla för detaljer.

”Efter att denna varelse, som ni så vältaligt uttryckte det, hade synts en andra gång blev John Morgan och Theo Sullivan, en av de skogshuggare som hade sett varelsen redan den första gången, lämnade ensamma i skogen under tio minuter. De var inom synhåll för oss uppifrån ravinens brant hela tiden.”

Sakta stegade jag fram och tillbaka och underströk med mina händer varje ord i den teori som jag vävde ihop där i rådssalen. Jag tystnade i ett försök att lägga ihop pusselbitarna för mig själv medan jag återberättade just den historia de så tydligt hade sagt att de inte ville höra igen. Så småningom fortsatte jag:

”Tio minuter, mina herrar. Sedan hittar vi Theodore död, ohyggligt förvriden i en ställning som förde tankarna till en ghoul, eller en demon. Förmodligen har han dött av skräck och jag är säker på att om ni låter Amelia Dupont undersöka hans kvarlevor så kommer hon att konstatera att han dog av en hjärtattack, och att döden var så gott som ögonblicklig.”

”Vad är det du försöker säga, Eli?” utbrast Marishka. Hon var lika förbryllad över min logik som de andra och angelägen att hitta ett svar, verkade det som.

”Han skrämde ihjäl sig själv.” Jag log mot henne. ”I ärlighetens namn måste jag göra fler efterforskningar innan jag kan dra några konkreta slutsatser. Denna varelse är av en människas storlek, duckar för kulor som en människa, så jag tror knappast att detta är ett Djävulens verk, mina herrar. Jag intalar mig att denna katt- och råttalek är en ensam individs verk, möjligen rör det sig om någon från den här byn, eller från något samhälle i närheten.”

”Det finns inga samhällen i närheten”, sa en av rådsherrarna och stirrade menande på Edward. Han rätade på sig i stolen och det var bara jag som kunde se hans irriterade min.

”Och i vilket syfte?” spädde Edward på.

”För skojs skull? Stölder? Vem vet, herr Jackson.” Jag vände ryggen mot rådet en kort stund, slutade mitt stegande fram och tillbaka i salen och snurrade så runt mot dem, gick fram till sammanträdesbordet där jag stannade och såg ner på de gamla männen. Det verkade som om jag till slut hade kommit på ett svar, en tillfällig lösning i bästa fall.

”Jag rekommenderar att ni ger mig så mycket tid ni kan tillåta er, så att jag kan fastställa vår besökares identitet, och att ni under tiden utlyser utegångsförbud. Lås dörrarna, gör det obligatoriskt att tända lanternorna före mörkrets inbrott och förbjud all avverkning i denna nya del av skogen tills området har kartlagts och utforskats vidare så att vi vet exakt vad som finns utanför våra gränser och vilka vi delar dem med."

"Någonting mer, herr Walker? Jag hörde något om en död katt på er tur?"

"Om den har någon betydelse alls så är den bara ytterligare ett indicium på att det är en människa som ligger bakom händelserna. Djur har inte fingrar att bryta nackar med, mina herrar." Detta ökade på några av rådsherrarnas munterhet igen. Rådet reste sig och Edward ställde sig upp, säker i sin roll.

"Nå, då så, vi ska överlägga era rekommendationer. Ni har vår tillåtelse att fortsätta undersökningarna. Det var allt, herr Walker."

Ett mumlande och muttrande fyllde salen när de gamla männen reste sig och började gå mot dörren. Det krävdes inte särskilt mycket fantasi för att gissa vart de var på väg. En lustig kväll med ale och torrt bröd väntade. Jag slog mig ner bredvid Marishka, lugnad och lättad. Rådsmötet hade inte lett till någonting. Jag visste i ärlighetens namn inte om det var en människa som låg bakom attackerna, men det verkade vara det mest logiska svaret, och om jag kunde vinna lite tid skulle jag kanske lyckas avslöja gärningsmannen. Men jag behövde ha mandat att utreda, att sondera, granska och grubbla. I det avseendet hade utfrågningen varit lyckad.

Edward hade inte lämnat salen tillsammans med de andra, han gick runt sammanträdesbordet och närmade sig våra stolar. Hans skugga föll över mitt ansikte som en kall rysning när han böjde sig ner för att viska i mitt öra. Det var ingen riktig viskning för Marishka kunde höra vad han sa. Kanske ville han att hon skulle höra.

"Det kom in en rapport om en försvunnen katt i morse. Från Oscar Helmsson. Obetydligt? Jo, pyttsan, Eli!" flinade han medan han stegade iväg genom den öppna dörren och ut i väntrummet.

Marishka glodde häpet på mig, full av frågor. Jag skakade på huvudet medan jag knep ihop läpparna och blinkade spasmodiskt med ena ögat. Så lämnade vi också rådssalen.

Marishka och jag skildes åt på torget. Jag gick till tavernan, hon gick hem. Det hade varit en lång, tröttsam dag och jag förmodar att det inte var angenämt för en ung dam att gå omkring i våta kläder alltför länge. Trots att jag var trött på det oartikulerade gnällandet och gnisslandet från mina skor längtade jag efter mer diskussioner och då fanns det inget bättre ställe än Morgans taverna. Men Marishka och jag hade skilts åt mitt i ett gräl. Även vi bråkade då och då.

Marishka hade inte kunnat släppa tanken på skogshuggarens försvunna katt.

"Om någon tog katten från byn, då tror jag att vi får utgå ifrån att denne man eller varelse vet var vi finns och kan tänkas återkomma."

Jag log för att lugna hennes oroliga tankar.

"Om det var ett djur, min vän, så kan katten ha blivit bortförd efter att Jackson såg varelsen, men ett djur skulle inte gärna låta en måltid gå till spillo."

"Varför försöker du lugna mig, Eli? En människa är ett mycket farligare scenario än ett djur."

"Ytligt sett ja, men djur kommer ofta i flock, vännen, och människor tänker!"

"Du tror att du kommer att förstå hur en människa skulle tänka, så att du kan förutspå hennes rörelser, eller hur?" I hennes röst fanns ett stråk av ilska, och hon tog tag i mig och skakade mig våldsamt. "Det här är inte Vilnius, Eli!"

Sedan lämnade hon mig modfälld mitt på torget. Inget att oroa sig över, tänkte jag, hon lugnar snart ner sig, det gör hon alltid. Hon är, vad ska jag säga, ganska lättretad, min kära Marishka.

Att vänja ögonen vid att snabbt växla mellan ljus och mörker på tavernan var någonting man blev ganska skicklig på med tiden. Varje gång någon öppnade dörren vällde det skarpa dagsljuset in i rummet. Även när den knarrande gamla trädörren hade stängts bakom en trängde knippen av ljus in i den mörka lokalen. Min vanliga plats vid eldstaden var ledig, precis som jag önskade. John skulle snart börja elda om kvällarna, men med en brandvakt vid ingången från och med nu. Han hade goda skäl till det. Eldandet skulle hindra inkräktare från att ta sig in via skorstenen efter mörkrets inbrott. Den som kunde komma in på tavernan den vägen måste antingen vara en mycket intelligent varelse eller ett påhittigt fyllo.

Fönsterluckorna var stängda vid den här tiden men röken över våra huvuden dansade i ljusstrålarna. Om jag skulle kunna få någonting som var i närheten av ett svar ur Edward Jackson så var jag på rätt ställe. Att ha Marishka vid min sida skulle inte vara till någon hjälp när det gällde vår ålderman. Han var påfallande upprörd över det faktum att hon hade blivit insläppt i rådssalen över huvud taget, och hans syn på kvinnor i allmänhet var välkänd.

Jag började med två ale och väntade på att åldermannen skulle tåga in som han alltid gjorde. Han hade bara hunnit ta ett par steg in i rummet när jag lade handen på hans rygg och förde honom till mitt tomma bord. Jag tänkte ta tjuren vid hornen direkt.

”Vi måste prata.”

”Måste vi?” frågade han. ”Om så är fallet är det här inte rätt tidpunkt, herr Walker.”

”Jo, det vidhåller jag”, svarade jag och flyttade min hand från hans rygg till hans axel och kramade den lite hårdare.

”Låt mig i alla fall först...” började han men jag hejdade honom och slog ut med armen i riktning mot mitt isolerade hörn i tavernan. Med en suck gick han mot det låga bordet och satte sig på den vingligare av de två pallarna.

När han vilade händerna mot den sträva bordsytan föste jag utstuderat försiktigt ett av mina två krus mot honom. Han grep det med båda händer men drack inget. Nu har jag ju full förståelse för glädjen i ett krus öl, i synnerhet när någon närstående har gått bort. Jag är inte obekant med dessa ritualer, men Edward valde att inte dränka sina sorger i ljummen ale. Hans mustasch förblev faktiskt relativt torr under denna tid när de flesta män hade skägg som droppade av öl.

”Vad har du vidtagit för försiktighetsåtgärder?” frågade jag otåligt.

”Bara dina preliminära rekommendationer, Eli. Tända lanternorna tidigt, låsa dörrarna och så har jag två män på vakt dygnet runt vid den gamla bron.”

”Kalla hem dem.”

”Och varför skulle jag det?”

”Kalla hem dem igen, säger jag!”

Jag förlorade snabbt tålamodet med Edward. Kanske straffade jag honom för spelet han spelade i rådssalen, kanske for jag bara ut mot honom på grund av mitt gräl med Marishka. Eller ja, det var nog både och. Plus ett tredje skäl.

”Oavsett om vi letar efter en människa eller en best, en demon eller en ängel, så bor varelsen där ute och det är inte troligt att den traskar fram över bron eller knackar på hemma hos folk.” Jag grep hans ena hand. Han tyckte inte om det. ”Byn är inte befäst och kan inte heller bli det. Woodland Point ligger omgivet av skogar och vad vi än letar efter kan komma från vilket håll som helst.”

För en gång skull höll sig vår ålderman förhållandevis tyst.

”Vad tycker du att jag ska göra då? Du har sett människorna. Du vet hur de tänker.”

”Om du insisterar på att ha män som håller uppsikt och vakt så använd dem på ett förnuftigt sätt. Tre skogshuggare såg varelsen ute i skogen. En har fått besök. Den andra är död."

"Du säger att jag ska vakta skogshuggarnas hem?"

"Precis", nickade jag och lyfte min ale med ena handen medan jag pekade ohövligt på honom med den andra.

"Och ni då? Flickan, John och Henry?" sa han och tog äntligen en slurk av brygden. "Ni har alla sett den här besten, ska vi vakta era hem?"

"Ingen av oss har sett den direkt. Vakta skogshuggarna som såg den men säg inget till de andra."

Jag signalerade att vi ville ha två ale till vid vårt bord. Än var jag inte färdig med vår ålderman.

"Berätta lite om er själv, herr Jackson. Berätta om den dagen när du skickade iväg dessa män till skogen."

"Hörnu, Eli, jag har inget med den där stackars grabbens död att göra."

"Men berätta då varför de var i skogen, berätta sanningen."

Han reste sig för att gå, men jag grep efter hans hand. En desperat åtgärd.

"Oss emellan, Edward, jag kommer att fånga den här varelsen, men jag måste veta att jag kan lita på dig. Kan du berätta sanningen för mig? Låt mig kunna lita på dig."

"Men ni själv då? Vad vet vi om er, herr Walker, och ert förflutna? Hur vet vi att vi kan lita på er?"

"Jag försöker. Ibland blir det inte rätt, men jag litar på folk och gör så gott jag kan, herr Jackson."

Någonting vaknade till liv i skallen under hans oljade blonda hår då, han kanske till och med kände ett sting innanför den dyrbara korstygnsbroderade västen. Jag funderade på om Edwards pansar verkligen var så tjockt, hade han kanske känslor? Han satte sig ner, till hälften på pallens ytterkant, till hälften i luften som om han var på väg att levitera. Kanske ville han ge ett intryck av att vara beredd att ge sig av vid minsta tecken på förebråelser.

Sanningen rann ur honom som vinet ur en flaska. Hans motiv, om än fåfänga, var mycket enkla: han var en girig man, men ingen mördare. När Woodland Points timmerupplag var praktiskt taget fulla hade han gett skogshuggarna i uppdrag att söka sig till nya marker och fälla träd i ett område han hade styckat av för egen del. Det fanns inte utmärkt på någon av Woodland Points kartor och han hade planer på ett storslaget hem utanför själva samhället. Precis som Lily hade det, fast betydligt mer isolerat. Kanske hade han tänkt sig att börja bedriva timmerhandel för egen del, bygga ett eget samhälle? Det var i praktiken allmänt känt att Edwards fina kläder inte hade införskaffats med lönen han fick som ålderman. Man antog att han i åratal hade handlat i smyg med en timmerhandlare vid namn Cornelius, extra timmer med extra vinst till honom själv. Vår ålderman var en dumbom, rent av en skurk, men han var inte en mördare. Skulle det ha framkommit att han var det, hade jag nog smällt till honom.

Vad skulle han ha haft för motiv att mörda? Att skrämma befolkningen med myter om en skräckinjagande best för att hålla dem borta från hans marker när de väl hade röjt området åt honom? Det verkade lite tunt, lite för enkelt. Så kunde det inte vara. Han var ingen mördare! Han kände till det där med katten, men det var inte tillräckligt för att döma en man.

”Det var allt, inspektören, det finns inte mer att säga. Det är en plats i skogen, en plats för mig och min fru. Jag tillstår detta och det är allt. Varelser och mördare vet jag inget om. Mitt syfte var och är detta. Bara en bit mark i skogen.”

”Ni funderar väl inte på att skicka dit skogshuggarna igen?”

”Efter att ni har fångat och dödat det där djuret är det min ensak vad jag gör med byns arbetskraft, kom ihåg det!”

Ett kort ögonblick hade han varit mänsklig, en ärlig och beundransvärd man. På sätt och vis var jag glad att det inte hade varat länge, annars hade jag kanske börjat tycka om den där knölen.

Det skulle inte bli något småprat eller något utbyte av artighetsfraser efter samtalet. Han reste sig från bordet och en kort stund senare gjorde jag likadant. Jag gick nerför den stekheta gatan igen utan att någon kom fram och distraherade mig. Mina tankar var oroliga, jag var förbryllad över en katt av alla ting. Om katten som vi hittade vid ravinen verkligen var Oscar Helmssons bortsprungna husdjur så måste varelsen ha tagit den. Kanske till och med medan Jackson Green försökte skjuta ”den” kvällen innan? Det ledde till bekymrade tankar i mitt huvud. Kunde det vara så att varelsen obemärkt hade smugit iväg från folksamlingen medan Jackson fortfarande var skakad och omtumlad? Varför hade ingen sett något? Var den välkamouflerad? Om den verkligen var lika stor som en människa, inte kunde den väl ha smugit iväg från Jacksons trädgård utan att någon lade märke till den? Någon måste ha undanhållit information från rådet, eller åtminstone från mig.

Genast när de första skotten hade fallit var Jacksons trädgård full av folk.

Beväpnade män, kvinnor och barn, alla måste ha gett sig ut för att se vad det var som pågick. Sakta började mina tankar sammanställa en bild av den kvällen. Det var mörkt och det var sent. Barnen! Det fanns ju inga barn på gatan vid den tiden på kvällen! De låg till sängs så dags. Men barn är nyfikna av sig så kanske någon av dem hade sett någon eller något genom sitt sovrumsfönster. Jag bannade mig själv och stampade med fötterna på den hårda kullerstenen för att jag varit så dum.

Om någon såg mig på torget måste jag ha sett ut som en galning. Där går den där utbölingen ensam och pratar för sig själv igen. Jag brydde mig inte ett jota. Det var sent och om jag inte skyndade mig skulle mina frågor få vänta till nästa dag. Jag blev så upplivad av denna nya teori att jag vände så tvärt på klacken utanför tavernan att jag nästan snubblade. Så fånig jag måste ha sett ut då! Jag rusade över torget och skyndade mig till skolhuset. Jag fumlade med haspen på grinden, kastade mig uppför trappan och började banka våldsamt på dörren, knacka som en besatt.

Catherine Loughlan öppnade dörren till skolsalen. Hon blev sannerligen överraskad av att se mig, särskilt med tanke på vilken tid det var på dygnet. Ganska oartigt försökte jag kika förbi henne och in i klassrummet innan jag ens sagt god dag. Catherine stod rakryggad i dörren och vred huvudet från sida till sida i sina försök att fånga min blick. Hon var lång, hennes krusiga bruna hår hade grånat en aning av ålder, hennes stora grå klänning dolde hennes mogna skönhet så att hon såg äldre ut än hon var. Hon verkade nästan gammaldags i sitt sätt, jag skulle inte säga högfärdig men mycket prydlig och väldigt prudentlig.

”God kväll, herr Walker. Fröken Taranova är inte här.”

”Ursäkta?” sa jag. ”Ja, nej, jag vet. Ursäkta mig, väldigt oartigt. God dag, fru Loughlan, barnen? Är barnen kvar?”

Mina förvirrade ord förklarade inte min teori, men de lugnade i alla fall ner lärarinnan. Hon visste varför jag hade kommit.

När jag hastigt frågade henne om det hade skett något ovanligt i klassrummet under dagen bjöd hon in mig, skyndsamt men behärskat, precis min motsats. Jag gick in och stegade fram till katedern. Klassrummet var ganska ödsligt, några barnteckningar och kartor fyllde väggarna, upphängda med vassa, rostiga spikar. Knappast en plats där man tänker sig att barn kan inhämta kunskap. Men klassrummet var i alla fall rustikt och charmigt. Golvtiljorna knarrade när jag klev på dem. Det fanns ett utrymme på en dryg halvmeter mellan brädorna och marken nedanför, vilket fick mig att tänka att någon kunde ha gömt ett lik därunder en gång i tiden. Jag har ingen aning om varför den tanken dök upp. Ibland dyker märkliga idéer och tankar upp så där i mitt huvud. Där tiljorna inte knarrade gav de i stället ifrån sig ett ihåligt eko när man satte ner foten. Hur barnen kunde höra någonting alls när deras välbyggda lärarinna vandrade runt i rummet var en gåta.

Rummet var dock pedagogiskt nog för min smak. En skrivtavla stod i det nedre högra hörnet av rummet och i det övre hörnet fanns ytterligare en dörr som ledde ut till skolgården. Det övre vänstra hörnet pryddes av en enda grön växt. Den var antingen döende eller redan död, men jag är inte botaniker och kunde därför inte avgöra vilket. Framför mig stod Catherines kateder som ett värn framför en stor griffeltavla. Även under dessa förhållanden var byskolan bättre än den jag hade gått i som barn. Dessutom var läraren betydligt mer tilldragande än min hade varit. Jag hade undervisats av en lärare, inte av en lärarinna.

Catherine sa att hon inte hade gått ut med barnen när hon hört nyheten om Theos bortgång, eftersom hon inte ville att de skulle bli skrämda av skogshuggarens groteska likstelhet. Ett förnuftigt beslut, måste man säga. Det fanns vuxna män som inte kunde sova efter en sådan syn.

Så sakteliga började Catherine berätta de historier hon hört. Hon påpekade bestämt att ingen av dem verkade rimlig i hennes ögon; hon var en intellektuell kvinna. En raritet i de trakterna, måste jag erkänna. Catherine trodde inte på sagor och monster. När jag nämnde vår huvudmisstänkte gynnare, var hennes enda svar:

”Vargar? Jag säger då det.”

Därefter frågade jag henne om hon hade hört något från barnen som skulle kunna vara en berättelse om eller en beskrivning av besten i Woodland Point. Då drog hon ut en låda i katedern och stack ner sina lätt rynkiga händer i den.

”Jag ville inte säga något till hans föräldrar om det här, man vet aldrig hur folk reagerar”, sa hon och tog fram ett pappersark ur lådan. ”Jag tänkte ha den här i katedern och om det visade sig vara lurendrejeri skulle jag slänga den.”

Hon vecklade sakta ut det skrynkliga pappersarket.

”Han hävdade att han hade sett varelsen och sedan ritade han den här.

Barnen har inte pratat om något annat på hela dagen." Hon lät ganska besviken. "När jag frågade honom om teckningen blev han alldeles tyst. Barn litar inte riktigt på några andra än sina vänner, eller hur, herr Walker?"

Som om jag skulle kunna svara på en sådan fråga. Barn är Marishkas område, inte mitt, som jag har nämnt tidigare. Hon såg att jag väntade ivrigt på att få teckningen i min hand, men hon drog ut på det ett par sekunder till.

"Nej, jag förmodar det, fru Loughlan", höll jag slutligen med.

Hon lyfte upp pappersarket och tog en sista titt på det innan hon räckte över det till mig. "Men vad ska man göra när ett barn säger att han har sett det här genom sitt sovrumsfönster?"

Jag fick slutligen pappret i min hand och satt med ögonen på helspänn för att få en första glimt av vår ovälkomne besökare. Med skakande händer vecklade jag ut pappret. Teckningen var skrämmande, jag hade aldrig sett något liknande.

"Vem har ritat det här?"

"Louis Decruix."

"När... när skulle han ha sett den?" stammade jag

"I går kväll, tror jag."

Pappersarket såg gammalt och slitet ut, rentav trasigt, trots att ett barn skulle ha ritat på det mindre än 24 timmar tidigare, efter vad som påstods. Där syntes en figur. Det såg ut att vara ett djur, det djur som Louis Decruix hävdade att han sett. Man såg tydligt ett huvud på figuren och fyra lemmar. Trots att teckningen bara bestod av en barnsligt ritad kontur kunde man urskilja något som liknade vingpennor längs med ryggen och ringar eller kanske bågar bakom axlarna. Var det möjligen en ängel? Teckningen visade ett par extraordinärt långa framben, precis som de Jackson Green möjligen hade sett, men där fanns inga ögon. I stället hade pojken klottrat dit två vassa huggtänder, uppenbarligen alltför stora för att vara korrekt återgivna. Det syntes inget av den svans som Jackson hade beskrivit för mig när vi talade i enrum, och det fanns ingen storleksangivelse på teckningen. Jag konstaterade att om varelsen stod upprätt som skogshuggaren hävdade att den gjort så kunde den vara lika lång som en människa, kanske en aning längre, kanske kortare, men ungefär av manshöjd. Den skulle helt säkert ha sett ut som en demon om den stod upprätt och antydningen till vingar som jag uppfattade vid skuldrorna var säkerligen ett kännetecken för en demon eller ängel i de mindre bildade bybornas ögon.

En rad frågor for genom mitt huvud där i klassrummet. Jag vågar inte gissa hur länge jag stod där och tigande stirrade på den rudimentära teckningen, men det var i alla fall tillräckligt länge för att lärarinnan skulle återgå till vad hon nu höll på med innan jag så oväntat dök upp. Om det där verkligen var små vingar, hur kunde de bära en sådan best genom luften? Är det anledningen till att vi inte hittade några fotavtryck? Varför så extremt långa händer? Om den hade dödat katten, varför använde den inte sina huggtänder? Hade den egentligen någon svans? Gick den på två ben eller alla fyra? Den mest förbryllande frågan som seglade runt i mitt sinnes gapande avgrund var förmodligen den sista: Vad i Herrans namn var detta för något? Du får ursäkta att jag hädar.

Jag kunde knappast bärga mig tills jag kom hem och kunde berätta för Marishka vad jag hört. Att diskutera vårt gräl verkade patetiskt och meningslöst nu. Hon har förmodligen glömt det i alla fall, resonerade jag. Jag informerade Catherine om att jag skulle låna teckningen "av utredningstekniska skäl". Det var vagt, det vet jag, men det räckte. Hon verkade inte bry sig så mycket heller, utan bad mig bara att lämna tillbaka den när jag var klar. Kanske ville hon behålla den som ett minne när hon lämnade Woodland Point för gott.

Min hjärna fortsatte att arbeta och surra av idéer och frågor. Var den intelligent? Ja, det måste den vara. Var det en människa i förklädnad? Det måste i så fall vara en mycket smidig och vig människa som kunde röra sig så som vi hade lärt oss att varelsen gjorde. Var det en demon? Det kunde det faktiskt vara, om man nu trodde på sådana saker.

Jag stegade raskt hemåt, mycket snabbare än jag någonsin hade gått den rutten. Jag har inga tydliga minnen av promenaden, om jag ska vara ärlig, det var som om jag hade svepts upp av skyarna och transporterats hemåt, och tiden flög iväg. Men om detta nu verkligen var vad som hände så var de vänliga nog att sätta ner mig framför min egen dörr innan de gav sig av igen. Äsch, nu pratar jag strunt. Låt mig fortsätta.

Marishka satt och läste, ur utspridda artiklar och tidskrifter som hon hade tagit med sig på resan från England. Hon hade läst på ordentligt och försökt lägga ihop två och två för att utröna vår varelses identitet långt innan jag kom hem, men inte fått mycket lön för mödan. När jag klev in for hon upp, förmodligen uppskakad av de horribla berättelser om mord och barbari hon hade suttit och läst. För ett kort ögonblick trodde jag att hon hade något avgörande att berätta för mig, men tyvärr inte. Flickan var däremot oerhört intresserad av att få veta var jag hade varit och vad jag hade gjort.

”Vad har du för nyheter med dig?”

Jag hade ännu inte tagit av mig ytterrocken när hon började fråga ut mig. Jag höll upp handen och tog långsamt av mig plagget.

”Men Eli, du har varit borta länge, berätta. Vad har du för nyheter?” Marishka tog hand om rocken som jag hade slängt över stolen. Jag protesterade inte.

”Jag befarar att Edward vet mindre om det här än han vill påskina.”

Det fanns inga tecken på att ett gräl låg och pyrde mellan oss längre.

”Hurså?”

”Låt mig först göra lite te, och sen får vi se om jag är på humör att berätta.”

”Javisst”, sa hon och tryckte en hand mot mitt bröst när jag började gå mot köket. Hennes leende viskade tyst åt mig att stanna kvar i vardagsrummet; de meningsskiljaktigheter vi hade haft tidigare under dagen verkade nu vara över.

Strax efteråt kom hon med te till mig där jag satt i fåtöljen medan hon själv slog sig ner på armstödet. Det följde en stunds tystnad som svepte in rummet i total stillhet. En tyst minut för den själ som lämnat oss bara några timmar tidigare kanske? Ack, Theo, stackars Theo. Han hade gått hädan för mindre än tolv timmar sedan och det verkade som om han redan höll på att förblekna i våra minnen. Vi riktade våra tankar och vår uppmärksamhet mot det som blivit hans bane, och det kändes fel. Marishka bröt tystnaden. Hon pekade på de böcker hon hade tagit ut ur hyllan medan jag var borta. Jag var säker på att där inte skulle finnas något om just vår varelse, men hon framhärdade att jag skulle läsa dem i alla fall. Jag ville inte släcka hennes gnista, som var beundransvärd, så jag tummade mig igenom skrifterna. Där fanns inget som kunde motsvara beskrivningen av vår besökare, i synnerhet inte Louis Decruix konstnärliga avbildning av den. Hennes mörka ögonbryn ryckte till ett par gånger när jag verkade intresserad av något i boken och en lätt darrning for genom hennes kropp när jag vände upp en sida som hon uppenbarligen trodde skulle fånga min uppmärksamhet. Men snart kunde jag inte hålla inne längre med vad jag fått höra, och hon skulle få något att begeistras över.

När jag stoppade handen i fickan och greppade det slitna pappersarket kände jag mig plötsligt väldigt orolig. Det var som om själva känslan av att röra vid ytan varnade mig för att låta flickan se det. Jag skakade av mig dessa vidskepliga frossbrytningar och rysningar och drog sakta fram pappret ur min ficka. Hon hade inte sagt ett ord medan jag plockade fram pappret, med hörnen vikta så att hennes uppmärksamma blick inte skulle fånga vad som avbildats. Jag kunde ha kastat iväg den och hon skulle aldrig ha fått veta något, men jag bestämde mig för att veckla upp den skrynkliga teckningen.

"När du satt och läste", började jag sakta, "stötte du någonsin på något som liknar den här?"

Hennes blick verkade söka sig runt de två hörn som fortfarande var invikta. Hon tog pappret ur min hand och vecklade ut de sköra kanterna.

"Har du några idéer om vad detta kan vara för en best?"

Marishka granskade teckningen ett par sekunder. Hon stirrade på rekvisitan till en mardröm, på den djävulslika figuren som präntats på pappret i hennes hand.

"Var fick du tag på den här?" Hon tittade på mig med sorgsna ögon. "Vem har sett något sådant här?"

Hon andades tungt, men var samlad och koncentrerad. Jag tog henne om handleden med min högra hand och med den vänstra pekade jag bestämt mitt i bilden.

"Den här figuren iakttogs av lille Louis Decruix, utanför hans sovrumsfönster till på köpet."

Medan jag smuttade på teet lade jag märke till att hon vek ihop teckningen igen innan hon lade ner den på bordet framför oss. Min kära Marishka verkade skrämd och förbryllad av bilden. Kanske var det för att den utstrålade blodtörst som hon kände sig lugnare när den var hopvikt igen.

"Han såg den uppenbarligen samma natt som Green mötte varelsen, medan hans föräldrar var ute för att se vad som stod på", förklarade jag.

Jag tittade på henne igen; jag kunde inte ta ögonen från henne. Bakom de två blanka, svarta hårslingorna som hade lagt sig som svärdsklingor framför ansiktet på henne syntes två bruna ögon med koncentrerad blick som rörde sig fram och åter över bordet. Hon tittade på den skrynkliga och hopvikta teckningen och sedan på mig, innan hon vände blicken mot teckningen igen. Marishka sträckte sig snabbt efter pappret, vecklade ut det och granskade det lite till. Den kusliga tystnaden återvände till vårt hem. Jag studerade henne lite intensivare då. Hennes ögon följde figurens konturer, över och förbi det som kunde vara vingar och ner längs de långsträckta armarna. Som hon koncentrerade sig på de där armarna. Hon öppnade munnen, nästan omärkligt, bara en liten aning. Ett både konfunderat och nyfiket uttryck spred sig över hennes ansikte. Hon var en ung kvinna med ett magiskt intellekt och hon var djupt försjunken i tankar.

”Änglar?” sa hon stilla utan en antydan till att verkligen tro på det. Jag mumlade en protest.

”Jag skulle vilja säga att det här är en avbildning av en människa, men med vingar och de där armarna verkar det inte troligt.” Jag blinkade åt henne, något som bringade henne ur fattningen för första gången under våra många år tillsammans. ”Änglar skulle det kunna vara, eller demoner”, lade jag till. Om det var ett försök från min sida att försäkra henne om att hennes tankar inte var helt uppåt väggarna så hade jag misslyckats. Jag reste mig och ställde mig bakom henne.

”Har någon pratat med pojken?” undrade hon. Jag lade min högra arm runt hennes axlar.

”Jag hoppades att du ville bli den första?”

När jag tog pappret ur hennes hand och stoppade tillbaka det i fickan for hon plötsligt upp. Det blev ett stort tomrum där hon hade suttit, hon rörde sig så snabbt att jag för ett ögonblick tappade bort henne. Marishka stod nu till höger om mig. Jag snurrade en tofs på fåtöljen tills den inte gick att snurra mer. Jag gör sådana saker när jag är nervös. Den snurrade upp när jag släppte den och vände mig mot henne. Tystnaden intog rummet en tredje gång, det minns jag mycket väl. Jag hade tid nog att snurra tofsen igen och sedan släppa och se hur den sakta löstes upp. Marishka lämnade rummet i tystnad och hade uppenbarligen huvudet fullt av tankar. Tofsen påminde mig om vårt mysterium. Skulle det lösa upp sig på samma sätt som tofsen? Lite snabbare hade nog varit bra. Är det inte lustigt vilka dumma små detaljer man minns? Sådant som är absolut ovidkommande stannar ibland kvar i vårt minne, medan andra betydligt mer värdefulla och viktiga minnen går förlorade med tiden.

Edward hade väckt något där i skogen, någonting som aldrig borde ha hittat oss i vår fristad. Men det hade det. Det hade letat upp oss, studerat oss, förföljt oss och dödat oss. Nu var det här.

Händelserna kom slag i slag nu. Redan före gryningen hade rapporter om två incidenter inkommit; den första hade inträffat samma eftermiddag som

Theos död, och den senare framåt kvällen, ute vid Henry Marshalls farm.

Klockan var nästan kvart över tio och jag satt i vardagsrummet när jag kallades till rådssalen igen. Väl där möttes jag av flera rådsmedlemmar som alla hade uppmärksamheten riktade mot två av Woodland Points ungdomar, Clarissa Sterling och Alexander Whitfield. Ungdomarna verkade uppjagade, och Lily Owen stod med armen om Clarissa. Edward stegade fram till mig.

”Herr Walker, de här ungdomarna säger sig ha upplevt något vid sjön. De kom precis tillbaka till byn efter att ha irrat runt i skogen större delen av dagen. Panikslagna.”

Jag såg mot dem. ”Och de kom direkt till rådet?”

Edwards ögon smalnade och hans fingrar flög upp till mustaschen igen.

”Ja, precis som de borde!” sa han. ”Du vill väl höra vad de har att säga? Det kanske ger dig nya... teorier.”

Jag bad Marishka följa med Clarissa hem och ta hennes vittnesmål där. Jag hade två anledningar till detta: hemmiljön skulle få ungdomarna att känna sig trygga, och jag ville inte heller att de skulle höra varandras berättelser. Ungdomar kan ju ha rätt livlig fantasi. Lily Owen följde med dem, medan jag och Edward tog med Alexander hem till honom.

Det skulle visa sig att berättelserna i allt väsentligt stämde överens. Strax efter att det kraftiga skyfallet hade avtagit entledigades Alexander från sina uppgifter och bad Clarissa följa med till den lilla sjön. Det var samma sjö som Lily och William Owen brukat vara vid, en gång i tiden. De gav sig av strax efter oss. Jag bad honom berätta vilken väg de tagit, och tecknade noga ner hur de hade rört sig i förhållande till oss. Ungefär samtidigt som vi undersökte den döda katten korsade de skogshuggarnas bro, den bortre gränsen för hur långt byborna i allmänhet tilläts gå. De var inte mer än drygt en halvmil ifrån oss. De fortsatte i samma riktning tills de nådde den lilla sjön mellan klipporna, just den lilla sjö som vi hade tyckt oss se i fjärran.

”Vi tog en kort rast”, sa Alexander. ”För att äta frukt och bär. Jag satt på en sten och Clarissa satte sig bredvid mig. Och så...”

Här minns jag att Alexander rodnade. Jag kände Edwards blick på mig och ställde den fråga som jag visste var min plikt.

”Gjorde ni något olämpligt?”

Alexander skakade våldsamt på huvudet.

”Nej nej! Jag bara... skvätte vatten på henne!”

Den här punkten var den enda i vittnesmålen när ungdomarnas berättelser divergerade. Den mer reserverade Clarissa hävdade nämligen att pojken hade kysst henne och försökt röra vid henne på ställen som hon inte ville nämna vid namn. Denna skillnad brydde jag mig inte så mycket om, och både Alexander och Clarissa förnekade dock att de ägnat sig åt oanständigheter. Men jag fäste inte så stor vikt vid detta som Alexander kanske trodde.

Jag nickade och bad honom fortsätta.

”Jag började skvätta lite vatten på henne, och hon började skvätta tillbaka på mig. Det var då fåglarna tystnade en efter en, till och med vattnet började rinna allt långsammare tills det stod still. Det hördes inte ett ljud. Löven hade slutat prassla och det rådde en total tystnad. Förutom ett dovt skrapande ljud som kom uppifrån grottan ovanför vattnet. Vi höll oss absolut stilla och tänkte att det var ett djur av något slag. Jag hörde en trädgren som bröts strax bakom oss, ovanför bergssidan som vette åt väster. Flera grenar rasslade uppe på klippan och det var det enda ljud vi kunde höra. En kyla kom över mig och jag fick panik. Vi samlade ihop våra saker och gav oss av. Det var något som inte kändes rätt.”

Vad det än var som skrämde slag på ungdomarna gav dem uppenbarligen tid samla ihop sina pinaler! Inget rovdjur jag känner till agerar på det viset. Inget rovdjur låter dig fly. Han fortsatte:

”När grenarna började vaja blev allting kallt. Fastän vi rörde oss snabbt genom buskaget kände jag att någonting var bakom oss, iakttog oss. Jag borde ha sett den; jag ville men jag kunde bara inte se mig om. Ingen av oss kunde det. Kanske kan man inte se den men man kan sannerligen känna den. Den finns överallt runt omkring och skräcken griper tag i en. Hur som helst så sprang vi tills vi blev trötta, sedan vilade vi. Det var då vi gick vilse.”

Hur kunde två människor som hade varit vid samma sjö flera gånger plötsligt gå vilse på en stig som de uppenbarligen kände väl till? Vad som skulle ha varit en knapp timmes promenad tog i stället fem, sex timmar. När jag frågade hur detta kom sig kunde Alexander bara gissa att efter den korta rasten så måste de ha tagit fel väg. Det låter nästan otroligt, men jag förmodar att panik och stress kan leda till att man gör så. De kunde inte riktigt minnas hur länge de hade varit i skogen men av någon anledning hade de kommit bort från stigen och det var rena turen att de plötsligt råkade på byn igen.

Det hela var märkligt, men en sak var i alla fall säker: han var ärlig. Jag såg ingen lögn i pojkens ögon, och jag trodde på att han faktiskt kände det han påstod sig känna. Att han inte lyckades få se varelsen var däremot ganska nedslående. Jag blev hur som helst fascinerad. Beskrev Alexander samma känsla som jag hade känt tidigare samma dag, orsakad av samma väsen?

Det var dessutom vid ungefär samma tidpunkt som samma känsla av något kusligt, ja av ren skräck, hade drabbat vårt följe. Detta betydde förstås att vår best på något sätt hade lyckats förflytta sig en avsevärd sträcka mellan det att den dödade Theodore Sullivan och det att den skrämde slag på ungdomarna. Eller, tänkte jag, fanns det kanske mer än en? Det skulle vara något helt sensationellt att hitta en enstaka levande varelse, den första i sitt slag, där ute i skogen. Sensationellt och föga troligt. Det faktum att Alexander hade svurit på att ljudet först kom ovanifrån grottan vid vattenfallet och sedan ett par sekunder senare hördes bakom honom fick mig att tro att det fanns åtminstone två varelser närvarande vid det tillfället. Eller? När jag dryftade detta med Marishka påpekade hon att om den förflyttade sig uppe i träden kunde den lätt ha tagit sig förbi dem utan att bli sedd. Ungdomarna måste ha varit fokuserade på ljudet ovanför grottan, inte bakom dem. Tills varelsen kom ner från träden och förmodligen bröt några kvistar. Mina tankar var fulla av frågor igen. Oavsett varför, så fanns det något konstigt och främmande som smög omkring i skogarna kring Woodland Point.

Alexander Whitfield och Clarissa Sterling förbjöds av rådet att berätta för någon annan – varken föräldrar eller vänner – om sitt möte med varelsen vid vattenfallet. De svor på att aldrig prata om det mer. Jag trodde att invånarna i Woodland Point skulle kunna hantera det som hände om vi berättade allt, men jag blev nerröstad och det med rätta. Masshysteri skulle enbart ha försvårat min utredning av dessa märkliga händelser, så Edward yrkade på total tystnad. Inget skulle komma ut till allmänheten. Vår fridfulla, lugna by höll i detta nu på att förvandlas till en mörk håla av bedrägeri, lögner och hemligheter. Vi började planera en expedition till platsen i fråga. Det var en expedition som aldrig skulle bli av, på grund av händelser senare samma kväll som gjorde läget mycket allvarligare. Vår sekretess höll i en timme, två på sin höjd. Woodland Point skulle gripas av panik och skräck alldeles oavsett vad de gamla männen hade planerat. Snart skulle Henry Marshall rapportera om ett förfärligt möte med varelsen hemma vid sin egen dörr, och varelsen skulle slutligen också få ett namn: Baphomet!

Henry Marshalls farm ligger lite avsides från själva byn. En del av hans mark ligger nära bytorget men det mesta, inklusive hans hus, ligger just bortom skolan, ett par hundra meter från gången som leder till kyrkan.

Efter den traumatiska dagen hade Henry ätit en ovanligt sen kvällsmåltid, varpå han gått ut för att hämta mer ved till sin brasa. När han passerade stallet på väg mot vedboden kände han ett plötsligt behov av att vända sig om, som om det fanns någon bakom honom. Så det gjorde han, men såg bara de glimrande ljusen från byn. Han skakade av sig känslan och gick vidare för att hämta ved ur den förfallna vedboden och sedan tillbaka till huset. När han lagt de första vedklabbarna i en järnkorg vid dörren återvände han mot vedboden som låg ett tiotal meter från hans boning. Hästarna drog till sig hans uppmärksamhet när han hörde hur de rörde sig oroligt i stallet. Stallet och vedboden låg båda på bortre delen av hans tomt från byn sett, och även det höll på att förfalla på grund av eftersatt underhåll. Farmaren blev således inte särskilt förvånad när han såg att klinkan på dörren var öppen, en gammal klinka på ruttnande trä kunde mycket väl gå upp av sig själv. Kanske hade tröttheten tagit överhanden, för om han hade varit uppmärksam hade han insett att ruttnande trä gör att låset faller till marken, inte att det glider upp.

Trädörren stod och slog i kvällsvinden. Ljuset från byns facklor sken för ett kort ögonblick in i stallet, vilket gav Henry möjlighet att i det flimrande ljuset spana in i hörnen efter inkräktare. Trots vinden var det en relativt lugn kväll, och Henry såg inte några inkräktare. Ändå ropade han in i mörkret och informerade eventuella ovälkomna skojare om att han var beväpnad, vilket han faktiskt inte var. Det blev tyst i natten. Sedan blåstes det avlägsna ljuset från byns gränsfacklor ut. I det näst intill totala mörkret räknade Henry därför hästarnas ögon som glimrade inne i stallets djup. Han räknade alla och gick sedan in till sig. Han hade räknat in rätt antal ögonpar i stallet som låg närmast hans hus, stallet där Alexander Whitfields häst stod året om. Men Alexander hade kommit hem till fots, varken han eller Clarissa hade nämnt något om vad som hade hänt med hästen. Den fanns inte bland dem i stallet.

Enligt Henrys redogörelse sov han djupt i sin stol (för han sov aldrig i sängen) när han ungefär tjugo över tolv väcktes av ljudet av uppskrämda djur. Farmaren hade hört detta förr, och vanligen var det en varg eller en hund som var boven i dramat. Den här natten hade emellertid alla djur hållits inlåsta i lador, boxar och stall. Vargar skulle inte ha kunnat ta sig in. Jag säger att vargar vanligen var boven i dramat, men kanske vilseleder jag dig här. Det hade inte förekommit något varganfall mot boskapen i Woodland Point på fyra år, och inga vargar hade heller siktats under den tiden. Men de oroliga djuren och bräkande fåren fick Henry att ge sig ut för att undersöka saken. Han tog på sig stövlar och överrock, och sträckte sig efter ett gevär bakom den rangliga dörren och sedan efter ett ljus. När han öppnat den gnisslande ytterdörren tog han ljuset och tände en större mässingsfärgad lykta. Den gnisslade lika mycket som dörren, när han bar den. Eftersom han inte kunde sikta med sitt gevär samtidigt som han bar lyktan trädde han den över gevärspipan och lät ringen glida ner tills den skramlade framför hans fingrar. Det var dödstyst ute i natten.

Vinden hade slutat blåsa och det var så stilla att ett andetag skulle ha känts som en bris. Henrys fotsteg knastrade i gårdsplanens grus. Han gick bort mot boskapsfållan fastän det vid en första anblick inte verkade vara något å färde just där. Ett prasslande vid stallet avledde hans uppmärksamhet. Han vände stegen ditåt, bara några meter till höger om fållan. När han stannade upp ett ögonblick precis vid ingången till stallet lade han märke till en djup skåra i dörrens underkant. Han var en stor och stark man, men närmade sig ändå stalldörren med försiktighet. Han ville inte riskera att trampas ner av uppskärrade, skenande hästar. När han petade upp dörren med gevärspipan, och än en gång noterade att klinkan var frändragen, greps han av samma överväldigande skräck och rädsla som vi alla hade vittnat om tidigare och som verkar oupplösligt förknippad med detta fall. Ovillig att låta sig överraskas stack Henry in huvudet i stallet och gick försiktigt runt hörnet. Dörren stod nu på glänt och Henry lade märke till att dörrens baksida var böjd utåt. Vad som än hade öppnat dörren hade gjort det för att bryta sig ut, inte bryta sig in. Han lyfte av lyktan och satte ner den på en pall som han brukade använda när han skodde hästarna. De var nervösa och han vågade inte gå för nära de oroliga djuren. Han försökte än en gång räkna dem men misslyckades. Deras ögonvitor irrade oberäkneligt fram och tillbaka i stallet och han kunde knappast urskilja deras konturer i det svaga flämtande ljus han hade att tillgå.

Henry skulle säga att han räknade in dem alla, men som vi fick veta morgonen efter saknades Alexander Whitfields häst fortfarande. Det är möjligt att han räknade fel. Det är också möjligt att han räknade för noggrant; en häst för lite och en hukande varelse för mycket. Eftersom han inte kunde se något störande vände han sin uppmärksamhet mot fåren igen. Han hängde sin lykta på en särskild krok utanför stalldörren och nu fick han mycket bättre ljus. Det var från fåren han först hade hört det oroliga bräkandet, men nu var allt tyst. Han lyfte sitt gevär och kilade kvickt ut från det avgrundsdjupa mörkret vid stallet till fårens inhägnad där det var mycket bättre ljus. Hans annalkande noterades och uppmärksammades av någon annan. Tassande fotsteg hördes i gruset utanför fårstallet. Henry skyndade sig runt hörnet men såg inget. Vad som än hade rusat nerför gången var på väg runt på andra sidan av byggnaden så han vände för att möta det. Men inget kom runt hörnet. Farmaren övervägde att gå runt hela byggnaden men i ögonvrån fick han syn på något inne i fårstallet. Han skärpte blicken för att se bättre, och han såg. Såg förfärliga saker.

En del av fåren hade slitits i stycken och deras innanmäten låg utspridda. De kvarvarande fåren buffades för att komma in i mitten av flocken och skydda sig mot vad det än var som hade attackerat dem. Henry gick in och lyckades samla mod att tända en av fotogenlamporna som hängde där inne. Fåren drog sig undan och stirrade på honom som om han var den hämndlystne baneman som gett sig på deras flock. Han lät blicken vandra längs väggarna. Att döma av blodet som färgade dem röda måste det ha varit ett rovlystet djur som slukat, eller åtminstone dödat två får. Ett djur med klor och tänder, på toppen av näringskedjan. Henry hade aldrig sett något så brutalt dödande. Så hörde han tydligt ett skrapande ljud. Det kom utifrån, längs yttersidan på den vägg där han just hade tänt fotogenlampan. Han snurrade snabbt runt så att han stod med ryggen mot fåren, plirande ut i mörkret och bort mot den nu stängda dörren till häststallet – det var då han såg det.

Sakta rörde sig varelsen in i Henrys synfält. Han stelnade av skräck, blev tyst som en mus och stilla som en staty. Fylld av ångest var han oförmögen att röra sig trots alla föresatser att avfyra vapnet. Pö om pö vande sig ögonen vid det svaga ljuset utanför. Han såg glimtar av varelsen, inget annat. Först bara skuggor men sedan en siluett. En lång hängande arm var det första han kunde identifiera, sedan ett långt, slankt ben, alldeles för smalt för att kunna vara ett människoben. En kropp trädde i dagen, men Henry kunde bara se dess form, inte hur den såg ut. Varelsen stod upprätt, visserligen kutig och lutad mot dörren, men upprätt. Med kloförsedda fingrar plockade och petade den på dörren för att försöka komma åt och öppna. Den var på väg in i stallet igen. Det verkade som om den misslyckades och försökte i stället med hjälp av huvudet. Henry blev förskräckt när han såg de långa armarna hänga ner mot marken. De var extremt långa, alldeles för långa för att tillhöra en människa, och klorna alltför vassa. Varelsen morrade och frustade i sina fåfänga försök att få upp dörren. Henry skulle senare svära på att han fått en glimt av en svans, en liten men tydlig svans, skulle han säga. Fötterna var oformligt böjda och det hördes ett väsande innan varelsen vände sig bort från stallet. Trots att den fanns inom tydligt synhåll såg den inte Henry. Kanske kunde den inte se? Det var vad Henry stilla bad om. Den sniffade i luften och gav till ett högt skrik, det slags skrik man skulle vänta sig från en plågad kattunge, eller kanske en plågad ung kvinna. Det var ohyggligt, har man berättat för mig.

Ett ben lyftes upp och Henry tyckte sig se en knäled. Varelsen satte ner benet med en lätt snärt när den rörde sig framåt, graciöst som en bisarr version av en balettmästare. Den hade en gråvit kropp som glimrade i månskenet. Av någon anledning hade den fortfarande inte sett Henry Marshall. Han tyckte att den hade svarta, själlösa ögon, men han var inte säker. Han kunde fortfarande inte säga vad det var för slags best, trots att han stod och tittade rakt på den. Om Henry för ett ögonblick hade trott att de svarta ögonen berodde på blindhet så hade han fel, för varelsen började långsamt vrida på huvudet. Ännu ett ben lyftes upp och fram, foten sattes ner i riktning mot fårstallet. Innan varelsen hade hunnit vrida huvudet rakt mot Henry skrek han och avfyrade ett skott. När försteningen väl hade släppt gick det snabbt att tömma geväret. Henry drog fram en flintlåspistol och sköt igen, med sikte på varelsen som kastade sig mot dörren. Skottet missade.

Uppmuntrad, hämndlysten eller handlingskraftig, vad det än var Henry kände så fick det honom att ta ett steg framåt, sparka upp den halvöppna dörren och skjuta igen. Än en gång missade skottet och nu vände sig varelsen rakt mot honom, men den tittade knappast på honom när den skrek och tjöt innan den satte av mot klövervallen som omgav farmen. Henry vågade inte sätta efter, han valde att stanna kvar. Han tänkte inte följa varelsen in i skogen, inte ens i dagsljus. I stället ropade han och skrek oupphörligt till dess att hela Woodland Points befolkning hade samlats på farmen med vapen i händerna.

”Den är här, den är här!”

Den var där. Och snart var vi alla där. Vi stod vid fårstallet, skådeplatsen för massakern, och lyssnade på hans berättelse just där vår besökare hade valt att höja insatserna i leken. Nu visste alla sanningen, det gick inte att dölja den längre. Woodland Point hade ett allvarligt problem. Varelsen höll sig inte längre begränsad till skogen. Den hade siktats i vår by två nätter i rad. Den var sannerligen här.

”VARGAR KAN INTE ÖPPNA LÅS.” ”Den hade ögon som en djävul!” ”Den flög in i skogen.” Det myllrade av beskrivningar och rykten som dessa i byn nästa morgon. Jag hade tillbringat natten på Henrys gård tillsammans med flera beväpnade bybor. En del av dem hade spejat ut över fälten runt omkring efter tecken på att varelsen var på väg tillbaka, andra vaktade boskapen för att skydda dem mot fler attacker. Marishka var förstås också där. Besten kom inte tillbaka under natten.

Jag hade nått en punkt där jag accepterade tanken på att vi inte hade med ett djur i vanlig mening att göra. Det måste handla om en hittills okänd art med osedvanlig styrka, list, slughet och intelligens, med tanke på vad den hittills lyckats göra. Allting pekade på att den såg grotesk ut, Theo hade ju till och med dött av skräck. Detta låg hela tiden i mitt bakhuvud, liksom den mystiska skräckkänslan och djuren som tystnade när varelsen var nära. Jag hade ingen aning om hur jag skulle förklara för byborna vad som hände, eller hur det skulle sluta, för den delen. Ytterligare ett rådsmöte den morgonen verkade oundvikligt.

Jag befann mig återigen i den vackert utsmyckade rådssalen och man påminde mig om min uppgift att lösa fallet. Det verkade som om jag tilldelades fler och fler särskilda rättigheter allt eftersom mötena med varelsen blev fler och mer skrämmande. En sådan rättighet var att fatta beslut angående jakten på vår mystiske besökare efter eget gottfinnande. Den fick jag samma dag.

Jag uteslöt snabbt ännu en räd in i skogen. Vi hade planerat att ge oss av till sjön vid vattenfallet den morgonen, men det var innan besöket hos Henry

Marshall. Med ett så stort område som potentiellt kunde kallas varelsens habitat skulle det vara omöjligt att lokalisera den. Det var mycket troligare att det var den som skulle lokalisera oss och den risken ville ingen ta. Jag menade att varelsen verkade återvända till vår by varje natt så kanske hade vi, genom att ge oss in på okända marker, oroat den i dess habitat. Därför var det troligt att den skulle återvända och byborna borde varnas. Dörrarna skulle förbli låsta, vapen skulle förvaras i hemmen och vaktpass organiseras för att notera allt som var utöver det vanliga i vår annars så lugna by. Det var allt vi kunde göra för tillfället.

Senare samma dag fick vår mystiske och ovälkomne besökare ett namn. Folk tävlade med varandra om att lägga fram det ena förfärliga, vulgära eller fullkomligt befängda namnet efter det andra på vår ovälkomne och gäckande besökare. I ett försök att skapa lite klarhet (eller möjligen för att återge den obetydliga och sönderfallande helgedomen en viss relevans) ingrep fader Bluestone och tillkännagav från kyrktrappan att dess namn var Baphomet. Namnet verkade fastna och inom kort hördes det uttalas bland kreti och pleti, alla och envar använde det som om de själva hade kommit på det, eller hade nära band med varelsen det betecknade. Det är ett ord som jag tror kan härledas till Godtemplarriddarna? Namnet är numera synonymt med besten, eller djävulen, eller hur? När varelsen väl fått sitt namn och kyrkan sagt sitt blev allting mera hektiskt.

Jag kom plötsligt att tänka på Louis Decruix teckning, den hade ju liknat en demon. Eller en ängel, för den delen. Jag hade blivit så distraherad av Henrys besökare att jag hade glömt pojkens möte (om man nu kan kalla det så).

Jag hade redan fått en förstahandsbeskrivning från Henry Marshall, men hans rädsla och den uppenbara bristen på ljus under mötet gjorde det svårt för honom att beskriva någonting särskilt exakt. Louis hade å andra sidan sett varelsen i betydligt bättre ljus, när den gick på alla fyra, och han verkade inte skrämd av sitt möte med besten. Jag kände tydligt att detta vittnesmål kunde vara den pusselbit jag behövde för att lägga samman den mystiska bilden av monstret i Woodland Point. Det skulle behövas finkänslighet, så Marishka var den idealiska kandidaten. Eftersom det inte rådde särskilt varma känslor mellan henne och vår ålderman var diskretion av nöden. Som det nu blev, skulle det visa sig mycket svårare än jag hade föreställt mig.

Vi var nu inne på tredje dagen, och hysterin spred sig i byn redan på eftermiddagen, till stor del tack vare att fader Bluestone hade förknippat varelsen med hin håle. Medan jag försökte få ihop pusselbitarna blev jag ständigt bombarderad av bybor som beskrev sina mardrömmar för mig, berättade om ljus som blåsts ut, dunsar i natten och märkliga skuggor på väggarna, underliga ljud i skogen. Jag vill påstå att de flesta av dessa rapporter kunde tillskrivas den uppskrämda stämningen bland byborna, inget annat; kort sagt masshysteri. Lily Owen gjorde sitt bästa för att försöka bevara en känsla av lugn och normalitet i samhället. Hon förkunnade tydligt att middagsmålet fortfarande skulle serveras och intas tillsammans, skolan skulle vara öppen och arbete skulle behöva utföras. Det var inspirerande att se denna lady ta kontroll över situationen. Lily Owen hanterade det läckande skeppet mycket bättre än vår så kallade ledare. På bara några timmar hade hon fått ett så bra grepp om folket att jag nästan trodde det skulle bestå.

Skogshuggarna fick förstås andra uppgifter och fick hjälpa till med att snickra och bygga. Woodland Point hade gott om timmer och upplagen var så gott som fulla. Byn skulle lätt klara sig i ett år eller så utan att man fällde fler träd. Det gav inte mycket inkomst, men det skulle räcka om det behövdes.

Följande dag serverades middagen som vanligt. Buljongen fick oss att svettas i den fortfarande fuktiga höstsolen och dricksvattnet blev snabbt varmt. Den klibbiga luften tilltalade inte männen som var tvungna att återgå till vakttjänst. På mindre än ett dygn hade jag blivit en centralfigur för samtalen under måltiden och jag märkte faktiskt att folk hade blivit intresserade av att prata med mig. Jag fick fortfarande gliringar för att jag var en utböling men inte alls som förr. Ingen ville göra sig till ovän med den som var ansvarig för bybornas säkerhet. Det betydde inte att de var rädda för mig, inte alls. En del av de vittnesmål jag fick höra var utan tvivel påhitt, för att man ville driva med mig eller möjligen slösa bort min tid. Jag lade inte alltför stor vikt vid det eftersom jag fortfarande väntade på Marishkas rapport om vad Louis hade sett.

Ja, nu ska jag återvända till Marishka, för hon har en avgörande och viktig roll att spela i denna berättelse och flickan skulle ju ta min plats i samtalet med pojken – Louis Decruix – om vad han sett. Edward skulle helt säkert haft invändningar ifall han hade vetat om det här. Marishka hade studerat mig noga och lärt sig mina metoder och knep under årens lopp. Jag räknade också upp alla frågor jag ville ha svar på från den lille pojken och uppmanade förstås henne att ställa egna om hon ansåg det behövas för utredningen. Marishka skulle nämna teckningen för pojken, men inte ta den med sig. Rädslan bland invånarna var stor nog utan att vi behövde handskas med mer onödig hysteri som kunde uppstå om teckningen kom på villovägar. Rådet skulle antagligen inte ha ställt den typ av frågor som behövdes för att lösa ett fall av den här kalibern; de var alltför upptagna med bylivet och med att käbbla med varandra för att ta hänsyn till den vetenskapliga betydelse upptäckten av en ny art kunde innebära.

Vi hade bestämt att det var bäst att prata med honom i skolan och ta honom åt sidan för ett samtal på tu man hand utan inblandning från hans föräldrar som, så vitt vi kände till, inte visste någonting om iakttagelsen av vår best. Jag hade fått till stånd detta med Catherines medgivande och använt en del av mina nya rättigheter. Det rådde ingen tvekan om att Cathy gärna hade velat vara delaktig i detta men det kunde jag inte tillåta. Tänk om hon berättade något för Hannah Turner? Ingen liten pojke skulle behöva pikas av hela byn under sin uppväxt på grund av Hannah som med sin nyfikna och fantasifulla läggning helt säkert skulle ha utökat Louis berättelse med extramaterial.

Marishka skulle undervisa på skolan den eftermiddagen, följa i Catherines fotspår som hon alltid gjorde. Detta verkade vara det perfekta tillfället. Rådet visste fortfarande ingenting om Louis iakttagelser och jag hade för avsikt att låta det vara så tills jag själv hade fått veta vad det var pojken påstod sig ha sett den natten. Pojken var det enda tillförlitliga vittnet bland de fantastiska rapporter som cirkulerade – många kom från personer som uppenbarligen inte alls hade sett något. Nu hängde allting på hur Marishka kunde närma sig honom. Hon skulle behöva lirka försiktigt med barnet. Om han vägrade att prata kunde nästa möjlighet att få reda på mer om Woodland Points besökare mycket väl dröja ända tills efter nästa attack på byn. Detta skulle ha kostat alltför mycket, i synnerhet som det verkade handla om ett rovdjur jag inte hade kunskap om eller erfarenhet av och vars beteende jag inte kunde förstå eller förutse. Böcker kan inte ge all kunskap. Med tanke på att det hade slitit sönder boskap och skrämt en man till döds var det fullt möjligt att nästa gång vi kunde iakttа besten skulle en av oss bli kvällsmat i dess uppenbart köttätande käftar. Ja, allt vilade nu på Marishka och jag litade på att hon skulle lyckas med sitt uppdrag. Som jag sa, jag kunde inte ha hittat någon som var mer lämpad för uppgiften att få fram sanningen ur grabben.

Medan Marishka använde sina talanger på att prata med pojken hade jag ett annat åtagande. Jag blev åter kallad som en hund till rådssalen. Ännu ett möte med den ständigt otålige Edward Jackson stod på dagordningen. Dessa möten inträffade nu både två och tre gånger om dagen och var en del av min befattning. Resultatet av detta möte var lika användbart och betydelsefullt som jag hade trott. Noll. Jag tyckte det verkade som om Edward ville spela sitt trumfkort igen. Det var en möjlighet för honom att än en gång sätta ner foten på min trötta lekamen inför hela rådet. Ett säkert tecken på hans dominans över byn, kan man tycka, så att man förstod att han inte skulle tolerera några pretendenter till sin kommande tron. Onödigt, kan jag tillägga, han kunde lika gärna ha pinkat i rådssalens alla fyra hörn. Ju mer rädsla, förvirring, intresse eller oro som lokalbefolkningen visade inför besten, desto mindre förtroende hade jag hos rådet.

Jag tillbringade återstoden av eftermiddagen med att noga undersöka gruset på våra gångstigar och avverkade ett så stort område som det stod i mänsklig makt att göra i mitt sökande efter spår eller några andra indikationer på vad det var som periodvis besökte vår by. Mitt arbete tilldrog sig även oönskat intresse från några tvätterskor som kastade glåpord efter mig medan jag letade efter tecken i den soltorkade leran. Förgäves, förstås. Det verkade som just de människor jag försökte skydda förlorade sitt förtroende för mig.

Strax efter klockan tre kom en budbärare med något intressant till mig. Det var ett brev från Marishka; hon hade pratat färdigt med Louis Decruix och hade nyheter att förtälja. Varför ett brev? undrar du. Därför att Marishka var försiktig av sig och kände väl till alla faror med skvaller. Jag lät brevet glida ner i min ficka och började gå långsamt ut mot det kraftiga gräset, bort från de odrägliga tvätterskorna, och när jag satt med ryggen mot ett träd öppnade jag brevet och började läsa:

Som du helt säkert har lagt märke till så är byn full av nyfikna ögon denna eftermiddag. Jag skriver för att berätta vad han sa, och hoppas att du kommer att hinna få någon rätsida på det innan du blir kallad till rådet igen, för jag har gjort fruktlösa försök att förstå Louis berättelse.

I sitt vittnesmål berättar Louis hur han under kvällen i fråga väcktes av ett skrapande ljud mot fönstret och satte sig upp för att se vad det var som störde honom. Han hävdar att han såg ett knotigt finger krafsa mot fönsterrutan i sov-

rummet. Louis Decruix gled ur sängen och gick fram till fönstret där han tryckte sitt eget finger mot den förmenta varelsens, varpå den plötsligt ryckte undan handen så att den avtecknades i siluett mot himlen. Sedan menar Louis att han såg just en sådan varelse som han ritade på teckningen; när skrapandet tog vid igen drog han sin stol tvärs över golvet fram till fönstret för att kika ut ordentligt. I den stunden hävdar han att han såg varelsen på alla fyra vid buskarna utanför Oscar Helmssons hus. Den kikade upp på honom med uttryckslösa ögon. Därefter sträckte den ut sig från buskarna och var uppe hos Louis i fönstret i sin fulla längd med ett enda språng. Det betyder att steget skulle vara otroliga två till tre meter långt. Trots att han var så nära kunde Louis inte avgöra vad det var eller inte var för slags varelse. Men den var i alla fall inte aggressiv och Louis säger att han inte blev rädd. Sammanfattningsvis har detta inte kastat mycket ljus över händelserna och bortsett från teckningarnas och vittnesmålets deskriptiva värde är de inte särskilt värdefulla när det gäller att försöka identifiera varelsen och dess eventuella motiv. Hälsningar, Marishka.

Jag hade för min del inte uppfattat vittnesmålet riktigt lika oviktigt som min kära Marishka. Kanske uppfattade hon något lögnaktigt i pojken som jag, som inte förstod mig på barn över huvud taget, inte märkte? Men det var en sak som oroade mig djupt när jag läste om hennes samtal med den unge pojken. Alla rovdjur vi känner till, åtminstone så vitt jag vet, spårar och jagar de svaga, de gamla, de sjuka eller de riktigt unga. Ändå kom det ingen sådan attack, trots att Louis Decruix var ensam i huset medan hans föräldrar befann sig mitt i den upprörda hopen bortom Jackson Greens hus. Det verkar som om varelsen först besökt Jackson Green och därefter givit sig av mot de obevakade husen, först till Oscar Helmssons och sedan Louis Decruix. Ändå skedde ingen attack. Besten angrep inte pojken och enligt Louis berättelse visade den heller inga tecken på att vilja anfalla trots att det borde ha varit relativt enkelt efter omständigheterna. Det verkade snarare som om besten var nyfiken på pojken, kanske fascinerad av honom. Denna teori gav mig förhoppningar om att Louis fortfarande kunde vara till hjälp för att identifiera varelsen, alldeles oavsett Marishkas övertygelse om att detta möte inte kastade något ljus över situationen som vi hade då.

Jag behöver väl inte tillägga att jag aldrig skulle få chansen att få pröva min hypotes om varelsen och dess bristande intresse för att angripa de unga. Mitt främsta mål var visserligen att identifiera varelsen men det var också min plikt att beskydda invånarna i Woodland Point, och att använda en pojke som lockbete, oavsett om det kunde leda till ett verkligt resultat eller ej, skulle aldrig ha sanktionerats av rådet. Det kunde ha blivit ett farligt experiment med tanke på riskerna. Just nu kvittade det dock, för händelserna som hade börjat med ett snarast oskyldigt om än skrämmande möte i skogen under en dag av skogsarbete och hade fortsatt med ett dödsfall bland en av våra bybor, tog plötsligt en ny och oväntad vändning.

Som jag nämnde tidigare avtog aktiviteten under hösten och lugnet höll i sig i nästan ett halvår med få eller inga rapporter om vår besökare. Det rådde en ny stämning i byn under dagarna. Invånarna var fascinerade av varelsen, fängslade och fyllda av förundran över vad det kunde vara som sökte sig ett hem i deras by. Men på kvällen förvandlades denna förundran till skräck och aversion. De ville beväpna sig och se den kallblodigt mördad och död. Det fanns ingen övergångsperiod. Deras känslor gick bokstavligen från beundran och spänning till fruktan och hat så snart solen hade gått ner.

Kvällsrutinerna ändrades också. Vid sextiden samlades en del av männen på tavernan för ett litet glas. Under tiden kallade kvinnorna in sina barn, tog ner tvätten från tvättlinorna, plockade in allt som stod ute och kastade en sista blick mot skogsbrynet. De letade efter tecken på en ovälkommen besökare innan de låste in sig i sina hem, ovilliga att ge sig ut igen före gryningen. Med gryningen kom tryggheten. Den förde också med sig funderingar kring vad som kunde ha hänt precis utanför deras, eller grannarnas, dörr medan de sov. Hade varelsen befunnit sig bara ett stenkast ifrån dem på andra sidan väggen medan de låg i sina varma sängar och väntade otåligt på att natten skulle ta slut? Denna tanke fyllde dem med spänning under dagens lopp, men inte på natten. På natten längtade de bara efter de första tecknen på gryning.

Männen lämnade tavernan klockan åtta; gamle John hade inte öppet längre än så vid den här tiden. De gick eller snavade i en lång rad genom byn och låste sina butiker och verkstäder innan de samlades vid portalen för att fördela nästa dags uppgifter och posteringar. Därefter utsågs tre män att tända gränsfacklorna och ett par andra till att ta vakten under hela natten. De skulle hålla noga uppsikt över portalen och hela det område där det höga gräset övergick i skog. De övriga försvann in i mörkret och mot sina hem. Väl inne gick de till sängs och litade på att deras grannar skulle vaka över samhället.

Uppdraget att tända facklorna gick ofta till unga orädda män som tyckte att det var ett spännande äventyr. De ställde sig i det långa gräset som skilde byn från den omgivande skogen. En pojke tände fotogenlampan medan två andra stod beväpnade med brinnande facklor bredvid honom. Liksom kvinnorna gjort tidigare spejade de in i skogens mörker och letade efter tecken på en best. Pojkarna var inte betrodda med vapen. Pojkar är som de är och på den tiden var de sannerligen inte annorlunda än i dag. När en lanterna var tänd fortsatte de till nästa medan de höll ständig utkik tills varenda lanterna brann och hela byn var omgärdad av glödande ljus mot skogens dunkel. De skulle brinna i tre, fyra timmar men inte tändas på nytt under natten. När väl lanternorna hade slocknat var människorna utlämnade åt sig själva. Ingen ville behöva vara vaken när lanternorna väl hade brunnit ut.

Men ändå låg Woodland Point inte i totalt mörker. Sex facklor som spred lite ljus i byn hölls igång av de äldre män som hade vakttjänst. Att tända just dessa facklor såg de som ett välkommet avbrott från att sitta uttråkad och rädd i mörkret hela natten och vänta på ett möte med vår mest ovälkomna invandrare. Männen vandrade nerför gränderna mellan husen, mot mitten, upp och ner och tillbaka igen, hela tiden inom synhåll för någon annan vakt ända tills gryningen. Den här proceduren pågick natt efter natt och var nog effektiv, för ingen mer boskap dödades. Några iakttagelser dryftades, men inget konkret. Vakttjänstgöringen fortsatte långt in på hösten, när av någon okänd anledning besöken plötsligt blev färre för att så småningom upphöra helt i oktober. Det verkade som om Baphomet hade försvunnit helt från vår horisont.

DE FLESTA TÄNKER INTE PÅ hur användbart gräset är. Det kan fungera som kamouflage för djuret som smyger på sitt byte. Det kan också dämpa barnens fall när de tumlar runt i oskyldig lek. Det kan användas som bete för att föda upp boskap och man kan förstås ligga i det för att få en fantastisk observationsplats för att studera de välkända men ständigt föränderliga molnen som passerar ovanför.

Om man går söderut från vårt måltidsfält, mellan den gamla bron och Henry Marshalls farm, kommer man till en lång grässlätt som sträcker sig mot skogen som omger Woodland Point. Denna grässlätt är den mest rofyllda platsen i hela Woodland Point tycker jag.

Under de lugna dagarna drog jag mig ofta undan hit, ibland ensam och ibland tillsammans med Marishka, för att gassa mig i det allt blekare solljuset. Det mjuka krasandet av gyllenbruna, röda och gula löv under våra fötter påminde om att trampa på tunn is. Ibland drog en mild bris genom luften. Då och då bröts en kvist på ett träd så att den lossnade och störtade mot lövbädden vid foten av trädet och landade med samma krasande ljud. Jag blev alltid lite exalterad och tänkte att det kunde vara besten från skogen som kom tillbaka så att jag till sist skulle få se en glimt av det stora mysteriet i min tid. Jag ville absolut inte att någon i byn skulle bli skrämd, men jag kände det som att mitt uppdrag inte var slutfört förrän jag hade fastställt identiteten på den där varelsen, att jag inte skulle få vila förrän det var gjort. När det inte gjorts några iakttagelser under en så lång period och inte heller skett några angrepp på boskapen hade rådet förstås förlorat intresset och ansåg fallet vara avslutat; det var vargar, inget annat. Theo var död och begraven, Oscar var lugnare och utan mardrömmar, Jackson var tillbaka i på sitt arbete i det fria (visserligen i en annan del av skogen) och fåren hade börjat bräka igen. Så tyvärr degraderades jag till att bygga upp ett befolkningsregister. Mitt pysslande med räkenskaperna för timmerhandeln och kontrollen av att vissa säkerhetsfrågor hade blivit lösta, och en del andra ting som rådet fann problematiska, blev till noll och intet. Därmed degraderades jag ytterligare till att sitta vid skogsbrynet och roa mig med att hålla ett öga på fälten runt byn. Jag lyssnade hela tiden efter de välkända ljuden av fötter som rörde sig bland de krasande löven och murknande grenarna. Endast stumhet nådde mina öron.

Men det hände då och då att fåglarna slutade sjunga och en kylig tystnad framkallade en känsla av domnad stillhet över ängen. Första gången detta hände trodde jag att dimman och skuggorna som omringade vår by skulle lätta och uppenbara den för mig nu välkända siluetten av Louis Decruix tecknade best. Så blev det inte, mer behöver inte sägas. Men det är märkligt det där med ensamhet. Ingen rättskaffens människa vill vara bland folk hela tiden. Det är en välsignelse, inte något straff, att få vara i fred då och då. Men när man är relativt obeväpnad och inte särskilt vaksam och står inför den skrämmande utsikten att möta en ovälkommen besökare ute i skogen, eller har kunskap om inkräktarens identitet, så önskar man inget annat än att slippa vara ensam.

Varken ensamhet eller brist på ensamhet ledde den mystiska Baphomet till mig under dessa månader, på gott och på ont. Jag gjorde vad jag kunde för att utnyttja tiden jag hade fått till skänks under mina månader ur tjänst. Jag hade hela tiden trott att inkräktaren skulle komma tillbaka och att vi njöt vår frist på lånad tid. En del av oss önskade att den aldrig skulle komma tillbaka, andra ville liksom jag bara få en ordentlig titt på den jäkeln.

Under de sena höstmånaderna satt Marishka och jag ofta tidiga kvällar på den gräsbevuxna slätten långt bakom kyrkan, ibland med lite kvällsmat, ibland utan. En sak var dock konstant: någon timme eller så innan solen skulle försvinna bakom träden lade vi oss ner i gräset, höll varandra i handen och stirrade oändligt länge upp på molnen som ständigt förändrades. Vi ropade till varandra vad vi såg i varje formation och ibland fnittrade vi barnsligt åt någon tolkning den andra gjort. Marishka hade långt om länge fått tillbaka sin barndom. Vi hade aldrig haft möjligheten att bevittna naturens skönhet riktigt på det sättet medan vi bodde i England.

Det här är knappast rätt tillfälle att berätta om hennes förflutna, eller att återge varför hon så grymt hade blivit berövad minnen att vårda från sina barndomsår, så jag lovar att komma till det senare. Men där ute, under den korta tiden av lugn och normalitet, låg vi helt enkelt där och blev barnsliga igen. Vi lekte i gräset, skapade låtsasvärldar i himlen ovanför. Marishka återupptäckte hur det var att vara barn, och vet du en sak? Det gjorde jag också på sätt och vis.

Den här hösten var en föryngringskur och jag kände mig tio år yngre. Vi brukade springa hem från fältet, mitt framför ögonen på tvätterskorna och andra bybor som hade sina inrutade vanor. De såg oss som två löjliga figurer som hade degenererats till barn. Det var uppenbart att om några barndomsminnen dröjde sig kvar i deras huvuden så var de inte önskade. Men vi brydde oss inte om de trista gamla tanterna, vi levde igen. Ibland lät jag Marishka vinna loppet hem till vårt hus. Jag låtsades snava i ett kaninhål medan hon rusade vidare med kjolen upphissad och armbågarna utåt som om hon neg medan hon sprang. Ibland föll jag utan att vilja det när hon stack fram en fot så att jag tumlade nerför grässluttningen. Om jag kände mig energisk nog kunde jag sprinta hem någon eftermiddag och lämna den stackars flickan bakom mig. Hon skulle inte ha velat ha det på något annat sätt.

Det här upprepade sig vecka efter vecka, två vuxna barn som lekte på ängen en timme varje dag, tills vi kom hem, smutsiga och hungriga. Vi åt, Marishka läste och vi sov. När vintern började närma sig stannade vi allt längre där ute på grässlätten. Vi pratade i timmar, ibland om Europa som vi lämnat bakom oss, om hur vi hade träffats, om framtiden och ibland om varelsen. Den där sista tanken var en ständig påminnelse om att andra kanske såg varelsen som något i det förflutna medan vi rastlöst väntade på dess något ovälkomna återkomst. En kväll där ute pratade vi i över en timme om utsikterna för ett giftermål. Marishka hade många friare i byn så det var bara en tidsfråga innan hon skulle gifta sig med en av dem. Hon skulle en dag lämna mitt hem och börja leva sitt eget liv. Hon skojade om att hon inte skulle låta någon av männen tämja henne, att hon var deras jämlike, att de inte skulle klara av att handskas med hennes dominerande sida. Jag tyckte knappast att det var så roligt. Oavsett om hon menade det eller inte, så trodde jag på henne.

Medan vi avslutade den sista flaskan ale som jag hade lyckats skaffa från vår gode vän på tavernan växlade himlen till en mörklila nyans och jag kände en droppe regn på mitt huvud.

”Vi måste ge oss av snart om vi ska hinna före regnet.”

”Föreslår ni en kapplöpning, herr Walker?” sluddrade hon när effekten av våra fyra eller fem flaskor tog ut sin rätt.

”Kanske inte efter all ale vi har druckit!” svarade jag med ett leende och ett skratt nästan på samma gång. Jag hade inte klarat mig mycket bättre.

”Jag har dig nu, jag är inte särskilt berusad. Kom igen, Eli, vi springer!”

Jag kom på fötter utan att svara, tvingade fram ett snabbt leende, vände på klacken och började springa. I ett nafs var hon bakom mig.

Mitt huvud började värka när vi dunsade fram över den ojämna marken. Ett bakrus var under utveckling och skallrade inom mig för varje osäkert steg jag tog. Jag måste ha varit nästan framme vid de första buskarna, drygt hundra meter från Henry Marshalls farm, när jag hörde Marishkas tjut och kände att något hände med vristen. Någonting grep tag i min fot och jag kände ett ryck. När jag föll fick jag inte upp händerna för att ta emot mig utan jag landade på sidan i en nerförsluttning. Jag rullade in i en liten skreva, eller snarare en jordvall under den första raden med buskar. Det gjorde ont men den mjuka, mossiga vallen dämpade kollisionen. Åtminstone tillfälligt. Tills den som anstiftat fallet kom brakande in över mig.

Marishka rullade ner tätt efter mig. Hon hade snavat när hon tog mig ur spel och kom farande med rätt stor kraft, för hon kunde väl än mindre ta emot sig med händerna än jag. Jag stönade när jag till slut fick en bild av olycksplatsen. Hennes skratt ringde i mina öron och i min yrsel såg hon ut att snurra runt. När jag hade hämtat mig låg hon hopsjunken halvvägs uppe på mitt bröst och skrattade fortfarande. För ett ögonblick lyckades jag fokusera blicken och jag mötte hennes blick.

Hon slutade skratta. Vi låg helt stilla, det enda som hördes var våra hjärtan som dunkade hårt, och våra andfådda flämtningar som fick bröstkorgen att häva sig. Korta puffar av andedräkt slog mot mitt ansikte. Jag såg in i ögonen på min mycket yngre kompanjon och hon fixerade mig med en frågande blick. Just där, just då, fanns det inga ord. Bara en förlamande stillhet, ett ögonblick som flimrade förbi, sedan – inget mer, bara tankar som saknade fäste. Men så, som om mitt medvetande vällde upp ur mörkret i ett djupt hav, vaknade jag till liv. Vi började skratta igen, allt var åter som vanligt.

Vi borstade av oss dammet och gick hemåt under tystnad, utmattade, med ömmande armar och ben, en hel timme efter att vi hade tumlat nerför kullen.

Bortsett från vår lekfulla sammandrabbning på det gräsbevuxna fältet skedde inga andra möten av intresse i Woodland Point under hela hösten. En slags händelselöst lugn tog över. Marishka lärde sig yrket och tog hand om barnen i enlighet med sitt uppdrag. Jag höll mig sysselsatt med rådets uppgifter och gick ofta hemifrån senare än någonsin och kom hem tidigare allt eftersom listan med uppgifter krympte. Den dagliga middagsmåltiden, som hade återgått till det normala efter ett något förvirrat uppehåll under den tidigare krisen, blev i allmänhet min första tur utomhus för dagen. Jag konverserade byborna om deras liv och frågade ut dem i tur och ordning. Så sakteliga hade jag börjat lägga en mosaik över vem som var vem, vad som kom varifrån, vem som gjorde vad och i vilket syfte. Det blev rådets uppdrag till mig under hösten.

Lily Owen beskrev sin del i Woodland Points korta men färgstarka historia i ett långt samtal jag hade med henne i hennes hem, samma grandiosa byggnad där hon en gång bott med William. Den var fortfarande den enda verkligt vackra byggnaden i byn, bortsett från rådhuset. Lily redogjorde för Woodland Points historia, berättade om invånarna som hade slagit sig ner här för hundra år sedan, men hon berättade inget om sitt eget liv, inget om William eller det förlorade barnet. I stället beskrev hon hur byborna under ledning av hennes farfar, Peter Stanford, började arbeta för att hålla byn så isolerad som möjligt från den moderna världen, hur de hade haft en nära sammanhållning i bosättningen. Det måste ha varit hårda bud att försäkra sig om att byn hade allt den behövde för att kunna förbli isolerad, att hitta någon som var lämplig för var och en av sysslorna.

Jag förmodar att Peters främsta vapen var löftet om lugn och ro. Alla som bodde i Woodland Point föraktade världen utanför – städerna, lagstiftningen, regeringarna, allt. De pompösa ceremonierna i en krympande värld var mer än dessa människor kunde tåla. Som byns arkivarie Alice Briggs, en kvinna som hjälpte mig storligen i efterforskningarna kring samhällets förflutna, hade sagt en gång:

När ytterkanten på kartan fylls i finns det inte mycket skönhet kvar i världen och inte några gömställen. Därför att män tar vad de vill, när de vill och lägger under sig allt som är kvar.

Jag hade aldrig tänkt på det på det sättet förut. När jag nu ser tillbaka inser jag att hon antingen var en kvinna med stor iakttagelseförmåga eller så var det den verkliga anledningen till att hon själv slog sig ner i byn. Kanske var det anledningen för många av invånarna där. År 1838 hade förstås många av de ursprungliga äventyrarna gått hädan och lämnat sina barn med arvslotten att bevara och skydda Woodland Point från att bli alltför känt. Dessa barn var sådana som John Morgan, Lily Owen, Jackson Green, Oscar Helmsson och den avlidne Theodore Sullivan för att bara nämna några av dem jag redan pratat om.

Allt eftersom dagarna gick började jag ta itu med min uppgift med mer och mer entusiasm. Att reda ut historier och mysterier kring invånarna och samtidigt vara ansvarig för trygghet och säkerhet i byn fyllde mig med stolthet. Jag hade snappat upp lite av det lokala skvallret då och då – det hade aldrig hänt förr att en utomstående hade fått en så prestigefylld uppgift vid ankomsten till Woodland Point. Hur jag än försökte kunde jag inte skaka av mig etiketten utomstående. Uppdraget väckte mitt intresse allt eftersom och jag började snabbt lära mig en hel del om våra grannar. Det skulle naturligtvis bli ovärderliga verktyg i min arsenal för att så småningom avslöja identiteten hos vår besökande fantom. Det fanns dock ingen anledning att berätta för rådet, eller någon annan, att jag använde min nya uppgift till att fortsätta efterforskningarna om Baphomet. För tillfället höll jag det för mig själv.

Nu åter till Edward. Han var en av de äldsta invånarna, det stämmer. Så man skulle kunna gissa att eftersom de flesta av invånarna i Woodland Point var födda efter sekelskiftet borde jag börja med Edward Jackson om jag ville lära mig något om de gamla invånarnas förflutna. Och det skulle jag ha gjort, men han var så upptagen med sina officiella plikter – och nu använder jag förstås det uttrycket lite löst – att han inte var tillgänglig för mig. Jag hade mina tvivel. När jag råkade uttrycka dessa för John Morgan en eftermiddag i november, bad han mig komma tillbaka till tavernan efter stängningsdags.

Ljudet av män som skrattande tumlade fram över gatstenarna på torget hördes ända hem. Jag satt där ute och rökte min pipa, som jag hade för vana. Den avsvalnande röken drev över min vänstra axel, klövs mot dörrkarmen och sökte sig österut mot skogen. Det var en riktigt mörk kväll och jag kunde följa röken när den sakta löstes upp mot en av de flimrande gränslanternorna.

Dessa lanternor hade vi tänt under sommarmånaderna för att hålla ett vakande öga mot skogen och Baphomet. Samma lanternor tändes nu för att leda de berusade männen hem från tavernan, eller de dumdristiga och modiga tillbaka från otillbörliga möten inne i skogen.

Det var friskt och kyligt, alltför kallt för en novemberkväll kunde man tycka. Himlen var dock enastående. Trots att det var så becksvart som man kunde vänta sig kring en isolerad bosättning mitt inne i det kanske största sammanhängande skogsområdet i Nya världen så var himlen marinblå och översållad med stjärnor. Där jag satt på min veranda och tittade upp mot dem kändes det som om de snurrade sakta, sakta, som om vi befann oss i centrum på en stillastående piedestal med himlarna roterande runt oss. Man kan nog säga att jag tittade upp mot himlen ganska mycket det året.

När klappret av stövlar mot gatstenarna hade dött ut såg jag männen ta tag i varandra som om de behövde hålla sig flytande på ett oroligt hav, men de gick på fasta marken och trampade sönder vad som fanns kvar av de vissna och bruna löv som fallit. Det fanns ändå rätt mycket lövverk kvar på träden i vår by vilket gjorde det ännu svårare att följa de druckna vännerna. När jag väl var säker på att de hade gått förbi reste jag mig från trappan till mitt hus och gick in, men bara för en liten stund. Visserligen hade jag fått ett officiellt uppdrag att forska i befolkningens historia men inte att skvallra under sena nätter på tavernan. I synnerhet inte med en man som såvitt jag visste och kunde förstå var lika intresserad av vår ålderman som jag. Mötet var hemligt. Hemligheter. Det är något lustigt med hemligheter i Woodland Point. Inga skulle tolereras, inga skulle man ha. Pyttsan! Det fick mig att känna mig som en snokande spion och jag erkänner att det gjorde mig obekväm till mods. Om jag hade skuldkänslor så var det dock bara för ögonblicket, som Marishka snabbt påpekade. Hon var förstås fullt medveten om vad jag höll på med.

Jag bad flickan att stänga alla fönster i huset när jag hade gett mig av och lämnat den lugna husklungan bakom mig. Hon nickade och satte igång redan när jag började ta på mig rocken. Jag tyckte inte om att gå omkring utomhus alltför oklädd om kvällarna, i synnerhet inte nu i den bittra kylan. Och eftersom jag skulle dricka en del ale under detta möte tänkte jag att det inte skulle ta lika illa om jag vinglade omkull med jackan på. Jag lutade mig mot den gamla dörrposten men det fanns egentligen inte längre något som hindrade mig från att gå till tavernan. Marishka kom tillbaka från de bakre rummen och tittade på mig.

”Eli, vad är det?” frågade hon.

”Måste jag verkligen snoka i deras affärer?” sa jag och undrade tyst om skuldkänslorna redan höll på att ta överhanden.

”Varför säger du så?”

”Tja, varför skulle det vara nödvändigt att gräva i det förflutna hos människor som är födda i Woodland Point?” Ett ögonblick trodde jag att hon inte hade hört min fråga, men jag fortsatte ändå.

”Nej, jag skulle hellre använda mitt uppdrag till att gräva fram allt jag kan om Edward Jackson och rådet.”

”Men är det inte det du håller på med?”

”Kanske, jag är inte så säker.”

”Du försöker fortfarande ta reda på vad den där varelsen är för något, eller hur?” Hon, som kände mig bättre än jag gjorde själv, hade inte behövt fråga.

”Jag kan inte låta bli att tänka att rådet är inblandat på något sätt. Edwards trädfällningsplaner, dödsfallet som drabbade en bybo som kände till dem. Jag är övertygad om att mannen är fast besluten att ta över Lilys plats. Jag kan inte låta bli att tänka att detta är början till en kupp.”

”Du menar mot Lily Owen, genom att göra sig av med några besvärliga bybor och motståndare? Eller kanske att bygga en ny stad?”

Hennes höjda ögonbryn uttryckte löje. Hon suckade och sa med ett leende:

”Jag förmodar att det gör dig till hans främsta måltavla?” Hon log illmarigt igen innan hon vände sig bort.

Jag höjde rösten, kanske mer än vad som behövdes, för att nå fram till hennes öron när hon gick.

”Tycker du inte att det verkar konstigt att ingen vet någonting om den mannen? Att han, som trots att han har gett mig i uppdrag att gräva fram och dokumentera invånarnas bakgrund, är ovillig att ge mig audiens för att avslöja sin egen historia?”

Marishka stack ut huvudet från köket och svarade med en nick och en ryckning på axlarna. Den stackars flickan var trött, hon längtade efter att vila huvudet mot kudden.

”Tja, som jag sa, om Edward tänker röja alla hinder ur sin väg så blir du ett ganska tydligt mål. Det måste han säkerligen ha räknat ut vid det här laget.” Hon funderade ett slag. ”Fast, han kan ju inte...” Flickan gjorde en rörelse med handen över huvudet som om den höll i en snara och stack ut tungan.

Medan jag rättade upp mig mot dörrposten än en gång fortsatte hon: ”Du är ett hot, Eli.” Hon kom fram till mig, lyfte sin hand till min jacka och knäppte långsamt knapparna. Hennes ord nådde mig som en tillrättavisning, något som jag inte hört från en kvinna på ett tag, inte sedan jag var pojke, faktiskt.

”Du är ett hot eftersom du är envis, du är besatt, du ger aldrig upp och kastar aldrig in handduken.” Hon fortsatte att gräva sig in i mitt inre. ”Du är en bra människa. Du har fått det här uppdraget att plocka fram historien hos de vanliga, rättskaffens människorna, inte att gräva i rådsmedlemmarnas eller Edward Jackson privata liv. Det är en uppgift, en besvärlig uppgift, som du har fått för att den ska avleda dig från vad som verkligen pågår, vilket förmodligen är det som du själv hävdade nyss, att Edward är korrumperad och indragen i ett spel om makt och kontroll över den här byn och framför allt över rikedomarna som den positionen för med sig.”

Hon tystnade och knäppte färdigt min rock. Sen sa hon:

”Du ska inte känna dig skyldig för att du sköter ditt uppdrag. Använd din position för att kontakta rådet och Edward, och om det leder till att du förvisas härifrån, då blir jag också förvisad och vi ger oss av någon annanstans.”

Då log jag mot henne och kysste henne på kinden.

”Ändra dig inte, Eli, låt honom inte kväsa den du är.”

”Skulle du följa med mig?” ville jag veta.

”Det vet du att jag skulle.” Hon återgäldade min kyss på kinden och med det beredde jag mig på att gå och sa bara det jag måste säga innan jag satte av mot tavernan:

”Du vet att det inte finns något ställe som det här ute i vida världen, ingen plats där vi kan gömma oss som vi kan här.”

Hon svarade inte.

”Marishka, vill du bort härifrån?”

”Nej.” Hon gjorde en paus. ”Naturligtvis inte.”

Jag nickade och försvann ut i natten. Det finns inga hemligheter i Woodland Point? Vilka dumheter… alla har hemligheter.

Nu när Baphomet inte verkade hota vår by längre kände jag mig, trots mörkret, väl till mods med att gå över torget utan något vapen. Jag kom fram till tavernan på några minuter och den såg tom och livlös ut, precis som alla andra byggnader runt torget vid den tiden. Kyrkan var öde, kyrkklockan var tyst, men ändå kände jag fortfarande hur himlarna rörde sig runt oss. Det var tyst och stilla på Henry Marshalls farm också, efter vad jag kunde se på håll. Inte en mus rörde sig i stallet gissade jag. Det hördes inget från vad som fanns kvar av Henrys flock, men de sov väl liksom alla andra i byn. När jag närmade mig dörren till tavernan kände jag mig nervös, som om någon stirrade på mig genom en springa i väggen eller kikade genom ett rostigt nyckelhål. Jag tror att jag började bli en aning paranoid. Om mötet hade varit med någon annan än John Morgan eller Henry Marshall – mina två närmaste vänner i byn – skulle jag ha varit övertygad om att det var en fälla.

Tavernans dörr förblev stängd. Hellre än att knacka och dra till mig oönskad uppmärksamhet från nyfikna ögon som hängde sig kvar efter mörkrets inbrott, gick jag sakta bort till brunnen i mitten av torget. Jag kikade ner i den. Vattnet reflekterade stjärnorna ovanför så vackert och jag såg så ung ut i min spegelbild. Jag hade inte något att göra, och var rätt säker på att ingen såg mig, så jag tog vatten i min kupade hand och skvätte det över ansiktet. Jag drack lite och inbillade mig nästan att det var vatten från den legendariska ungdomens källa. Det smakade underbart. Jag kände en liten strimma av skuldkänslor som dröjde sig kvar i min själ, men min ständiga nyfikenhet och min envisa misstanke om att det var något skumt på gång tvingade mig att visa upp en tvetydig attityd inne på tavernan, oavsett vem jag skulle träffa. När John öppnade dörren sex eller sju minuter senare var det precis så jag stod där vid brunnen. Tvetydig, om det finns en sådan kroppshållning. Den skulle dock också ändras snart.

Han tecknade åt mig att komma över till tavernan och jag började gå utan någon större brådska, återigen rädd för nyfikna ögon, även om jag visste att det inte kunde finnas någon där. När jag sakta närmade mig dörren försvann John in. Kanske väckte hemlighetsmakeriet skuldkänslor också hos pubvärden. Jag övervägde att påpeka att om inte Hannah Turner såg oss var det inte troligt att någon skulle få reda på vårt smussel. Han frågade mig senare om jag hade varit och pratat med Hannah. John antydde att hon kunde vara användbar om jag ville genomföra en grundlig bakgrundskontroll av byborna, särskilt när det gällde sådant de inte gärna pratade om själva. Jag förmodar att Hannah kunde ha varit användbar till viss del, men denna kväll sa jag bara vänligt att efter vad jag hört skulle Hannah gärna avslöja allt och lite till, sanningar såväl som lögner, om hon bara fick en chans.

Jag satt med mitt första glas, men vår ärade pubvärds dimmiga blick sa mig att det här förmodligen inte var kvällens jungfruöl för honom. Det förebådade huvudsyftet med vårt samtal; ett glas med en god vän och saker som blev sagda men som mådde bäst av att inte föras vidare, inte nu när jag pratar med dig heller. Jag hade varit på tavernan efter stängningsdags förr men då var det vanligen jag som hade känt effekterna av ett antal öl. Att sitta nykter i mörkret fick mig att se tavernan på ett helt nytt sätt. Rummet verkade mindre, det såg ut att finnas alltför många stolar för golvytan. Luften kändes fuktig och väggarna också, och det var väl inte helt omöjligt med tanke på vilket tillstånd herrarna som gick hem före mig hade befunnit sig i. Det är lätt att råka måla väggarna med ale, det har jag själv gjort ibland. Jag höll ju för tusan på att trilla överbord under seglatsen från England efter att ha pimplat lite för mycket! Men det hör inte hit. Ja, annorlunda. Låt oss bara säga att tavernan var annorlunda.

Medan vi satt och pratade i den mörka grottan hämtade John nya krus, två åt gången. Ju mer vi drack, desto djupare och mer underblåst av konspirationsteorier blev vårt samtal. Pubägaren pratade alltid ganska familjärt med sina kunder, som om han var deras far snarare än deras servitör. Men inte i dag. Han satt mitt emot mig, fortfarande med ny ale och fler krus inom räckhåll när det behövdes, och vi samtalade som vänner, män emellan, varken mer eller mindre.

”Jag hör att du är ute efter information, Walker, upplysningar som du kanske inte kan få från arkivet eller muntligen av någon?”

”Tja, det beror förstås på vad du har hört, Morgan, och vem som är ursprunget till det”, blev mitt kreativa och kluriga svar. Det kändes som om vi spelade ett spel, lekte katt och råtta kanske.

”Din lilla flicksnärta”, blinkade han och menade Marishka. ”Jag råkade knuffa omkull henne när vi jagade en höna som smitit från Henrys farm.” En ganska irrelevant upplysning tyckte jag, men han fortsatte: ”Aye, vi började prata och låt mig bara säga att du är på rätt spår.”

”I vilket avseende, John?” ville jag veta.

”Det är något ruttet i rådet och med Edward, så mycket är klart. Hemligheter, det har jag funderat på i flera månader, men ingen annan vågar yttra ett ord.”

Jag försökte behålla lugnet, ovillig att lita ens på honom, min närmaste bundsförvant bortsett från Marishka.

”Det verkar som min kompanjon måste lära sig att veta sin plats och att hålla mun i stället för att sprida sådana funderingar.”

”Åh nej, säg inget till henne. Hon är en bra tös, hon tar hand om dig, det kan jag se. Hon menade inget illa.”

Jag hade inte en tanke på att ge henne en reprimand.

”Det ska jag naturligtvis inte”, sa jag och log medan jag helt lätt rörde vid hans underarm. De sträva, grå håren på hans arm kändes genom det tunna tyget på hans smutsiga skjortärm. ”I synnerhet inte nu när du oavsiktligt har gjort klart för mig att du vet vad jag vill veta och att du tänker likadant?”

”Huh?” Han såg förvirrad och häpen ut.

”Åldermannen? Du pratade om Edward Jackson och hans hemligheter?”

”Åh, jaså, det! Aye, som jag sa, jag har anat något i flera månader nu.” Så log han och visade en lucka i tandraden. Den hade jag inte lagt märke till förr, men jag blev inte helt förvånad. John hade varit pubvärd i många år och som sådan måste han avstyra handgemäng och de har också en tendens att vara berusade med jämna mellanrum, tror jag.

”Jag tror att vi är inne på samma linje då, John Morgan.” Jag lyfte mitt krus, och han lyfte sitt. Ett kort ögonblick funderade jag på vilka som var de verkliga skurkarna här, konspiratörer som John och jag som fiskar runt efter information om vår herre och härskare, eller de som konspirerar mot sådana som oss och försöker lägga hela byn under sina fötter. Jag säger inte att jag funderade mycket över det, men jag tänkte tanken.

”Vad kan jag berätta för dig, Eli Walker?” log han när våra krus möttes i luften så att det skvätte över bordet och droppade ner på min rock. Den kalla vätskan rann nerför mitt byxben och landade mjukt och stilla på mina kängor. Jag var helt torr innanför, så rocken hade kommit väl till pass i alla fall.

Allt eftersom natten flydde och förvandlades till morgon samlade det stilla regnet ihop sig till ett häftigt skyfall. Samtalet förändrades också, från vetgiriga och välplacerade frågor och funderingar till rusiga och lättsinniga lustigheter. Hur lojal pubvärden på tavernan än var, så kunde jag inte undgå att märka hur han hade skjutit upp frågan om Edward Jacksons bakgrund i över två timmar nu och eftersom jag började bli trött tryckte jag på för att få honom att avslöja vad han visste om vår ålderman, och lustigt nog, vår de facto ledare.

”Nåväl”, sa han och tog en stor klunk från ännu ett krus ale och lutade sig berusat så långt framåt att ljuslågan nästan satte eld på hans ansiktsbehåring. ”Edwards far var militär, så vitt jag kan bedöma. Familjen kom från Northampton, eller var det Norwich? Äsch, jag minns inte nu.”

Jag nickade intresserat.

”Jag vet att han inte är soldat. Men han har ett militäriskt intresse för kartor och sjökort, det är visst hans hobby.”

”Så han är intresserad av kartografi?” frågade jag.

”Aye, det är han, jag tror att det är hans största nöje.”

”Det förklarar inte särskilt mycket.”

”Men jag är säker på det.” Det syntes inte någon lögn i Johns blick, men efter så många glas, vem kunde skilja på sanning och hörsägen? Jag hade till och med tappat räkningen på hur mycket jag själv hade druckit.

”Nu vet jag inte vart han ger sig av, men jag vet att hans kartor och sånt har varit efterfrågade.”

”En kartograffamilj som kallades till Woodland Point av Lilys farfar, kanske? Han måste nästan säkert ha behövt en kartograf för att kartlägga området och välja en lämplig plats för ett samfund som trängtar efter isolering. Och nästan säkert någon som kunde välja en plats med ett överflöd av naturresurser. Edward kanske ärvde familjens förkärlek för kartor?”

Jag uttalade mina tankar högt, men de var inte direkt menade för John.

”Ja, så skulle det kunna vara, eller hur?” pubvärden lät nykter igen en stund.

Efter att jag hade frågat artigt om det var något mer han visste om mannen eller rådet kom han med ytterligare lite användbar information.

”Jag har aldrig riktigt förstått hur han kunde avancera från kartläsarpojke till ålderman. Det verkade ju vara Will Owens givna roll. Jag har alltid tänkt att eftersom Lilys pojke dog strax efter födseln och hennes man gick samma väg några år senare så hade hon ingen vilja att ha den befattningen.”

”Och rådet då, hur blev han ålderman?” frågade jag.

”Nja, han är ålderman men ändå inte.”

Nu var jag mer förbryllad än någonsin men nickade artigt och tacksamt när John reste sig för att tappa upp det som skulle bli vår sista ale den kvällen.

”Du förstår, Eli, ingen har oinskränkt makt i rådet och vad än Edward tror kan han bara få guvernörsrollen efter en omröstning med majoritetsbeslut. Han fick den på Lilys inrådan och hon kan avsätta honom, förstår du.”

”Och Lily Owen, vad har hon för befogenheter nu?”

”Du ska veta en sak. Hon kanske ser enkel och vanlig ut, hur snäll som helst. Men jag skulle akta mig för att komma i hennes väg. Hon har fortfarande ansvaret för den här byn, och en dag kanske hon tar över styret igen, vem vet.”

Jag hade fått veta allt jag behövde. Vi sjöng ett par sånger, men ganska lågmält, förstås, av rädsla för att väcka de där ständigt nyfikna ögonen igen. Kanske berodde det på drickat, men jag hade fortfarande en känsla av att någon bevakade oss. När vi hade druckit upp vår sjätte, sjunde eller åttonde ale, eller hur många det nu var, tyckte jag det kändes klokt att gå hem. Delvis för att Marishka var ensam hemma, delvis för att jag var berusad och jag måste säga att min plötsliga önskan att ge mig av från värdshuset till stor del också berodde på att jag inte ville att John skulle säga något som han skulle komma att ångra dagen efter. Och för att följa den tankegången, inte jag heller.

Min rock skulle komma till användning ännu en gång när regnet denna tidiga morgon öste ner så att den ändrade färg från ljusbrunt till en mörkare nyans. Fast det kunde också bero på utspilld ale. Jag vet fortfarande inte vilket det var. Jag kunde aldrig dra mig till minnes promenaden hem heller, för den delen. Men jag vet att det regnade, och att jag inte var ensam. Jag tvivlar uppriktigt på att någon någonsin verkligen var ensam under hela den här tiden, inte ens under de lugnare månader som jag just beskrivit för dig.

Det skulle snart bli vinter och då började det hända intressanta saker. Jag kan inte säga helt säkert, men jag tror att Marishka sov djupt när jag kom hem, så jag tog av mig kängorna och ramlade i säng utan att väcka henne. Hon sa aldrig någonting om det, det ansågs inte anstå en dam att påpeka sådana saker. Inte för att hon brukade bry sig om vad som anstod en dam. Hur som helst, det var vad som hände denna natt; jag kom hem med ny information och jag gick och lade mig.

LADY NEPTUNE HADE SKAKATS av stormar i fyra dagar. Vi hade kastats runt på däck fler gånger än jag kunde räkna och det knarrande virket på skonaren gjorde det verkligen inte lättare att sova och vila våra trötta huvuden. Vi hade redan varit till sjöss i sex dagar och fyra av dessa ville vi helst glömma. Islington låg bakom oss nu. Vi hade Atlanten under våra fötter och ute på öppna havet gick vi åtminstone för tillfället säkra för familjen Lajunas. Inte ens den familjen skulle kunna hitta det här fartyget och förhoppningsvis inte heller vår destination, som vid den här tidpunkten i berättelsen var okänd även för oss.

Marishka hade hoppats att vår resa skulle bli lugn och stilla, och hon hade sannerligen packat för en sådan. Hennes hopp stod nu till att vår slutdestination skulle ha ett klimat där hon kunde få bära en del av de klänningar och andra utensilier för ett förfinat liv som hon hade tagit med sig. Marishka hade kanske lika lite som jag föreställt sig att den moderna Londonkvinnans raffinemang skulle bli malplacerad och irrelevant på den plats där vi slutligen hamnade.

Hon hade längtat efter att få spela kort och höra sjömännen sjunga ombord på fartyget, så som hon hade läst i fantastiska berättelser där hemma. Marishka var sådan, en viljestark och mycket intelligent ung kvinna, överfylld av drömmar och idéer om sagolika platser och sedvänjor som var näst intill okända i hennes eget land och till viss del även i mitt. Jag trodde sannerligen inte på sjöjungfrur eller på muntra och uppsluppna äventyr ute på öppna havet. Men det gjorde hon och jag lät henne fortsätta med det. Med tanke på vilken situation jag försatt oss båda i för så många år sedan, anledningen till att vi nu flydde över Atlanten för att söka en ny fristad, var detta det minsta jag kunde göra för henne.

Men det skulle inte bli några kort spelade, inga sånger sjungna och inga soliga, klara dagar. Dagarna var kalla, nätterna kallare. Hon slog sig ner på däck ombord på vår tillfälliga fristad om nätterna och pratade om fantastiska äventyr med de lediga sjömännen medan hon höll utkik efter drivande is som kunde korsa vår väg. Det hade varit mycket olyckligt om det hände.

Sjömännen tyckte om hennes berättelser. Det var ovanligt nog att de hade välsignats med kvinnligt sällskap ombord, dessutom en vacker kvinna som inte avskräcktes av deras råbarkade attityd och bristande personliga hygien. Marishkas äventyrslusta var sådan att hon mycket väl kunde bett om att få sova bland sjömännen i en av deras enkla, primitiva hängmattor om hon hade tyckt det verkade spännande. Tack och lov fick hon inte för sig något sådant. I stället blev det kaptenshytten för oss medan Marcus Henwood själv flyttade in i ett extra rum som han hade delat av för privata ärenden, och jag tror att du förstår vad jag menar.

Hytten var inte överdådig men inte heller torftig; den var precis sådan man kan vänta sig av en man som nyligen blivit välbärgad. De kraftiga takbjälkarna låg synliga och de skulle komma till stor nytta när fartyget började gunga våldsamt. Det blev så småningom en vanesak att hålla sig i dem så fort vi stod upp. Fönstren i aktern kunde ha bjudit på en storslagen utsikt om det hade funnits något att se. Sängen vi delade hade tjocka täcken och stora överdrag. Om vi sparkade av dem blev vi för kalla, om vi behöll dem på blev vi för varma. Men nej, fönstren kunde vi inte öppna för att få svalka för då hade vi blivit dränkta som katter.

Jag hade inte varit ombord på en båt på många år och om jag ska vara helt ärlig så har jag aldrig varit särskilt förtjust i att segla. Jag har inte varit ombord på fler båtar än absolut nödvändigt och tyckte inte om att vara på däck ens under de bästa förhållanden. Jag blir inte sjösjuk, men jag är inte särskilt bra på att segla. Eller på att simma, för den delen.

Vi uppskattade icke desto mindre kapten Marcus Henwoods gästfrihet oerhört. Det hade gått riktigt bra för honom under åren efter att jag ignorerade hans förseelser. Kanske var det det bästa draget jag gjort i mitt liv. Men det tror jag att jag redan har sagt. Han åt tillsammans med oss bara när vi ville det, man hittade honom alltid vid rodret eller på däck. Han drack sällan, vilket betydde att besättningen fick mer att dela på, och trots att det sägs att det krävs strikt disciplin och skoningslöshet för att bli en stark och kapabel kapten så visade han inget av dessa drag.

Hans mannar respekterade sin kapten ändå, kanske mer än de flesta andra besättningar. Jag tror att det var hans ärlighet som de värdesatte mest, utöver hans förmåga att transportera gods från ett ställe till ett annat och ackumulera rikedomar i en sådan mängd att de alltid hade vad de behövde. När jag frågade honom om hans affärer gav han mig alltid samma svar.

”Jag gör vad jag kan för mig och mina män.”

Jag förmodar att det kan tolkas så, men jag vill påpeka att han inte är någon pirat. Hade han varit född femtio år tidigare kanske hans döda kropp hade dinglat från galgen på Jamaica, men han var alltför ärlig för att någonsin ge sig på sjöröveri. Han var ingen svindlare heller. Jag tror inte ens han skummade av en del av lasten, för han hade sådan ordning på sin bokföring att inget kunde hamna på fel ställe.

Lady Neptune skakades av stormar i ytterligare ett antal dagar innan vi slutligen fick en lugn kväll på Atlanten. Den kalla vinden svepte genom fartyget som isande blod i ådrorna. Omkring klockan tio på kvällen var Marishka och jag ordentligt omstoppade i sängen. Vi hade ätit vår kvällsvard och funderat på våra planer för när vi gick i land, fastän vi inte alls var i närheten av New York ännu.

Först struntade jag i knackningen eftersom det inte lät mycket annorlunda än ljudet av vågorna mot fören. Till slut hördes Marcus röst genom trädörren och jag fick kliva upp ur min svettiga sömn för att öppna.

”Kapten?” sa jag.

”Jag är ledsen att jag stör, men mina mannar insisterade på att jag skulle upplysa fröken Taranova om något mycket vackert på däck.”

Jag ryckte på axlarna och visade med en blick att han kunde kliva in i hytten. Han gick snabbt fram till sängen och bugade lätt.

”Mademoiselle, mannarna har fått syn på ett av era fantastiska vidunder och bad mig att hämta er. Jag måste säga att ni inte kommer att bli besviken.”

”Javisst, kapten”, svarade Marishka medan hon klev upp ur sängen och drog en morgonrock över sitt vita nattlinne.

”Herr Walker, ni kanske också önskar bevittna det här, för vem vet när ni får en sådan möjlighet igen.”

Jag följde Marishka och kaptenen upp på däck och där leddes vi till styrbords bog för att kika ner i det månbelysta vattnet. Det bröts i små vågor, någonting arbetade sig uppåt under ytan. En varelse som jag bara hade läst om och aldrig i livet trodde att jag skulle få se: en val. Två valar, fem valar, kanske fler. De bröt med lätthet genom den nu lugna vattenytan. Det kändes som om jag mötte blicken på en av jättarna men var säker på att så kunde det inte vara, det enda ljuset vi hade kom från månen. Vattnet glittrade på deras ryggar när de kom upp. Väldiga kaskader av vatten sköt i luften och landade sedan kring deras huvuden eller steg upp i ett moln av vattendroppar. Det var otroligt.

”Vad är det för vidunder som inte sover?” frågade en av sjömännen.

”Det är valar, min bäste herre”, svarade jag.

”Ja, valar. Valar som följer oss på vår resa västerut, herr Walker”, sa kaptenen.

”Är det inte fantastiskt, Eli? Är de inte vackra?” sa Marishka.

”Det är inga sjöjungfrur men vackra är de sannerligen”, svarade jag.

Hennes ögon glittrade så intensivt att jag nästan tyckte att de speglade valarna. Deras mörka kroppar som lystes upp av månljuset var en fantastisk syn, som jag aldrig kommer att glömma. Jag hade aldrig sett så stora djur som dessa spektakulära valar och jag trodde aldrig att jag skulle få se något liknande igen. Det har jag visserligen fått, men det är en annan historia.

I stället för att gå tillbaka till vår hytt blev vi inbjudna att stanna på däck denna enda lugna natt och ta ett glas med besättningen, den fantastiska synen till ära. En del av sjömännen ansåg att valarna var våra beskyddare, att de eskorterade oss genom dessa farliga kalla vatten, ledde oss till vår destination och skyddade Lady Neptune och hennes besättning. Andra trodde liksom jag att de helt enkelt var förunderliga varelser, exempel på naturens skönhet, symboler för en värld vi fortfarande inte vet något om, även om vi tror att vi gör det.

Alice Briggs, arkivarien i Woodland Point, skulle helt säkert uppfatta dem som en slags sista utpost av frihet i en värld där människan har lagt allt annat under sig. Nu måste jag skratta. Jag insåg just när jag berättade det här för dig hur ironiskt hennes efternamn är, Briggs, det är väl vad man i Amerika kallar fängelset på en båt? Briggs, fängelse, jag tycker det är ganska lustigt. Men jag kan se att det tycker inte du!

Mannarna började ordna några sittplatser på däck och tände lanternor. Några andra sysslade med seglen och snart var de flesta berusade. Alla farhågor jag hade haft inför seglingen kunde ha besannats när majoriteten av skeppets besättning var i vinets och ölets våld. Men det gjorde de inte. En del av männen drack inte och det i sig gjorde att jag kunde njuta av kvällen och glädjas över att få beskåda dessa ytterst märkvärdiga jättar.

”Jag har aldrig sett något så stort”, sa en av mannarna.

”Det har inte din fru heller”, påpekade en annan.

Vad som kunde ha uppfattats som en oanständighet hemma i London ansågs vara rent spel och alla ombord på Lady Neptune fick sig ett gott skratt. Inklusive den som kunde ha blivit förolämpad.

Jag hade mycket gärna stannat kvar ett tag till i dessa goda herrars sällskap och med min gode vän kapten Marcus Henwood. Det borde vi kanske ha gjort. Marishka blev mycket uppskattad ombord trots allt, men det blir hon var hon än sätter sin fot, den rara flickan. Inte minst på ett skepp fullt av ensamma män. Men de var riktiga gentlemän och nästa gång vi kom att mötas skulle vi stanna i deras sällskap betydligt längre, och under en betydligt mödosammare resa. Om vårt förflutna hinner upp oss en gång till så kanske det får bli vår utväg. Ett liv med vin och segel, vågor och kommers. Ja, jag tror att hon skulle tycka om det.

När valarna försvann ner i de mörka och oändliga djupen lugnade sig även havet. Det verkade som om det krabba vattnet hade följt med dem. Jag slogs av hur storslaget detta var. Där stod vi, på en anspråkslöst hopsnickrad farkost med inget annat än vind i seglen och några plankor under våra fötter. Nedanför oss fanns en värld av simmande jättar, legendariska monster och oändliga vidder att utforska; det stora havet med invånare som kanske ingen människa någonsin skulle få se.

DEN 13 DECEMBER 1838. Det hade snöat ganska mycket kvällen innan och byn var insvept i en matta av vitt ispuder. Det tjocka snötäcket gav fruarna i Woodland Point en alldeles utmärkt bild av vad deras törstiga makar hade haft för sig kvällen innan. Släpande fotspår syntes från tavernan till bostadskvarteret. En del gick rakt fram, en del ringlade som en orm och andra verkade stannade upp vid ett stort och djupt avtryck för att sedan fortsätta på sin slingrande och vindlande vandring. En del fruar läxade upp sina druckna män på morgonen, andra skrattade åt dem och ytterligare andra fick stryk för att de gjorde det. De få barnen i byn var ute allesammans på morgonen och försökte känna igen sina fäders fotspår och följa dem, vilket roade mig mycket där jag stod vid det nyligen vitmenade Döda trädet, som hade fått sitt namn eftersom det aldrig bar några löv. Det stod till höger om portalen, avsides från husen på den enda riktigt tomma ytan inne i bostadskvarteren.

Jag var ordentligt insvept och stod vid ett av de bål som tänts samma morgon, och trots mina frusna händer log jag för mig själv när jag såg barnen trampa i sina fäders fotspår och tänkte att de om bara några år kunde vara precis som dem.

Det var nästan säkert att de skulle överta sina fäders yrke. Det var så man gjorde här. Då behövde man inte ta in fler utbölingar. Männen kunde lära upp sina söner i yrket och Woodland Point skulle få en ny generation av skickliga arbetare utan att någonsin behöva leta efter kunnigt folk från Whittletown eller de större städerna. När barnen rusade iväg längs den frusna huvudgatan mot torget ropade en av mödrarna efter dem.

”Var försiktiga på stenarna och håll er borta från sjön!” hojtade hon.

Det var Ariana Decruix, lille Louis mor. Det fanns ingen sjö i byn, förutom den lilla ån under stenbron.

När jag stoppade mina frostbitna händer i fickorna kände jag ett brev i den ena. Det var det brev jag hade fått i London. Just det brev som varnade oss för faran som hotade om vi stannade kvar i staden. Jag såg mig omkring och tänkte att det liv vi hade gett upp när vi flyttade till denna by låg en hel livstid borta. Vår adopterade hemby hade tagit väl hand om oss. Jag såg mig omkring igen och min andedräkt bildade en slinga bakom mig när jag vred på huvudet.

Snön hade börjat smälta på trädens grenar och gränslanternorna hade slocknat för länge sedan. De flesta av våra grannar låg fortfarande till sängs, ovilliga att lämna värmen under täcket och utsätta sig för den bittert kalla morgonluften. Barnen hade försvunnit i fjärran men i rät vinkel från deras spår gick nu fyra män beväpnade med gevär. Mycket väl påpälsade, avsevärt mer än jag, var de på väg ut i skogen. Jag visste vart de var på väg, det var numera min plikt att veta det. Under de få månader som gått sedan jag blev ansvarig för lag och ordning hade jag blivit alltmer bekant med bybornas vanor. Jag visste kanske mer än Alice Briggs. Hon kände nog till deras födelsedatum och ögonfärg, men jag kände till deras egenskaper. Jag visste vem som tyckte om att äta vad, vilka som begick rackartyg bakom vems rygg, hur dags de gick till arbetet och när de återvände. Jag visste hur hårt de arbetade och hur hårt de påstod att de arbetade. Jag hade även haft tid att göra min hemläxa gällande Edward Jackson och till min besvikelse hittade jag inte någonting. Den mustaschprydde strebern var skinande ren. Min besvikelse var så stor att jag ifrågasatte mig själv där ett slag. Hade jag fått honom om bakfoten?

Åter till jägarna. Just de här fyra männen skulle ut i skogen på jakt efter kött. Det var nästan jul och vi hade förfärande lite viltkött i förråden. Vi hade förstås boskap i byn, men till vår julmiddag skulle vi behöva betydligt mer. Egentligen skulle ingen behöva arbeta under de två veckorna fram till jul men jägarna hade mest spillt tiden i skogen de senaste dagarna och följaktligen inte fått tag på mycket. Jag hade flera gånger hört Edward ge jägarna reprimander för att de slösade bort värdefull tid i skogen i stället för att jaga det vilt som krävdes, och om och om igen hade han beordrat mig att spionera på dem för att se vad de gjorde. Jag tyckte inte att det var nödvändigt, och hade dessutom lovat både mig själv och Marishka att inte smida ränker mot byborna eller spionera på dem, i synnerhet inte åt Edward. Den här gången hade han dock inte bett mig följa jägarna in i skogen.

Dessa fyra män på väg in i skogen för att jaga vilt till vår middag; det var en ren lögn. Tvivelsutan var de på väg till ännu en plats som den före detta kartografen hade valt ut, långt utanför byns och deras kännedoms gränser.

Medan jag stod och såg mig omkring i den vita vackra rena världen runt omkring mig uppfattade mina öron fåglarnas kvitter och kyrkklockornas klang. Blicken fastnade på jägarna som försvann in i skogen där vatten droppade ner på den vita mattan och gjorde små hål i vårt frusna täcke. Näsan fångade upp den kalla men friska vintervinden, så till den grad att jag fick ont i halsen. Jag insöp hela platsens atmosfär: Woodland Point, mitt hem, Marishkas hem. Vår tillflykt i vildmarken i den Nya världen, och det var en god plats. Med mina frusna fingrar öppnade jag handen och släppte taget. Brevet från London singlade ner i elden och började förkolnas. Mina minnen skulle förhoppningsvis följa samma väg, för livet börjar här i dag, tänkte jag.

Eftersom vår grässlätt numera var täckt av snö hade jag och Marishka börjat vandra i skogen. Inte i den riktning dit jägarna var på väg, dock. Ingen gick åt det hållet längre. Nej, vi gick ut på huvudgatan, över torget med alla dess skinande vita byggnader med fluffiga, snötäckta tak och korsade den gamla bron. Vi gav oss in mot skogen via huvudstigen och ofta mötte vi timmerhandlaren Cornelius.

En gång i veckan gjorde han tredagarsresan till Woodland Point, och dagen därpå vände han tillbaka. Jag tror inte att han stannade mer än en natt på varje ställe, åtminstone inte i detta skede. Han drev en lönsam verksamhet i Whittletown, det var i alla fall vad han gärna sa. Han köpte små kvantiteter timmer från oss som han transporterade tillbaka på en kärra för att tillverka små leksaker. Jag undrade alltid om det var därför staden hette Whittletown. Kanske täljdes alla amerikanska leksaker där? Du vet, *whittle*, tälja. Inte? Nåja, men det hade i alla fall varit en bra historia. Hur som helst, så måste någon från stan ha kommit till Cornelius affär rätt ofta för att köpa upp dem och distribuera dem till de större städerna. Jag är dock inte helt klar över detaljerna. Förr brukade han inte komma lika ofta. Fram till denna vinter hade han bara besökt Woodland Point en gång i månaden och då hade han hela sitt följe som forslade iväg timret. På senare tid hade han börjat komma varje vecka och med färre män, märkte jag.

Jaha, nu har jag tappat tråden igen. Javisst ja, Marishka. Jo, vi brukade promenera i skogen och titta efter djur. Det hade upptagit mycket av vår tid. Barnen fick sin utbildning i kyrkan under vintern så Marishka behövde inte arbeta så mycket.

Jag var också sysselsatt ibland, men inte med något viktigt. Det hade inte kommit in någon rapport om vår besökare från skogen på flera månader. Inga iakttagelser, inga störningar, och eftersom jag redan hade lämnat in min utredning om folket i Woodland Point var jag för det mesta fri att gå omkring och, tja, göra väldigt lite i ärlighetens namn. Då och då blev jag kallad att prata allvar med den skojfriske Smithy så att han inte blev nerslagen av Henry Marshall eller någon av de andra stackarna som blev föremål för hans skämt just den kvällen.

Så Marishka och jag tog promenader, ett par kilometer om dagen, återvägen inräknad. Vi gick sakta och tittade på allt det gröna som fortfarande fanns kvar på träden, letade efter djur som låg och tryckte i sina gömslen. Marishka älskade djur, hon kunde inte få nog av dem, särskilt inte nu på vintern när hon hade ledigt från undervisningen. När vi hittade ett skadat djur på stora vägen en dag visste jag att hon skulle ta hem det och pyssla om det, och det gjorde hon. Det hände flera gånger att hon tog hem djur och släppte ut dem i skogen när de var återställda. Gud hjälpe mig om något av dem hade dött i hennes vård. Hon skulle nog ha varit otröstlig. Vi levde ett stilla liv som kunde beskrivas som ett barns drömvärld, det kändes verkligen så. Om vi bara hade kunnat fortsätta att drömma...

Vintern 1838 verkade bli en vargavinter. Det stilla snöfallet som var så vackert att alla förundrades hade så småningom övergått i en förödande vind som våldsamt pinade träden. Den var skoningslös. Morgnarna var lugna, utan några tecken på den förfärliga snöstorm som hade skakat byn kvällen innan, bortsett från de drivor av snö som den lämnat efter sig. Kvällarna var värst när Guds egen andedräkt ylade nerför de smala gatorna i bostadskvarteret som om Han ropade ut sin vånda. Kanske förebådade Han det som skulle bli en vändpunkt. Det var slut på friden i Woodland Point och denna gång skulle det inte bli någon ro förrän det hela var över.

Morgonen den 14 december 1838 var en dag av förvirrat kaos i Woodland Point. Det tjocka snötäcket som hade väckt sådan munterhet morgonen innan visade även denna dag upp ett mönster av fotspår, men det var inga fotspår som jag, eller någon annan för den delen, kunde säga sig känna igen. Det var fader Bluestone som hade sett dem först. Han steg upp tidigt denna morgon och såg spåren vid den tjocka kyrkporten. De avtecknades på ett par trappsteg framför porten och sedan fortsatte de en bit bort, ungefär en meter från de första stegen. Avtrycken på den snövita duken var så oregelbundna att vem som än hade gjort dem måste ha förflyttat sig i långa hopp och språng. Spåren i sig var inte så märkvärdiga, inte större än en mansfot ungefär, men skeva och missformade och eventuellt med klor. Avtrycken gick djupt ner i snön och det hade krävts ansenliga krafter för att stampa till dem genom isskorpan. Men det var inte det märkligaste. Fader Bluestone hade klokt nog inte gått i spåren utan hållit sig intill väggen och de allra flesta avtrycken fanns mitt på själva torget.

Jag väcktes strax efter klockan sex av fader Bluestone som uppmanade mig att gå försiktigt när jag kom ut. Byborna kurade fortfarande inne i sina hus, ovilliga att stiga upp alltför tidigt denna vintermorgon, likt björnar i ide. Nu hade jag en chans att samla och bevara bevis för vad det nu än var som hade lämnat spåren.

”Jag behöver lite snöre och ett par av de där grenarna som du använder till att bygga burar”, upplyste jag korthugget en halvvaken Marishka. ”Vid Gud, jag tror att vi är något på spåren här.”

Hon hade knappast hunnit gnugga sig i ögonen förrän hon frågade vad jag tänkte använda hennes insamlade kvistar till.

Det var liksom en dubbel fördel för mig; jag skulle kanske äntligen kunna bevara spåren av vår oberäknelige besökare, för nu var jag övertygad om att det var den som hade lämnat avtrycken. Och så skulle det ta lite tid för Marishka att samla ihop tillräckligt med nya grenar för att ersätta dem jag lade beslag på. Det betydde färre burar och färre skadade djur där hemma, och äntligen lite vila.

Insvepta i morgonens tystnad och med lite försiktigt smygande från vår sida började fader Bluestone och jag vid kyrkan med att snabbt hägna in avtrycken med grenar och snören. Avgränsningen var färdig när den första av byborna vaknade och frågade vad vi var i färd med.

Då hade vi ännu inte blivit varse en sak som låg tydlig och klar mitt framför näsan på oss men var så omöjlig att ingen människa riktigt kunde tro på det. Cirka fem meter från platsen där vi trodde att spåren slutade, på andra sidan portalen som ledde till bostadskvarteren, fanns ytterligare ett par avtryck som också verkade försvinna ut i tomma intet.

Prästen vände sig mot mig och jag mot honom, en förfärlig rysning for genom oss båda, inte på grund av kylan eller vinden, utan en kuslig känsla av rädsla, av skräck.

”Fader Bluestone”, började jag. Han väntade på frågan och visste säkerligen vad som skulle komma. ”Var porten till bostadskvarteren öppen eller stängd när ni kom hit i morse?”

”Stängd, herr Walker”, svarade han. ”Jag öppnade den när jag var på väg hem till er, inte en sekund tidigare.”

Då tittade vi båda uppåt, högt ovanför den öppning där den stora porten hade varit tillbommad kvällen innan.

”Det här kan väl ändå inte vara sant?” undrade fader Bluestone.

Jag var inte på humör för sådana frågor, jag var fast besluten att det inte kunde vara så.

Nu hade Edward Jackson stigit upp och stod och stirrade åt vårt håll. Frågor som jag knappt hade börjat ställa mig själv skulle behöva svar jag knappt vågade tänka på, och det snabbt.

En granskning av timret i porten visade att den var stark och stabil. Ingen hade brutit upp den, där fanns inga skador i timret, inte en skråma, bortsett från en liten repa ungefär mitt på den tunga dörren. På en av stenarna som utgjorde en del av valvet ovanför porten verkade snön avskavd, som om den hade skrapats bort. På samma sten, men på den sida som vette mot bostadskvarteren, syntes ingenting.

”Isaac! Hämta stegen åt mig”, hojtade jag till en av de unga pojkar som hade samlats i närheten. Jag ville inspektera portalens ovansida innan Edward kom.

Inom en minut stod stegen lutad mot den stora portalens vänstra sida och medan Isaac och fader Bluestone höll den på plats i den knarrande snön klättrade jag nervöst uppåt med mina fingrar rödbitna av snöns vita tänder. Jag svajade en aning men vände blicken mot den punkt där snön hade skavts av. Ett steg högre upp på stegen, och så ett till, sedan stod jag högst upp och kikade över valvbågen. Det kommer att bli svårt för dig att omvandla mina ord till bilder men försök, för det jag såg var både fantastiskt och omöjligt.

Ovanpå portalen syntes två avtryck, det ena inte helt olikt de som fanns på torget. Det andra var möjligen ett halvt fotavtryck som var böjt över kanten på stenen, vilket tydde på att någon hade suttit uppflugen där och kikat ner på våra bostäder, ner på hela Woodland Point. Från denna högt uppsatta utkikspunkt måste han ha haft en bra överblick över allt som rörde sig i vårt samhälle. Sedan vandrade min blick över landskapet och jag såg vår by som man annars bara kan se den uppifrån bergstoppen, på vägen ner genom skogen till byn. Den vy jag älskade så mycket.

När jag kikade på byn från samma ställe som den här varelsen hade gjort tog jag in varje detalj: det prydligt organiserade bostadskvarteret, det faktum att kyrkan inte var så hög som jag hade trott och hur liten vår by var i jämförelse med allt runt omkring. Jag fick syn på något som jag trodde var ytterligare ett avtryck, ironiskt nog bredvid den nyfikne och ytterst otålige Edwards Jackson som just hade kommit. Så lyfte jag huvudet, upp i jämnhöjd med muren och följde den norrut med blicken förbi timmerupplaget bakom arkivet och tavernan. Jag vände mig sedan mot kyrkan och tittade bort mot smedjan och stallet innan jag vred mig mot öster. Det var likadant där.

”För Guds skull, Eli, vad är det? Vad spanar du efter?” ropade rådmannen.

”Spår, herr Jackson.”

”Spår av vad, Eli? Spår var någonstans?”

”Överallt”, svarade jag modstulet. ”Överallt.”

Hade vår mystiske besökare bevakat oss hela tiden, uppifrån denna utkiksplats? Vi skulle inte ha märkt något under sommaren men när snötäcket kom lämnade den spår efter sig. Kanske handlade det om en utmärkt klättrare så att vi, trots att vi gjorde vårt bästa, misslyckades kapitalt med att lokalisera den i skogen eftersom den rörde sig i trädtopparna, gömde sig bland de tjocka grenarna i det täta lövverket, kikade ner på alla som rörde sig där nere som en demon från ovan?

Jag tillbringade morgonen med att inspektera avtrycken på taken på nära håll. Jag ritade av dem, kände på dem, gjorde till och med avgjutningar. Jag försökte förstå hur ett avtryck ledde till nästa, hur varelsen hade rört sig, vart den hade gått och hur den kunde förflytta sig flera meter med ett enda steg och klättra fem meter uppför en vägg. Den lilla repan i timret på den stora porten hade kastat ett visst ljus över det hela men inte tillräckligt för att bevisa någonting. Det var inte avgörande. Marishka hade en teori. Att varelsen hade vassa klor och kraftiga tår som gjorde att den kunde klamra sig fast vid en dörrkarm eller själva dörren och klättra upp, ungefär så som vissa djur klättrar uppför trädstammar. Men avtrycken i snön var så djupa att de inte gick att få ihop med en lättviktig klättrare som svingade sig från byggnad till byggnad. Spåren var väldigt djupa, den här varelsen var tung och skulle därmed inte ha kunnat klänga uppför en dörr utan stora svårigheter och än mindre kila över taken på vår taverna eller vårt arkiv utan att någon märkte det. Om den hade rört sig västerut över de till största delen obebodda byggnaderna den natten, och om den hade suttit uppflugen på valvet och använt den som en utsiktsplats, då måste den vid något tillfälle också ha varit i de norra delarna av byn nyligen, vilket betydde att den hade tagit vägen över taken på våra hus. Någon borde väl ha hört den hoppa och springa över våra huvuden?

Under dagen kom det in motstridiga rapporter om fotavtryck längs andra väggar eller uppe på murar och om spår som kom från skogen. Jag rusade fram och tillbaka genom vår by som nu verkade så liten. Mina steg var knappt hälften så långa som vår gästs, kanske bara en fjärdedel, men jag lämnade inga djupa avtryck. Edward hade så småningom tagit ganska allvarligt på fotavtrycken som dykt upp i snön så Isaac Daniels hade använt hela morgonen till att skotta fram en gång som alla bybor skulle använda för att inte förstöra spåren, på order av Edward. Mina steg klapprade mot den frusna stenen under mina fötter. Jag halkade och snubblade fram medan jag noggrant markerade de nya iakttagelserna på en snabbt uppritad karta över vårt samhälle. En del rapporter tydde på att varelsen hade tagit sig in i Woodland Point längs marken via skogen bakom skolan, andra på att den hade hoppat från tak till tak eller suttit uppflugen på stallet. Allt var lika troligt. Mindre trovärdiga rapporter kom in om spår som hade hittats vid bron på andra sidan ån. Man hade sett tydliga hål i det frusna vattnet men de hade troligen inte orsakats av varelsen. Den framstod som alltmer akrobatisk och skulle antagligen inte ge sig ut på fruset vatten om den inte var tvungen, inte när där fanns en bro, tänkte jag. Isen var minst två centimeter tjock och med tanke på hålen borde man i så fall ha sett några spår av blod från fingrar, ben eller klor. Djur är ju trots allt inte skyddade av tjocka stövlar. Och det går inte heller att borra näst intill cirkelrunda hål i isen med fötter eller fingrar och klor.

Så småningom gick solen ner och det började blåsa upp. Det var fortfarande bittert kallt och jag hade dragit mig tillbaka in på tavernan med min provisoriska karta som hade blivit så sliten under sitt korta liv att den nästan föll sönder när jag vecklade ut den på bordet. Jag satt vid elden med ett stop bredvid mig för att värma mina frusna lemmar. Jag hade börjat gå regelbundet till byn för en ale, vilket var en ny vana för mig. Men jag var inte ensam, förstår du, åh nej, jag skulle aldrig få vara ensam igen. Edward, Marishka och John höll mig sällskap. Henry hade också varit där om han inte hade varit upptagen med att låsa in byns boskap, att skydda dem mot eventuella besök efter mörkrets inbrott.

Vi försökte desperat förstå varelsens rörelser, dess logik. Hur hade den kommit in i byn? Vart var den på väg? Varför hade den kommit? Och varför tyckte den att den behövde hoppa på taken?

”Den använder trädkronorna, det är min bästa gissning.” Det var Marishka som efter flera minuter bröt den obekväma tystnaden där alla satt runt min skiss och drog i läppen eller tvinnade skägget eller snurrade hårlockar.

”Använder trädkronorna till vad?” frågade John.

”Säger du att vi har en galen apa mitt ibland oss?” Det kom från Edward som återigen bevisade att han hade stigit till toppen i Woodland Points ledning med hjälp av manövrerande, inte intelligens.

”Ja, vissa djur, som till exempel apor, lever hela sitt liv i träden. En del kommer väldigt sällan ner på marken”, sa jag. De många månaderna som jag hade tillbringat med att läsa när vi nyss kommit till byn bar nu frukt. ”Andra kan inte klättra så de tillbringar hela livet i undervegetationen eller på marken. Vår gynnare gör både och, han känner sig lika hemma i träden som på marken.”

”Och det innebär?” frågade pubvärden.

”Det innebär att han är otroligt vig, förmodligen har mycket snabba reflexer och fjädrande steg. Det gör honom oerhört farlig”, svarade Marishka.

”Det innebär också att vi inte kan avgöra var nästa attack kommer ifrån,” sa Edward och jag lade märke till hans nästan instinktiva användning av ordet attack. ”Blir det från luften eller på marken?”

”Det innebär inget annat än att vi fortfarande inte vet vad det är vi har att göra med här.” Den sanningen accepterades av alla.

”Så, vad gör vi nu?” frågade Edward otåligt.

”Vi vet att varelsen rör sig i träden och på marken och att den är fullt kapabel att röra sig med hög hastighet. Den kan ta sig över höga murar och är inte höjdrädd.” Marishka lade fram sina samlade insikter.

”Sedan angreppet på fåren vet vi också att den festar på kött och att den måste ha väldiga klor av något slag med tanke på det skick djuren befann sig i efter attacken och på skrapmärkena i porten in till bostadskvarteren."

Jag hade allas uppmärksamhet så jag fortsatte: "Vi vet att den bor i skogen och har varit inne i byn förr, kanske under många nätter, och att det finns rimliga bevis för att den bevakar oss från taken och murarna." Jag tog en klunk öl. "Förmodligen kommer den att fortsätta göra så tills vi kan fastställa varelsens motiv eller tills den har uppnått sitt mål."

Sedan var det pubvärdens tur att ta till orda.

"Louis Decruix sa att den hade fyra ben och svans och kikade in på honom genom fönstret."

"Men den skadade inte pojken?" inflikade Edward. "Medan enbart åsynen av Baphomet gjorde gamle Theo till en stenstod."

"Aye, skrämde ihjäl honom gjorde den."

Louis Decruix iakttagelse var nu känd och ett hett samtalsämne, men vi hade känt till den i månader. Jag ledde in samtalet på en ny insikt:

"När gränslanternorna var tända såg vi den inte, och när vakter sattes ut upptäcktes den inte", lade jag till. Jag kände att vi var något nytt på spåren. Så tog Marishka till orda igen:

"Den kan ha hittat någon annan väg in, förbi vakterna och gränslanternorna. Det sa du själv, Eli. Vi har varit så upptagna med att söka i skogen, ingen har tittat upp mot taken."

Det blev tyst kring bordet igen. Det var alldeles för kallt för att sätta ut vaktposter och snöstormen skulle ha blåst ut alla lampor eller gränslanternor vi kunde ha tänt för att hindra varelsen från att närma sig oss via marken. Kontentan var att vi hade svårt att försvara vår värld. Vad det än var som förföljde oss så verkade det vara en intelligent och mycket anpassningsbar varelse. Baphomet skulle hitta en väg in.

Tystnaden rådde i en halv minut eller så. Frustrationen ökade hos oss alla.

"Så vi ska inte göra någonting?" frågade flickan.

"Jag har en lösning." Edward gjorde en paus och vi väntade otåligt på att få höra förslaget. "Jag har en vän i staden. Han har män. Vi skulle kunna driva ut den ur skogen."

"Ett jaktparti?" frågade jag.

"Nja, mer som en dödsskvadron. De skulle kunna vara här inom en vecka och de skulle kunna driva ut den och förgöra den."

”Absolut inte.”

”Vad exakt menas med en dödsskvadron?” Marishka rynkade ögonbrynen.

”Herr Jackson vill ta hjälp av en grupp gemena banditer. Legoknektar som kan jaga fram djuret, skjuta det, stoppa upp det och sälja det. En dödsskvadron är en grupp förbrytare som jagar vem som helst, brottslingar eller oskyldiga, oberoende av brott eller konfession, till ett avtalat pris.”

”Men så kan man inte göra!” Den unga djurvännen fick kämpa för att behärska sig.

”De där männen skulle skjuta ihjäl vad som helst de får syn på. Fåglar, hjortar, vargar, katter, i princip allt vårt vilt, vad som helst för att kunna säga att de har dödat besten och få sin belöning snarast möjligt”, hävdade jag.

”Vad är du egentligen ute efter här, Eli?” Edward sträckte ut armen i sin fulla längd. ”Jag vill inte se det här samhället som har levt så länge i frid och fred krackelera under attackerna från något satans djur. De här människorna är rädda, för tusan!”

”Och vad tror du kommer att hända när legosoldaterna har slaktat varelsen? Vad tror du att de kommer att göra då? Tror du att de bara tänker ta sina pengar och ge sig av?” Jag suckade. ”Edward, tänk efter, du vet vad de här människorna kan göra. De där simpla förbrytarna skulle invadera byn och försöka exploatera den. Det finns rikedomar här, och det är isolerat, vi kan inte skydda byn mot en sådan styrka. Det är galenskap. Vi kan inte göra så. Vi får inte göra så.”

”Eli har rätt, det är inte en utväg, Ed”, sa John. ”Du vet att det finns något bra här, vi kan inte riskera att förlora det.”

”Det måste finnas ett annat sätt”, sa Marishka.

”Det finns det”, sa jag beslutsamt medan en plan tog form i min hjärna. ”Vi sätter ut vaktposter i alla fall, men inte i byns utkant eller vid gränslanternorna. Den jäkeln skulle bara segla fram över huvudet på dem.”

”Så var tycker du att de ska stå i stället, herr Walker?” Edward var upprörd.

”Jag tycker att vi ska gräva värn, två eller tre runt bostadskvarteren. Vi bommar igen porten när alla är inne, utan undantag.” Jag pekade på kartan. ”Vi kan ha en vaktpost här vid Döda trädet. En annan där vid fotavtrycket bredvid huvudporten.”

”Och mer då?” frågade Marishka. Jag drog fingret över kartan på bordet tills det nådde en bra plats.

”Här, mellan Lilys hus och de där som ligger lite avsides, där familjerna

Decruix, Quegan och Daniels bor. Därifrån kommer vi att ha en bra utsikt över hela komplexet. Vi kommer att vara beväpnade och beredda att skjuta om den dyker upp. Ingen annan får vistas utomhus efter klockan åtta, för att undvika att någon tar miste och skjuter fel."

"Och taken då?" frågade Edward och det var en fullt berättigad fråga.

"Vi häller kallt vatten över dem innan vakten tar vid", sa jag och log lite smått mot Edward som log tillbaka. För en gångs skull var vi på samma våglängd.

"Kallt vatten?" frågade John Morgan.

"När det börjar blåsa fryser vattnet. Men varelsen vet inte om det och när han landar på ett tak kommer han att kana ner direkt."

Edward var verkligen nöjd.

"Om inte annat så kommer vi i alla fall höra om han brakar i marken och kan slå larm."

Marishka var snabb och nu log även hon. Hon slog näven i bordet:

"Nåväl, mina herrar, det ser ut som om vi har en plan. Hur ska vi hitta frivilliga till självmordspatrullen?"

"Jag tar första vakten."

"Liksom jag."

"Och jag."

"Så, vi har ett syfte och en plan. Låt oss komma igång. Edward vill du vara så vänlig och meddela alla?" frågade jag medan vi reste oss och gick mot den snart tomma tavernans dörr.

Medan vi gick längs den provisoriska stigen lät Edward kyrkklockan ringa. På några minuter var alla var samlade på torget. Edward talade med självförtroende och för första gången beundrade jag honom, han gjorde det rätta och han gjorde det inte för egen vinning.

"Rådet har beslutat att det ska råda utegångsförbud i Woodland Point än en gång, från klockan åtta till gryningen. Alla ska då hålla sig inne i bostadskvarteren, ingen får befinna sig utanför porten. Gränslanternorna kommer bara att tändas en kort stund men tre beväpnade personer ska hålla vakt hela natten, varje natt, tills djuret har fångats eller dödats. Era tak..." fortsatte han medan jag snirklade mig bort genom folksamlingen med Marishka vid armen.

När vi gick förbi den väldiga träporten som visat sig vara ett klent skydd mot det mardrömslika djuret drog hon mig i armen. Varför barrikadera porten när vi hade en varelse som kunde hoppa upp på höga murar? Därför att det lugnade ner de många inte alltför klyftiga invånarna i byn.

”Du vet att du inte kommer att få sitta ensam i gropen, eller hur?”

”Det tvivlade jag inte en sekund på, lilla vän.”

Vi promenerade hem och medan Marishka gick in såg jag mig omkring bland husen. Flera män hade redan börjat gräva ett hål vid den stora porten. Andra grävde till vänster om mig, vid Döda trädet och jag gissade att fler var i färd med att gräva det sista värnet bakom vårt hus, mitt emot Lilys.

Jag såg bort mot den stora porten en gång till och på väggarna och taken som låg precis intill bostadskvarteren. Om varelsen kom tillbaka, nej, *när* varelsen kom tillbaka skulle vi vara beredda. Det måste vi vara. Det fanns inget annat att göra.

Timmarna kändes som minuter. Jag märkte knappt hur tiden gick. Framför mig skyndade män förbi bärande på virke, mödrar drog barnen med sig in i husen. Jord bröts upp och kastades åt sidan när männen struntade i både kyla och rädsla för att gräva värnen. De två gånger tre meter stora hålen med en liten trästege blev snart avancerade skyttegravar som alla var förbundna med en provisorisk gångstig kantad av rep och käppar som det hängde lyktor i. Bostadskomplexet var upplyst som på dagen. Min idé att gräva värn hade utvecklats ett steg längre av Edward. De upplysta gångarna mellan hålen gjorde det möjligt för vakterna att stå i ständig kommunikation med varandra om de skulle iaktta någonting, utan att behöva störa de sovande byborna.

Fler och fler män anmälde sig som frivilliga. De föredrog att hålla ett vakande öga på omgivningarna framför att ligga och vara rädda i sina sängar. Jag kunde inte engagera dem alla nu, men vi skulle behöva arbeta i skift. Allt detta hände runt omkring mig medan jag satt på trappan till verandan och stirrade på den stora porten och hoppades att den ändå skulle stoppa varelsen.

Solen gick ner som ett sjunkande skepp, långt utom synhåll. Molnen drog bort och stjärnorna blev synliga. Våra förberedelser var klara men ännu hade inte vinden börjat blåsa. Jag reste mig när kyrkklockan ringde. Det var dags. Jag rörde mig snabbt, ville inte verka alltför avslappnad. De var rädda, vi var alla rädda. Jag gick till dörren och stack in huvudet. Marishka stod i dörröppningen, med sitt långa svarta hår hängande över axlarna där fästet till hennes dolk kunde anas mellan slingorna.

”Det är dags”, sa jag nästan obesvärat.

Det kändes som om vi skulle dö då, som om jag ledde henne till döden.

Det var visserligen fullt möjligt att ingenting skulle komma fram ur skogen den natten. Det var fullt möjligt att det kanske faktiskt var en varg som hade rivit fåren, att det var Smithy som kommit på ett smart sätt att spela byborna ett spratt med fotspåren, att det Louis hade sett bara hade funnits i hans mardrömmar. Det fanns många möjligheter och jag hade funderat över dem alla. Men av alla de olika alternativen så var detta vad som var kvar. Det fanns ingen varg, Smithy var inte smart nog att hitta på ett sådant spratt och Louis drömmar skulle verkligen behöva vara högst verkliga om de skulle kunna leda till Theodore Sullivans död djupt inne i skogen, mitt på dagen. Nej. Inget djur man kände till skulle ha lämnat sitt villebråd orört. Inget djur man kände till kunde klättra uppför byggnader och ta två meter långa steg. Inget djur man kände till såg ut som en människa men kunde riva får med sina bara händer. Illusionernas tid var förbi och nu var det detta som gällde. Våra liv var i fara. Detta var verkligheten, och en del av oss skulle inte leva för att få se solen gå upp.

HELVETET HADE FRUSIT till is under våra fötter. Ett mörkt snöfall som knappast reflekterade något ljus svepte in oss likt en filt med stickande, vassa nålar.

"Det är ett dåligt omen, detta!" hörde jag en av männen säga när han snabbt gick nerför den hastigt utlagda gången förbi vårt värn ner mot Johns.

"Vad är det som är ett dåligt omen?" frågade jag Marishka. "Vinden eller avsaknaden av vind?"

Hon såg mig allvarligt i ögonen. "Det är lugnet före stormen."

Hennes ord fick vartenda hårstrå att ställa sig på ända.

"J-ja", stammade jag. Jag harklade mig. "Nåväl. Det vill vi inte veta något av."

Jag kände på svärdsspetsen för att kontrollera att den var vass innan jag stoppade ner svärdet i skidan igen. Det var egentligen helt ovidkommande; jag trodde inte att det skulle vara till hjälp mot Baphomet.

Baphomet var det namn som även Marishka hade börjat använda om djuret. Det sades ju ha slank kroppsbyggnad, kanske vara smäcker som en människa men med stora klor och tigerliknande fötter, eventuellt med huvud som en bagge eller någon slags get. Jag hade först motsatt mig namnet och hävdade envist att vi inte kämpade mot djävulen, men jag måste erkänna att jag tyckte om det. Det ingöt säkerligen mod i de religiösa män som bevakade bostadskvarteren den natten. Att ge saker ett namn gör dem ofta mindre skrämmande. Namnet Baphomet gjorde emellertid att besten kändes övernaturlig. Jag kommer inte ens i närheten av att beskriva hur det kändes att vänta där i mörkret. Vi skulle definitivt varit lugnare om vi trodde att det vi kämpade mot var ett djur och inte en demon.

Hur snabbt jag än hade tyckt att dagen gick medan jag väntade på solnedgången så kändes den vindstilla kvällen med den långsamt fallande snön precis tvärtom. Med buckliga hinkar, alltför tunga för Marishka – den enda kvinnan som gick vakt – började en man i varje dike att skyffla ut drivorna av snö. Några hade börjat ordna till sitt skyttevärn efter sitt eget tycke. En del hade byggt små altare med talismaner och amuletter. Andra gjorde ställningar för sina vattenflaskor och Edward hade till och med ordnat en kraftig jordvall bakom sig. Ett skydd jag gissar att han tyckte sig behöva ifall Baphomet skulle närma sig från Döda trädet. Marishka och jag var närmast skogen men skyddades på alla sidor av de avsides belägna husen där vi satt i bostadskomplexets utkant. Vi satt och pratade viskande om Vilnius.

”Om inte det hade hänt hade vi inte suttit i ett iskallt skyttevärn ute i vildmarken”, sa jag.

”Utan Vilnius hade vi inte haft varandra”, svarade Marishka.

Johns vakthål låg precis framför den stora porten. Han bevakade muren som förenade portalen med arkivbyggnaden medan hans kompanjon, smeden Stephen Holmes, spejade mot själva portalen med alla fotspår där varelsen säkerligen hade suttit uppflugen natten innan.

Om varelsen var dum nog att följa sina gamla spår och klättra upp skulle den säkerligen halka där uppe och trilla ner på marken framför John och Stephen. Fallet skulle i sig försätta djuret (eller den förmenta demonen) ur spel tillräckligt länge för att de skulle kunna göra slut på det. Allt hade förberetts in i minsta detalj. Om John och Stephen skulle förstenas av skräck som Theodore Sullivan – ingen visste vad för en ryslig syn de kunde möta – skulle varelsen förmodligen vara orörlig tillräckligt länge för att hjälp skulle hinna fram. Detta var naturligtvis bara i teorin och endast ifall den faktiskt skulle komma. Få av oss tvivlade dock på det.

Skymningen blev till natt och mörkret föll snabbt. Bland husen var det tyst och det hördes knappast något från värnen förutom en oförsiktig viskning eller två, som till en början snabbt hyssjades ner. Det började falla mer snö. I den stilla natten kunde man se flingorna slungas från skyn för att landa mjukt på marken, där deras fall dämpades av de bröder och systrar som landat före dem på den hårda marken. Vid niotiden vräkte snön lodrätt ner och vi hade inte hört ett pip från våra kompanjoner i de andra hålen, eller från besten för den delen. Vyn blev suddig och fläckig när vi ansträngde oss för att se igenom snögardinerna framför oss. Marishkas hår hade stelnat och hennes läppar hade antagit en lätt himmelsblå nyans. För min del hade jag nätt och jämnt hållit fingrarna rörliga genom att öppna och knyta händerna på många olika sätt i kylan. Ändå var de bittert frusna.

Strax efter tio väntade vi fortfarande otåligt på vårt första möte med varelsen när Edward Jackson meddelade från sitt värn att skogen vid Döda trädet hade blivit tyst. Den unge Alexander Whitfield, som var med Edward, sprang från grop till grop så fort han bara kunde för att vidarebefordra meddelandet. När jag hörde ljudet av någon som sprang och som andades tungt i den bittert kalla luften kom jag snabbt på fötter och föste ner Marishka så att hon hamnade under marklinjen. Jag drog mitt vapen och manövrerade mig tätt intill henne så att hon nu var inkilad mellan mig och värnets frusna väggar. Mycket obekvämt, måste jag erkänna. Fram ur mörkret trädde den unge mannen. En helt annan syn än vad jag hade väntat mig.

”Herr Walker, jag har ett meddelande från herr Jackson”, sa han när han närmade sig vår grop.

”Vad för meddelande? Låt höra!” Han kämpade efter andan i den frusna luften. ”Alex, vad har du för nyheter?”

”Edward hävdar att skogen har blivit tyst. Onormalt tyst.”

”Vad? Var det allt? Varför skickade ni inte...” Jag hade tänkt fråga varför de inte använt sig av det kommunikationssystem med brev och linor som vi byggt upp, men tystnade när jag hörde ett plötsligt prasslande. En rysning for längs ryggraden.

Bakom oss, vid bostädernas bakre rad och mot Lilys hus till, uppfattade jag tydligt ljudet av grenar som föstes åt sidan och dunsen av någonting som landade i snön. Alexander tittade upp, tyst som en mus. Ljuden kom närmare. Jag tittade ner på Marishka, rädslan i hennes ansikte där hon satt klämd mellan mig och den frusna marken fick mig att agera.

”Han kan ha rätt”, viskade jag till Alexander Whitfield. ”Det börjar. Säg till Edward att vi har något norrut, bortom den yttersta husraden.” Han vände sig om för att ge sig av.

”Och be Edward skicka en vakt till fru Owen, hon måste varnas”, kastade jag fram efter honom.

När Alex hade försvunnit in i snön och mörkret intog jag min position för att spana mot skogsbrynet igen. Jag kände att min vaksamhet var avgörande för att skydda Marishka och alla andra som önskade att få möta gryningen i ett stycke, men det var svårt att se något alls i mörkret. Då ryckte Marishka mig i ärmen, men jag var fokuserad på att försöka se vad det var mellan husen. Jag ville inte ta blicken från området och ignorerade dumt nog hennes signaler.

”Eli”, viskade hon nästan ohörbart. När jag inte reagerade kom en skarp väsning: ”Eli!”

Jag slet blicken från skuggan och tittade ner på henne.

”Den är där”, sa hon och pekade. ”Vid Stanfords gamla hus.”

”Gode Gud”, andades jag.

Hon hade med sina unga ögon fått syn på hotet i natten. Precis borta vid skogsbrynet till vänster om Lily Owens hus, inte mer än någon meter bortom de otända gränslanternorna och till hälften dold av en trave timmer syntes en skugga som med all sannolikhet var det som vi hade letat efter så länge. Jag kunde inte skönja dess form men jag var nästan säker på att jag såg dess ögon glimma i natten. Baphomet. Det verkade inte som om den tittade på oss, utan åt höger mot de andra husen i yttre raden, men jag var inte säker. Utan att kunna göra något annat än att fokusera blicken på den knappt synliga skuggan såg jag hur varelsen hukade vid timmertravens ena sida så att siluetten försvann helt mot de mörka trästockarna. Jag blinkade snabbt, som om mitt liv hängde på det, men den var borta när jag öppnade ögonen. Marishka hade haft rätt. Den var snabb. Alldeles för snabb för oss.

Efter att ha tappat bort varelsen fick jag förlita mig på att Marishka skulle hitta den igen, och det gjorde hon. Några ögonblick senare fick hon syn på den. Den måste ha rört sig bakom Owens hus och krupit högerut, helt obemärkt, över Decruix veranda och sedan smugit bort till ett mörkt hörn nära Quegans hem. Den förbaskade besten patrullerade gränsen! Och höll sig ur sikte genom att smälta samman med mörkret i skrymslen och vrår. Nu rådde det ingen tvekan om varför vi aldrig hade kunnat få syn på den. Den var intelligent och oerhört smidig, nästan som en människa.

Vid det här laget kände jag inte längre den rädsla som först hade gripit mig. Jag tog tag i en lina som hängde lågt i de små käpparna. Vi hade konstruerat ett system för att kunna meddela oss ljudlöst med varandra. Jag krafsade ner ett kort meddelande på en skrynklig pappersbit och knöt fast den i linan.

Siktad. Bortom Decruix, mot Quegans till. Gömmer sig i skuggor, håll utkik efter lysande ögon.

Ett par snabba ryck och så kom det ett svar från den andra änden, Edwards värn. Brevet drogs sakta över snön, nästan helt ljudlöst. Marishka hade hela tiden haft ögonen på varelsen och den hade inte rört sig. Den hade visserligen skarpa sinnen och var skicklig på många sätt, men hörseln var i alla fall inte överlägsen vår. Den hade missat det svaga ljudet av pappret som släpades fram. Meddelandet hade snart gått hela varvet runt och kom tillbaka med ytterligare en skrynklig papperslapp fästad vid linan.

Under uppsikt. Skjut inte förrän väl inom skotthåll.

Edward ville uppenbarligen inte missa sin chans att själv lägga ner bytet, men jag blev samtidigt imponerad av hans intelligens varje gång vi hamnade i krävande situationer. Han visste precis lika väl som jag att om vi missade varelsen med en skur av eld så skulle den komma tillbaka senare med en fullständig karta i huvudet av våra nyanlagda skyttevärn. Den skulle kunna undvika hålen och de bevattnade taken. Vårt försvar skulle vara verkningslöst. Vi hade en enda chans att fälla den innan den skulle förstå hur vi tänkte.

Det visade sig dock vara lättare sagt än gjort. Strax efter att jag hade fått Edwards meddelande, cirka kvart över elva, förlorade vi varelsen ur sikte igen. Kanske hade den dragit sig tillbaka till skogen igen med vetskap om våra planer. Kanske hade den ålat platt på marken, dold av det höga gräset till en annan del av bostadskomplexet. Ingen såg något och timmen som följde var olidligt spännande. När alla hade blickarna riktade antingen mot byns utkant eller in i varje hörn borde det vara omöjligt att missa den, men det gjorde vi. Inte förrän klockan passerat halv ett fick Marishka syn på den igen.

”Eli, där är den!”

Det kändes som om hjärtat stannade och jag blev stel av skräck. Hur kunde vi ha varit så dumma? Vi hade låtit oss luras av varelsen igen. Den hade hållit sig gömd i nästan två timmar, hukande bakom föremål och smygande i skuggorna så det var naturligtvis där vi letade. Baphomet hade dock dragit oss vid näsan med samma taktik som alla de föregående nätterna.

Uppe på taknocken till Holmes hus satt Baphomet hopkrupen mellan Edwards och Johns skyddsvärn. Eftersom jag inte var säker på att den satt med ryggen mot oss vågade jag inte skjuta. I stället rotade jag fram en bit papper och krafsade snabbt ner var den befann sig.

Ovanför er. Holmes hus. Se upp!

När jag hade fäst meddelandet på linan och givit den ett ryck vände jag åter blicken mot besten. Den var borta! Jag hoppade bakåt en aning, såg vilt omkring mig och beslöt mig för att Baphomet sannolikt befann sig vid bostaden framför mig, Duponts hus. När jag lutade huvudet en aning åt höger tyckte jag att jag kunde se en klo gripa om hörnet på huset. Jag sträckte lite på mig för att kika längre förbi huset. Marishka skrek plötsligt till och jag dök snabbt tillbaka ner i hålet för att skydda henne.

”Vad såg du? Var är den?” ville jag veta.

Hon snyftade och skakade på huvudet: ”Den är borta!”

”Var, lilla vän?” Hon svarade inte. Jag tog ett bestämt tag om hennes axlar.

”Var är den?” väste jag.

Då kände vi hur linan rörde sig igen. Jag kikade över hennes axel mot andra sidan av huset men såg ingenting där. Jag snurrade ett varv i gropen men såg ingenting där. Ingenting! Så drog jag i linan och fram kom ett meddelande. Det var mitt meddelande. Eller snarare en remsa av det. Hade Baphomet gjort detta? Hur? Det verkade omöjligt. Fanns det två varelser?

Jag hade fått nog av att vänta och trotsade Edwards order. Jag beordrade Marishka att klättra upp och vi kom ut ur vårt skyttevärn, upp på den frusna marken, och när vi ställde oss upp tryckte vi oss mot den norra väggen av Duponts hus. Hon letade efter min hand och jag slängde geväret på marken för att i stället dra fram mitt svärd. Det var alltför farligt att avfyra ett gevär i mörkret. Vem visste vad jag kunde träffa då? Jag bad en bön att mina kompanjoner tänkte likadant. Marishka höll hårt om min hand och vi förflyttade oss långsamt längs väggen till Amelias hus. En minut senare nådde vi verandan. Jag släppte sakta hennes hand och lyfte mitt svärd så att jag höll det liksom ett spjut. Jag gjorde ett utfall runt hörnet. Så hörde jag ett vrål när mitt svärd träffade någonting! Det hördes en rejäl duns och jag kände hur mina fötter lyftes från marken.

Jag drogs runt huset och knuffades in mot väggen. Någon höll ett fast grepp om min hals och jag kunde inte lyfta svärdet. Det var Edward. Han skakade på huvudet och släppte mig medan han höll ett finger över läpparna. Han andades ut genom munnen så att den buskiga blonda mustaschen dansade i luftdraget. Marishka kom fram runt hörnet. Vi var avslöjade.

”Vad var det ni såg?” John och Stephen hade hittat oss och ville veta vad som hände.

”Den var uppe på Stephens hus, rakt ovanför dig Edward, och spanade kanske på John och Stephen. Fick du inte mitt meddelande?”

”Jo, det fick jag”, svarade han, ”men när det kom fram var den inte längre där. Jag hörde ett ljud bakom oss och sprang ditåt, men jag förmodar det bara var ni då.”

”Nej!” utbrast Marishka, högt och självsäkert. ”Den var bakom dig. Jag såg den kila från Holmes tak, tvärs över bakom er och sedan in i mörkret.”

”Då finns det två stycken”, sa jag.

De andra såg på mig.

”Hurså?” frågade John.

”Marishka såg en bakom er och jag fick tillbaka mitt meddelande. Ena halvan av det. Någon hade rivit sönder det.” Jag tog ett djupt andetag. ”Den kan inte ha varit på båda sidor om Holmes hus samtidigt – jag tror att vi har blivit överlistade. En har suttit i träden och hållit utkik medan den andra har varit på marken och smugit på oss.”

Plötsligt lyfte vi alla utan ett ord våra vapen till attackposition.

”Så om den ni såg förflyttade sig bakom vår grop och bort mot skogen så betyder det att den andre...”

”Gode Gud”, sa Marishka och flyttade sig lite närmare den tätt sammantryckta grupp som kurade vid Amelias veranda.

”Vi delar upp oss i två grupper. Vi gör en noggrann eftersökning med lanternor och går igenom hela bostadskvarteret”, föreslog Edward. ”Vi vet att det finns åtminstone en härinne och vi har ändå redan fört oväsen.”

”Ni tar ytterkanterna. Den måste ha lämnat några spår här i närheten och jag följer dem”, svarade jag.

Marishka, John och jag tog flanken bredvid porten och Johns vaktgrop. Edward, Alexander och Stephen tog ytterområdet. De skulle följa perimetern och vi skulle trava mellan husraderna och om möjligt få den i en fälla mellan oss. Att hitta spåren tog inte lång tid. Vi lokaliserade dem i mörkret ett par meter från ytterkanten på Duponts hus, där jag och Marishka hade tryckt oss mot väggen ett par minuter tidigare. Det drog en rysning genom henne då. Jag tror inte att det var av köld. Själv undrade jag om varelsen hade varit bara någon meter ifrån oss, om vi kanske hade passerat den på en armlängds avstånd vid Amelias hus.

”Så det är två stycken?” undrade John.

”Inte säkert”, funderade jag vidare. Det kändes bra att prata, det höll rädslan delvis borta. ”Men jag tror man kan säga att vi har blivit komprometteseparatedrade. Vad det än är så visste den exakt var vi var och hur vi kommunicerade. Den är smart och gör avledningsmanövrar för att distrahera oss."

"Det måste vara två."

"Men om inte?" inflikade Marishka. "Om det bara är en?"

"Då är vi illa ute", sa jag. "Då rör det sig om en otänkbart snabb varelse."

"Men om det finns fler än två?"

"Snälla ni, nu räcker det! Det är inte tid för vilda gissningar nu. Jag sa bara att vi skulle vara öppna för möjligheten att det finns mer än en best. Jag menade inte att det fanns precis en eller två av sagda varelser, och allt detta gissande kommer inte att hjälpa oss att fånga den, eller dem!"

Vi pulsade fram i gåsmarsch genom snön och jag kände den stickande kylan av Marishkas andedräkt i nacken på samma sätt som hon måste ha känt Johns andedräkt bakom sig. Hon var i säkerhet, åtminstone för tillfället, inklämd mellan oss två.

På avstånd kunde vi höra rösterna från den andra gruppen. Vi hade alla börjat prata betydligt högre sen vi greps av panik och trängde ihop oss i en klunga vid Duponts hus. All försiktighet hade skingrats för vinden.

"Vi är för högljudda", sa jag. "Vi måste prata tystare."

När vi gick runt knuten på Lilys hus befann vi oss vid vår vaktgrop igen. Spåren ledde fram till vårt värn, där de upphörde. Med en snabb rörelse med handen visade jag att John och Marishka skulle huka sig. Jag lutade mig långsamt och försiktigt över hålet, ivrig att få en glimt av något i det allt svagare ljuset från den slocknande lanternan. Någonting hade lagt sig till rätta i vår grop sen vi gav oss av, men det var bara snö.

"Den är inte där, alltså?" sa John med ett självförtroende som växte med avsaknaden av besten.

"Låt oss gå vidare."

När jag skulle resa mig drog Marishka ner mig på marken igen.

"Vänta!" Hon pekade på andra sidan gropen. "Där! Spåren fortsätter bakom gropen."

Vi hade följt de färska spåren en minut eller så och de hade stannat precis vid vårt värn, kanske ett par meter innan. Men nu hade de dykt upp igen på andra sidan. Jag vände mig helt kort mot Amelias fönster.

"Där uppe." Jag pekade mot taket. "Den hoppade upp på taket, antagligen för att kika ner i gropen och se att ingen var där innan den hoppade över."

”Det fungerade inte med vatten.”

Hur den här besten kunde vara kapabel till den här typen av planering är en sak. Hur den kunde klättra obehindrat upp på ett tre meter högt, ishalt tak en helt annan. Vi hade ingen aning, och till denna dag vet jag inte hur det gick till.

”Det fungerade inte med vatten”, hördes en kvinnoröst igen, men det var inte Marishkas.

Så dök en gestalt upp ur mörkret. En kvinna närmade sig med långa steg så att band och skörtar fladdrade trots att det var vindstilla.

”Det var en bra idé, men isen stoppade den inte.” Lilys röst ekade en tredje gång i mörkret.

Lily var tunt klädd för årstiden och i synnerhet för sådant här väder. Hennes frusna ben syntes under de fladdrande röda kjolarna och håret var prydligt samlat i nacken. Man kunde se att hon hade legat till sängs men inte sovit mycket.

”Du slösar bort din tid, herr Walker.” Hon lät mycket säker och helt orädd.

”Lady Owen, ursäkta mig, men det här är knappast en plats…” Jag var glad att hon avbröt mig innan jag hann förolämpa henne.

”Bespara mig dina artigheter, konstapeln, jag har hört dem förr.”

Hon rörde sig snabbt och vi reste oss för att möta hennes blick. Kylan bet redan i hennes läppar. Hon pratade fortfarande när hon kom nära och hennes frusna andedräkt slog oss i ansiktet.

”De här spåren som ni följer. Ni slösar bort er tid, konstapeln.”

”Hur menar ni?”

”De vänder tillbaka igen. Jag har sett dem vid mitt hus också.” Hon pekade bort mot den bortersta timmertraven vid byns utkant. ”Och där med!”

Det var någonting med hennes självklara tonfall.

”Ni har sett de här spåren förut, eller hur?”

”Ja, men det är knappast relevant just nu”, svarade hon kort.

”Vet ni vad det är för spår?” inflikade Marishka, antagligen i förhoppningen att det skulle lätta upp stämningen eftersom hon visste att Lily hade fattat tycke för henne.

”Jag har mina misstankar.” Hon gjorde en kort paus. ”Jag såg de där spåren redan för mer än tio år sedan. Min man, hans kropp hade släpats in i skogen från vårt hem, och spår som liknade dem ni har sett i dag syntes då också.”

”Varför sa ni ingenting tidigare i dag?” frågade jag irriterat och otåligt.

”Vi visste inte vad det var då. Vi vet inte vad det är nu.” Hennes blick var stadig, hon verkade tala sanning. ”Och det enda jag säger, herr Walker, är att ni slösar bort er tid på att följa de där spåren.”

Hon tittade upp mot Amelias tak och såg sedan mig rakt i ögonen. Hennes skarpt tecknade, uttrycksfulla ansikte stelnade när hon insåg sanningen.

”Den lurar dig, Eli. Den är fortfarande här. Förmodligen bara några hundra meter bort.”

Och med det försvann hon lika mystiskt som hon hade kommit. Men en annan röst banade sig fram mot oss i mörkret, en inte lika mjuk röst.

”Vad sa hon till er?” frågade Edward och lät mycket orolig.

”Skickade du någon vakt till Lilys hus?” ville jag veta.

”Och gynnade en invånares liv framför en annans? Absolut inte.”

Jag hade inget att sätta emot. Jag vände mig nedslagen mot vår ålderman.

”Den är fortfarande här.” Jag såg mig hastigt omkring.

”Eli, jag har spejat runt byns hela perimeter och det finns inget här innanför”, lade Stephen till.

”Husen”, utbrast Marishka. ”Den är i ett av husen!”

Jag plockade upp mitt övergivna gevär. John följde efter och gjorde sig redo.

”Det är omöjligt, vi skulle ha hört någon skrika. Jag kan inte bara gå från dörr till dörr och väcka varenda en!”

Innan han hunnit avsluta meningen fick han sitt skrik. Vi handlade snabbt, delade upp oss två och två och sprang från dörr till dörr, bankade på fönstren, ropade och skrek; allt för att distrahera besten och väcka dem som sov i husen. Om varelsen hade attackerat någon skulle vi kanske kunna stoppa den innan den hunnit avsluta sitt värv.

När jag nådde fram till familjen Green var dörren redan öppen. Inga lanternor var tända. Medan människorna strömmade ut på gatan, halvklädda men beväpnade, gick jag mot Greens trädgård. Vi hade varit där förut, dagen då varelsen syntes för första gången. Jag höjde geväret, föste upp en liten grind med foten och banade mig fram mot deras öppna dörr.

”Eli?” ropade Marishka som visste lika väl som jag att varelsen hade varit där.

”Skaffa hjälp”, ropade jag tillbaka.

”Gå inte in! Du kan inte slåss mot den ensam.”

”Kom inte hit! Spring för Guds skull lilla vän, spring och hämta hjälp!”

Motvilligt vände hon om och sprang.

”Hos Greens! Den är hos Greens och Eli är där!” hörde jag henne hojta.

Jag kom fram till dörren. Den bar märken efter klor. Försiktigt stack jag in foten i den smala öppningen och sköt upp dörren helt. Så gick jag in i hallen.

Med hjälp av en fackla som brann i närheten tände jag en lykta och trädde den över gevärspipan. Jag tryckte mig mot väggen när jag rörde mig genom huset. Det fanns inget i vardagsrummet och köket var stängt. Huset var ett av få med en övervåning och jag rörde mig så ljudlöst jag kunde fram mot trappan. Den var våt. Någonting hade passerat den vägen nyligen. Jag smög sakta uppför trappan och hade nått ungefär halvvägs när den repade dörren öppnades där nere. Marishka, Edward och John gled in i hallen.

”Var är den?” viskade Edward.

Jag visade med en nick att den var där uppe. John lyfte ett ögonbryn och gled in bakom Marishka, som nu för tredje gången fann sig omsluten och skyddad mot ett dödshot. Det var i det ögonblicket som jag lovade mig själv att om vi överlevde detta skulle vi inte fly undan längre. Detta var inte en plats för en ung flicka. Allting vi önskade att Woodland Point skulle vara stod och balanserade på gränsen till ruin. Jag förbannade mig själv för att jag hade tagit med henne hit. Om vi överlevde händelserna 1838 skulle vi återvända till England. Vi skulle åka hem och jag skulle ta konsekvenserna av mina handlingar. Och Marishka kunde bli fri.

Oändligt sakta smög jag uppför trappan och nådde ändå toppen långt innan jag var redo för det. Sovrumsdörren stod på glänt, och det var ett tecken. Jag lät lite ljus falla från lyktan mot dörren och smög fram på tå. Där lyste jag kvickt upp hörnet i trappavsatsen med min lykta. Om varelsen var kvar i huset var den i sovrummet, vilket inte bådade gott för paret Green. Jag beslutade mig för att inte ropa på dem utan hoppades i stället på att få en ren träff och tecknade åt Edward att täcka dörrens andra sida. John stod vid trappan med Marishka som kikade fram över hans axel. Jag nickade åt John att öppna för mig och han satte foten mitt på dörren, som gled upp utan problem.

Jag rusade in i rummet och svängde runt med min lykta. Paret Green låg i sin säng och varelsen syntes inte till. När jag kastade en blick på Greens kände jag hur det knöt sig i magen, och det kändes som om den trycktes upp i mina lungor. Jag gick runt sängen för att öppna garderobsdörren när mitt högra ben dränktes i något varmt; Edward kräktes. Medan jag letade i garderoben hade Edward dragit undan de tillskrynklade täckena i Jackson Greens säng och det var så den verkliga omfattningen av varelsens besök uppdagades.

Vi reagerade alla på vårt eget sätt. John korsade sig och böjde huvudet. Edward föll till golvet där han hostade och kräktes upp det som varit hans middag. När Marishka omsider kikade upp bakom Johns axels skrek hon. Och skrek och skrek. Hon föll ihop mot mig, som ett korthus. Hon var skräckslagen. Visserligen försökte jag vara stark i den stunden, för henne och för de andra, men inget, inte ens de värsta brott jag hade sett i London, kunde ha förberett mig på vad jag såg där i sängen.

De sorgliga resterna av två fina vänner, söndertrasade och uppsprättade som kycklingar, så sårbara i sin sömn. Baphomet kunde inte ha dödat dem båda i sömnen. Någon av dem måste ha lidit oerhört, ansikte mot ansikte med demonen, och det kommer jag inte att glömma i hela mitt liv.

DET BLEV EN LÅNG NATT med rådplägningar på nedervåningen i Greens före detta hem. Att döma av skriket som hördes ända ut gissar jag att Jackson dödades i sömnen medan Evelyn var den stackars sate som var vaken när hon blev mördad. Jag tillbringade morgontimmarna med att undersöka sovrummet och leta efter någonting som kunde kasta ljus över mördaren och paret Greens sista, förfärliga minuter. Marishka åtog sig att med hjälp av Lily Owen avsöka spåren för att hitta en antydan om var varelsen kunde befinna sig. Just de spår som Lily hade uppmärksammat oss på flera timmar tidigare, de spår som var till för att avleda oss. Ingen varelse jag känner till är listig nog att använda en sådan taktik, förutom vi människor.

Vid middagstid hade Marishka dragit den relativt säkra slutsatsen att det trots allt bara var en varelse som satte skräck i vår by. Spåren som ledde från taket på Holmes hus gick i båda riktningarna och allt tydde på att Baphomet hade vänt tillbaka, precis som Lily hade sagt. Kanske hade den kilat vänsterut bakom Edwards vakthål innan den vände åt höger och gick tillbaka längs med Amelias hus. Marishkas våghalsiga efterforskningar tydde på att mördaren hade befunnit sig bara några meter ifrån oss hela tiden medan vi letade efter den. Den följde efter oss hela tiden och slutade kanske inte förrän Lily dök upp. Man kan tänka sig att när vi alla stod samlade på ett ställe, smög den ensamme jägaren iväg i mörkret mot Greens hus för att söka sitt byte.

Edward hade inte för avsikt att sitta overksam i huset där Jackson och Evelyn hade mött döden. Byborna måste få veta sanningen om vad som hade hänt innan vild hysteri och vidskepelse fick sitt grepp om människorna igen. Han skötte sitt uppdrag väl och gick hem till var och en, frågade vänligt hur de mådde, var de hade befunnit sig (som man ju brukar göra) och om de hade hört någonting, förutom det som utan tvivel varit Evelyns skrik den natten. Det föll på Amelia Dupont och mig att analysera fynden i de avlidnas sovrum denna dystra eftermiddag.

Amelia hade tillbringat mer än halva dagen med att undersöka kropparna där de låg som vi hade funnit dem. Jag gjorde en hastig översyn av bostaden på nedervåningen och granskade i detalj hur varelsen tagit sig in. Jag och bydoktorn hade flera samtal om hennes teorier rörande morden, och efter att ha läst bybornas vittnesmål sammanställde jag all information jag hade. Jag kunde med relativ säkerhet anta vad som hade hänt och avlade under eftermiddagen följande rapport till rådet:

Kvällen den 14 december 1838, när vi grävt och bemannat värn på tre förutbestämda platser i bostadskvarteret och alla invånare höll sig inomhus, tog sig varelsen in över våra gränser. För första gången kom den norrifrån via skogen (alla tidigare säkra iakttagelser är från väst eller syd) och tog skydd vid Lily Owens hus. Strax därefter rörde sig varelsen mellan Decruix och Quegans bostäder, hukande bakom timmerstaplar och intill väggar. Den iakttogs från två värn men försvann ur sikte. Sedan fick vi syn på den uppe på Stephen Holmes tak. Trots att taken hade spolats med kallt vatten för att skapa en isbeläggning hade varelsen inga svårigheter att balansera uppe på husen. Några sekunder senare hoppade varelsen ner och sprang mot skogen i väster, genom siktlinjen från Edward Jacksons värn, men eftersom Edward och Alexander Whitfield spejade mot taken söderut såg de inte hur varelsen gjorde helt om och sprang tillbaka till Holmes bostad. Den korsade snabbt John Morgans och Stephen Holmes siktlinje. Oupptäckt smög den tyst till en öppen plats i mörkret mellan Jackson Greens och Amelia Duponts hus.

Vid det här tillfället måste Marishka och jag ha befunnit oss mindre än tre meter från varelsen, som kanske hukade sig för att inte bli upptäckt. Strax därefter kan den ha följt efter vår spaningspatrull medan Edwards grupp förgäves letade efter besten längs med byns utkanter. Det är inte klart huruvida varelsen följde efter eller gick parallellt med oss. Spåren tyder på att den faktiskt kan ha gått i en cirkel runt oss och närmat sig framifrån.

Lily Owen dök upp vid den här tidpunkten och samtidigt återvände Edwards spaningspatrull och vår grupp ökade ytterligare i antal vilket verkar ha skrämt varelsen. Spåren avslöjar att den ändrade kurs och höll sig tätt intill den västra väggen för att återvända till sin förra position nära Greens hus. På bara några minuter verkar varelsen ha fått upp låset på dörren (vilket kräver avsevärd styrka) och våta fotavtryck visar att den genast gick uppför trapporna utan att undersöka resten av huset. Att den visste att den hade sina offer på övervåningen och inte där nere tyder på ett välutvecklat luktsinne.

Det finns indikationer på att medan vi stod och diskuterade hur vi skulle gå till väga, trängde varelsen in genom den olåsta sovrumsdörren hos Greens och dödade den sovande Jackson Green utan att möta något motstånd. Av den dödes kropp framgår att han inte behövde lida mycket. Djupa rivsår kring halsen tyder på att den slets av och att döden var i det närmaste omedelbar. Medan detta hände vaknade Evelyn Green och gav till ett skrik som jag och många andra hörde. Vi rusade till platsen för mordet med förstärkningar och det kan bara ha tagit ett par minuter innan vi var framme. Amelia Duponts undersökning av Evelyns kropp visar flera brutna revben och djupa sticksår på hals och axlar som enligt vår bydoktor påminner om bitmärken. Skadorna är tillräckligt svåra för att ha orsakat en relativt snabb död. Man kan anta att så snart Evelyn Green märkte vad som hände kastade sig varelsen över henne och orsakade skadorna på revbenen. När de båda var döda slets kropparna itu på mitten. De saknar ett antal inre organ. Likartade bitmärken som hittats på de kvarvarande organen och på yttre vävnader visar att varelsen åt av sina offer innan den flydde.

Mest förbryllande är avsaknaden av en flyktväg. Sovrumsfönstret är intakt och det finns inga tecken på att den gått tillbaka samma väg. Det är ganska oroande men det verkar som om jag har begått ett avgörande misstag när jag inspekterade huset. När jag kom in i huset undersökte jag inte något av rummen där nere eftersom de våta spåren ledde uppför trappan. Jag tycker också att det verkar otroligt att varelsen kan ha hunnit med allt detta efter att vi hörde Evelyn skrika. Det gör mig djupt oroad att varelsen kan ha flytt tillbaka nerför trapporna (vid den här tidpunkten hade fötterna torkat) och gömt sig i något mörkt hörn i vardagsrummet eller köket (fastän dörren var stängd). Det är fullt möjligt att den kan ha hållit sig gömd i huset hela tiden, tills den kunde smita ut obemärkt när vi alla var distraherade av den förfärliga upptäckten. Jag känner mig ansvarig för att ha underlåtit att göra en ordentlig genomsökning av huset, vilket har lett till att varelsen kommit undan. Det finns visserligen andra sätt som varelsen kan ha flytt på för att undvika att bli fångad men jag kan utesluta att den klättrade upp på taket. En inspektion av taket visade inte några som helst spår, och avtrycken vid dörrarna ger inga säkra indikationer på grund av all snö som har spritts ut av de många personer som sedan steg in i de avlidnas hem.

Rådsmedlemmarna var djupt oroade. För en gångs skull var alla bybor också inne i salen, det var en öppen session. De flesta av oss där innanför de vita stenväggarna var fortfarande chockade och när jag tog en ny titt på min analys kände jag mig dum. Jag hade inte nått de resultat jag hade hoppats på; jag var inte alls närmare att få tag på vår mördare. Framför allt hade jag varit en hårsmån ifrån varelsen, två gånger, och ändå inte lagt märke till den. Jag stod kvar bakom talarstolen och Marishka tittade upp på mig från första bänkraden. Hennes ögon verkade avspegla allt som var fel med min nuvarande version av händelserna, fastän hon också hade ingått i mitt lag.

Gradvis började tystnaden brytas i rådet och det hördes mycket mumlande. Det påminde mig om en domstol därhemma, inte ett ord kunde tydas till en början. Några av de gamla skinntorra männen knöt nävarna och hötte med dem medan de hojtade och morrade åt varandra. En del av de äldre rådsmedlemmarna spottade tvärs över rummet i vrede över kommentarer från meningsmotståndare. Jag gick och satte mig. Sedan började jag bit för bit att stänga ute galenskapen omkring mig och kunde uppsnappa ett ord eller två.

”Det kommer inte att finnas någon kvar att döda.”

”Jag tycker att vi ska överge den här byn!”

”Varför försöker vi inte en gång till?” frågade en mjuk röst stillsamt nerifrån salens bakre rader. Rådet fortsatte att tjattra.

”Varför försöker vi inte en gång till?” hördes rösten igen, högre och till synes mer självsäkert den här gången. När hon hade upprepat det en tredje gång tystnade rådet pö om pö. Edward klev fram till talarstolen för att se var ett sådant farligt förslag hade kommit ifrån.

”Vem talar? Stig fram”.

Till vänster i rådssalen reste sig en omfångsrik kvinna i färggranna kläder, Abigail Monaghan. Marishkas höggravida väninna hade valt att ställa sig upp och möta hela församlingen i rådssalen, där inte många andra hade vågat tala.

”Varför försöker vi inte en gång till?” insisterade hon.

”Fru Monaghan”, suckade Edward, ”jag ber att få påminna om att du är här enbart som din makes gäst och inte har rätt att föreslå några åtgärder.”

”Varför? För att jag är kvinna?” frågade hon ilsket.

”Det är det kvinnliga sättet att resonera som har försatt oss i den här situationen. Jag förmodar att ni alla minns hur det gick sist vi följde en flickas råd, eller hur, mina herrar?”

När Edward tittade på Marishka kände jag hur en eld började pyra inuti mig. Mitt hjärta briserade, rådet satt tyst. Jag kunde ha knuffat ner honom från talarstolen där och då, jag hade god lust att döda honom! Men det sättet att tänka hade lett oss in i svårigheter förr, så i stället reste jag mig och sköt tillbaka stolen med en sådan kraft att den ljudligt skrapade mot stenplattorna på golvet i rådssalen. Det ekade genom rummet som naglar på en griffeltavla.

”Ursäkta mig, Edward, kan jag få ordet?”

Åldermannen försökte hindra mig från att ställa mig vid talarstolen igen men jag föste undan honom utan svårigheter. Han kanske inte ville förlora ansiktet inför sin rådsförsamling och ville absolut inte bli handgripligen undanskuffad. Hans styrka låg i att rådet trodde på att han var rätt man för uppdraget, inte i hans fysiska styrka. Jag fortsatte:

”Fru Monaghan, jag vill mer än gärna höra vad du föreslår, eller om du har några fler teorier eller idéer. Kom till mitt arbetsrum efter rådsmötet.” Jag vände mig mot Edward. ”Det gäller er alla. Detta råd bygger på principen att allas röster ska höras, och i dessa kritiska tider ska det bli så.”

När jag återvände till min stol, som nu stod en bra bit längre bak än före mitt tal, lutade sig Edward in mot mig.

”Nu har du allt sträckt ut handen längre än din arm kan nå! Tänk på det när du sitter och samlar förslag, Eli.”

”Och vad tycker du att jag ska göra?” bet jag tillbaka fullt medveten om att alla i salen fortfarande följde våra förehavanden uppmärksamt.

”Vad jag tycker att du ska göra? Jag tycker att...” Han kände hur rådets medlemmar tjuvlyssnade på honom så han lutade sig ännu närmare.

”Jag tycker att du ska akta dig jäkligt noga!” Han vände sig om för att marschera iväg men jag drog honom i armen.

”Jag har hotats till livet förr, Edward”, svarade jag och stirrade honom djupt i ögonen. ”Och tror du att det hjälpte?”

Han ryckte sig loss och gick sin väg.

Det var vid den här tidpunkten som relationen mellan mig och åldermannen kollapsade helt. Edward hade uppenbarligen tröttnat på min oförmåga att nå resultat, och det med rätta kan man väl säga. Jag å andra sidan hade blivit oerhört trött på hans kluvna personlighet. Privat, öga mot öga, var han lugn, omtänksam och villig att lyssna på alla typer av råd. Offentligt var han rena plågan. En makthungrig och girig skurk som inte tänkte låta något hindra honom från att odla den bild av sig själv som han tyckte allra mest om: stadig och resolut med järnvilja. En man med en plan som skulle krossa alla som kom i hans väg. Jag menade däremot att diplomati gick före diktatur. Bybornas åsikter var dock vad som räknades, och de var minst sagt blandade.

När jag reste mig upp förblev rådmännen tysta och stilla. Alla utom Lily Owen som gav mig en långsam nick. Jag böjde mitt huvud och tvingade mig att le, men det kändes som det minst genuina leende en människa någonsin har lyckats producera, innan jag vände mig om och följde Edward ut genom salens dörr. Jag förväntade mig halvt om halvt att han skulle lura utanför, färdig att hoppa på mig och inleda ett fånigt handgemäng. Men där fanns ingen Edward och inget handgemäng. Jag tog mig fram till mitt arbetsrum och väntade på Abigail och hennes förslag, fastän jag visste att det skulle vara rena självmordet att sätta hennes plan i verket. Vi kunde helt enkelt inte använda samma knep igen. Det hade inte lurat vår gäst den första gången och jag misstänkte att den visste vad vi höll på med vid det här laget. Nej, jag hade inte för avsikt att gå på Abigails linje. Jag var mer intresserad av att få höra andra idéer och kanske få veta vad folk i byn tänkte om det som hände. Kanske skulle någon kunna kasta ljus över det hela så att jag kunde fånga varelsen. Men egentligen hade jag andra anledningar till att offentligt kritisera Edward. Jag förmodar att jag kan tala uppriktigt nu, så många år efter händelsen. Mitt främsta skäl var att få honom fast med ett lockbete. Woodland Point skulle aldrig bli så harmoniskt som det borde vara med en sådan knöl i ledningen. Från och med denna dag överträffades till och med min iver att fånga Baphomet av min vilja att få Edward på fall; det kändes lika viktigt för mig och det var ganska egoistiskt, kan man säga.

Mitt arbetsrum hade aldrig känts så litet. Jag stirrade ut över taken som om jag letade efter varelsen. Så tog jag teckningen som visade ett monster ur ett barns mardröm och lade ner den i min översta skrivbordslåda. Sedan kastade jag ett snabbt öga runt i rummet efter andra saker som inte hade visats för byborna i Woodland Point. Framför allt sådant som kunde hjälpa dem att fabulera eller fabricera en bild av besten om de skulle hävda att de hade sett den. Det skulle absolut vara mycket lättare för mig att avgöra vilka som var lurendrejare om deras beskrivning av Baphomet inte alls stämde överens med Louis Decruix eller min egen bild. Javisst, det var numera allmänt känt att Louis hade sett varelsen men inte att han hade gjort en teckning av besten.

Jag bläddrade genom papper, flyttade runt mappar och välte omkull böcker. När jag desperat sträckte mig så långt jag kunde över skrivbordet i mitt sökande efter material jag inte ville visa, såg jag en hand som släppte ner min dagbok framför mig. Den landade på bordsskivan med en rejäl duns. Det var en ljus hand, en hand jag förlitade mig på.

”Jag tänkte att du kanske ville ha den här på ett säkert ställe”, sa Marishka.

”Javisst, naturligtvis”, höll jag med.

Att lämna dagboken obevakad kunde ha varit katastrofalt. Alla mina tankar och teorier fanns nerklottrade i den boken, hela den här berättelsen faktiskt. Där fanns också alla mina misstankar om potentiella syndabockar, mycket känslig information om befolkningen i vår oas i skogen, förstår du. Om den hade hamnat i fel händer... Ja precis, det är just den här dagboken jag talar om. Det är här allting finns, tack vare den kan jag minnas alla detaljer. Åh, nu avviker jag från min berättelse igen.

Marishka slog sig ner i ett hörn av rummet. Hon skulle stå vid min sida och rida ut den storm som jag hade skapat åt mig själv. Mitt arbetsrum, i all sin enkelhet, hade blivit ett centrum för det fria ordet. En efter en klev de in på mitt kontor. De satte sig på den dåligt hopsnickrade pallen på andra sidan skrivbordet och i somliga fall väntade jag mig att de klena benen skulle brytas av under deras gigantiska vikt. Jag kunde knappt höra deras idéer på grund av det osammanhängande tjattret som trängde in genom de tunna dörrarna från korridoren utanför. De snackade, spekulerade och påtvingade varandra sina åsikter, männen förlöjligade kvinnorna, kvinnorna ignorerade männen. Timmarna som följde var långa men ibland roande. En del av idéerna var bisarra, en del lät begripliga till en början bara för att fallera mot slutet. Man vågade dock inte skratta under de tragiska tider som rådde. Byborna föreslog allt möjligt, från att återanvända vaktgroparna till att utöka spaningspatrullerna som inte skulle ge sig förrän varelsen var infångad. De pratade om att låta arrestera Smithy eftersom de var säkra på att det var han som var boven i dramat. Förmodligen var detta ett skämt som gått för långt. En del ville till och med överge byn men hade inte modet att ge sig av in i skogen på egen hand under de tre dagar det skulle ta att nå våra närmaste grannar. De flesta förespråkade sorgligt nog den skurkaktige herr Jacksons metod – att anlita en dödsskvadron som genomsökte hela dalen för att hitta och utplåna varelsen.

Jag menar inte att vara föraktfull nu, men det här var enkla bybor helt utan allmänbildning utöver sina specialiserade färdigheter. De flesta av dem var barnfödda i Woodland Point, liksom deras föräldrar, och hade aldrig varit utanför byns gränser, inte en enda gång. Ännu färre hade varit i någon annan by eller bosättning, och du kan ju tänka dig hur många som ens hade sett en stad. Nej, byborna förstod inte riktigt vad det skulle innebära med inblandning utifrån. Marishka försökte stillsamt förklara det för dem, men de var liksom Edward inte intresserade av en ung flickas åsikter, särskilt inte om den unga flickan var en utböling. En del ifrågasatte först hennes motiv, och sedan mina. Det tog inte lång tid förrän det kändes som om vi blev förhörda.

Folk ifrågasatte mina metoder, vad jag gjort och inte gjort. En del kom inte med förslag utan bara för att bråka. När den odräglige George Windhall, som själv levde isolerat i utkanten av byn, ifrågasatte min auktoritet baserat på att jag kom utifrån blev jag arg på riktigt.

”Jag är ansvarig för trygghet och säkerhet i denna by, herr Windhall. Utnämnd av rådet. I stället för att oroa er över min auktoritet kan ni begrunda vad jag har gjort för att säkerställa tryggheten i byn. Tänk på det när ni sitter och hukar i ert hus där ute och gör ingenting.”

George lämnade rummet utan ett ord. Marishka gick för att stänga dörren men någon hann precis sticka in sitt huvud. Lilys bruna lockar svepte över en tavla med en karta över byn och fick den nästan att dunsa i golvet.

”Lady Lily är här för att träffa er, sir.” Marishka höll alltid en allvarsam ton kring aktningsvärda kvinnor och jag förstod aldrig varför.

”Lady Lily, var så god och sitt”, sa jag och pekade på stolen bredvid mig. Den rangliga gamla pallen var inte god nog åt Lily Owen. Det var bara Henry Marshall, John Morgan, Marishka och jag som såg upp till henne som Woodland Points verkliga ledare. Vi var också de enda som ansåg att Edward Jackson var en usel inkräktare i hennes rike, en giftig, farlig insekt som måste krossas. Om hon bara hade haft hjärta till det.

”Jag skulle vilja bjuda på något att dricka men jag är rädd att jag inte har något annat än dåliga råd att erbjuda just nu.”

”Säg inte så, herr Walker”, svarade Lily vänligt. ”Era råd är högst välkomna här, i högre grad än en del andra jag har hört nyligen.”

”Det är ytterst vänligt av er att säga så, madame”, svarade jag ärligt och var uppriktigt glad över att vara till hennes tjänst.

Hon lutade sig framåt och sträckte sig över skrivbordet mot min rock. Hon plockade lugnt upp en dolk ur min vänstra ficka och drog ut den ur skidan. Jag hade inte tänkt på att lägga undan den. Varför skulle jag ha gjort det? Den var för det mesta dold innanför mina underkläder. Men det var inte tillåtet att ha vapen i rådssalen. Hon noterade att jag bar på något som kunde rubriceras som ett dolt vapen, men hennes blick visade att hon faktiskt var road av tanken. Det var ett så uppenbart misstag av en utböling.

”Vad har ni och fröken Taranova för planer för att försvara folket i vår by?” frågade hon medan hon drog fingertopparna över den slöa eggen.

”Tja, jag vet mig ingen levandes råd.”

”Nonsens, Eli”, svarade hon. ”Man kan inte vara en av Londons bästa konstaplar i flera år utan att ha en skarp hjärna.”

”Nåväl, lady Owen, min bakgrund är inte riktigt så okomplicerad”, sa jag.

”Jag vet, jag har löst en del mysterier på egen hand, herr Walker.”

Jag lyfte ett ögonbryn och ansträngde mig för att uppfatta hur hon ändrade sin framtoning.

”Åh, slappna av ni båda. Jag är inte intresserad av vad som förde er till mina trakter, jag är mer intresserad av hur ni träffades.” Hon pekade på min stol. ”Sitt ner och berätta för mig. Jag vill lära känna er två, och ni kan börja med att berätta var ni kommer ifrån.”

Hon log och lät dolken glida tillbaka i min rockficka. Då förstod jag att hon var uppriktig. Vi var inte under utredning och inte misstänkta för något; men jag visste ju att vi var oskyldiga till vilket brott det än vara må, utom ett. Hennes leende fick mig att tänka på någon kärleksfull släkting, en mor kanske. En mor som ger sitt barn ett uppmuntrande leende.

”Nå, allting började 1828 när Marishka var ungefär sju år gammal och jag en ung man på nitton.”

Lily satte sig tillrätta i stolen och tecknade åt en förbipasserande att stänga dörren. Hon vände sig mot fönstret och drog igen fönsterluckorna. Med en blinkning åt Marishka tecknade hon åt henne att komma närmare, intill mig. Hon lutade sig framåt så att hennes hår föll från den högra skuldran ner på armen.

”Utmärkt, herr Walker, fröken Taranova, jag är idel öron.”

HUR KOMMER DET SIG att flickan är hos mig? Du sitter och funderar på det just nu, eller hur? Jag har nog hållit dig på sträckbänken tillräckligt länge, så det är kanske dags att jag berättar det innan vi gräver vidare i resten av historien. Ja, jag tror att det passar riktigt bra att reda ut det nu. Vi träffades på det mest egendomliga sätt. När jag tänker tillbaka på det är jag nästan benägen att säga att det var ödet som grep in för den föräldralösa flickan. Ja, jag tror att det måste ha varit ödet. Vi får se vad du tycker.

Det var vintern 1828 och jag var en ung konstapel, knappt nitton år, om sanningen ska fram. Det var ganska ovanligt att en polis, i synnerhet en så ung polis, följde en mördare hack i häl tvärs genom Europa. Men brottet som hade begåtts var av sådan art att det bedömdes som motiverat. Mina föräldrar hade gått bort vid det laget men lämnat kvar goda vänner över hela kontinenten och tack vare dessa kontakter stod många hem och tavernor till buds när jag letade efter en viss Vladimir Lajunas.

Han kom från ryska Litauen och var huvudmisstänkt för mordet på James Johnston, en respekterad bankman i London. Mord var visserligen ett förfärligt brott men i vanliga fall berättigade det inte poliskåren att skicka en av sina mannar tvärs över hela Europa. Denne James Johnston hade emellertid haft rätt vänner i rätt kretsar. Han kan även kan ha träffat premiärminister Arthur Wellesley, den förste hertigen av Wellington, då och då, fick jag intrycket av. Hur som helst fick vi i uppgift att hämta tillbaka brottslingen till England där han skulle ställas inför rätta enligt konungens gottfinnande.

James Johnston hade blivit brutalt nedstucken i sitt hem någon gång mellan klockan ett och fyra på morgonen den 29 december 1827. Hans husa hade hittat honom när hon gick för att hämta vatten tidigt på morgonen. Hon hade snubblat över liket i trapphuset. Under förhören drog hon sig till minnes ett gräl två kvällar tidigare utanför huset mellan de två männen i fråga. Så vitt hon kunde förstå handlade det om pengar, precis som med de flesta gräl nu för tiden tycker jag. Husan, Annabelle Downing, hade inte närmare detaljer i frågan men kände sig säker på att herr Lajunas var mannen vi sökte. Vi kunde inte gripa honom i hans hem, för något sådant hade han inte. Åtminstone inte enligt våra register. Han hade inte deklarerat någon skatt och inte begått några brott tidigare så han verkade gå som ett spöke bland oss. Det tog tre hela dagar innan något ljus kunde kastas över hans vistelseort.

Den första januari 1828 rapporterade en jungman att han sett mannen i fråga på en bogserbåt på väg ut i kanalen. Båten var på väg till ett skepp med destination Frankrike. Jungmannen ville inte ställa till bråk bara för en enda fripassagerare så han rapporterade inget förrän han var i London på ett ärende och kände igen honom som Vladimir Lajunas på en skiss som hade hängts upp i fönstret på polishuset. Det verkade trots allt finnas lite rättvisa i slumpen. Att utse en konstapel att följa efter på land och förhoppningsvis skära av hans flyktväg från Frankrike skulle bli avgörande. Till en början visste vi inget mer om Lajunas än hur han såg ut på en knapphändig skiss, hans namn, nationalitet och ett par andra elementära uppgifter vi hade fått av husan.

Uppgifterna var vaga men med rätt infallsvinkel kanske en del av dem kom till nytta. Lämpligt nog berättade husan om sitt samröre med mannen i fråga när hon pressades ytterligare. Jag ska inte säga att hon behandlades illa, men det var inte helt enligt spelreglerna. Hon var ofta nära gråten och svor på att det inte fanns något mer att berätta än att Lajunas hade gett henne komplimanger och sagt att hon var söt. När hon blev påmind om hotet att hon kunde hamna på gatan nystades mer av hennes berättelse fram. Varje gång hon pressades kom ännu fler uppgifter. Till slut förstod vi att Vladimir Lajunas hade besökt Johnston vid flera tillfällen. Han hade haft intima förbindelser med husan som resulterade i att lite grannlåt hamnade i hennes fickor. Vladimir stal från Johnstons också. Det var vad hon sa i alla fall. De pratade nästan aldrig med varandra, envisades fröken Downing, men hon erkände att hon föll för honom. Hon tyckte han var exotisk eftersom han var från utlandet och även om hon visste att han var från Vilnius så hade hon inte en aning om varför han var i London. Vilket ärende han hade i vår huvudstad är än i dag höljt i dunkel. Hon hade sagt upp bekantskapen med honom, berättade hon, när frun i huset märkte att personliga ägodelar hade börjat försvinna och anklagade henne för stöld. Till slut fick vi också veta att han hade lovat att gifta sig med henne och ta henne med till Vilnius, till sitt eget lilla kungarike. Hon blev sårad när hon kom på honom med att gå till de lokala hororna. Hon hade anledning att anklaga Lajunas för mordet men vi följde upp olika ledtrådar som alla pekade på Lajunas.

Han torde vara på väg till sitt hemland. Det var vår bästa gissning. Och med all sannolikhet till sin hemstad Vilnius. Vilnius var inte en plats där en polis önskade jaga mördare utan adekvat bistånd men vi hoppades att det skulle vara möjligt att stoppa honom på vägen. Jag bad att få uppdraget. Det skulle ha varit lättare om västra Europas olika polisstyrkor samarbetade, men vi var säkra på att makter som Frankrike och Tyska förbundet inte skulle vilja lägga tid och resurser på att jaga en mördare som trots allt hade begått brottet i Storbritannien.

Vladimir var förmodligen illa utrustad: som fripassagerare kunde han inte bära med sig många vapen på färden tillbaka till Vilnius. Därför trodde vi att han skulle vara lätt att lokalisera och fånga in innan han blev alltför farlig eller dödade någon igen. Men allt berodde på om jag skulle hinna genskjuta honom innan han nådde Vilnius. Som jag redan har sagt, anmälde jag mig frivilligt för uppdraget. Jag var visserligen ung och dumdristig men kunde förlita mig på familjevänner för att få utrustning, mat och skydd medan jag försökte hinna ifatt, flankera och så småningom gripa Lajunas, innan han nådde sitt gömställe i Vilnius.

Vilnius historia är lång och grumlig. Staden hade en gång varit en del av det polsk-litauiska samväldet. Sedan absorberades den av tsarryssland innan den intogs av Napoleon. Napoleon hade inte behövt ta staden med våld, jag tror att han och hans armé välkomnades av tacksamma invånare som var utmattade och demoraliserade efter åratal av förödande ryskt förtryck. När Napoleon var utmanövrerad hörde vi talas om blodbad där hundratals, kanske tusentals soldater och civila dödades. Marishkas egna föräldrar var bland dem som till slut utsattes för repressalier för att de valde att stå på den franske kejsarens sida i stället för Rysslands. Den ryske tsaren, Alexander den förste, tror jag, gjorde inget för att hjälpa den skövlade staden. Den blev till ett i stort sett laglöst land, där invånarna fick klara sig själva. Det var så jag fann den när jag så småningom kom fram. Men nu räcker det med historia. Vilnius bakgrund är inte mitt område. Kanske du får möjlighet att prata med Marishka om detta någon dag, ifall du vill veta mer?

Tärningen var kastad. Jag skulle ta mig till kontinenten i avsikt att stoppa Vladimir innan han nådde fram till den tröstlösa staden. Det var en lång och besvärlig resa och jag fann den mycket plågsam. Jag seglade mot Frankrike mindre än en vecka efter att Annabelle Downing hade släppts fri och fått återvända till Johnstons hem. Fru Johnston lät husan komma tillbaka nu när hon visste vem den verklige tjuven var. Jag tror att hon tyckte om att ha flickan i huset därför att det väckte uppseende. En mördad make, en husa som satt inne med information– vilken sensation för en änka som ville ha uppmärksamhet! Men var var jag nu? Jo, jag seglade mot Frankrike. Trots att Vladimir hade givit sig av tidigare trodde man inte att han hade något större försprång. Fripassagerare kan inte vara fripassagerare hela tiden. Ibland måste de ut i öppen dager, till fots. Den som går till fots är mycket långsammare än en hästskjuts. Nej, man trodde att jag skulle ha tiden på min sida.

Jag kom till Paris efter en vecka, men jag kunde inte stanna länge där utan måste fortsätta jakten. Hur låter nu det gamla talesättet? Jag känner en man som känner en man…? Är det så? Ja, jag tror det. Det var i alla fall så det var i många fall där jag stannade över natten. I Paris, till exempel, bodde jag hos Souillarts. Familjens överhuvud, monsieur Grégory Souillart, och hans trevliga hustru, madame Mathilde Souillart, hade varit goda vänner till mina föräldrar.

Min egen far hade skickat mig till paret Souillart när jag var en ung pojke för att jag skulle lära mig språket. Vad är det för en far som skickar sin lille pojke till ett främmande land med främmande sedvänjor och språk, frågade jag mig själv då. I ett halvt år skulle jag vara fast i det mörka huset, men jag lärde mig mycket.

Det hade gått många år sedan jag träffade Grégory, han hade blivit gammal och såg trött ut. Där han en gång hade hår fanns nu ingenting, där han en gång varit smal hade han en stor mage och svullna vrister. Hans fru, å andra sidan, var stilig och elegant, långt ifrån den otåliga och rastlösa trettiofyraåringen som brukade aga mig för grammatiska fel. Och så fanns där Sophie, åh, vad jag önskade att jag kunde stanna längre i Paris. Sophie Souillart strålade som solen, hon var sjutton år mot mina nitton, vi passade perfekt ihop – om jag får säga det själv. Vi pratade och skrattade, hennes engelska var tusen gånger bättre än min brutna franska, och vi växlade mellan de två språken. Hon var verkligen något speciellt, som ett nytt blankt mynt, en riktig sötnos.

Vi åt middag och avslutade kvällen med *pièces montées*, läcker konfekt i alla möjliga former. Det var bland det godaste jag ätit och mycket populärt i Frankrike fick jag höra, åtminstone bland de rika. Jag var diskret fascinerad av deras älskliga dotter. När jag var pojke hade de ingen dotter. Jag vågade inte fråga var hon hade kommit ifrån och de gav ingen förklaring till hur den bedårande Sophie hade kommit in i deras liv.

När han visade mig till mitt rum beklagade Grégory sorgen efter mina avlidna föräldrar och inbjöd mig att stanna en eller ett par dagar till.

”Om du inte har bråttom”, sa han innan han höll på att hosta lungorna ur sig.

Jag erkände att jag väldigt gärna skulle stanna längre i deras hem men att jag inte kunde kosta på mig ytterligare en natt. Jag tackade honom för hans älskvärda gästfrihet och utan att avslöja alltför mycket av mitt uppdrag berättade jag hur lyckligt lottad jag var som hade hittat en plats att stanna på under min resa österut. Det skulle inte finnas så många andra lika bekväma ställen där jag kunde få andrum på vägen till Vilnius.

”*Il n'y a pas de quoi*”, sa han innan han stängde den gamla trädörren bakom sig.

Jag såg mig omkring i rummet i stearinljusens sken. Det var välbekant. Där fanns fortfarande den gamla tegelväggen och bara en gammal träsäng, en dammig kista i hörnet och inget fönster.

Dörren öppnades igen och Sophie smet in. Hon slog sig ner på min säng och fortsatte vårt samtal som om det inte funnits något avbrott. När vi så småningom tystnade såg vi djupt i varandras ögon.

”*Je vais partir demain*”, sa jag allvarligt.

”*Je voudrais bien visiter l'Angleterre un jour*”, svarade hon. Jag lovade henne då att jag en dag skulle se till att det blev så, även om jag trodde att hon sa sådana saker bara för att vara snäll. ”*Bonne nuit*”, sa hon sedan, innan hon pussade mig och stängde den där dörren igen. Jag har inte träffat henne sedan dess, men jag har ofta undrat vad det blev av henne.

Morgonen därefter gav jag mig av igen med min hästskjuts och reste snabbt mot Bryssel och Nederländerna.

Den här katt- och råttaleken fortsatte långt förbi Bryssel och in i Tyska förbundet. Min resa förde mig till Meissen och jag kände att jag fortfarande hade korn på honom när jag nådde den preussiska staden Żnin i slutet av februari. Uppdraget visade sig vara svårare än vad vi hade förutspått på vårt enkla poliskontor. En man till fots (antog jag) kunde gömma sig varsomhelst på vägen och det enda jag hade att gå på var några spridda rapporter om var han höll till. Vi hade kanske inte trott att vi verkligen skulle lyckas genskjuta honom innan han kom fram, men vi hade noga kartlagt hans rutt. Jag hade tänkt mig in i rollen som fripassagerare och mördare. Vart skulle jag ta vägen och hur skulle jag ta mig dit? Att tänka som fienden var att överlista honom. Vi hade beräknat vilken väg han troligen skulle ta utifrån våra gissningar kring var han lättast skulle kunna hitta en transport till Vilnius, med minst risk för att väcka misstankar. På sätt och vis hade det varit lättare om han hade mördat igen. Det hade varit mycket enklare att följa ett spår av lik och det kanske hade fått våra grannar att ta del i jakten de också. Men tyvärr var han mer slipad än så. Mina försök att tänka som han hade inte lett till någonting. Att jag misslyckades med att snärja Vladimir trots att jag fortfarande var hack i häl på honom (återigen, något som jag antog utifrån de få upplysningar jag hade), innebar att jag nu inte hade något annat val än att tappert möta det fientliga Ryska kejsardömet. Jag var tvungen att ge mig in i Vladimirs hemtrakter, att fånga den undflyende mördaren i Vilnius, i numerärt underläge och med bara en förtrogen man på plats i regionen. Det var sannerligen ett svårt uppdrag.

Jag behövde inkvartering på vägen till Vilnius, men för det mesta färdades jag hela dagen och tog sällan paus. I skymningen brukade jag fråga befolkningen i den by eller stad där jag befann mig var närmaste värdshus fanns. Oftast stannade jag på tavernor. De tog också utmärkt väl hand om mina hästar för det mesta. Ibland stannade jag en eller två dagar i de större städerna. Om Vladimir verkligen var på väg tillbaka till Vilnius skulle han knappast gå dit till fots. I städerna hade mördaren bäst möjligheter att norpa åt sig lite pengar och annat smått och gott. Där finns det många aningslösa offer och många mörka gränder. När jag satt på tavernorna pratade jag med ortsborna om eventuella mord som begåtts den senaste tiden men kunde inte knyta något av dem till vår man. Resan till vad som mycket väl kunde ha varit världens ände fortsatte.

När min resa närmade sig sitt slut blev det glest mellan de gästvänliga tavernorna. Cirka sju dagar innan jag nådde min destination fick jag nöja mig med att sova i vagnen. Detta var högst obekvämt och mycket farligt. Landsvägsrövare fanns det gott om i regionen, förmodade jag. Jag var visserligen beväpnad men det skulle inte hindra en samling beslutsamma stråtrövare. Det var en isande kall tid, detta.

I slutet av februari hade jag nått fram till Vilnius. Som jag sa tidigare; detta var en förut så stolt och mäktig stad i det polsk-litauiska samväldet som hade råkat i onåd under ryssarnas välde. Den hade fortfarande en del enastående vackra platser och den som visste var man skulle titta kunde se dess skönhet.

Min värd och förtrogne i Vilnius, Gareth Stonemaker, berättade att jag hade kommit först. Vladimir var ännu inte i staden. Detta kunde vara antingen väldigt goda nyheter som betydde att jag kunde stoppa honom innan han anslöt sig till kumpaner som skulle gömma honom, eller väldigt dåliga nyheter som betydde att han kanske inte tänkte komma tillbaka till Vilnius alls och att vi förmodligen hade tappat bort honom för gott. Det var egentligen inga nyheter alls, eller hur?

Det var dock ingen mening med att fundera på det sista alternativet. Jag trodde att han skulle komma och jag skulle förbereda mig på det. Eftersom jag hade rest med häst och vagn från London bara en vecka senare än Vladimir beräknade jag att jag hade ett par veckor på mig innan han kom. Så jag gjorde som alla andra resenärer i avlägsna länder: Jag tog in vyerna och utforskade staden. Skönheten fanns som sagt där om man letade, och det gjorde jag sannerligen.

Det är något i Vilnius atmosfär som jag finner oerhört tilltalande. Den påminner om atmosfären i Woodland Point men luften är inte riktigt lika frisk. Hur som helst är den mycket bättre än luftkvaliteten i London, i synnerhet i dag. Luften i Vilnius var klar och ren under min vistelse där. Nu för tiden, när jag öppnar mina trötta ögon på morgonen ligger jag för det mesta orörlig och ibland glider jag in i en lätt sömn under flera minuter, ibland längre. När jag vaknade i Vilnius och den friska svala luften virvlade runt i min provisoriska sängkammare piggnade min hjärna till direkt; jag var verkligen vaken. Känslan av att vara vital och alert hade aldrig tidigare i mitt liv varit så intensiv och upplivande.

En snabb ansiktstvätt och en lätt rakning i det inte särskilt rena tvättfatet i min värds hem höjde känslan av frisk medvetenhet ännu en grad. Med en liten lykta som jag behövde för att finna vägen till salongen i detta ganska stora men – med stadens mått mätt i alla fall – lantliga hus såg jag varje morgon med stigande nyfikenhet på Gareth Stonemaker. Inte en enda gång vaknade jag och fann honom overksamt slumrande. Inte en enda gång såg jag honom overksam över huvud taget, nu när jag tänker på det. Stonemaker var en bra bit över sjuttio och detta kanske ökade hans aptit på livet. Varför vara sysslolös när du säkerligen inom ett år, fem eller kanske tio, kommer att möta din skapare? Gareth var ytterligare en gammal vän till min far. Han hade varit en måttligt framgångsrik författare på sin tid och hans bostad var bräddfull av kunskap. Böcker om filosofi, historia och konst prydde hans skåp. Sällsamma böcker skrivna av honom själv, och andra som han översatt. Jag skulle inte bli förvånad om det fanns en bok *om* honom i hans samling. Kanske delade han med sig av visdomen i böckerna till några av de mindre skolade invånarna i Vilnius, med det får jag nog aldrig veta. När han hade hjälpt mig att fly från Vilnius förlorade jag kontakten med honom, som med så många andra människor jag har känt här i livet. Men han tänkte ändå tillräckligt mycket på mig för att skicka ett brev när jag var i London, minns du det? Det var genom det vi fick veta att de var på jakt efter oss och att vi gjorde bäst i att snabbt lämna staden. Mannen räddade bokstavligen talat våra liv.

Många år efter att Marishka och jag hade återvänt till England fick hon syn på hans dödsruna i en tidning. Det var konstigt. Jag hade funnit mig i tanken på att han förmodligen dog strax efter att vi lämnade London, han var ju i den åldern. Men den gråhårige författaren med det klara intellektet hade envist levt vidare till 91 års ålder. Jag har fått för mig att hemligheten med hans långa liv kanske fanns i någon av de hundratals volymer av böcker som klädde väggarna i hans salong, vardagsrum och sängkammare. Dödsrunan lät så här:

Den ryktbare Londonförfattaren Gareth Stonemaker har stilla somnat in vid en ålder av 91 år. Han levde de sista åren av sitt liv i Vilnius, dit han flyttade efter att ha sålt hus och hem i London vid sin älskade hustru Elisabeths bortgång. Gareth Stonemaker efterlämnar en son, George.

Och det är i ärlighetens namn allt som finns att veta om Gareth Stonemaker. Allt som finns att veta om honom på ytan i alla fall. Personen inuti mannen kommer jag att avslöja mer om när jag fortsätter min berättelse i Vilnius. Ursäkta, men... ja, du får ursäkta mig igen men det verkar som om jag har tappat... eh, javisst, jag väntade på att Vladimir skulle anlända till Vilnius, eller hur?

När jag vaknade på morgnarna och gick in i salongen satt Gareth installerad i sin läsfåtölj. Han höll armarna om den bok han läste, vilken bok det var skiftade väldigt ofta. Redan med en pipa i munnen reste han sig för att hälsa på mig varje morgon. Kanske var det hans hustrus frånfälle som hade ökat hans behov av sällskap. Kanske var det bara sällskapet av en landsman så långt inne i Östeuropa som tilltalade honom. Vad det än berodde på så var han alltid hövlig och vänlig på morgonen. Det hade han inte behövt vara, jag var bara min fars son. Jag kände honom inte alls egentligen.

Vid matsalsbordet brukade vi diskutera världen omkring oss över en kopp te och något hårt, torrt bröd som jag inte kan placera. Det var inte en kaka eller något sött, men det var inte heller bröd. Det var verkligen speciellt. Även det här skulle Marishka säkert veta mer om. Varje morgon förklarade han lite mer om livet i Vilnius. Han berättade om människorna där, vilka man kunde lita på och vilka som var bedragare. Han erbjöd sin hjälp på alla sätt. Den mest generösa gesten av alla var förmodligen att han inte lät en gå från bordet förrän man var så mätt att det kändes som om man kunde rulla tillbaka till sovrummet för att klä sig. Det stora (men han skulle säga enkla) huset var bara en del av all den frikostighet Gareth Stonemaker visade mig under mitt uppdrag där. Hans hjälp skulle visa sig ovärderlig för Marishka och mig så att vi kunde fly ur Lajunas näste med våra liv i behåll bara några få dagar senare.

Efter frukost denna morgon märkte Gareth att jag var trött på att sitta och vänta i hans hus. Han berättade för mig om platser att besöka och människor som var välvilligt inställda till min belägenhet. Jag vågar nog påstå att detta gjorde att jag kunde ställa frågor om familjen Lajunas utan att väcka misstankar hos fel människor eller förfarna kumpaner till vår mördare. Det sista polisprefekturen där hemma ville, var att jag oavsiktligt skulle varna Vladimir om att vi var där så att han fick en chans att fly igen.

De flesta av mina möten skedde hemma hos mina olika sympatisörer. Jag förstod ganska snabbt att det inte var många som hade respekt för eller kände medlidande med den råbarkade Lajunasfamiljen. Många hade förlorat sitt levebröd, fått sitt rykte förstört, sin ära besudlad eller sett sina nära och kära misshandlade av en eller annan medlem ur familjen. Jag hade stött på organiserad brottslighet förr i London, men inte alls på denna nivå av laglöshet. Det fanns ingen poliskår i Vilnius som kunde handskas med dem, och vad ryssarna gällde, ja, de såg nog bara på klanen Lajunas som ett otyg, som kräldjur på marken så att säga.

Jag var inte där på något barmhärtighetsuppdrag, så vad som hände med de övriga Lajunas var inte mitt problem. Det ankom inte på en obetydlig poliskår i London att lägga sig i Vilnius affärer men Vladimir var vårt bekymmer och vårt problem. Jag kunde inte erbjuda hjälp eller stöd till de människor jag intervjuade om familjen, förutom det faktum att en av de ondskefulla sönerna skulle föras tillbaka till Storbritannien för att ställas inför rätta, om allt gick enligt planerna.

Vad var det här för en bestialisk familj som härskade på gatorna i Vilnius? Lite efterforskningar många år senare skulle lägga allt i dager.

Roman var ledaren för en grupp av lejda hantlangare. Han var en rik ryss som hade flyttat in strax efter Napoleons nederlag. Han gjorde anspråk på ledarskapet för att han hade fått en utnämning av Ryssland; han var en av dem som ansvarade för avrättningarna av de familjer som hade stöttat Napoleon i stället för de segrande ryssarna. Man sa mig att det var ett uppdrag han tog på största allvar, och att han njöt av det. Hans fru hade dött i barnsäng när hon födde deras andre son. Det var Vladimir. Vladimir var Romans favorit. Hector, hans förstfödde, var däremot en udda figur och förmodligen sinnesstörd. Han var inte känd för något annat än sina brutala våldtäkter på unga flickor före deras bröllopsnatt. Hector dök upp på deras bröllop och stal dem från brudgummen med brutalt våld. Därpå tvingade han dem med sig, våldtog dem och lämnade kvar dem i bergen. Jag har hört att många av dem aldrig återvände därifrån. Länge hade männen i landet önskat fälla detta björnlika odjur.

Vladimir var däremot sin fars gunstling. Han och hans far samarbetade med att råna köpmän som färdades i bergen på väg till Vilnius. Och de arbetade snabbt upp goda inkomster. Av någon anledning lämnade Vladimir Vilnius och det är möjligt att han gav sig ut på egen rövarstråt genom norra Europa tills han nådde Storbritannien. Ingen vet hur många han rånade eller mördade på sina resor, men någon gång före 1824 kom han till London. Där var han inte mer betydelsefull än en skugga för de allra flesta. De som kände honom kallade honom "Vlad" och visste ungefär lika lite om honom som vi gjorde på polisstationen. Man kan rätt säkert anta att "Vlad" tog sig fram genom att råna de rika i Londons mörka gränder, men hans lust att mörda tyglades uppenbarligen av alla nyfikna ögon som fanns överallt i staden. Vad som gjorde att Johnston fick upp ögonen för honom och vad han hade för affärer med mannen är som sagt inte känt.

Invånarna i Vilnius visste mycket väl vad han var för en slags människa. De visste att han hade gett sig av till västra Europa och de kände mycket väl till familjen Lajunas brottsliga verksamhet hemma. Men ingen hade någonsin vågat göra något åt det. Ena halvan av Vilnius levde i skräck för Lajunas verkade det som, den andra halvan samarbetade med dem. Hur man skulle ta itu med Roman och Hector Lajunas var inte mitt problem, men jag uppmanade folket som hjälpte mig att ta till vapen och skipa rättvisa, något som jag som poliskonstapel naturligtvis inte skulle ha gjort. Familjen Lajunas öde är ett annat kapitel i en annan berättelse. Den måste också berättas, men nu är inte rätt tillfälle. Nu ska jag komma till den dagen då Vladimir återvände till Vilnius.

Han kom fram strax efter klockan sex på kvällen den 16 mars 1828. Vid den tidpunkten hade jag avslutat mina möten och återvänt hem till Stonemaker. Ett svagt sken från lyktorna lyste upp vår middag och höll oss någorlunda varma trots de snabbt sjunkande temperaturerna. Det var frost på fönsterrutorna, den kalla luften spred sig över glaset och hindrade folk från att kika in i Gareths hem. Golvet var iskallt men värmdes av pytsar med brinnande vedträn och knastrande kvistar som stod på olika ställen i rummet. Du och jag skulle nog anse det vara eldfarligt, men det gjorde inte Gareth.

Alania, Gareths husa kan man kanske säga, kom med nyheten att den kringdrivande rymlingen hade kommit tillbaka. Jag var inte beredd utan satt och njöt av en nygräddad paj på frukterna från dagens jakt medan Vladimir smög in i staden söderifrån som en tjuv om natten. Han stod knappt att känna igen; det var så Alania uttryckte det. Hon kände Vladimir sedan tidigare. Hennes far hade drabbats av familjen Lajunas mer än en gång. Misshandlad för att han vägrade ge dem gratis äpplen, efter vad jag hört.

Alania tyckte verkligen inte om Vladimir. Hon stod där rasande, lutad mot bordet på ett sätt som egentligen inte passade en husa. Hennes fingrar trycktes ner i träskivan, hennes kraftiga underarmar höll uppe de muskulösa överarmarna. Det var bara det långa svarta håret och en svällande barm som avslöjade att hon var en kvinna. Hennes oljiga svarta hår föll i lockar nerför axlarna och över hennes mörka hud. Hon borrade ögonen i mig där jag satt och hon brann av hämndlystnad. Hennes tonfall var ganska skrämmande, om sanningen ska fram.

Vladimir hade smugit sig genom skuggorna i den tidiga kvällen och glidit in på Mažvydas, en taverna borta vid den stora synagogan. Jag hade fått berättat för mig att han brukade gå dit när han var i stan men det skulle vara dumdristigt att försöka gripa honom där. Man går inte bara in på en taverna i ett främmande land och arresterar en man från trakten utan tillstånd och utan kollegor, ja, det vet du ju. I synnerhet inte när de två andra Lajunas-grabbarna med största sannolikhet var där också.

Jag fick bida min tid så jag gjorde inget alls till en början. Jag avslutade lugnt min paj som om jag inte var särskilt intresserad av det faktum att mitt villebråd hade kommit till stan. När efterrätten var slut drog jag mig tillbaka till salongen med min ärade värd för att diskutera min återresa. Vi började förbereda den omedelbart.

I lanternans sken gjorde jag mig av med allt som kunde undvaras och Gareths tjänstefolk slängde i sin tur bort allt de inte behövde. När jag väl hade gett mig av efter Vladimir skulle jag inte kunna återvända till Stonemakers hem. Om jag grep Vladimir levande och han sågs tillsammans med mig skulle det inte ta lång tid för familjen Lajunas att få reda på vem som hade tagit honom. Om jag gjorde slut på Vladimir i öppen dager skulle hans släktingar vända upp och ner på stan tills de hade identifierat hans mördare. Ett öde likt det som drabbade Johnston kunde ha väntat Gareth, hans hushåll och mig. Nej, vad som än hände när jag träffade på Vladimir skulle avslutas där och då. Jag skulle inte återvända till Gareth Stonemakers hem och vi lättade packningen i min vagn för en hastig reträtt. Gareth packade in en liten låda med livsmedel under sätet.

”Kan du göra färdigt det sista inför avfärden åt mig?” bad jag Gareth.

”Jag ska ha ditt ekipage resfärdigt, men jag kan inte följa med själv, Walker.”

”Och mina personliga reseffekter?” frågade jag.

”Allt är inlastat i vagnen”, sa Gareth. ”Där finns mat också så att det räcker till polska gränsen.”

Det var en vänlig gest. Att ta sig tvärs genom östra Europa så nära Vilnius med en fånge i kedjor skulle vara svårt nog utan att vi dessutom riskerade att träffa på oönskade bekantskaper om vi tvingades stanna för att äta!

”Jag kommer kanske inte tillbaka, Gareth.” Jag sträckte fram handen mot honom och han tog den. ”Om jag gör det blir det bara ett par minuter, för jag kommer att behöva ge mig av i sådan hast att du knappast hinner se mig.”

Han nickade och släppte min hand, och jag tog ett obekvämt grepp om mitt svärd. Jag hade inte haft mycket användning för det under min resa. Även i London var det mer av en dekorativ grannlåt än ett vapen. Nu skulle det bli min kompanjon, min bundsförvant.

”Jag ber en bön att allt går väl, konstapeln”, sa han när jag försvann ut i den tysta kalla natten.

Jag gav mig av nerför en grusväg med den hårda snön knarrande under mina stövlar. Frusen mark hade jag vandrat på förr, men aldrig någon som denna. Pölarna blev till speglar, gräset blev till spjut, leran till vita småstenar som trycktes in i mina sulor som spetsiga tänder. Jag försvann in i mörkret utan någon annan vägledning än min vaga minnesbild av den gamla landsvägen och tog sikte på utkanterna av samhället. Tavernan låg en bra bit bort men var inte omöjlig att nå till fots. Om man följde den vindlande vägen drygt tjugofem minuter kom man fram till en vittrande stadsmur och en vägkorsning. Vägen åt vänster förde ut till ett öppet landskap och en bredare landsväg. Den högra gick rakt in till centrala Vilnius och det var den jag följde. Bortsett från några kurvor var vägen till den enda egentliga tavernan i stan tydlig och rak, om än höljd i skuggor och aningen kuslig.

Kvart över åtta hade jag hängt utanför Mažvydas taverna i en halvtimme. Där fanns äntligen lite ljus, om än svagt, eftersom den enda riktiga lyktan hängde utanför tavernans dörr. Den smala gatan där den låg var formad som ett ”Z”. Jag stod i den bortre södra änden med tavernan rakt framför mig. Till vänster fanns en stig som ledde någon annanstans, jag minns inte vart.

Någon gång under natten måste en berusad Vladimir dyka upp, tänkte jag. Under tiden höll jag mig gömd bakom en pelare på ett dåligt byggt, sönderfallande ruckel. Väggarnas grova murbruk föll sönder bit för bit under mina fingrar. Hur de kunde stå emot de kalla vintrarna i Vilnius övergick mitt förstånd. Jag höll mig sysselsatt med dessa funderingar och försökte att inte tänka alltför mycket på mitt uppdrag. Tankarna vandrade vidare och jag började undra vem som kunde bo i det lilla huset, men det fanns inga fönster ut mot bakgatan där jag stod och jag kunde ju inte gärna knacka på och fråga.

Flera gånger antastades jag av bristfälligt klädda, fattiga kvinnor vars sällskap jag inte behövde. För eventuella förbipasserande kunde de prostituerades närvaro ha varit en bra täckmantel för mitt smygande i de mörka skuggorna. Men det fanns inga förbipasserande och hororna blev så besvärande att jag till slut inte stod ut, utan betalade dem för att de skulle ge sig av långt bort från tavernan, som jag gissade att de ofta besökte.

Strax efter nio öppnades dörren för första gången. En man kom ut från den dåligt upplysta lokalen med ett bylte i famnen. Jag gled in bakom pelaren och såg på medan han ställde ner det skrikande och sparkande byltet på marken. En figur lösgjorde sig och kilade iväg in på bakgatan till vänster om tavernan.

Mannen, som var klädd i ett förkläde, skrek okvädingsord på litauiska efter figuren som skrek okvädingsord tillbaka med en tunn, barnslig röst. Mina kunskaper i litauiska var mer än dåliga. De var obefintliga. Men av scenen att döma drog jag slutsatsen att en hemlös flicka hade smugit in på tavernan för att stjäla matrester. Den gänglige pubvärden hade helt sonika avlägsnat henne från lokalerna. Jag tyckte synd om barnet. Hon skulle inte ha någon framtid där, inget att se fram emot utom möjligen ett liv som prostituerad, om hon inte redan var det. Eller kanske en söndertrasad bröllopsnatt i händerna på Hector Lajunas. Men så flyttades min uppmärksamhet till en annan dörr mindre än fyra meter från ingången till Mažvydas. Dörren öppnades och jag fick en glimt av det som fanns där inne. Det var svårt att se något alls, men rummet verkade kallt och fuktigt, som en slags naken cell. Där inne fanns en kvinna. Hon var tunt klädd och påminde om de sjukdomsmärkta kvinnor jag hade avvisat från min utkikspunkt en knapp timme tidigare. Hennes hår var glanslöst och kläderna smutsiga och sönderrivna. Medan jag hade min uppmärksamhet riktad mot rummet och kvinnan där inne kom Vladimir ut genom tavernans dörr.

Jag hann inte mer än känna igen mördaren innan han gått in genom den andra dörren och låst den. Jag blev kallsvettig av hur nära det var att jag missade honom när han lämnade tavernan. Det började höras stönanden och stånkanden bakom dörren och jag skyndade mig att avläsa situationen.

Lättad insåg jag att jag nu hade fått en bättre position för att fånga honom. Det fanns ingen annan väg ut från rummet, bara denna väderbitna trädörr. När han öppnade den skulle han inte ha en aning om att jag var utanför. Det var ett ypperligt tillfälle.

När pustandet och frustandet från Vladimirs sexuella övningar upphörde såg jag rörelser vid dörren. Den skallrade som om han fumlade efter låset och jag lutade mig mot den vitkalkade väggen som en drucken för att smälta in bland skuggorna. Kanske trodde han att jag var ännu en kund, kanske en fyllbult. I vilket fall som helst förväntade han sig inte att jag skulle vara där. Jag lät honom ta fyra steg, så att han stod framför mig med ryggen mot den dörr han just kommit ut genom och vänd mot gränden till höger om tavernan. Det var fyra steg som jag inte borde ha låtit honom ta. Den drygt trettioåriga brottslingen såg trött och gammal ut när han synade mig, kliade sig i skägget och pustade kall nattluft mot mig. Han sa någonting på litauiska, varpå jag klev fram ur skuggorna. Nu stod jag ansikte mot ansikte med hans spöklika silhuett. Jag lade ena handen på mitt bälte där jag slugt nog hade stoppat en liten pistol under den mörka, frostbitna rocken, och sa:

”Vladimir Lajunas, jag anhåller er härmed för...”

Jag kunde lika gärna ha låtit bli. När han skulle smita fick jag tag i nederkanten på hans trasiga kavaj. Jag halkade på den våta, frusna marken men höll fast för allt jag var värd. När jag föll drog jag honom med mig ner.

Sedan blir det lite suddigt. Jag minns att jag brottades med Vladimir på marken, kanade runt i de smutsiga iskalla vattenpölarna och rullade runt i soporna som hade samlats längs med gatan under en längre tid. Det är svårt att komma ihåg, men jag minns att jag plötsligt kände en kraftig smäll mot hakan och att jag hörde en flicka skrika. När jag kvicknade till ett par sekunder senare såg jag att Vladimir hade fångat det lilla barnet som hade kilat in i skuggorna tidigare och höll henne framför sig med ena handen i ett grepp om hennes hår. Med den andra handen höll han en liten, rostig kniv. Barnet måste ha dröjt sig kvar i hopp om att hitta en ny möjlighet att ta sig in på Mažvydas taverna. Kanske hade hon gömt sig bakom trälårarna som vi välte omkull när vi brottades. Men hur det än var, så var hon nu Vladimirs gisslan och stod mellan mig och angriparen.

”Du från England?” morrade han åt mig.

”Ja.” Jag flyttade mig lite närmare honom.

”Stå still. Stå still annars jag dödar flickan.”

”Visst, jag står still”, sa jag, för jag ville verkligen inte bli ansvarig för ett oskyldigt barns död på grund av en galen mans infall.

”Jag inte följa med. Du vänder, går hem. Du inte hitta mig här.”

”Visst, Vladimir”, fortsatte jag förhandlingarna. Jag insåg att jag till viss del var dold bakom de trasiga trälårarna och smög försiktigt ner handen i min jacka. I mörkret skulle han inte kunna se mina rörelser. ”Jag vill bara prata, om Johnston.”

Vladimir märkte att jag fingrade efter något. ”Stå still, eller hon dör.”

Jag förlitade mig på mina instinkter som sa mig att han aldrig skulle släppa flickan. Jag höll pistolen lågt och siktade runt sidan av lårarna. Om jag sköt ett skott skulle det kanske överraska honom och få honom att släppa taget om flickan. Hon stod lite till höger om honom och vände och vred på sig för att försöka komma loss. Jag sköt.

Ett skott studsade från stuprännan på huset och träffade honom i sidan. När han hukade sig framåt och höll sig om såret i mellangärdet slet flickan sig loss. Jag knuffade henne åt sidan, in bakom den trälår som jag nu lämnade för att närma mig skurken. Han var fortfarande chockad och försökte desperat ta sig till dörren och tillbaka in till horan. Jag avancerade med två stora kliv. Han hoppade på mig med den rostiga kniven men träffade bara min redan svullna haka. Det var över på ett ögonblick. Ljudet av ett svärd som drogs, av hur det trängde in i köttet och sedan den dova smällen när det träffade trädörren lät som en explosion i mina öron. Kanske hade jag reagerat för kraftigt, men med en kniv mot min hals var jag tvungen att agera instinktivt. Mitt dekorativa svärd. Bara en symbol för vårt ärorika förflutna, men nu hade det dragits ur sin skida som ett vapen och spetsat honom. Med ett långsamt gurglande släppte han dolken och gled ner mot golvet. Jag höll honom fastnaglad där tills han dog. Det tog inte lång tid, knappt en minut skulle jag tro. Hela tiden höll jag min pistol riktad mot Mažvydas dörr ifall någon skulle ha hört skottet eller tumultet. När jag var helt säker på att han var död riktade jag min uppmärksamhet mot kniven på marken och beslöt mig för att sparka den åt sidan. Den skramlade iväg bakom mig. Jag förde snabbt svärdet åt höger och vred loss det ur trädörren och den döde mannen. Hans överkropp föll mot marken med en duns. En kort sekund senare hördes ännu en duns. Den lilla flickan hörde den också. Vladimirs kropp föll inte två gånger. Det var något annat…

MARISHKA VAR OVANLIGT LUGN dagarna efter morden på Greens. Så gott som alla i byn var vettskrämda, men inte Marishka. Hon hade varit utsatt för livsfara förr och då räddats av en mycket osannolik person. Kanske tänkte hon att med mig vid sin sida skulle hon bli räddad igen, vem vet?

Attackerna hade spridit panik i Woodland Point. Ingen vågade gå ut på kvällen. Många kvinnor och barn ville inte gå ut alls. På kvällarna laddade männen sina skjutvapen och satte sig vid dörren, ibland också med dragna svärd för att skydda sina familjer. Gudstjänsterna fördubblades, skogshuggandet upphörde och det var till och med slut med de gemensamma måltiderna när Woodland Point stängde ner helt av rädsla för Baphomet. Under två nätter höll vi vakt utan att något hände. Vi satt på murar, balanserade i träd, kikade ut genom fönster – varje bybo beväpnad till tänderna för att döda djuret på fläcken. Till ingen nytta.

Det fanns inget djur att döda, ingen besökare att se och inga nya mordoffer. Begravningen av Jackson och Evelyn Green förflöt utan incidenter. Ytterligare två dagar gick. Det hördes inget och det fanns inga tecken på att varelsen skulle komma tillbaka. Inga fotavtryck, inga kroppar, inget blod, inga spår. Ingenting syntes av vår fantomlika besökare. Men människorna i Woodland Point visste bättre. De hade lurats av denna katt- och råttalek några månader tidigare. Då hade inget heller hänt och sedan hade Baphomet kommit tillbaka med besked och dödat två av våra grannar.

Nej, den skulle komma igen. Men innan varelsen syntes till nästa gång skulle människorna hemsökas, vara livrädda för någonting de inte kunde se eller ta på, någonting som väckte den djupt liggande skräck som finns hos alla människor. Visst var det samma gamla Baphomet, men nu började han, likt ett uttråkat barn, med en ny lek.

Vrål som fick blodet att isas ekade genom skogen på nätterna. Jag hörde vrålen själv och jag kan berätta för dig att jag aldrig hade hört något liknande och hoppas innerligt att jag aldrig behöver göra det igen. Det brukade börja på natten. Först hördes några klickande ljud som följdes av en tystnad som inte ens vinden vågade bryta. Sedan kom det, ett ljud som var så högt och gällt att det verkade som om varenda luftpartikel i varelsens lungor gick åt. Tonläget var så högt att en del bybor hävdade att deras ögon och öron blödde. Därefter följde en tystnad på drygt tjugo sekunder, som om den tog ett djupt andetag. Och så började det igen.

Lukterna kom under dagen. Luften började stinka och det luktade så illa att vi först var övertygade om att någon lade ruttnande kadaver utanför våra hus. Men man hittade aldrig några. Det började alltid under gudstjänsten, en svag lukt som blev allt fränare när den drog fram, nästan som om den tilltog i styrka ju längre den hängde kvar i luften. Det blev så illa att vi gned in vedträn med aromatiska oljor och tände på, bara för att dölja lukten. Men till ingen nytta. Stanken låg över hela byn, vart man än gick fanns den där. Ända fram till kvällen när odörerna försvann och vrålandet började. Men det var inte bara detta spel Baphomet spelade denna vinter.

Efter ett par veckor med vrål och den hemska stanken började ett knackande. Märkliga knackningar på dörrar och fönster. Ingen var modig nog att öppna dörren eller kika ut genom fönstret, men de flesta svor på att de hörde knackningar som ibland åtföljdes av ett hasande på verandan. Men vid en närmare inspektion på morgonen låg snön orörd och det fanns inga spår som ledde från husen och in i skogen. Vad det än var som knackade hade inte förflyttat sig längs marken. Det verkade som om besten ville spela oss ett spratt och hade roligt åt det, för vrålen, stanken och knackandet inte bara fortsatte utan tilltog i styrka.

Jag hörde vrålen och kände lukterna precis som alla andra men det dröjde ett tag innan jag började höra knackandet. Den här kvällen vilade jag tungt efter att ha tagit hand om Smithy som blivit förhörd eftersom han hade gjort sig lustig över mordet på Greens. Det var kanske inte det bästa han gjort här i livet och det är möjligt att man kunde ha misstänkt honom för morden om det inte vore för att han var en dummerjöns och inte kapabel att begå sådana brutala handlingar. Jag satt i min fåtölj och försökte hålla för öronen för att slippa de skräckinjagande vrålen när tystnaden plötsligt lägrade sig över bostadskomplexet. Det var tyst i flera minuter. Sedan hörde jag John Morgan banka på min dörr och bönfalla om att bli insläppt.

Jag rusade mot dörren för att erbjuda min vän en tillflyktsort och chockades av fasan jag såg i hans ansikte när jag öppnade. Han såg ut som om han hade sett djävulen själv och ansiktet var en mask av ren skräck när han skyndade sig förbi mig in i huset.

”Den är här, Eli, jag svär. Den är här.”

Jag stack ut huvudet genom dörröppningen en tio sekunder eller så, men jag kunde inte höra eller känna lukten av varelsen. Då såg jag något i ögonvrån, något på min högra sida. Först kunde jag inte riktigt avgöra vad det var jag såg, jag hörde bara ett flämtande och ett grymtande, ungefär som ett djur med andan i halsen. John hade rusat in, det är inte omöjligt att han hade blivit jagad, tänkte jag. Det gick upp för mig att jag var obeväpnad. I samma stund såg jag något sticka fram och gripa runt husknuten på mitt hem. Tre otroligt långa klor.

”Gode Gud!” skrek jag och for tillbaka in och låste och reglade dörren. Jag tryckte ryggen mot dörren och Marishka skyndade sig fram till mig.

”Stanna där!” ropade jag åt henne. Det var då jag hörde det för första gången, knackandet. Mot min egen rygg, till på köpet.

Det började som ett slags gnissel av klor mot min dörr. Gnisslet övergick i ett skrapande och sedan blev skrapandet ett lätt knackande. Jag tryckte örat mot dörren och då hörde jag djuret. Det andades tungt på andra sidan. Sedan blev det tyst. Just när jag vågade flytta mig ett par centimeter från dörren började varelsen banka med sådan kraft att det kändes som om dörren skulle slitas loss ur gångjärnen! Marishka och John kastade sig framåt och tryckte samtidigt tillbaka mig mot dörren igen.

”Barrikadera dörren!” skrek Marishka.

Vi tryckte oss mot den med all kraft och klarade att hålla emot flera smällar från vad som måste varit varelsens huvud. Dörren skakade av varelsens försök att bryta sig in. Det var i alla fall vad jag trodde att den försökte göra. Den bankade och bankade i två, tre minuter. Sedan gav den ifrån sig en morrning som inte liknade något jag hört förut, och gled iväg in i mörkret.

Den natten sov vi inte, och öppnade inte dörren förrän på morgonen.

Det var Marishka som kom på vad besten egentligen ville. Medan jag och John arbetade ihärdigt med att ladda pistoler och vässa svärd i ett desperat försök att beväpna oss mer ändamålsenligt hade hon suttit och tänkt. Från stolen där hon satt, vid en eld som sedan länge hade falnat till glöd, hördes ett rop.

”Den försöker inte ta sig in!” utropade hon ivrigt.

”Den försöker inte ta sig in”, upprepade hon tills vi blev varse vad hon sa. Men hon var fortfarande den enda som trodde på det. Jag korsade rummet och satte mig på huk framför henne.

”Hur menar du? Så ihärdigt som han bankade och krafsade, är jag säker på att han ville in.”

”Nej, förstår du inte?” sa hon pekade mot fönstren, men jag förstod fortfarande inte vad hon menade. ”Om den ville komma in hade den försökt med fönstren.” Hon spärrade upp ögonen i förundran över sin egen genialiska tanke. ”Den försöker inte komma in. Snarare för den en massa oväsen för att skrämma oss, inget annat.”

”Varför skulle en sådan blodtörstig best göra på det viset?” frågade jag.

”Den vill att vi ska rikta uppmärksamheten mot dörren, att vi ska tro att den försöker komma in.”

”Ja, men varför?” avbröt John otåligt.

”För att vi ska stanna här inne, ovetande om vad den verkligen har för motiv.”

”Och vad är det för motiv?”

”Hm, det har jag inte räknat ut ännu.”

”Men det har jag.”

Det stod klart för mig inom ett par sekunder. Jag hade aldrig kommit på det utan Marishkas strategiska tänkande. Hon hade satt sig in i bestens sätt att tänka och räknat ut vad den planerade.

”Stallen”, sa jag. ”Men det får vänta tills gryningen.” Jag vände mig mot John. ”Om besten vill att vi väntar här inne medan den hemsöker djuren så får det bli så. Vi väntar, såvida inte någon av er vill gå och försvara dem?”

Till och med djurvännen Marishka var ovillig att gå till stallen för att skydda djuren mot något som var stort och starkt nog att nästan slå in vår dörr. John svarade i hennes ställe.

”Aye, om det är syftet med detta hemska oväsen.”

Hur själviskt det än var att lämna djuren åt sitt öde, kändes det som den absolut bästa lösningen. Att stanna inne och gömma sig, snarare än att riskera att dödas av vad det nu var som hade dessa extremt långa, kloförsedda fingrar.

Jag ljög tidigare, Marishka fick faktiskt en timmes sömn sådär mellan klockan tre och fyra, hopkrupen mot mig vid det svarta gap som nu fanns kvar av vår slocknade eldstad. John hade tillbringat natten med att läsa ur min boksamling. Jag lät tankarna vandra. In i mitt medvetande strömmade idén att lämna Woodland Point tillsammans med Marishka och resa till platser där allting var nytt. Det fick mig att domna bort i ett dvalliknande tillstånd. Jag kunde ha gått under då, försvunnit för gott, men rädslan över vad som kunde finnas utanför, bara några hundra meter från min dörr höll mig vaken och vid medvetande. Strax före klockan sex gick vi mot köket, utmattade och uppgivna.

”Vi vill nog inte ha frukost”, sa John när han såg mig planlöst leta efter något att göra en måltid av. ”Inte förrän vi har sett om det har blivit något blodbad uppe hos Henry Marshall.”

En kort nick var det enda jag orkade svara med. Marishka gjorde likadant. Hon var alltför trött för att säga något.

Med det gjorde vi oss färdiga för den korta promenaden till farmen och till den förödelse som besten med all säkerhet hade orsakat.

Vi stod på förstukvisten och såg gryningen komma. Även om vi hade öppnat dörren tvekade vi fortfarande att gå ut i det okända. Vi hade inte hört några förtvivlade skrik från boskapen under natten, men trodde ändå att flocken kunde ha blivit gravt decimerad och det ganska snabbt. Trots att det var en fruktansvärd tanke var inte alternativet mycket bättre: att jag hade fel och varelsen inte hade distraherat oss för att slakta djuren. Då var vi tillbaka på ruta ett.

Det var fortfarande bitande kallt när vi gav oss ut på verandan och den uppgående solen som kikade fram genom gråvita moln gjorde inte mycket för att ändra på det. Inte heller nu fanns några spår i snön. Det var det största mysteriet under den tid vi bodde där. Jag har än i dag inte någon rimlig förklaring till hur det kan ha gått till.

Den skräck som Baphomets bankande och skrikande framkallat hos folk gjorde att ingen lämnade sitt hem förrän en bra bit efter nio. Men trots att vi behövde vara först på plats innan man började vallfärda för att se skadegörelsen som orsakats under natten, önskade jag innerligt att någon mer skulle följa med oss. Någon sådan lyx bereddes vi dock inte.

Man kunde som sagt inte se ett enda spår efter varelsen utanför dörren, men likväl var det någon som besatt stor styrka som hade gett sig på dörren. Och för att göra det måste den väl ha stått på verandan. Jag satte ner fötterna i den mjuka snön och vi tittade genast åt höger, mot det hörn på huset som Baphomet mindre än tolv timmar tidigare hade gripit runt med sina klor. En snabb kontroll visade inga rivmärken på väggen eller dörren men runt husknuten syntes tre distinkta fotavtryck. Ett avtryck fanns vid husets bortre ända som vette mot husen bakom oss, ett annat mitt på långsidan och det tredje framme vid husknuten där jag hade fått en glimt av vår mystiska besökare. Vad det än var som hade gjort spåren så hade den inte kommit in via portalen eller genom skogen. Den hade hittat en annan väg, något som vi hade missat när vi grävde vakthålen. Då var jag säker på att det fanns spår på hustaken och var så övertygad om att så var fallet den här gången också att jag bestämde mig för att inte slösa tid på att hämta en stege och undersöka saken.

Det låg mycket snö kring den nedre delen av portalen som dämpade alla ljud så det hördes nästan ingenting när vi öppnade upp den mot byns torg. Snön var inte hård och den korta stunden av sol vid gryningen hade smält den en aning. Issörjan rullade ovanpå som böljor mot en strand när vi föste upp den illa medfarna gamla porten.

På torget var luften fylld av tystnad. Jag hade aldrig sett byn så öde. En djup matta av snö – orörd och blank – låg som en mjölkvit filt över det en gång så livliga torget. Vi pulsade fram och lämnade efter oss spår tvärs över mattan, intill brunnen. Någon måste ha hört oss vid det laget, det skulle nog inte dröja länge innan vi fick sällskap, förmodligen av någon rådsmedlem. Jag hade knappast pratat med Edward sedan bråket i rådet några veckor tidigare. Jag hade sett honom i rådhuset, förstås, och vid paret Greens begravning, men vi hade inte sagt något till varandra utöver att utbyta några artigheter. Det faktum att vi avskydde varandra kunde knappast vara en hemlighet i Woodland Point längre. Ja, han skulle med all säkerhet dyka upp inom kort.

När vi hade passerat väster om smedjan kunde vi se Henry Marshalls farm. Allting såg ut att vara intakt och det syntes inga skador på de gamla stenbyggnaderna. Men vi skulle behöva ta en närmare titt för att få veta sanningen. Djuren måste ju ligga i sina fållor om de hade blivit massakrerade.

En dimma hängde lågt över fälten som om den sakta hade dalat ner från himlen. Den avledde min uppmärksamhet för ett ögonblick och det låter löjligt, men jag funderade på vilka nya spratt vår oinbjudne gäst spelade oss. Jag vände snart blicken mot fårstallet igen. Dörren stod på glänt men det syntes inga tecken på att den brutits upp med våld. John stod till vänster om dörren. När vi öppnade den skulle han bli den olycksalige som först fick se in i det som förmodligen liknade ett helvete på jorden. Marishka tog skydd till höger. Jag uppbådade det lilla mod som fanns kvar efter natten, tog tag i det iskalla handtaget och drog. Dörren gled upp förvånansvärt lätt.

Där inne bräkte fåren. Det var omöjligt att där och då säga om det saknades något. Henry Marshall måste väckas ur sin slummer om all boskap skulle kunna räknas in. Jag gick in och konstaterade förvånat att varelsen inte alls hade dödat en massa djur. Det syntes faktiskt inte några spår alls av någon besökare. Marishka sparkade undan halmen där hon stod. Kanske hoppades hon på att få syn på blod eller något som skulle kunna bekräfta våra farhågor om varför vi skulle behöva distraheras av varelsen kvällen före.

I så fall blev hon besviken för det fanns inte några sådana tecken alls. Förutom den öppna dörren – som vi var övertygade om att Henry Marshall låste varje kväll – fanns det inget som tydde på att varelsen hade varit hos djuren. Inte då i alla fall. Men onda krafter var definitivt i rörelse och det skulle inte dröja länge förrän de första tecknen dök upp.

Knappt fem minuter efter att vi hade lämnat stallet utan att hitta något stod vi lutade mot staketet vid fälten när dimman började lätta. Vi fick syn på något som först såg ut som en hög med trasor eller kanske en människa som sov ute i gräset. Men vid den tiden på året och med allt som hände kring byn skulle det ha varit rena självmordet. Det finns många korkade och dumdristiga människor här i världen, men ingen skulle sova under stjärnorna mitt i vintern när Baphomet dessutom drev omkring i skogen. Nej, det var inte möjligt.

”Kan det vara ett får? Dörren var inte låst”, sa Marishka. Tanken hade slagit mig och det verkade troligt.

”Det får vi inte veta förrän vi har gått dit och tittat.”

”John, kan du gå och väcka Henry Marshall? Marishka och jag tar en titt ute på fältet.”

Han nickade, vände sig och gick i rask takt mot gårdshuset innan han kom ihåg att ingen sov utanför bostadskomplexet nu längre. Det var helt enkelt för farligt.

”Och säg åt honom att räkna de förbaskade fåren!” hojtade jag genom den morgonkalla luften.

Jag mindes en liknande situation på en äng. En ung pojke blev mördad utanför Exeter när jag var där och besökte släktingar. Jag kommer aldrig att glömma den kusliga känslan när jag närmade mig den döde pojken där han låg med ansiktet neråt, sönderrivna kläder och blod på kroppen. Jag bad till Gud att jag inte skulle hitta ett barn den här gången. Inget barn ska behöva dö, och i synnerhet inte dräpas av en best som denna.

Varelsen hade mördat under natten. Han hade distraherat oss, kidnappat sitt offer där det låg och sov och släpat ut det på fältet. Där han slitit det i stycken och, precis som med de andra offren, ätit en del av det. I Exeter låg den döde pojken fortfarande på en kyrkogård. Här låg ett olyckligt stackars lamm. Det hade varit en ojämn kamp, det lilla lammet hade aldrig haft en chans att försvara sig. Marishka reagerade ovanligt starkt. Hon pressade sjaletten mot sin mun, trots att det inte lukade illa från kadavret.

”Stackars, stackars liten”, sa hon ”helt ensam, alldeles ensam, utan din flock.”

Det fanns inte mycket kvar att undersöka. Fåret skulle eldas upp på bålet nästa dag. Det var inte meningsfullt att lämna över det till doktorn. Vi trodde alla att vi visste hur det hade dött. Vi trodde alla att vi visste vem som hade dödat det. Henry Marshall blev inte ens särskilt förvånad när han kom springande från bostadskvarteren. Han var dock inte den enda som kom. Vår käre lunsige vän John verkade ha lyckats få hela byn på fötter när han skulle väcka Marshall, den dumbommen! Än en gång skulle mitt detektivarbete bli allt svårare i takt med att byborna strömmade till platsen. Du förstår, en enskild person är klok och lyssnar, men människor i flock är i allmänhet dumma, korkade och beskäftiga och dras till tragedier och andras olycka. Jag kunde inte göra mitt jobb med alla människor kring mig, jag behövde tystnad och utrymme att tänka. Edward skulle säkert inte låta mig fösa bort dem alla nu. Jag tror knappast att han längre brydde sig om ifall jag kunde lösa fallet eller inte. Förmodligen hade hans personliga vendetta mot mig och Marishka vid det här laget grumlat hans tankar och gjort honom blind för allt annat som hände. Ja, människor, fånigt nyfikna och idiotiska människor. De var livrädda för varelsen och allt vad den var kapabel till, men så snart det var säkert att gå ut ur husen kunde ingen av dem avhålla sig från att ta en rejäl titt på en död kropp. Barnen ville till och med röra vid den. Jag uppfattade det som ännu ett misslyckande för Edwards ledarskap.

Samma människor skulle sedan fly till kyrkan när de blivit varse nattens förfärliga händelser. Precis som de hade gjort när Theodore dog, och paret Green. De trängde sig fram till de döda kropparna, tog sig en ordentlig titt, hade ett rejält skvaller och sprang sedan till kyrkan för att be. Vilka idioter!

De, som när tillvaron var lugn och händelselös knappt ägnade Gud en tanke, samlades som en fårskock – ironiskt nog – i bänkarna framför det lilla altaret där fader Bluestone stod med förkrossad min. Likt en hjord drev de in genom porten och tystnade medan de väntade på att prästen skulle börja gudstjänsten och höra deras böner. Det var nästan som om de hade blivit kallade till kyrkan, men så var det inte. Otåliga och retliga uppmanade de prästen att be för deras själar. Jag hade inte varit i kyrkan under hela denna tid, inte sedan jag lämnade England. Marishka hade jag uppfostrat likadant. Vi trodde inte så mycket på Gud. Efter allt jag hade sett i London, så många små barn som fick lämna denna värld alldeles för tidigt, kunde jag inte förstå hur Han kunde låta det ske. Varför skulle en liten pojke behöva utstå sådan plågsam misshandel och sedan dö, som den stackaren i Exeter? Medan brutala våldtäktsmän och mördare kan röra sig fritt och stjäla och döda och jag vet inte allt. Ibland undkommer de även våra hårt arbetande poliser för att till slut fridfullt dö i sin säng vid hög ålder! De har blivit lovade en biljett till himlen också. Om de öppet ångrar sina synder ska de bli förlåtna och välkomnas in i Guds hus. Jag har länge tyckt att det var för lätt, ärligt talat. Det var faktiskt Marishka som först lade fram denna intressanta nya teori för mig. Att man kan synda under en hel livstid och gå ostraffad genom livet. Om man sedan bara ångrar sig på sin dödsbädd blir man förlåten och insläppt i himlen. Vilket struntprat! Det låter inte som vår Herres verk. Det låter som ett verk av en konspirerande påve på sin sedan länge föråldrade heliga stol.

För hundra år sedan kunde jag ha blivit hängd, bränd eller något ännu värre för att säga sådana saker. Men jag är inte rädd för att dö för en god sak. Om jag skulle ha stupat där i Woodland Point är det bara en enda sak jag hade velat be om. Inte evig vila för min själ, men att Marishka skulle ta sig igenom denna ohyggliga tid och sedan leva ett bra, fritt liv. Jag tvivlade dock inte på hennes styrka och det hjälpte mig igenom några av de mest förfärliga ögonblicken i mitt liv.

Så till kyrkan gick de. Bad till vem de än trodde var rättfärdig nog att rädda dem från fördömelse, i vår en gång så stillsamma lilla by. Jag stannade kvar, isolerade mig från stimmet kring den gudomliga guldgruvan, och fortsatte mina undersökningar av det döda lammet. Jag gjorde mitt bästa för att använda de få medicinska metoder jag kände till för att genomföra en improviserad obduktion utan Amelia Duponts expertis. Hon var inte intresserad av resterna av ett rivet får, inte vid den här tiden i alla fall.

Lammet hade plockats från flocken utan alltför mycket motstånd såvitt jag kunde se. På det sätt som stora rovdjur angriper de unga, de sjuka, de gamla eller de oförsiktiga. Bitmärkena gick inte särskilt djupt i kadavret och utifrån det antog jag att varelsen inte hade ett bett som var starkt nog att döda lammet. I stället ledde offrets krossade och vridna nackkota till slutsatsen att Baphomet hade knäckt det stackars djurets nacke. En snabb död var det dock, vilket nästan kunde ses som en barmhärtighetsgärning med tanke på hur fårets kropp sedan hade lemlästats och slitits sönder. Det var ungefär allt jag kunde åstadkomma ute på det dimmiga, våta fältet. Inget mer yppade sig för mig.

På andra sidan fältet kunde jag precis ana kyrkans torn som kikade upp ovanför den stigande dimman, nästan som om det överskådade morgonens händelser från sin mäktiga utkikspunkt. Just då var det som om allt saktade ner. En snöflinga tog en evighet på sig att landa hos sina bröder och systrar på den vita mattan. Vinden virvlade och vände, som om den delade sig framför mitt ansikte och gick åt två skilda håll för att inte röra vid mig eller lammet. Nästan som om vinden inte ville besudla sig genom att tränga in i den atmosfär av död som omgav lammet. När jag började gå därifrån krasade varje fotsteg och jag kunde se hur en skur av isvatten och mjuka vita klumpar for upp i luften och landade med kraft på mina skor. Jag har aldrig känt mig så medveten om mina omgivningar, så nära moder Natur, som jag gjorde den dagen. En kort sekund kändes det som om jag var en del av allting, av vinden, marken, snön. Det var så vackert. Detta vackra tillstånd av transliknande klarsynthet avbröts tvärt av en klockas ringande.

Jag vände mig snabbt mot Marishka.

”Lämna kadavret, de kommer att lägga det på bålet snart. Rådet håller på att samlas. Vi måste dit.”

”Men Eli…”

”Inga men, min kära, jag tror att tiden har runnit ut.”

Vad jag menade med det tror jag inte att hon visste. Hon frågade aldrig och jag sa aldrig något. Jag tog hennes hand och vi gav oss av.

Egentligen menade jag att vår utredning var över. Nu hade Edward säkert allt han behövde för att sätta stopp för mina primitiva undersökningar och kalla in hjälp utifrån för att bli av med vår plågoande. Detta kunde väl varit en bra tanke, men när Woodland Point väl var känt, oavsett om det berodde på timmer, frid och ro eller en nyupptäckt typ av aggressivt djur, så kunde vi inte längre stanna där. Woodland Point skulle finnas på kartan och därmed också bli tillgängligt för många nya immigranter, även familjen Lajunas. Det enda som behövdes nu var att Edward kontaktade någon och så skulle vår tid i Woodland Point oundvikligen vara över. Visserligen skulle jag vara lättad över att Marishka var utom fara från Baphomet, men var skulle vi ta vägen? Var kunde vi hoppas på att gömma oss för Lajunas råskinn? Eller kanske, tänkte jag, kanske kunde vi inte gömma oss. Där ute i Nordamerikas väldiga skogar hade de kanske kommit oss på spåren redan. Kanske var de redan här, i Woodland Point.

Jag vet att det är ett rejält hopp att ta sig från A till B sådär, men du måste förstå att det är så jag tänker. Det sas ofta att av alla mina kvaliteter som utredare var det ofta min förmåga att komma med långsökta hypoteser som var den mest tilltalande och framgångsrika. Där de flesta såg en lösning på problemet i Edward och hans lejda män, såg jag uppdagandet av den undangömda bosättningen. Där de flesta kanske såg ökad handel och mer vinst, såg jag utsatthet. Men om vi hade tagit oss ända fram till Woodland Point, varför skulle inte våra förföljare kunna göra det också? Nu erkänner jag villigt att det var en hårdragen tanke. Men de hade kanske gjort det, och tänk om de redan var där? Att terrorisera en by utklädda som vilddjur var kanske något som Lajunasfamiljen såg som en kul lek, innan de till slut gav sig på sina verkliga måltavlor?

”Tror du att de kan ha hittat oss, Eli?” frågade Mariskha.

Jag funderade länge och väl på det, men det var faktiskt lite för långsökt. Att diskutera det med rådet skulle betyda att jag, och förmodligen Marishka, blev syndabockarna som orsakat alla problem. Jag kunde inte göra något annat än att intala mig själv att det var dumheter och fortsätta att tro på ett djur eller en best som ödets budbärare.

När vi närmade oss torget kramade jag Marishkas hand hårdare. Vi trängde oss fram genom folksamlingen utanför kyrkan och hade nätt och jämnt nått fram till kyrktrappan när vi såg handlaren Cornelius mitt i uttåget av gudstjänstbesökare. Ingen hade sagt något om att han var tillbaka, men jag borde inte ha blivit särskilt förvånad, om sanningen ska fram. Han besökte ofta Woodland Point för att göra affärer och byta grannlåt och pengar mot timmer. Till en början hade jag inte haft några problem med köpmannen men hans ständiga inblandning i bylivet och hans ovilja att hålla sig till sina egna angelägenheter – handeln – hade börjat irritera mig för länge sedan. Han hade också blivit gramse när jag hörde mig för efter andra inköpare eftersom jag ansåg att han betalade en spottstyver för vårt timmer. Under de senaste månaderna hade vi ofta hamnat i gräl.

Hans spretiga skägg snuddade nästan vid min haka när han klev fram ur folkhopen. Han klädde sig som en man med makt och hade en förmåga att få folk att tro att han var en man med betydande intressen och mäktiga vänner på höga poster. Han lurade dock inte mig, jag hade haft vänner på höga poster och jag hade haft kontakter i hela Europa. Marishka och jag visste att han var humbug. I själva verket var han en simpel köpman som kände några råbarkade typer. En artig och charmerande bandit, kan man kanske säga. Det stod klart för mig att det var honom Edward lejt för att leda dödsskvadronen.

”Herr Walker”, grinade han illmarigt och tog ett steg framåt, så nära att han nästan trampade på mig.

”Cornelius”, svarade jag och klev fram så att mitt knä rörde vid hans. Han var så nära att vi kunde känna hans fiskdoftande andedräkt tränga in i näsborrarna.

”Rådet vill prata med er omedelbart och jag föreslår att ni går dit... den här gången.”

Med det anspelade han helt säkert på att jag för det mesta inte hade varit i rådet under de senaste två veckorna medan jag, tja... satt med Marishka och försökte tänka.

”Jag var just på väg”, spelade jag med.

”Lämna flickan här, herr Walker. Hon är inte önskvärd i rådet.”

”Ungefär som ni då, kan jag tänka mig”, sa jag. ”Som kommer och berättar för mig om ett rådsmöte som ni inte är inbjuden till själv.”

”Det finns en del saker...”, började han men Marishka avbröt honom.

”Åh, Cornelius”, fräste hon. ”Du kanske tror att du har fått lite makt nu när rådets ålderman helt säkert har bett dig att skicka ut män i skogen för att jaga besten. Men du ska veta att du inte är någon kapten, du är ingen general, och ingen är rädd för dig. Du är en lögnare och en småtjuv, varken mer eller mindre."

Cornelius grinade stort och hans svarta ruttna tänder bar samma vittnesbörd om glädjeämnena med röveri som de utsmyckade kläderna han bar. Jag hoppades innerligt att nästa gång vi träffades skulle det vara under andra omständigheter.

Rådsmötet var nu bara en formalitet. När Cornelius gick mot rådssalen med ett stort leende var det inte svårt att tänka sig resten. Hans band av plundrande, blodtörstiga jägare hade säkert redan blivit tillkallade. Tiden höll verkligen på att rinna ut. Vi skulle stå inför ett ytterst vanskligt val. Skulle vi lämna Woodland Point åt sitt öde och försöka finna en annan nästan lika isolerad bosättning i Nordamerika? Eller skulle vi stanna, slåss mot jägarna och försöka fånga varelsen levande för att undersöka den? Det var inte säkert att Cornelius män skulle lyckas. Det var inte uteslutet att Baphomet – själv en förslagen jägare – skulle kunna överlista den skjutglada exekutionspatrullen och i stället blåsa ut deras ljus. Men det var inte heller säkert att de skulle ge sig av även om de fångade besten, utan i stället stanna kvar och plundra vår isolerade by på alla resurser. Kanske bygga upp en brottslig organisation där. Det skulle inte finnas rum för en konstapel och hans påstridiga assistent i en sådan värld. Ja, båda alternativen utsatte oss för stora faror och vi måste gå klokt och försiktigt fram. Det var längesedan jag sist hade sett Edward stå vid rådets portar, högst uppe på trappan och titta ner på torget, likt en örn som följde sitt villebråd med blicken. Det rådde inget tvivel om att han hade bevittnat mitt hetsiga samtal med Cornelius och jag kunde inte tro annat än att jag hade blivit degraderad. Ersatt som hans högra hand av den mallige köpmannen, som nu var på väg till platsen för nattens våldsamma skådespel: till lammet. Jag gick uppför trappan och Marishka kramade hårdare om min hand.

"Fröken Taranova kommer inte att få tillträde till rådssalen i dag."

"Bespara mig formaliteterna, Edward", svarade jag med samma skärpa. "Om jag har blivit kallad av den anledning som jag misstänker så tror jag inte att det har någon betydelse om hon är närvarande eller inte."

"Jag vet inte vad du pratar för nonsens, men fröken Taranova har inte tillstånd att gå in i rådssalen i dag."

Jag vände mig mot henne. Hon ville inte släppa min hand. Jag vände henne om och ledde henne bort från Edwards spetsade öron. Han stod där visserligen som en hök, men han skulle inte kunna höra vad vi sa.

”Gå hem till vårt, packa dina saker”, viskade jag.

”Men det här mötet då?”

”Om det utvecklas som jag misstänker måste du vara snabb”, fortsatte jag. ”Packa dina saker som om vi skulle ge oss av och leta sedan rätt på Lily Owen.”

”Kommer inte hon att vara i rådet?”

”Nej, jag tror att rådet har utmanövrerat Lily för länge sedan.” Jag kontrollerade än en gång att Edward inte lyssnade. Han hade fortsatt in i rådhuset, det fanns ingen som hörde vårt samtal längre. ”Leta upp Lily och säg åt henne att vi måste träffas. Hon är kanske den enda vän vi har kvar i Woodland Point”, sa jag och viftade med ett finger i luften.

Marishka verkade chockad över mina tankar. Hon undrade nog hur alla kunde börja misstro oss och vända sig mot oss så snabbt.

”Men Henry och John?” frågade hon.

”Jag vet inte, det är inte omöjligt att de också har vänt sig mot oss. Leta upp Lily bara. Hon är den enda som med all säkerhet inte vet någonting om den här komplotten.”

Hon nickade och kysste mig på kinden.

”Lily kommer aldrig att låta Edward genomföra den här planen, den är för djärv, även för honom. Skynda dig, men var tyst, min vän.”

Hon nickade igen.

”Vi vill inte dra mer uppmärksamhet till oss än vi redan har.”

Med det sprang hon nerför trappan. Jag vände mig om för att försäkra mig om att hon var väl utom Cornelius synfält där han stod ute på fältet. Marishka gled obemärkt undan hans uppmärksamhet och när hon hade vikit av mot bostadskomplexet vände jag mig om igen mot de öppna portarna till rådssalen. Jag kastade en sista blick över byn, jag insöp bilden, innan jag stegade in i det svarta tomrum som låg innanför de gamla portarna. Vad som än skulle ske skulle ske… när jag klev in i rådssalen, utan vänner.

Det var tyst i rådssalen. Det hade aldrig hänt förr. Ingen sa ett ord när jag intog min plats men jag kände blickarna från de gamla torra männen, vars ansikten sällan såg solen numera. Det hade gått många månvarv sedan de rynkiga, polisongprydda herrarna hade vågat sig ut i världen, och om det inte vore för avsaknaden av en begravning skulle man kunna säga att de redan hade vissnat bort som en falnande sommar. Men tyvärr var det inte riktigt så, i stället hade de samlats i den en gång så vördade rådssalen. Samma sal som oundvikligen skulle tas ur bruk och falla i glömska allt eftersom Edward Jackson hårdnade sitt grepp om samhället. Den var en gång platsen för fredliga diskussioner och omröstningar men hade nu blivit en sal för Edwards förvaltarskap. En plats där hans predikningar ilsket ekade ut i luften och besvarades av ett jublande bifall från hans nyvunna bundsförvanter. Den blivande kejsaren intog sin tron längst fram i salen.

Av en händelse sken solen in genom ett av de höga fönstren och skickade en knippa ljus rakt framför talaren. Några av de mest religiösa i församlingen kan säkerligen ha sett det som att Gud omgav Edward med en aura av ljus. Illusioner, det ska jag säga dig, kan ha starkt inflytande över de enfaldiga. Men det skulle inte få någon som helst betydelse för hur händelserna kom att utspela sig. Edward reste sig och gick fram till talarstolen.

”Ärade rådsmedlemmar, jag står här i dag, inte med goda nyheter utan med sorg och bedrövelse.” Han vände sig mot mig. ”Konstapeln har försökt identifiera vår angripare, men har inte lyckats komma fram till något.”

Jag skakade på huvudet.

”Har ni inte haft tillräckligt med tid på er, konstapeln, att hitta mördaren? Har ni inte tillbringat mer än sex månader med att utforska våra marker och skogar efter spår?”

Jag svarade, men bara helt kort.

”Vi letar inte efter en människa av kött och blod, utan ett djur, förmodligen ett okänt djur, vars motiv därmed är okända för mig.”

”Så ni förnekar inte att ni har misslyckats med ert uppdrag att fånga den misstänkte.”

”Nej, det gör jag inte. Men begå inte misstaget att tro att jag har misslyckats med att gripa en mördare. Jag har bara misslyckats med att lägga snaror för något som inte är en människa. Man behöver helt andra redskap och knep för att lura en best. Om det vore en människa skulle jag med all säkerhet redan ha fångat mördaren, som ni så väl uttrycker det.”

”Hur som helst så har uppdraget slutat i ett misslyckande och ni är förstås inte längre användbar för oss i detta ärende.”

”Ni säger ’för oss’ som om jag inte är en av er, men glöm inte, herr rådman, att detta ärende berör mig och de mina också”, insköt jag.

”Herr Walker, ni är inte härifrån. Ni kom hit för lite mer än ett år sedan och, vill jag tillägga, strax innan dessa händelser började utspela sig.”

”Ursäkta mig, herr rådman, ska jag förstå det som att ni anklagar mig för att ha dödat våra grannar? Är det jag som står inför rätta här i dag?” sa jag arrogant.

”Det skulle vara djupt olyckligt om så vore fallet, herr Walker. Men faktum kvarstår, ni har inte kommit fram till någonting i ert sökande. Vi tackar er, konstapeln, för era hängivna försök att fånga in den misstänkte, men eftersom ni inte lyckats i enlighet med ert uppdrag måste ansvaret för byns trygghet och säkerhet gå till någon annan.”

”Jag förstår, ers nåd”, sa jag morskt. ”Så nu önskar ni ta över ansvaret för trygghet, säkerhet och välfärd i hela byn? Ta över styret från Lily Owen, den rättmätiga guvernören?” Jag vände mig mot de äldste i rådet. ”Och detta tycker ni är fullkomligt acceptabelt?”

”Du har inte visat oss något djur!” ”Du har misslyckats, Eli!” ”Du och din flicka är de skyldiga!” var några av de okvädingsord de gamla männen överöste mig med. En del var inte bara obefogade eller ogrundade utan även oförsvarliga.

”Ni förstår, herr Walker, rådet har bett mig att styra över byn, att skydda dem genom att förfölja denna varelse tills den är utplånad.” Han stirrade på mig. ”Något som ni har misslyckats med.”

Jag lutade mig tillbaka i stolen och suckade. Jag skakade än en gång på huvudet.

”Har ni något mer att tillägga innan jag befriar er från ert uppdrag?”

”Vad skulle det tjäna till?” sa jag. ”Rådet har uppenbarligen bestämt sig, långt innan jag ens kallades hit. Jag ska dra mig tillbaka men jag försäkrar er en sak. Om detta verkligen är rådets vilja ska jag dra mig tillbaka från Woodland Point och låta er sköta er själva. Vad som än händer, och det är inte ett hot, enbart en tanke.”

”En angenäm tanke, liksom tanken på er avfärd, herr Walker.”

Edward vände sin uppmärksamhet från mig och tillbaka till de elva rådmännen som andlöst lyssnade på honom. Han lyfte ena handen och lade den på talarstolen, den andra snurrade han i luften med ett finger som pekade likt ett spetsigt svärd.

”Jag har anlitat köpmannen Cornelius och förhandlat med honom så att vi får använda hans kunskaper. Han ska återkomma inom två veckor och ha med sig en trupp av sina bästa män. Tillsammans ska vi ta fast denna best och befria oss från den. Woodland Point kommer än en gång att bli ett fredligt, säkert och tryggt samhälle."

Hans tal gjorde mig illamående för jag visste att det inte skulle sluta där. Det värsta var att jag tror att Edward visste det också. Han ville ha Woodland Point på kartan, han längtade efter att göra byn känd. När Woodland Point blev känt över hela landet skulle människor komma hit och de skulle beskattas förstås. Och som officiell guvernör skulle han ha kontroll över alltsammans, rakt framför näsan på Lily Owen. En annan sak som bekymrade mig var den beväpnade truppen han skulle släppa in. Med så mycket rikedomar i byn, vem kan säga att de skulle ge sig av när de genomfört sitt uppdrag? Woodland Point låg utanför de andra staternas jurisdiktion. Få kände till dess existens. Vad det skulle bli av byn skulle inte längre vara mitt största bekymmer!

Rådet jublade när Edward stoltserade runt med sitt kontrakt i salen. Jag vände mig om för att gå, men ändrade mig. Jag banade mig fram till talarstolen för vad jag antog var den sista sammandrabbningen. Hans nyfunna makt hade blåst upp hans ego till en nivå där han inte var rädd för något eller någon, inte ens de kloka och visa. Jag lutade mig fram och viskade i hans öra.

"Så det är över nu?" frågade jag med en känsla av olust.

"Ditt arbete är gjort, Eli. Det är dags att du springer tillbaka dit där du kom ifrån."

"Den här byn kommer att falla i ruiner, Ed, sanna mina ord. Och du med."

"Det låter som ett hot, Eli. Har du något att styrka det med?"

"Det behöver jag inte. När varelsen är död och de där männen löper amok och förstör allt som en gång gjorde den här platsen så speciell, så kommer de att vända sig mot dig. När den här byn har blivit en stad som alla andra och själva tanken som låg till grund för Woodland Point är glömd och begraven, kommer de att vända sig mot dig. Och till sist, när myndigheterna beskattar varenda en av dessa fria, självförsörjande bybors levebröd tills de knappast har råd med kläderna på kroppen, då kommer de att vända sig mot dig. Kom ihåg vad jag har sagt, Edward."

"Du tror att du ser sanningen, Walker, men du ser bara din egen förbittring."

"Jag är inte bitter över att behöva lämna den här platsen. Om detta är vad de här människorna önskar för byn vill jag ge mig av. Kom bara ihåg vad du gjorde för att hamna där du är nu, när de vänder sig mot dig också."

Jag vände mig och gick innan han kunde säga något mer. Sakernas tillstånd var nu så illa att jag verkligen hade svårt att inte oroa mig för byborna. Utanför salen, eller snarare den kejserliga kammaren, var vinden kall. En blek sol sken över mattan av snö och byn såg lika fridfull ut som vanligt. Framtiden skulle ändra allt som en gång fanns i Woodland Point, men jag kommer alltid att minnas byn som jag lärde mig att älska den: stilla och fridfull och isolerad.

Jag gick nerför trappan och tvärs över torget mot bostadskomplexet. Alice Briggs arkiv låg på min vänstra sida och skolan där Marishka skulle ha börjat undervisa och startat sitt nya liv till höger. Jag gick genom den stora porten och in bland bostäderna, där det i stort sett var lika stilla som på torget. Pulsande genom den mjuka snön kände jag hur vatten rann in i mina stövlar och ner över mina tår. Det kändes som om jag höll på att sjunka, och byn med mig. Det tog inte lång tid innan jag nådde mitt mål, mitt hem – åtminstone för ett tag till. Jag stängde högtidligt dörren bakom mig, vände ryggen åt den by jag hade förälskat mig i och gick fram mot Marishka som satt i sin vanliga stol vid en nytänd brasa.

"Eli?" frågade hon.

"Det är över, Marishka. Edward har vunnit. Rådmännen är så apatiska att de kommer att släppa in en tungt beväpnad trupp innanför våra gränser och därmed röja den här platsens existens. Varelsen kommer att fångas, handel och förvaltarskap tillfalla Edward Jackson och exploatörer och industrier kommer att köpa upp så mycket av Woodland Point att byn aldrig kommer att bli densamma igen. Vi har förlorat, kära vän."

"Och jag då?" En arg röst krävde ett svar från köket. Flikarna på hennes röda klänning dansade och svepte fram över golvet likt vatten som rann ur ett ämbar. Hon ställde sig bakom Marishkas stol och höll hårt om ryggstödet med en stark hand.

"Vad planerar denne rådman för mig?" frågade Lily. När hon kom närmare såg hon mycket bekymrad ut. "Jag tänker inte låta denne buse stjäla mitt arvegods, byn som min familj har byggt upp från ingenting, och göra det till sitt eget lilla personliga imperium."

"Lady Owen", sa jag. "Marishka och jag kommer att förvisas. Vi måste lämna byn och det är inte mycket jag kan göra nu, inte ens med ert tillstånd. Jag fruktar att Woodland Point är förlorat.”

Vi lämnade inte huset på hela dagen. Några knackade på men vi öppnade inte. Vi hade stängt in oss själva vid brasan, oemottagliga för världen utanför våra fyra väggar. Vi rökte och drack, åt och konspirerade. Jag tyckte verkligen att Lily var den rättmätiga ledaren för byn och att hon faktiskt hade förmåga att göra vad som var bäst för Woodland Point. Hon var en mycket övertygande kvinna, inte alls den bräckliga eremit jag hade fått höra talas om när jag grävde i byns historia. Hon uppmuntrade mig att fatta ett beslut, att göra ett val. Även om det var början på slutet, så var det också slutet på början, om du förstår min logik. Åh, ja, vi skulle leva vidare i många år och uppleva många äventyr, rent av väldigt många, men inte där. En dag kanske jag berättar en annan historia för dig. Kanske berättar jag om hur vi jagade i kungariket Lundas djungler, eller om hur vi försökte förstå den Andra sidan... men... ah, jag har tappat tråden igen. Mitt huvud är inte vad det brukade vara. Ja, jag är gammal nu, gammal och svag. Var var jag nu, unge man? Javisst, ja, början på slutet...

LILY VAR INTE ALLS BELÅTEN med dagens händelser. Inte det minsta.

"Varför blev inte jag rådfrågad?" Lily ville ha svar där vi satt i de fladdrande ljuslågorna. Hennes vrede var formidabel, jag hade aldrig sett något liknande. "Hur vågar han tro att han kan underminera mitt ledarskap!" fortsatte hon.

"Han har kontroll över rådet och numera också över byn", suckade jag. "Ingen kommer att sätta sig upp mot honom, alltför många är lojala mot honom. Ni måste förstå, han lovar att befria dem från varelsen, det är allt."

"De är enkla, ärliga skogshuggare. De förstår inte vad som kan hända om han tar in hjälp utifrån", försökte Marishka. "Byns män samlas runt honom i den här frågan och de som kommer hit för att hjälpa honom får antagligen en förmögenhet."

"Min förmögenhet!" avbröt Lily.

"Hur kan han använda er förmögenhet för att betala inhyrda män?" frågade Marishka naivt. Lily Owen var mycket uppretad och viftade med handen i luften medan hon besvarade frågan. "Det mesta av min förmögenhet ligger i själva byn, i husen, i handeln och framför allt i timret. Det är en sedvanerätt och förmögenheten kanske inte direkt tillhör familjen Stanford men den är absolut tillgänglig för den som ansvarar för samhällets förvaltning."

"Rådet?" frågade jag.

"Rådet", svarade Lily modstulet och lät handen falla. "Jag har en egen liten förmögenhet i mark och reda pengar. Den kommer de naturligtvis inte åt men det stämmer att han kan lägga beslag på det mesta om han kan övertyga Woodland Point om att han har ledningen, på min bekostnad."

Hon verkade snarare upprörd över att förlora arvet efter sin far och farfar än sin förmögenhet. Jag satt tillbakalutad i fåtöljen med benen i kors och rökte min pipa. Jag lutade mig framåt bara när jag hade något att tillägga.

”Varför måste ni lämna byn?” Lily ställde en direkt fråga, och jag förstod att jag måste svara. Jag tog pipan ur munnen och böjde mig fram mot henne.

”Att vi inte har blivit landsförvisade betyder inte att vi inte bör söka oss i exil, madame.” Efter att ha tänkt efter länge och noga valt mina ord, var detta svaret jag valde att ge. ”Ni känner till vår historia, lady Owen, ni är den enda som vet något om vårt förflutna, om tragedin när vi träffades i Vilnius.”

”Ni misstänker att det finns ett pris på era huvuden?”

”Ett pris? Knappast”, svarade Marishka på frågan som inte var riktad till henne. ”Men familjen Lajunas är säkert ute efter att döda Eli, och kanske mig också.” Än en gång förklarade hon vår prekära situation för Lily. ”Om Woodland Point hamnar på kartan kan det vara lätt för dem att spåra oss från New York.”

Lily gav inte upp.

”Säg att ni skulle stanna, bara ett litet slag, då kan jag hjälpa er. Få er på fötter, så att ni kan börja om igen någon annanstans.” Hennes förslag var generöst, men inte något vi behövde.

”Ekonomiskt sett har vi tillräckligt för att börja om”, sa jag. ”Vi behöver ingen hjälp, och vi ber inte om det heller. Om de spårar oss hit och får reda på att ni känner till vår nya hemvist kommer de med största sannolikhet hota er för att komma åt den kunskapen.”

”Jag kan hjälpa er på andra sätt, herr Walker”, fortsatte hon. ”Jag kan ge er mark, tillräckligt nära för att det inte ska väcka misstankar, eller visa er i vilken riktning ni ska gå för att finna en fristad. Woodland Point är inte den enda gömda skatten i det här landet.”

Jag skrattade till.

”Det betvivlar jag inte för en sekund, Lily, men jag tror inte att vi tänker stanna i den här delen av världen. Kanske återvänder vi hem, åtminstone till Europa. Där skulle vi nog vara mindre suspekta.”

Lily sa ingenting men man kunde känna att hon snabbt höll på att få slut på idéer. Hennes inställning till hela händelseförloppet gav mig en känsla av att det kanske var mer än hennes tillgångar och familjens arv som stod på spel. Under de veckor som vi hade haft nära kontakt med varandra hade jag inte sett henne så personligt engagerad i någonting. Ja, detta var något helt annat än den skygga enstöring hon utmålades som. I tystnaden vände och vred jag även på andra tankar: Kunde jag verkligen bara lämna de här människorna som vi hade tagit till våra hjärtan och byn som tills nu hade haft så fina framtidsutsikter? Som hade skyddat oss? Kunde vi låta allt detta falla sönder i händerna på en excentrisk gammal man som var ute efter personlig vinning?

Till slut bröt jag tystnaden.

”Vad har ni i tankarna, lady Owen?”

”En vecka, Eli, det kommer att ta dem minst en vecka att nå fram till oss, om de håller tempot uppe.” Hon vände sig mot Marishka vars ansikte strålade av upphetsning över att vi skulle fortsätta att vara involverade i händelserna i Woodland Point. Lily fortsatte: ”Min makt håller snabbt på att förblekna, Edward Jackson har nappat åt sig rådet, och om jag ska kunna återfå kontrollen över byn behöver jag den där varelsen.”

”Men… jag trodde att ni själv lämnade över makten till Edward?” Marishkas fråga var en som jag länge hade velat ställa.

”Inte precis”, suckade Lily. ”Jag gav honom tillfälliga befogenheter över byn medan jag drog mig tillbaka i mitt hem några veckor, men det blev till månader och sedan…” Hon suckade igen. Sedan fick hon tillbaka rösten. ”Det var underförstått att han skulle träda tillbaka så snart jag hade hämtat mig från mina personliga problem.” Hon vände sig mot mig. ”Och nej, ni får inte fråga vad det var för problem.” Ytterligare en suck markerade slutet på hennes förklaringar. ”Men nu, när byborna har anpassat sig till hans styre, är jag rädd att jag aldrig återfår kontrollen över byn.”

Varken jag eller Marishka vågade säga något mer innan vi hade hört hur omfattande Lilys plan var. Hon formulerade den snabbt.

”Byborna skulle bli lugnade om varelsen fångades in och om det blir vi som fångar den innan Edward och hans män gör det kommer byn att vända sig till mig för att återställa ordningen.”

Det verkade vara hela planen.

”Om ni hjälper mig att få tag på den kan jag garantera er en ny plats att gömma er på för resten av livet”, sa hon med ett leende. ”Jag skulle också mer än gärna förvisa Jackson. Att ha honom kvar gör nog mer skada än nytta.”

”Men om han vägrar att ge sig av och bestämmer sig för att komma tillbaka med beväpnade män?” undrade Marishka.

”Då skulle han bli förvisad under hot om dödstraff!”

”Och det är hela planen? Fånga in varelsen. Och om vi stannar här blir Edward förvisad och vi behåller våra positioner, Marishka blir lärare. Bara så?”

Lily fuktade sina läppar och svepte tillbaka håret.

”Bara så”, log hon.

Jag vände mig mot Marishka som verkade tycka om förslaget. Jag skulle inte ha vågat ta något beslut utan henne, hon var mycket mer rationell än jag. Så jag vände mig mot fönstret och snön som hade börjat falla igen och lade sig på den ynkliga fönsterbrädan som en vit filt på en klipphylla. Lily reste sig och gick mot köket. Under den korta stund vi var ensamma ville jag reda ut med min partner var vi stod i frågan.

”Strålande, det enda vi behöver nu är ett sätt att fånga besten!” utbrast jag irriterat. ”Jag har slut på idéer, vi har redan försökt allt, till ingen nytta.”

”Nja, inte allt”, sa Marishka. Hon lutade sig framåt och håret svängde mjukt bakom öronen så att det dinglade framför mig. Jag var frestad att gripa efter det som en katt som leker med ett snöre.

”Jag har en känsla av att denna varelse inte är så främmande för Lily som vi kanske tror. Jag tycker det verkar som om hon har sett den förr.”

”Jamen, det har vi väl alla gjort?”

”Nej, jag menar förr!” svarade Marishka. ”Hur dog egentligen William Owen och hur kunde hans kropp försvinna obemärkt och aldrig återfinnas?”

”Du tror att det finns ett samband?” Jag såg det framför mig nu. Hur hade det kunnat undgå mig? ”Vi försöker något annat. Låt oss gå till arkivet!”

”Vad är det som har ändrats nu?”

Jag pekade mot köket, eller snarare mot vår besökare.

”Hon.”

Lilys besök hemma hos oss hade inte gått obemärkt förbi. Det hade vi inte heller förväntat oss. Vad som förbryllade mig var att vi inte verkade vara de enda som misstänkte att Lily Owen hade någonting med händelserna att göra. Hon hade gjort sitt drag när hon tog vårt parti och litade på att vi gjorde allt vi kunde för att göra byn trygg igen. Edward hade också gjort sitt drag, fast det var ganska oväntat. Det visade sig att jag hade underskattat mannen gravt och att han var mycket smartare än jag kunde föreställa mig. Han hade förutsett vårt nästa drag och bestämt sig för att demolera oss innan vi fick en chans att sätta igång.

Vi vaknade till det typiska, hysteriska skvallrandet som hade grasserat i Woodland Point de senaste månaderna. Folk hade alltid pratat men den här typen av eskalerande ryktesspridning hade inte funnits när vi kom till byn. Det var just en av orsakerna till att rådet hade skapats, det skulle stävja alla tendenser till disharmoni innan de växte och blev ett problem. Under året som gått hade rådet, föga överraskande, bara samlats när läget var desperat, så ryktena spreds snabbt i vår by. Den här morgonen gick det ett förfärligt rykte bland husen.

”Owen dog aldrig!” ”Det är William som är monstret!” ”Han har kommit tillbaka för att ta ut sin hämnd på oss alla!” Exakt vad det var han skulle ta ut hämnd för hade skvallerbyttorna ännu inte riktigt klart för sig. Jag hyste inga tvivel om att Edward Jackson låg bakom ryktena.

Hur Edward hade lyckats räkna ut hur vi resonerade kvällen innan förbryllade mig. Hur hade han kunnat höra våra tankar? Hade han lyssnat med ett glas mot väggen nästan hela kvällen? Kanske hade han glidit in och ut ur våra drömmar under vår knappa sömn. Eller så var han kanske bara en skicklig taktiker som hade arbetat för att nå toppen på stegen i många år. Han kanske hade varit förutseende nog för att veta att han skulle bli tvungen att vända byn mot Lily Owen. Jag undrade om det var tänkbart att han själv var ansvarig för attackerna mot byn, men slog sedan bort tankarna. Edward hade inte alltid varit en knöl! Till en början hade han verkligen varit hjälpsam och känt en viss sympati för Marishkas och mina svårigheter, som nykomlingar i byn, vill säga. Hur som helst, det faktum att byn skulle kunna vända sig mot Lily så snart var ett hot mot alla våra planer. Vi skulle behöva agera snabbt och inte förlita oss på någon annan än oss själva för att överlista mannen som nog satt och spann som en katt nu.

Det började mitt på torget. Ingen hade ansatt mig och Marishka, åtminstone inte än så länge. Allas vrede och skvaller var till största delen riktat mot Lady Owen och det var både orättvist och obefogat. Men hur olyckligt det än var så gav det oss en chans, om än bara en liten, att glida in i folksamlingen och ta reda på var ryktet kom ifrån. Detta gjorde i sin tur att vi kunde gräva mer i mysteriet kring Williams död och hans bortförda kropp. Helt utan att förknippa det med Lily, förstås. Vi lekte en låtsaslek. Vi antydde att vi skulle ge oss av, eller åtminstone förberedde oss på att lämna byn. Men i hemlighet snokade vi efter information.

De bistra snöstormarna som hade plågat samhället i flera veckor verkade upphöra ungefär vid den här tiden. Det betyder inte att det slutade snöa helt, tvärtom, men att säga att snön föll är kanske inte det rätta ordet. Den snarare drev in. Marishka var ivrig och ville komma igång nästan med detsamma så innan klockan slog tolv var vi mitt uppe i det hela och stod på torget med snö upp till anklarna och falskhet upp över öronen. Fastän byborna visste vem som hade varit hemma hos oss så hyste de inget agg mot oss. De hade ju trots allt inte alla fakta. Relativt oantastade tog vi oss förbi en liten snabbt hopsnickrad plattform precis utanför porten och vek av åt höger. Jag halkade nästan omkull på de isbelagda stenarna och om jag nu hade trillat kanske byborna hade tagit det som bevis på att jag verkligen var en odugling. Men Marishka hade snabba reflexer och högg tag i mig så jag lyckades hålla balansen med hennes hjälp. Arkivet låg knappt fyra eller fem meter därifrån. Det hade varit pinsamt att falla nu inför så många vittnen.

”Jag förmodar att Alice Briggs inte har något att berätta för oss som Edward inte redan vet?” sa Marishka och hennes kalla andedräkt träffade mig som en isande fläkt över ett trött, gammalt ansikte.

”Naturligtvis inte”, svarade jag och blinkade, försiktigt så att ingen skulle märka det. ”Men jag tvivlar på att Edward har varit förutseende nog att lägga ihop två och två, som du och jag har gjort!”

”Jag vet knappt vad det är vi håller på att lägga ihop längre!” svarade Marishka sarkastiskt, och jag drog henne mjukt i armen in i arkivet innan jag omsorgsfullt stängde dörren bakom mig.

Inne i arkivbyggnaden var det fuktigt, mörkt och alltför dammigt för min smak. Spindelväven visade att där inte hade varit många besökare under alla år sedan den byggdes. En födelse, en död eller ett bröllop måste då och då ha behövt föras in i registret och sorteras in på sin plats. Det var allt, och förutom vid dessa enstaka händelser var det ingen som kom till arkivet. Man kunde undra vad Alice Briggs egentligen gjorde hela dagarna. Hon kände säkerligen alla i byn innan och utan, de döda, de levande, de resande och de utvandrade. Hon hade fört noggranna anteckningar över de människor som hade försökt flytta till byn men inte fått tillåtelse, dessa stackare som hade önskat söka sig en boplats i Woodland Point. I ett hörn hade hon en stor kista med den mest värdefulla informationen. Det var en stor bok, inte lika dammig som de andra, och mellan dess pärmar fanns byns samlade värde i detalj. Vem som ägde vad, hur de blivit ägare, vem som skulle få ärva när en person avled, och dessutom varenda invånares ekonomiska tillgångar.

Där bakom hennes skrivbord, i samma låsta och förseglade kista fanns en annan bok som jag hade längtat efter att få ta en titt i. Jag hade önskat att få läsa i den boken ända sedan den dagen jag fick veta hur det fungerade i Woodland Point. Det var boken med regler, rättigheter och förordningar som hade fastställts av Toms far och sedan undertecknats i tur och ordning av Tom och Lily. I själva verket innehöll den nyckeln till byns portar. Det var en edgång, kan man säga, om att upprätthålla samhällets lagar. Edward måste underteckna den och sedan behövdes Lilys signatur för att han skulle få absolut makt.

Du förstår, trots att de levde i dagens värld, inom ett annat lands gränser, var Woodland Point mycket annorlunda. Jag måste be om ursäkt, jag känner att jag borde ha berättat om det här mer ingående i början av vårt äventyr, men det gjorde jag inte. Hur som helst, du kan få veta det nu. Woodland Point är inte bara en by som ligger undangömd för världen. Den bygger på en idé, en plats som har skapats för dem som inte vill beblanda sig med dagens värld. För dem som vill leva som deras förfäder gjorde, många generationer bakåt. Fria från kungar, fria från skatter och förföljelse. Men som i alla fristäder av den här magnituden måste en rad strikta regler följas för att samhället skulle fungera harmoniskt och inte bli ett gömställe för pirater, mördare och kriminella. En av reglerna var till exempel valet av guvernör i Woodland Point. Jag säger guvernör men jag menar Lily. Åh, det var inte alls någon kung eller drottning, men inte heller en vanlig medborgare. Alla visste att den yttersta makten låg hos guvernören men att han eller hon diskuterade sina förslag med rådet. Ledarskapet gick från person till person och var från början menat att ärvas. Men eftersom Lily nu var barnlös skulle hon få lämna över byn till en pålitlig vän. Edward Jackson kunde inte vänta tills hon avled, eller hur? Han försökte ta över Woodland Point med våld. Han hade plockat in soldater utifrån, struntat i rådet och angripit både Lily och hennes arv. Allt detta var brott mot de harmoniska reglerna. Så vad kunde vi göra? Boken var svaret, boken innehöll nyckeln. Det var i alla fall vad jag trodde.

Alice Briggs satt lugnt vid disken som hon brukade och läste några lokala dagstidningar som Cornelius hade haft med sig. Gamla nyheter var nya nyheter i ett samhälle som inte ville ha kontakt med omvärlden. Jag hade lagt upp en strategi på morgonen. Att omsätta den i handling skulle bli mycket mer krävande. Jag satte mig mitt emot henne och väntade tålmodigt på att hon skulle lyfta ögonen från sin svagt belysta tidning och fråga mig vad jag sökte. Det dröjde inte länge.

”Eli Walker”, sa hon. ”Jag får inte så ofta besök här i arkivet. Nästan alla vet det mesta om de flesta häromkring.” Hon lutade sig framåt när hon pratade som en gammal professor med åratal av visdom i blicken. ”Så jag gissar att ni som kommissarie inte letar efter något som gäller en av våra levande invånare?”

Som jag sa, hon bar på många år av visdom. För mig framstod hon som en dam som tyckte om en bra gåta.

”Ni har hört ryktena här inne också då, gissar jag?” sa jag och syftade på Lilys makes förmodade återuppståndelse.

”Åh, pytt!” Arkivföreståndarskan rätade på sig i stolen, pekade med två fingrar i luften och gjorde en gest mot några bybor på torget. ”De där dumbommarna skulle inte kunna koka ihop en bra historia ens om man serverade den på ett fat!”

Marishka smet iväg till ena väggen och mönstrade en lång rad av böcker. De flesta handlade om allmänna botemedel och skulle passa bra in på ett apotek. Hon skulle göra en undanmanöver och sakta röra sig mot den låsta kistan bakom den gamla damen. Det skulle nog inte lyckas, men det var värt ett försök.

”Kan jag hjälpa dig med något, mitt barn?”

”Nej, fru Briggs, jag är bara intresserad av arkivet, det är imponerande.”

”Det är det inte många som tycker”, svarade hon tankfullt. ”Nå, säg nu inte att ni tror på spökhistorier, herr Walker?” Hennes sneda tänder stack fram mellan läpparna som för att understryka ett oväntat men oskyldigt leende.

”Inte precis. Men ni är ju en klok kvinna och vad skulle ni, rent teoretiskt, kunna berätta för mig om William Owen som inte alla i byn känner till?” Hennes ansikte lyste upp. Man kunde ana att känslan av att vara behövd och av att det sattes värde på hennes arbete för en gång skull gjorde henne alldeles rusig.

”Mycket. Mestadels dåliga saker, dock.” Hon stack lillfingernageln i munnen och bet försiktigt i den. Sedan snurrade hon runt i stolen, sträckte in handen under bordet och drog fram en bok. Boken stod inte i hyllan. Hon hade den nära sig och det måste väl finnas en anledning till det?

”Vi är inte de första som kommer hit i dag, eller hur?” ropade Marishka bortifrån hörnet.

”Ni vet vem som har varit här och ställt samma fråga som ni.”

”Alice, får jag fråga vad du berättade för honom?” Jag påpekade att det var bråttom, men den listiga gamla damen var alltför upptagen med att vara hemlighetsfull.

”Jag svarade på de frågor han ställde.” Hon log och det var betryggande. Hon slingrade sig, fast på ett bra sätt, kunde man säga. Jag sa ju att hon tyckte om gåtor. ”Du är polis. Du vet säkert vid det här laget att det inte är svaren på en fråga som är det viktiga, utan hur frågan ställs. Vilka detaljer som efterfrågas.” Hon blinkade och log ett spjuveraktigt leende.

”Edward ställde fel frågor...” mumlade jag.

”Precis!” utropade den gamla damen och hötte med fingret ”Men någonting säger mig att du är lite mer lovande, du är ute efter något speciellt. Jag har näsa för sådana saker.”

”Det tror jag säkert”, log jag. Trots gissningslekarna hade arkivarien visat att hon satt inne med upplysningar och inte var ovillig att dela med sig av dem. Jag förmodar att hon bara ville försäkra sig om att hon gav upplysningarna till rätt personer. Alice Briggs, gåtornas mästarinna.

Jag bytte ställning i stolen för att sitta bekvämare. Jag hade tillbringat en stor del av mitt liv med att ställa frågor för att lösa mord och mysterier, men märkligt nog hade jag ofta ställt dessa frågor i den unkna luften i den avlidnes hem. Jag hade stirrat på döda kroppar och analyserat vad som hade hänt snarare än att försöka reda ut vem som hade gjort vad. Ju mer jag lärde mig i Woodland Point desto mer övertygad blev jag om att jag hade blivit ditsänd av en gudomlig kraft. Till slut fick jag nästan en känsla av att jag hade blivit kallad att lösa fallet med Baphomet och se till att byn hamnade i Lily Owens händer igen. Men först måste jag använda min förmåga att ställa rätt frågor för att locka fram de rätta svaren. Jag började.

”1822 gifte sig William Owen med Lily Owen. 1825 dör sonen Jeremiah, och William super ner sig och blir aggressiv. 1828 dör han av en katarr. Han låg lik i hemmet men innan begravningen hann äga rum blev kroppen stulen och ivägsläpad till skogen.” Det var allt jag visste. Alice ansikte utstrålade spänd förväntan, men hon förväntade sig att jag visste detta, även som utböling. Det krävdes mer för att imponera på henne.

”Hans kropp hittades aldrig och man hittade aldrig den skyldige”, fortsatte jag. ”Organiserades det någon skallgång för att återfinna kroppen? Hur noggranna var efterforskningarna?”

”Tre män i två dagar, och inga spår hittades.” Den gamla damen var kortfattad, kanske medvetet.

”Vem skrev under hans dödsattest?”

”Amelia Dupont”, var hennes svar.

”Amelia Dupont praktiserar som bydoktor men har ingen utbildning. Hon var med när Jeremiah Owen föddes också. Vem tog henne till Woodland Point?”

”Tom Stanford”, svarade den gamla.

”Så Amelia Dupont undertecknade dödsattesten och angav dödsorsaken.” Kvinnan nickade. Om någon visste ifall den verkliga orsaken till Williams död var katarr, så var det hon.

”William är död, det kan jag gå i god för!”

”Om Amelia var ensam med att fastställa dödsorsaken och hon var oerfaren, hur kan du vara så säker?” Än en gång stångades vi.

”Jag såg honom”, sa hon och knackade nonchalant två gånger med fingrarna på den dammiga bordsskivan. ”Han stack inte till skogs på egna ben. Varelsen där ute har funnits där väldigt länge.”

Hon tystnade och funderade på något. Så reste hon sig, vände sig bort och tecknade än en gång åt mig med fingret. Det verkade som om hon blivit tillräckligt imponerad av mitt korsförhör.

”Kom, Eli, jag ska visa dig någonting.”

Nu hade vi ett perfekt tillfälle. Marishka gled lugnt bort till kistan med regelböckerna medan jag reste mig och följde efter den påtagligt upprymda gamla kvinnan, förbi skrivbordet och in i ett rum bakom ett svart draperi. Där bakom var det mörkt. Marishka var tyst som en mus när hon försiktigt dyrkade upp kistans lås, ett hantverk som hon måste ha varit ganska bra på när jag först träffade henne, men nu hade hon blivit lite ringrostig, vilket bara var att vänta efter att hon hade levt ett civiliserat liv i London under mer än tio år.

I det bakre rummet tände Alice Briggs ett ljus. Mycket farligt, kändes det som. Minsta lilla vindil genom ett fönster – jag såg visserligen inga – och lågan kunde ha fått tag i draperierna och kläderna som hängde där bakom.

Så enkelt kunde detta ställe ha brunnit ner till grunden och med det hela Woodland Points arkiv. Det skulle verkligen ha varit tragiskt!

Den gamla damen pekade i mörkret på en teckning som satt uppspikad på en halvmurken taksparre. Dess vanskliga placering kunde ha fått hela arkivbyggnaden att kollapsa. Det var rutin att inspektera byggnaderna före och efter vintern för att kontrollera att de skulle kunna stå emot kommande snöfall, men av någon anledning hade man missat denna. Jag förmodar att de aldrig kontrollerade de bakre rummen av arkivet, de flesta skulle inte sörja om det hade fallit ihop. En del kanske önskade att det skulle ersättas med en ny affär eller kanske en taverna till. Jag tvivlar på att Alice skulle ha låtit dem gå in dit i vilket fall som helst, eftersom hon inte ville att de skulle se det jag strax skulle få se. Jag gick närmare teckningen, den lilla fladdrande lågan lyste knappt upp motivet.

Sakta växte bilden fram. Präntad i det tjocka vita pappret med tjock kolkrita syntes konturerna av en best. Den hade knappt urskiljbara drag, men på något sätt var den människoaktig, kanske en apa på alla fyra, eller en hund. Jag kände omedelbart igen de otroligt långa fingrarna som var utspärrade på marken i denna hastigt och primitivt tecknade bild.

”Jag sa ju att jag hade sett honom”, upprepade hon.

”Var?” frågade jag utan att ta blicken från teckningen, som utan tvivel var den bästa avbildningen vi hittills hade av varelsen.

”Åh, han kommer och går över torget. Jag förväntas sitta inlåst hemma som en olydig skolpojke, men ibland bryter jag mot reglerna för att spana efter honom.” Hon gick närmare teckningen och lade huvudet på sned. ”Jag kan inte hjälpa det, men jag fascineras av honom och han får mig att stanna kvar. Det är ganska vackert, faktiskt...”

”Hur kunde du hålla tyst så länge?”

”Vad skulle jag säga?” svarade den gamla damen. ”Ingen skulle tro mig, en gammal toka som sitter där instängd med sina böcker. Det är vad de skulle säga!”

”Dina iakttagelser kunde ha räddat livet på två bybor!” for jag ut.

Jag skäms för att erkänna det nu, men min sorg över paret Greens öde mattades av i det ögonblicket. Precis som för Alice tog min fascination över varelsen överhanden. Jag hade känt detta förr, en eller två gånger under den relativt lugna hösten när jag stod på fältet och stirrade mot skogsbrynet, när jag kikade mellan de fallande löven och de vajande grenarna efter varje glimt av vår besökare, efter varje antydan till att han stirrade tillbaka på mig, att han gjorde precis som jag. Nu kom det tillbaka där i arkivet och jag förstod nästan omedelbart hur Alice Briggs kände sig och varför hon inte hade sagt något om sina iakttagelser. Men det var inte allt. Det låg något mer bakom Baphomet. Jag tystnade och släppte min ilska över att hon tigit, avledde min vrede och mjukade upp den med förståelse och medkänsla. En ljusglimt skar genom mörkret när Marishka steg in med boken väl undangömd i något av alla vecken på sin klänning. Jag tog ingen notis om henne. Det som hade avslöjats i rummet där bakom var mycket mer betydelsefullt än Woodland Points framtid. Så kändes det, åtminstone där och då.

”Å andra sidan, Alice, att du höll tyst var kanske ett lyckokast för oss.”

”Du samarbetar med Lily Owen för att hitta den där pojken innan de andra gör det, eller hur, Eli?” Det tog ett par minuter innan jag förstod vad hon sa.

”Pojken?” Jag var nästan alltför ivrig.

”Vet du verkligen inte det?” Det lät nästan som om hon tyckte synd om mig.

”Vilken pojke? Snälla, berätta!” bad jag.

”Det har jag redan sagt, herr Walker!” Sakta gick det upp för mig.

”William dog och hans kropp fördes bort, men inte av något monster.”

”Precis!” Hennes svar kom snabbt och ivrigt, som om hon länge hade väntat på att någon skulle knäcka koden och upptäcka den hemlighet som bara hon och Lily Owen kände till. Hon längtade efter någon att prata med om vad hon visste.

”William fördes bort av sin son!” sa jag med ett frustande skratt. ”Jeremiah dog aldrig!”

”Äntligen, nu har du kommit det på spåren!”

”Men ... inga pojkar ser ut sådär. Inga pojkar skulle kunna utföra de brutala handlingar vi har bevittnat.”

”Åh, sluta med det där tramset, herr Walker!” Arkivarien började bli otålig igen. ”Det här är inte någon slags pojke du känner till. Han är inte mänsklig nu, han är något annat, något från den andra sidan.”

”Owens övergav sitt barn på grund av hur det såg ut, hur det betedde sig. Det perfekta paret övergav sitt defekta barn?” funderade jag. ”Men inte kunde han väl överleva där ute i vildmarken? Även en fullvuxen människa skulle ha svårt att överleva utan vapen, mat och kläder.”

”Vänta lite!” avbröt Marishka, vars närvaro hittills hade varit relativt obemärkt. ”Det kanske är som med de där i Ryssland.”

Jag vände mig och såg hennes siluett som glittrade lite svagt i det spöklikt fladdrande ljuset. Hon hade fångat min uppmärksamhet och även arkivariens, som trots sin förtegenhet verkade ivrig att få höra fler teorier om varelsen, eller Barnet, som han senare skulle komma att kallas. Hon ville så gärna att vi skulle räkna ut sådant som hon inte hade tänkt på själv, att vi skulle lägga ihop pusslet. Den verkliga identiteten och härkomsten för denna pojke som en gång kallats Jeremiah.

”Vi lyssnar, min vän”, sa jag uppmuntrande.

”Alltså, det här är bara en historia jag hört, och en ganska fånig sådan.”

”Ingenting är fånigt längre”, inflikade Alice.

”När jag var barn hörde jag ofta berättelser om folk som kom resande genom stan och hade med sig sällsynta djur, en del var dompterade, andra vilda som okontrollerade eldar.” Hon samlade sina tankar och minnen en stund innan hon fortsatte: ”Vid ett tillfälle hade de vilda barn med sig.”

”Vilda barn?” Jag var fortfarande förbryllad.

”Ja, precis. De hade fötts upp av vargar, eller hundar, sa de.” Hon såg sorgsen ut. ”De kunde inte prata och inte använda sina händer ordentligt, de var smutsiga och aggressiva.”

”Uppfödda av hundar?”

”Men detta är bara något som jag har hört, jag vet inte om det ligger någon sanning i det. Jag vet bara vad jag sett med egna ögon”, suckade hon. ”Saken är den att de såg ut som människor, men var inte människor längre. De morrade och väste, gjorde konstiga ljud och åt rått kött.”

”Morrade och åt rått kött?” utropade jag.

”Herregud”, var det enda arkivarien kunde bidra med tills hon hade fått lite ordning på sina tankar.

”Men hur kan någon så liten och hjälplös ha överlevt där ute, genom de hårda vintrarna? Eller varit stark nog att bära iväg en fullvuxen man in i skogen?” frågade Marishka.

”Nja”, sa jag och svalde hårt. ”Om pojken blev övergiven på grund av sitt yttre tyder det på att han avviker kraftigt från ett normalt barn.” Jag plockade upp teckningen igen och studerade den ingående. ”Han kan vara starkare, vigare och mer motståndskraftig mot naturens krafter.” Tanken fick oss alla att rysa. ”Men varför kom han tillbaka? Varför just nu?”

”Skogshuggarna”, svarade Marishka och allt började sakta falla på plats. ”Du sa att Edward skickade skogshuggarna till ett nytt område, utanför Sanctuary Woods som de alltid har hållit sig inom.”

”Tio år och inte en enda rapport om någon varelse”, lade jag till. ”Så skickar Edward Oscar Helmsson och hans män förbi Western Ridge och ut i de södra skogarna, utanför det vanliga skogsområdet.”

”De inkräktade på hans revir!” sköt Alice Briggs in och lät betydligt mer territoriell och defensiv än kanske var påkallat. ”Det var rena turen att jag fick syn på den.”

”Tur!” frustade jag. ”Skogshuggarna började avverka träd i den region som pojken uppenbarligen har mutat in som sitt land för mer än tio år sedan.” Jag flämtade efter luft, jag blev alltför exalterad av det här. ”Han fick syn på dem och följde efter dem. De ledde honom rakt hit till oss och till byn.”

”Och han har bevakat oss ända sedan dess”, avslutade Marishka mina tankegångar.

Nu höll solen på att försvinna och det skulle inte dröja många timmar innan mörkret lägrade sig över Woodland Point igen. Vi måste komma på något sätt att kringgå utegångsförbudet för att själva få en glimt av Barnet. Trots att vi gärna ville se detta mirakelbarn insåg vi att det var farligt för det, och för oss, att vara på torget. Vi måste leta rätt på honom ute i skogen, långt från män och kvinnor och barn. Långt från gevär och knivar och yxor och svärd, långt från den hämndlystna populasens hat. Vi hade kommit så långt men det fanns fortfarande så många obesvarade frågor kvar.

Hur kunde Lily överge Jeremiah? Hur och varför hade Barnet släpat iväg William Owens lik in i skogen, och hur hade det överlevt? Varför hade det dödat somliga och vad hade det för motiv? Vad ville Barnet ha nu? Var hade det sin lya? Varför hade Louis Decruix inte blivit anfallen? Hade det medkänsla med andra barn? Var det intelligent?

Den nya kunskapen ledde till ett otal frågor. Lily skulle säkerligen kunna berätta hur det hela började. Varför hade hon inte sagt något till oss?

Vi tackade Alice Briggs innerligt, lämnade rummet som nu låg i mörker och gick mot arkivets utgång. Det mörknade snabbt men ändå var klockan knappt tre. Vi hann bara precis öppna dörren.

”Lily måste signera den där liggaren!”

Vi gjorde helt om och hade totalt glömt allt det där om att stjäla regelboken. Marishkas första reaktion var att spela dum och det hade nog jag också gjort om inte Alice hade varit så snabb i vändningarna.

”Men...” var allt min unga kompanjon fick ur sig.

”Åh, kära vän, jag visste att du hade tagit boken långt innan du ens visste det själv!” Den reserverade gamla damen log med hela ansiktet.

”Fru Briggs, vi har inte för planer att lägga vantarna på hela Woodland Point”, sa Marishka trotsigt.

”Naturligtvis inte”, log hon emot oss. ”Ni tänker ha den där boken under uppsikt för att Edward Jackson inte ska hitta något sätt eller en metod för att tvinga Lily att skriva över hela byn på honom.” Nu blinkade hon också. ”Även under de mest sorgliga tider kan ni nog se lite humoristiskt på livet, det ser jag i era ansikten.” Hon skänkte oss ett sista leende innan hon vände om. ”Det var längesedan du skrattade. Försök göra det snart igen, lilla vän.”

Marishka nickade. Hennes hår var samlat i nacken och studsade upp och ner på hennes hårt sittande krage, likt en hästsvans som guppade i galopp. Och med det var hon färdig och vi gick. Lily Owen hade en del att förklara.

DET MESTA SOM VI VET I DAG om händelserna i Woodland Point före 1839 är hämtat från våra minnen, men faktum är att jag inte kan dra mig till minnes särskilt mycket av samtalet mellan Marishka, Lily och mig själv utan att fylla ut med omskrivningar och utan att titta i min fullklottrade dagbok. Som du nog kan föreställa dig så skedde större delen av vår intervju med Lily Owen i all hast och under en mycket uppskakande tid. Därmed har den exakta ordalydelsen i dialogen mellan oss gått förlorad för alltid. Jag ska emellertid försöka att noggrant förklara allt för dig så som det förklarades för oss när vi besökte henne direkt efter att vi varit hos Alice Briggs. Jag måste än en gång understryka att uppgifterna bygger på våra minnen, Marishkas och mitt. Vi har gjort vårt bästa men du måste förlåta mig om det någon gång i framtiden skulle komma fram fler uppgifter som inte finns med i min redogörelse för händelserna fram till William Owens död.

Lily hälsade oss välkomna som vilka vänner som helst. Hennes hus var mycket större än alla andra i byn, grandiost och majestätiskt. Det är inte många byggnader i Woodland Point som har tre våningar. Faktum är att förutom Owens hem och kyrkan kan jag inte komma på några fler. Som jag har sagt tidigare så byggdes hennes hus mycket snabbt inför bröllopet och det var ett hem som passade ett elegant par som Lily och William Owen.

Vi slog oss ner tillsammans med henne i salongen och satt till en början tysta, inte precis tillmötesgående. Kanske väntade vi på att hon skulle förklara för oss det vi just hade fått reda på av någon annan. Det gjorde hon inte, förstås. I stället satt hon i sin stora soffa (stor även för två, som den nog var tänkt för), klädd i rött som vanligt och insisterade på att få veta vad vi hade fått reda på under dagen och huruvida vi hade kommit närmare att kunna fånga vårt byte. När vi till en början inte berättade mer än att vi hade besökt Alice Briggs i arkivet, var hon fortsatt reserverad och tystlåten. Lily verkade inte ens särskilt orolig över att arkivarien skulle avslöja hennes hemligheter och lumpna handlingar för oss, men så här i efterhand, varför skulle hon ha varit det? Anteckningarna i arkivet och pratet i byn sa samma sak: William hade dött av katarr och Jeremiah hade mött en för tidig död av okänd anledning. Förmodligen var han ett klent barn, det är ju trots allt inte så ovanligt.

Till synes säker på att vi inte hade kommit på vem Baphomet kunde vara eller hittat ett samband mellan honom och Jeremiah, frågade hon än en gång lugnt vad vi hade bestämt oss för att göra under den korta tid som återstod innan männen skulle komma till byn och driva fram besten. Det gick upp-för oss att Lily kanske inte hade lagt samman två och två. Kanske var hon lyckligt ovetande om att Baphomet, eller Barnet, egentligen var hennes son, Jeremiah. Jag hade alltid känt det som att den okonstlat vackra änkan dolde något under sina rosenröda klänningar, men måhända var det inget annat än det faktum att hon hade övergivit sitt barn och aldrig kommit över det. Marishka hade redan tidigare vädjat till mig att vara mindre självsäker i mina omdömen och på väg till Lily Owen den dagen gjorde hon det igen. Hon bad mig särskilt att inte dra några förhastade slutsatser om vilken roll Lily spelade i allt detta. Men jag dristar mig att säga att det inte fanns någon an-ledning att gå som katten kring het gröt.

”Jeremiah?” hörde en förfärad Marishka mig säga. ”Han lever eller hur?”

Lily teg.

”Hur länge har du vetat det, Lily?” Min unga vän försökte en mjukare tak-tik mot den oberörda kvinnan. Hon sa fortfarande ingenting.

Det gick ett par minuter och Marishka gled ner från sin pall och satte sig bredvid den äldre kvinnan. Hon smög sina händer över Lilys knä och tog hennes trötta hand och smekte Lilys tumme med sitt finger.

”Han finns där ute, Lily”, började jag men tystnade när jag möttes av en skarp blick. Lily sa fortfarande ingenting

”Vad kunde jag göra?” Lily bröt till slut sitt tystnadslöfte. ”Vad kan jag göra?” Det var en uppriktig fråga med tanke på omständigheterna. ”Det borde inte ha blivit på det viset”, sa hon. ”Det var inte meningen att det skulle bli så.”

”Berätta”, bad Marishka.

”Det finns fortfarande tid, Lily. Vi vill hjälpa dig men du måste lita på oss.” Även jag reste mig från stolen och satte mig i soffan bredvid Lily. Den var faktiskt gjord för tre.

Hon var inte ensam längre, soffan var inte längre för stor. När jag lyfte hennes haka med min ena hand kände jag en rännil av varma, salta tårar, längs mitt finger och över min handled. Det brast för henne.

”Lita på oss, Lily, och låt oss hjälpa dig. Du har varit ensam länge nog”, sa jag.

”Kan ni hjälpa honom?” frågade hon och sjönk sakta ihop som smältande is under solens strålar.

”Jag vet inte”, svarade jag ärligt. Jag log svagt mot Marishka och sedan mot henne. ”Men vi kan försöka tillsammans.”

En kraftig snyftning ekade i det tysta rummet. Sedan fyllde Lily lungorna med luft och förberedde sig på att berätta om mysteriet med Barnet. Om vad hon hade vetat och fruktat hela tiden. Lily Owen började blicka tillbaka på händelserna i det olycksaliga barnets liv. Hur han föddes, hur han levde, hur han dog…

Jeremiah fanns inte i den lilla kistan när den sänktes ner i jorden då för många år sedan. Jeremiah var inte död. Han hade inte ens ett namn, i alla fall inte ett namn som hans far ville ta i sin mun. Hans far kallade honom helt enkelt för Barnet. Lily hade vetat det hela tiden men var egentligen aldrig med på att bygga upp bluffen att Jeremiah var död. Det hade varit Williams idé. Men vid det här laget hade hennes en gång så charmerande prins förfallit till en ilsken, aggressiv, alkoholiserad odugling. Det var bara alltför lätt för det kräket att hunsa Lily. Och att misshandla barnet var ännu lättare. Ingen av dem försökte sätta sig upp mot honom eller ge tillbaka. När man ser tillbaka på det kan man inte undgå att tycka synd om Lily och man kan förstå hur hon tänkte när hon fogade sig efter sin våldsamme drinkare till man. När hon förlorade sin egen far några år tidigare blev hon den ensling vi hörde talas om när vi först kom till byn. Hon träffade aldrig någon, var tvungen att visa bort besökare; hon hade isolerat sig helt på grund av rädsla. Rädsla för sin man och för vad han kunde göra med deras barn. Ingen fick veta att han levde eller i vilket tillstånd han befann sig. Ingen fick gå upp på vinden.

Men Jeremiah hade undsluppit döden, åtminstone för en tid. När han så småningom flydde ut i skogen kring byn blev William förvånad, men för Lily var det en prövning. Hon hade aldrig vågat erkänna det ens för sig själv, men hon hade varit rädd för det hela tiden; att den nattlige besökaren, monstret, varelsen, Baphomet, egentligen var hennes älskade lille pojke. Han hade nu kommit hem till en by som inte var lika grym som den han lämnade mer än tio år tidigare, men som fortfarande styrdes av brutala sällar, skulle man kunna säga. De verkliga monstren i Woodland Point var de äldstes råd, och deras ledare, Edward Jackson.

Det hade varit påfrestande och tungt för Lily att bära Jeremiah. Hon hade haft ett svårt havandeskap, med oförklarliga blödningar vid flera tillfällen och varje gång hade hon fruktat för sitt ofödda barns liv. Men när han föddes verkade han frisk och normal. Amelia Dupont var bydoktor redan då och i födelserapporten nämnde hon inga fysiska missbildningar eller anomalier med spädbarnet.

Lily födde pojken och det blev stor uppståndelse i byn. Den nyblivna modern tog emot många besökare i sitt nybyggda hem. De kom med sina välgångsönskningar, och alla ville se det vackraste barnet i världen. Lily betonade att Jeremiahs födelse var en storslagen händelse. William var stormförtjust.

Hon kunde inte minnas exakt när de första tecknen på fysiska missbildningar började dyka upp, men hon gissade att det var vid sex månaders ålder. Barnet blev också alltmer rastlöst, sa hon, och vägrade även äta ibland. Lily berättade för oss att Jeremiah blev stel i överkroppen under den här perioden. Det har aldrig kommit fram någon fullständig förklaring till det, inte ens i dag. Man får anta att ursprunget till denna rigiditet i bröstregionen måste ha varit en av de många fysiska krämpor och anomalier som Jeremiah led av under hela sitt liv. Det här är bara spekulationer, är jag rädd. Det finns inget som helt förklarar vad som verkligen låg bakom kramperna och stelheten i Jeremiahs överkropp.

Vi har däremot en del uppgifter om andra abnormiteter som Lily upplyste oss om. Dessa uppgifter kan bekräftas, men även här saknas det medicinska rapporter. När abnormiteterna började dyka upp blev William allt mer kontrollerande, och förhindrade alla kontakter med sonen. På detta sätt undanhölls pojkens försämrade tillstånd för byn.

Som sagt, de första månaderna flöt förbi som vanligt i Woodland Point.

Gradvis förlorade folk intresset för den nyfödde, precis som man kunde vänta sig. När det började dyka upp något som verkade vara stora bölder på den lille pojkens skulderblad tillkallades Amelia Dupont. I sin privata sammanfattning beskrev hon dem först som vanliga cystor. Vid ett försök att punktera cystan, en omodern metod numera, upptäckte hon att bölderna var av ben, men hon ansåg inte att det var allvarligt nog för att påverka barnets hälsa. Detta drabbade dock William Owen mycket hårt. Prinsen hade förstås velat ha ett perfekt barn, och när pojkens armar började växa sig ovanligt långa hade fadern fått nog.

William nöjde sig inte med att fröken Dupont än en gång försäkrade att detta inte skulle störa utvecklingen för det barn som hon menade skulle växa upp till en frisk pojke. Lily minns att efter detta ville William inte ha mer med Jeremiah att göra. Han började att otyglat hänge sig åt drickandet. Han tog befälet över sin fru med en order om att Amelia inte skulle tillkallas igen. Han slutade kalla Jeremiah vid namn.

Lily stannade hemma med pojken i ytterligare ett halvår och sågs sällan ute. Detta ansågs inte heller vara så konstigt med tanke på hur tiderna var. En ung mor, som dessutom just hade förlorat sin far, förväntades stanna hemma och ta hand om barnet. William tog över styret i byn och slog sig ihop med en viss Edward Jackson, en man som du vid det här laget är väl bekant med. Hans drickande tilltog och när fler symtom på ett fruktansvärt sjukt barn började dyka upp, tog Williams sinnesstämning och beteende en vändning till det sämre.

Pojkens fingrar hade växt till vanprydande längd och hans hud hade blivit degartad och vit. Han grät ofta. Inte bara tvingades han utstå outhärdlig växtvärk, han blev också oförtjänt slagen av sin berusade far för sin sjukdoms skull. Till en början försökte Lily gå emellan William och Jeremiah, men när hennes man då började ge sig på henne kunde hon inget annat än att huka sig och gråta. När vi frågade om hon någonsin funderade på att vända sig till rådet eller be om hjälp svarade hon att hon hade varit alltför uppriven och rädd. Lily Owen fruktade att hennes våldsamme make kunde döda den lille pojken, något som han senare började hota med allt som oftast under den sista tiden i Jeremiahs ”kända” liv.

”Han hotade att döda min pojke”, berättade Lily där hon satt mellan oss. Hennes röst började bli hes, som om hon pratat mer än på länge. ”Min stackars pojke. Avliva, sa han. Som om han var ett djur. Sen ska du ge mig en riktig son, sa han. Annars dödar jag dig också."

När fler bölder och knölar började bildas längs pojkens ryggrad vidtog William drastiska åtgärder och isolerade pojken mer och mer. Framåt vintern 1824 var den unge pojken helt isolerad, fastbunden på husets tredje våning utan andra besökare än sin mor. Till en början fick Lily lov att ge barnet mat, men när William började tappa besinningen försökte han hindra henne från att mata det. Hon vägrade att kuvas då. Det var vanligt att William befann sig på puben varje kväll och köpte läckerheter åt sig själv och, säger en del, till Greens äldsta dotter som det ryktades att han gick i säng med bakom sin frus rygg. Jag betvivlar inte att den unga modern vid det här laget inte brydde sig så mycket om Williams kurtiserande, utan i stället desperat tog tillfället i akt att mata sitt barn, en gärning som hon ofta fick ta emot slag från sin make för.

Förutom att mata den snabbt växande Jeremiah, skötte hon om hans sår och skråmor. Ibland när William var borta befriade hon honom. Moderskärleken kunde inte dö, trots att han snabbt blev alltmer vanställd, det syntes tydligt även i mörkret.

En kväll lyckades William nästan döda den unge pojken, som trots de täta besöken från sin mor, trots att hon skötte honom och gav honom mat, knappast kunde beskrivas som något annat än vad Marishka skulle kalla ett vilt barn. Jeremiah kunde inte prata, han kunde inte förstå och kunde inte leka. I stället för att kommunicera fräste han och morrade och just den här kvällen ledde hans vildsinta reaktion mot William nästan till hans död.

Han gjorde ett utfall mot William, och trots att han var fjättrad lyckades han sätta de små, trubbiga tänderna djupt i sin fars hals så att det trängde fram blod. Detta gjorde den berusade idioten så arg att kan fick fatt i en skovel som låg på vinden och började slå pojken över benen. När pojken föll ihop lär William ha beordrat honom att resa sig och när han inte kunde göra det blev slagen ännu hårdare. Galningen måste ha brutit några av den växande pojkens ben, vilket naturligtvis skulle vanställa honom ännu mer i framtiden. William hade sånär halshuggit den hjälplöse pojken om inte Lily hade vridit spaden ur händerna på honom.

"Han var så berusad att han knappt kunde stå upp. När jag slet spaden från honom ryggade han undan och jag såg i hans blick, jag rentav kände, att han blev rädd. Han fruktade att jag skulle slå ihjäl honom. Ibland önskar jag...

Det hade varit bättre om jag hade gjort det."

När Lily berättade denna sorgliga och förfärliga historia påpekade hon att från och med den stunden grät pojken aldrig mer. Han bara fräste och ylade och skrek, men hon minns tydligt att inga fler tårar fälldes. Det var inte långt efter denna nästan dödliga attack som den unge Jeremiah försvann från Woodland Point i februari 1825.

Lily förstod aldrig omständigheterna kring hans flykt. Hade det inte varit för Williams reaktion när han upptäckte att Jeremiah hade försvunnit, kanske hon trott att han förverkligat sitt hot om att avliva pojken. Men William var utom sig, och antog förstås att Lily hade befriat Jeremiah.

Lily hade kristallklara minnen av dagen då hennes ende son hade flytt. Med en röd kappa och en scarf hade Lily lyckats dölja strypmärkena på halsen och blåmärkena på bröstkorgen, för att vara med på middagen för första gången på länge. Hon mindes att hon, efter att ha mättat eftermiddagsbrisen med kallprat och småprat, tyckte att vägen tillbaka hem var så lång. De öppnade dörren till sitt våldspräglade hem och hon såg att katten Keelo gömde sig under bordet mitt emot trappan och glodde upp mot den tomma trappavsatsen. Konstigt beteende, det finns ju inte fler katter i huset, tänkte hon, inget annat.

Det var William som först började springa mot trapporna, nästan instinktivt, kan man säga. Kanske tänkte han att han skulle tillbringa återstoden av dagen med att arbeta av sig det feta fläsket de hade ätit till middag genom att dela ut ytterligare en omgång till den hjälplöse pojken. Lily satte sig på knä bredvid den skräckslagne Keelo. Han klöste henne i ett fåfängt försök att rymma. Hon skrek till av förvåning. Keelo hade aldrig varit aggressiv förut, faktiskt precis tvärtom, han var helt bedårande.

William brydde sig inte om kattens märkliga beteende. Han var nu uppe på trappavsatsen och stirrade hotfullt in i vindstrappans dystra mörker.

Den slitna gamla vindsdörren hägrade framför William, hans blick brände igenom den som om han redan stirrade på den hjälplöse pojken. Han byggde upp sin vrede, som han ofta gjorde innan han gick in i rummet för att stirra ner på pojkens ömkliga skepnad. Varje gång han sköt den kraftiga regeln ovanför handtaget åt sidan skrapade han sina knogar på den ojämna metallen. Det gjorde honom riktigt arg, det blev som en sista krutdurk på elden. Han sparkade upp dörren. Den for upp och han väntade sig att känna den stinkande luften och murkna atmosfären i det övergivna sovrummet slå emot honom med full kraft. Men inte den här gången.

Panikslagen for han med blicken från hörn till hörn och smällde med våldsam kraft upp dörren mot väggen. Om Jeremiah hade kommit loss och gömde sig bakom den skulle han säkert ha krossats. Hans far måste ha skrockat för sig själv, en ny lek för honom och pojken att leka. Men om han hade ett flin i ansiktet försvann det snabbt. Ingen lek, ingen pojke.

Nu stod Lily i dörröppningen och kikade in i samma tomma rum. På det kala golvet låg en avbruten stolpe, inte tjockare än ett yxskaft, kanske ännu smalare. Den hade stått stadigt i åratal, nerkörd i vindsgolvet med sin fånge fastsurrad med en läderrem. Men nu låg den där, avbruten och trasig, med remmen insnärjd som en orm kring en vinstock.

”Du!” skrek William åt henne.

”Nej”, grät Lily. I hennes kropp rasade motstridiga känslor om huruvida Jeremiahs flykt var en välsignelse eller en katastrof. Han kunde kanske hitta en annan by och bli omhändertagen, kanske skulle han leva resten av sitt liv som ett föräldralöst barn. Hur som helst skulle han inte få mer prygel.

Jag tycker inte att vi ska kritisera Lily för dessa tankar, det här var svåra tider och ingen kan sia om hur man själv skulle ha reagerat i en liknande situation. Innerst inne vill jag tänka att Lily menade väl, att nu skulle hennes barn åtminstone inte behöva utstå sin fars behandling. Om det hade fortgått mycket längre hade lille Jeremiah säkerligen dött, snarare förr än senare.

William tog ut sin frustration på sin fru, han slog henne och knuffade henne fram och tillbaka tvärs över rummet tills hon inte längre kunde stå upp. Hon grät och svor på att hon inte hade släppt loss pojken och så småningom drog han sig tillbaka. Om han trodde henne eller inte får vi aldrig veta, men jag tror inte att hon visste vem som hade befriat barnet. Den enda ledtråden fanns vid fönstret, inte mycket större än ett hästhuvud och så smutsigt att nästan inget ljus trängde in på vinden när glasrutan var hel. Nu var fönstret krossat och skärvor låg utspridda både på golvet och på marken nedanför. På återstoden av fönsterkarmen fanns en liten strimma av blod, utsmetad i en spets längs med vänstra kanten. Där fanns inga blodiga fotspår, inga klomärken, inga handavtryck. Det verkade som om Jeremiah hade rullat ut genom fönstret.

En undersökning utanför huset visade att det fanns mer blod nedanför fönstret, som om Barnet hade landat illa på några utstickande metallflisor i en rostig tunna. Det satt inga hudflagor på flisorna men blodet var tjockare och hade samlats under den taggiga metallen, som om den hade huggit tag i honom när han föll. Utöver det hittades bara en enda droppe blod till, två steg bort mot skogsbrynet. Efter det fanns inga fotsteg, och inga spår syntes efter pojken. Inte förrän vi kom till Woodland Point många år senare.

William var själaglad, han brydde sig inte om vart pojken tagit vägen, bara att han faktiskt var borta. Lily var inte lika glad. Hon hade fött en son som hade orsakats fruktansvärt lidande av en våldsam och patetisk man som skulle föreställa hans far. Hon skulle inte föda honom fler arvingar. Det verkliga priset hon betalade för att förlora Jeremiah svalde hon ner under de kommande åren, så att hennes sorg trängdes undan och bleknade bort som avtryck i tidens sand.

William skulle fortsätta att ödsla bort de få åren han hade kvar att leva innan han dukade under år 1828. Han slutade inte sina suparorgier på John Morgans taverna. Att han hade blivit av med barnet lindrade inte hans törst, det verkade faktiskt ha ökat hans smak för ale. Det är känt att William gled ner mellan lakanen med Tricia Green mer än en gång innan hon därefter gifte sig med en herre utifrån. Williams begravning som utåt sett framstod som en sorglig händelse, var i verkligheten inte särskilt tragisk. De bybor som var med och tog farväl visade tecken på sorg, åtminstone utåt. Skenet kan bedra och det är högst troligt att de allra flesta av dem inte tog det särskilt hårt att han var borta, minst av alla Lily Owen själv. Du måste förstå att jag använder ordet begravning i en mycket ytlig bemärkelse, för hur kan det bli en riktig begravning utan något stoft att ledsaga till himlen. Om nu William Owen var ämnad att hamna där, vilket är föga troligt. Utan något lik att sänka ner i jorden var Williams begravning inget annat än ett fingerat farväl med en gravsten som genom årtiondena stått kvar över en tom grav.

Williams kropp blev, som jag berättade tidigare, stulen från Woodland Point av okända personer. Det är fortfarande ett mysterium, men med de nya uppgifter som kommit i dager kan vi våga oss på en gissning om vad som hände före begravningen. William hade legat på lit de parade i hemmet, varifrån hans stoft skulle transporteras i en kista till begravningsplatsen utanför fader Bluestones kyrka. Medan Lily sov lyckades någon, kanske var det Barnet, ta sig obemärkt in i huset och föra bort kroppen genom ett fönster. Det stod öppet på grund av en märklig värmebölja just den sommarnatten. Det låter som om det var planerat och man skulle kunna misstänka Lily Owen för att ha ett finger med i spelet om hon inte hade blivit så uppenbart chockad av kroppens försvinnande, hur mycket hon än måste ha avskytt sin man vid det laget. Hon var tydligen mer uppskakad av det än av det faktum att han avlidit, sägs det.

Vem som än hade tagit Williams kropp hade fått ut den genom fönstret i nattens mörker, utan att väcka den nyblivna änkan där uppe. Var det möjligt att ett förvildat barn skulle ha klarat det? Vi har i det här fallet studerat hans rörelser och skicklighet som jägare. Barnet var en tyst, smygande jägare, skicklig i konsten att vilseleda. Han förflyttade sig alltid i en helt annan riktning än vad man kunde förvänta sig. Han rörde sig smidigt och snabbt, var kvick och tyst som en mus, men ändå beslutsam och effektiv som ett verkligt rovdjur. Som en katt, kanske, om du tycker om lustiga analogier.

Det fanns inga spår på eller omkring egendomen, förutom svaga skrapmärken på fönsterkarmen och fönsterbrädan. Inga fotavtryck fanns att följa, inget blod, inte ens några brutna grässtrån. Inte kunde väl Barnet ha lyft upp kroppen på taket, tagit fadern i sina armar och flytt in i säkerheten och tryggheten i skogen? Nej. Mysteriet kring William Owens livlösa kropps försvinnande är så förbryllande att om inga undersökningar hade gjorts på kroppen efter döden skulle man ha kunnat tro att han helt enkelt hade klivit ur sin kista och försvunnit ut i natten. Men vi vet att det fanns vittnen på att han var död.

Trots en grundlig genomsökning av den omgivande skogen som genomkorsats av skogshuggare, bärplockare och jägare under de tio efterföljande åren har man aldrig funnit några spår efter hans kropp. Sanningen är den att trots allt jag har berättat om händelserna i Woodland Point fram tills nu, och allt jag kommer att berätta tills den här historien når sitt slut, så är detta fortfarande ett verkligt mysterium som än i dag kan väcka min nyfikenhet! Vad hände med William Owens kropp? Vem stal kvarlevorna av den skönaste prins som någonsin vandrat i Woodland Point, kanske i hela regionen? Det är en gåta än i dag. Och det är troligt att det kommer att förbli så.

När Lily hade avslutat sin historia var det alldeles mörkt ute. Molnen var bara skuggbilder mot himlen. Den rödklädda kvinnans tårar slutade rinna innan det blev så kallt att de kunde frysa till is. Vi fick höra Lilys berättelse, som hon så länge hade burit inom sig, och för första gången fick vi en riktigt tydlig bild av det som varit och allt det som kunde hända i framtiden.

Marishka stannade hos Lily, pratade lugnt med henne som hon brukade. Jag gav mig ut för att beundra utsikten, som jag gärna ville kalla det. Det rådde ett lugn i byns hjärta och det var klart, mycket klarare än det hade varit förr om vinterkvällarna. Ingen snö föll och lanternorna lyste svagt. Det var stilla som på en kyrkogård och inget rörde sig innanför våra gränser. Om jag minns rätt var klockan knappast mer än åtta så man skulle kunna förvänta sig att en eller annan själ var verksam någonstans. Men inte den kvällen. Det var som om alla hade dragit sig undan i sorg och saknad, en stilla klagosång över de sedan länge döda, en dämpad hymn i väntan på en återkomst.

Jag stod i snön som nådde mig till fotknölarna. Jag lät blicken följa min ångande andedräkt som drev iväg och skingrades i luften. En gång följde jag efter ångan ett par steg och undrade om den skulle nå Barnet på sin väg västerut innan den löstes upp mot himlen. Det fick mig att börja tänka på Barnet. Bevakade Jeremiah sin mors hem just nu? Hade han under sina färder tillbaka in i byn manat fram minnen från Lilys hem? Skulle han ens känna igen det?

Förmodligen inte, för han var bara ett gossebarn när han rymde ur sin fångenskap. Men hans nuvarande hem? Var någonstans fanns det en plats han kallade sitt hem? Och var hans tillvaro bättre eller sämre sedan han befriat sig ur Williams klor? Min hjärna tog över nu. Hur kunde pojken ha överlevt när han var så ung? Om det var han som var skyldig till stölden av Williams kropp, hur visste han att han skulle tillbaka just den kvällen? Han måste ha vetat var byborna befann sig hela tiden och bestämt sig för att inte återvända fler gånger därefter. Asch, jag ska sluta nu. Jag hade inga svar på frågorna då och jag tvivlar starkt på att det kommer fram några svar nu heller. Min hjärna plågas ofta av sådana frågor och då och då tänker jag att jag är något på spåren, bara för att strax därefter upptäcka att det är nonsens. Det här fallet har jag aldrig kunnat släppa helt.

När jag kom tillbaka hade Lily gått och lagt sig. Marishka satt kvar i soffan. Hon tittade på mig med höjda ögonbryn och blåste ut luft genom sin putande mun när jag mötte hennes blick. Jag läste hennes tankar som ”vad säger vi om det här då?” och det var förmodligen vad hon hade i huvudet också just då. Men det kvittade. Jag tog hennes hand och hjälpte henne upp. Vi hade arbete att utföra, men efter allt vi hade upptäckt den dagen så behövde vi vila först.

Vår vila blev lång och den var inte alls oförtjänt. Vårt tålamod hade betalat sig, även om det var för sent att vinna över resten av byborna på vår sida. Vi gick hem och drack lite varm mjölk. Det piggade upp oss tillräckligt för att vi skulle kunna prata igenom vad vi hade fått reda på under dagen. Det var längesedan vi hade suttit i våra sängar och småpratat. I bostadskvarteret var det mörkt som i avgrunden och vi hade bara ett stearinljus som höll oss sällskap i det dunkla sovrummet. Det stod på nattygsbordet mellan våra sängar och fladdrade i ett obefintligt vinddrag. När vi återberättade dagens händelser kände vi oss som barn som drog spökhistorier i barnkammaren. Det fanns inga spöken under sängen, kanske utanför huset och helt säkert ute i skogen. Men inte i vårt hem.

Mjölken värmde i magen och vi upprepade Lilys berättelse för varandra om och om igen. Vi letade efter ställen där vi kunde sticka hål på den för att se om det hela var en lögn. Det fanns inte många motsägelser. Sedan pratade vi mer ingående om besöken och försökte bedöma varje drag som Barnet hade gjort och hur det kunde hänföras till en mänsklig varelse. Ju mer vi pratade, desto mer fängslande blev mysteriet, och allt svårare att få grepp om. En del av de saker vi hade sett kunde absolut inte tillskrivas en levande människa, om än missbildad, förvildad eller otyglad. Om det var någonting som verkade rimligt så var det dock att Barnet skulle komma tillbaka. Vi behövde bara bida vår tid.

Marishka somnade långt före mig, hennes lilla huvud föll ned på kudden mitt under en av mina utläggningar, men jag vet inte exakt när hon valde att slumra in. Jag förblev vaken ett tag till. Jag kände att jag hade ett övertag över Edward, för hur mycket Barnet än framstod som en best, så var han fortfarande en människa, nej, en pojke. Primitiv som ett djur men med en hjärna som en människa. Edward letade efter gastar eller vargar. Sådana känner inget medlidande, de känner ingen kärlek, och om de dödades skulle det inte betyda slutet på hemsökelserna i Woodland Point. Jag somnade med dessa tankar i mitt huvud och drömde om lyckligare dagar.

GRYNINGEN KOM OCH MED DEN misstänksamheten. Jag har tidigare nämnt hur det verkade som om Edward på något sätt kunde läsa våra tankar och på så sätt planera sitt nästa drag, välinformerad och ständigt ett steg före oss. När vi vaknade nästa morgon kändes det så igen.

Att vakna upp av fötter som stampade och trampade utanför var inte något nytt. Det hade vi fått utstå hela vintern. Vi var dock vana vid steg som knarrade i snön när männen försökte hålla sig varma i den friska, kalla vintermorgonen, men inte vid mumlet av kvinnoröster precis utanför vårt fönster. Morgonljuset slog mig i ansiktet när jag ansträngde mina trötta ögon för att se mig om i rummet. Marishka stod redan vid fönstret och jag misstänkte nästan att halva byn stod utanför och tittade in på henne.

"Vad är det som står på, vännen?"

"Någon slags tumult", svarade hon.

Jag vaknade upp en aning ur min slummer och vek filtarna åt sidan. Jag steg upp för att se vad hon tittade på.

"Vad nu? Det går ju för tusan inte en dag numera utan att det ena eller det andra orsakar uppståndelse." Jag lutade mig försiktigt mot hennes skuldra för att titta ut.

Byborna kom från höger och gick bakom vårt hus nerför den väl upptrampade stigen mot den stora träportalen. Tre, fyra stycken gick förbi, sedan två till och ytterligare en, och en till, sedan fyra eller fem. Strömmen av folk som passerade verkade aldrig ta slut. Jag suckade frustrerat.

På väg från sovrummet till hallen grep jag tag i min ytterrock och slängde den snabbt över axlarna. Marishka som fortfarande var i nattlinne, alldeles för oanständigt klädd för att gå ut, höll sig i vardagsrummet medan jag öppnade dörren och klev ut. Jag gav till ett tjut när jag satte ner foten på marken.

”Jävlar, kängorna!” ropade jag och hoppade in igen för att hämta något att ha på fötterna i den isande snön.

När jag krängt på mig skodonen rusade jag ut för att få tag i första bästa förbipasserande. Jag kände mig naken och såg än värre ut.

”Clarissa!” ropade jag. ”Clarissa!” Flickan ignorerade mig. ”Alexander?”

Den unge mannen skyndade över till min veranda.

”Kom, herr Walker, ni måste komma.”

”Vad har du för nytt att berätta, Alex? Vad är i görningen?”

”Menar ni att ni inte vet? Men det måste ni väl ha hört?”

”Vad har nu hänt?”

”Har ingen berättat det?”

”Åh, ut med språket nu!” Jag var inte längre så artig. ”Vad har du att förtälja?”

I den mån Marishka och jag hade haft några planer på att fortsätta vårt samtal från dagen innan grusades de nu. Vår fortsatta utredning om Barnets ursprung, William Owens försvunna kropp och vår jakt på besten skulle få vänta. Den unge Alexander Whitfield hade några högst olägliga nyheter att berätta. Ännu en person hade blivit dräpt ute vid skogsbrynet. Offret var den självutnämnda bydoktorn Amelia Dupont.

Det låg på gränsen till det otroliga att hennes död skulle inträffa mindre än en dag efter att vi hade upptäckt sanningen om Jeremiah. En pojke som utvecklade små missbildningar som hon kände till, men inte rapporterade eller nämnde för någon förutom Lily och William Owen. Och hon mötte sitt bistra öde dagen efter att Lily hade kommit med sitt avslöjande?

Varje tvivel kring Amelias koppling till Barnet sjönk nu undan. Förutom Lily Owen själv fanns nu ingen med anknytning till barnet kvar. Här räknar jag förstås inte in Alice Briggs, som trots sin vetskap om Barnets identitet inte hade haft något direkt inflytande över händelserna åren innan. Detta sorgebud luktade Edwards inblandning lång väg, enligt min mening i alla fall. Edward hade varit i arkivet dagen innan. Edward hade på något sätt hållit sig ett steg före oss hela tiden.

Vår strävan att få herr Jackson på fall hängde på en skör tråd – en tråd han själv verkade hålla i.

Vi blev inte kallade till brottsplatsen. Edward Jackson hade själv i all hast genomfört en undersökning, så när vi väl blev informerade om mordet fanns det inte mycket vi kunde göra för att bevara brottsplatsen intakt och hitta bevis som kunde koppla samman Barnet med brottet. Inte heller Lily verkade ha fått veta mycket om sin väns alltför tidiga död. Hon dök upp hemma hos oss innan vi hade hunnit ge oss av mot brottsplatsen. Hon var förtvivlad över att ha förlorat ännu en människa som stod henne nära. Snyftande sjönk hon ihop med huvudet mot knäna; en darrande, skakande spillra av den magnifika figur vi hade vant oss vid att se i Woodland Point. Vårt vardagsrum låg i tystnad medan Marishka än en gång tröstade henne.

Marishka lade en hand på Lilys axel och reste sig sakta upp som om hon nu hade sett och hört mer än hon ville veta om de tider vi levde i. Långsamt lyfte Lily på huvudet.

”De kommer att döda honom”, sa hon förtroligt men med en trotsig snyftning. ”Eller hur?”

”Det får de inte!” utbrast Marishka. ”De vet inte vad de har att göra med. Berätta för rådet. Lily, du måste berätta det! Om de bara visste...”

”Nej”, sa jag. ”Det gör ingen skillnad för Edward Jackson och rådet.” Jag samlade tankarna. ”Lily, du får inte berätta det här för någon.”

Hon nickade.

”Jag ska göra allt jag kan för att skydda ditt barn men jag måste ge mig av nu, för om Edward har hållit vad han lovade är det alldeles säkert en klunga män på väg just nu för att göra sig av med Jeremiah.” Jag tyckte synd om den stackars kvinnan. ”Men säg inget till någon om Barnets identitet.”

”Eli!” fräste Marishka.

”Kära Marishka, pojken har dödat en handfull bybor! Även om du förklarade allt för rådet, Lily, så skulle de inte bry sig. De ger ändå inte upp förrän han är död, men om de får reda på att det finns ett samband mellan dig och pojken har de allt de behöver för att röja dig ur vägen i rådet.” Jag lade mig på knä och tog tag om hennes händer. ”Lady Lily, jag ska försöka fånga Barnet så att ni kan återförenas någon gång i framtiden. Men om jag inte lyckas, och det värsta händer, så kan vi kanske ändå försäkra oss om att byn förblir din. Om sanningen kommer ut kan jag inte göra någonting för dig!”

En kort nickning var det enda svar jag fick. Det räckte.

”Stanna här, Lily. Marishka, vi måste skynda oss iväg”, deklarerade jag.

”Ska jag inte stanna?”

”Nej”, svarade Lily. ”Jag klarar mig, och du behövs där.” Hon vände sig mot mig. ”Eli, gör vad du kan för honom, och för mig.”

Marishka smekte Lilys hand, som för att genom beröringen föra över av sin styrka. Sedan vände hon på klacken och vi lämnade den sörjande kvinnan för den bittra vinden där ute. På vägen mötte vi Henry som bad oss att för vår egen skull inte trotsa Edwards påbud. Jag brydde mig inte ett dyft och vi stegade iväg till fälten vid skogsbrynet bara för att få höra att vi inte hade tillträde till platsen. Men där fanns ingen kropp. Vi stod utanför och stirrade mot skogen, med onda aningar.

”Ingen kropp, säger du?” frågade jag Henry.

”Nay, inte än...”

”Om det inte finns någon kropp, vem har då dödförklarat henne, kan man undra?”

”Säkert Edward Jackson. Men då när Will dog fanns det ju inte heller någon kropp.”

”Vid begravningen, käre Henry, men innan dess hade man sett William död”, insköt Marishka.

Henry ryckte på axlarna, klappade mig på axeln och gick tillbaka till arbetet på sin farm. När det inte fanns någon kropp att beskåda skingrades byborna snabbt. Ingenting antecknades, och varför skulle man ha gjort det? Edward svor på att den skyldige var ett övernaturligt väsen och ingenting på brottsplatsen kunde få honom att ändra sig. Vi visste att när han väl hade gjort sin bedömning av platsen, efter vad han ansåg vara bästa förmåga, skulle han också ge sig av och då hade vi vår chans. Edward menade säkert att där inte fanns någonting som kunde vara av nytta för oss. Han hade i alla fall tröttnat på mina teorier och metoder. Om han ansåg att där inte fanns något av värde, och lät oss undersöka denna intighet, skulle han utan tvekan kunna förlöjliga vad vi än grävde fram. Men vi skulle ändå ta oss en titt och han skulle inte vara i vägen när vi gjorde det.

Edward upplyste oss kortfattat om att Amelia Dupont hade varit ute för att plocka lite vinterbär tidigt på morgonen. Ett skrik hördes från andra sidan gräsfälten och när man gick dit för att undersöka saken var hon borta. De hittade bara hennes korg med de röda bären utspridda runt omkring på den vita marken. Jag menade att dessa ”fakta” knappast var tillräckliga för att dra slutsatsen att någon dött eller mördats. Åldermannen grymtade bara innan ett slugt leende skymtade fram under mustaschen. Sedan gick han vidare, förmodligen tillbaka till rådsbyggnaden.

Gräset stack upp ur den hårt trampade snön. Brutna strån som tryckts ihop till ett flätverk av grönt med frusna bruna klumpar av jord och gnistrande, vassa isflagor. Byns ytterkant låg bara några meter därifrån. Det här var precis vid skogsbrynet, gränsen där vår by slutade och Barnets rike tog vid.

Några steg därifrån stod en bänk av trä. Den var väderbiten efter många år i regn och snö. En enkel bänk. Precis en sådan sittplats man kan se i många andra fridfulla skogar och naturområden, förmodar jag. Framför den hade några stänk av rött blod fläckat den vita mattan. Av storleken att döma kunde de komma från näsblod eller ett mindre sår. Det var sannerligen inget som tydde på att de orsakats av tänderna eller klorna på vår dödlige gäst. Om Amelia verkligen hade mördats av Jeremiah Owen och hennes mördare faktiskt var den samme som hade dödat paret Green, ja då hade han ändrat taktik. Greens hade varit uppsprättade, en galnings verk kan man säga. Platsen för Amelias eventuella hädanfärd uppvisade inte mycket att gå efter. Inte vid ett första påseende i alla fall. Och mer möda än så hade Edward Jackson förmodligen inte lagt ner.

Utspridda över den istäckta floran bakom bänken låg kvistar, små men sega nog att stå emot vinterstormar och snöfall. De låg runt ett träd som stod nästan precis mittemot bänken. Jag har visserligen aldrig sett på när kvistar eller grenar bryts av under snöns tyngd, men de faller förmodligen inte stillsamt ner från ett träd och lägger sig i ett jämnt mönster runt rötterna. I alla händelser inte under en storm.

När jag tittade upp var det inte svårt att föreställa sig vad Barnet hade använt för knep för att locka bort Amelia från bärplockandet. Det var ännu enklare att gissa från vilket håll hon hade blivit angripen. Vad som förbryllade mig var dock fortfarande hur en tonårspojke gång på gång kunde pressa sin kropp på ett sätt som verkade helt oförklarligt. Hur kunde han ha den fysiska styrkan att släpa bort en människa, till och med upp i ett träd, i fullt dagsljus och utan vittnen? Vart Jeremiah än hade fört henne, om han nu verkligen hade gjort det, så hade han inte stannat länge i trädet. Trädet var naket, löven hade fallit för längesen. Det fanns bara en enda färgklick. Det var Amelias röda hätta som hade fastnat högt uppe i en trädklyka, precis där stammen delade sig i smalare grenar.

När jag hade måttat trädets höjd vände jag mig till min kompanjon.

”Du måste klättra upp i trädet”, sa jag till Marishka, som hade varit så tyst att jag nästan hade glömt bort att hon som alltid var vid min sida.

Fastän hon mycket väl förstod varför såg hon förbryllad ut, omtumlad kan man nog säga. Hon förundrades också över vilka förmågor vårt byte hade.

”Han är sannerligen otroligt vig och kvick”, svarade hon. Jag tog det som att hon svarade jakande.

Hon häktade upp klänningsfållen för att se var hon satte fötterna. Hennes instinkter från barndomen väcktes till liv igen och snart var hon nästan uppe vid hättan. När hon nådde upp till klykan där plagget låg instruerade jag henne: ”Ta det försiktigt!”

”Den lossnar av sig självt!” meddelade Marishka förvånat och släppte ner hättan till mig där jag stod med händerna beredda.

”Säg mig vad du ser”, bad jag.

”Inget speciellt”, sa hon och vände sig mot skogen. ”Man kan se ån genom träden, den flyter på lugnt och stilla.”

”Menar du att han använder ån för att förflytta sig?”

”Ja, han transporterade inte henne från träd till träd!”

Jag hörde hennes skämtsamma ton och skämdes lite för att jag drog på smilbanden. Det kändes inte rätt under de här omständigheterna.

”Nej, det gjorde han inte.”

Jag höll fram mina händer för att greppa min kära kompanjon om livet när hon klättrade ner och hoppade den sista biten från det nakna trädet. Jag tog henne i handen och drog bort henne från skogsbrynet och tillbaka till det öppna fältet. Tre, fyra meter, inte mer.

”Vad får dig att tro att han använder ån?” frågade jag.

”Vad får dig att tro att han inte gör det?”

Jag insåg då att hennes skämtsamma ton kanske inte var vad jag trodde. Detta var inte en ung flickas spjuveraktiga svar. Det var en mästare som svarade mig, en lärare. Eleven hade blivit den lärde.

”Han kan lika gärna ha burit iväg henne till fots från det trädet”, svarade jag.

”Visserligen, men han skulle löpa större risk att stöta på folk och om han delvis är ett djur kanske han använder ån för att navigera till och från byn.

Jag lade armen om midjan på henne och började gå tillbaka mot byn.

”Var försiktig så att du inte gissar för mycket, även när du tycker att du har en tydlig bild av alla detaljer”, varnade jag min kompanjon.

”Var tror du jag har lärt mig det?” svarade hon. ”Gissningarna åsido, utan din undervisning skulle jag inte ha kunskap nog att leta efter ledtrådar där det till synes inte finns några. Det var trots allt du som hittade hättan”, log Marishka.

”Om jag nu också skulle bli ivägsläpad till helvetet så kan jag åtminstone dö i trygg förvissning att du är mer än väl utrustad att ta hand om dig själv, lilla vän”, sa jag.

”Du får inte säga så.”

I normala fall skulle man ha startat en skallgång i skogen vid det här laget, men byborna hade jagat upp sig till panik under det gångna året och det var bara ett fåtal som vågade sig ut i skogen ens i dagsljus. Byborna verkade nöjda med att sitta hemma och vänta på att soldaterna utifrån skulle komma och spåra upp varelsen så att byn befriades från rädsla och skräck, allt medan de själva låg trygga och ombonade i sina varma sängar. Att ge sig in i en snabbt mörknande skog under en blek sol för att leta rätt på vad som förmodligen var en redan död kvinnas sargade kropp framstod som rena galenskapen för de flesta. Ingen ville utsätta sig för fara, i synnerhet inte för en död människas skull. Jag kan inte klandra dem för det, under dessa omständigheter var det många, inklusive undertecknad, som såg sin beslutsamhet rinna bort.

Det hade varit relativt enkelt att nappa åt sig hättan eftersom vi hade lämnats ensamma där i skogsbrynet, men det var inte lätt att bli lämnad ifred när vi kom tillbaka till torget. De flesta bybor gick visserligen gärna en omväg runt oss – förmodligen påverkade av åldermannens lögner och historier – men nu var det våra vänner som antastade oss. Henry Marshall och John Morgan hade otåligt väntat på att vi skulle komma tillbaka. De såg oss långt innan vi såg dem. När vi kom in på det nästan tomma torget satt de båda vid brunnen och väntade ivrigt på nyheter om sådant som inte hade framkommit under den officiellt sponsrade första utredningen. John var först ut:

”Hur lyder domen, inspektorn?”

”Tålamod, mina herrar. Flickan och jag är utsvultna och törstiga. Hur är det med gäster på tavernan, John? Är det lugnt och stillsamt? Vi kanske kunde hämta andan där.”

”Det är inte mycket rörelse på tavernan nu, Eli. Det är lugnt i dag, annars skulle jag väl inte sitta här ute nu, eller hur?"

"Aye, så mycket bättre då, inte sant?"

Henry fyrade av ett leende och stegade iväg mot tavernan.

"Ett glas skulle sitta fint", sa han.

John hade inte farit med osanning, det var verkligen tyst och lugnt på tavernan. Anmärkningsvärt tyst, kan jag tillägga. Flera av männen hade tilldelats ett nytt arbete på timmerupplaget bakom arkivbyggnaden och själva tavernan. Några få av dem vågade sig fortfarande ut att hugga skog, men bara i närheten av byn, förstås. Skogsbrynet verkade krypa längre och längre bort. Kvinnorna stannade mestadels hemma. De gemensamma måltiderna hade nästan helt upphört på grund av kylan, men även alla samlingar inomhus ställdes in. Alla ville bara ligga lågt och hålla ut och vänta på Edwards kavalleri, våra tappra riddare på stolta springare, eller som Marishka hellre uttryckte det: rövare och banditer från Whittletown.

Vanligen skulle jag ha föredragit ett av rummen ovanpå tavernan för att prata med våra vänner om vad vi hade kommit fram till, men den här dagen behövdes det inte. Det var folktomt på tavernan.

Jag satt vid mitt vanliga bord i hörnet med ett stop ale och Marishka med en kopp te. Henry och John tillät sig också varsin ale, trots att de förmodades vara i tjänst, medan Marishka och jag numera inte hade några uppgifter i byn. De frågade oss om våra iakttagelser och jag svarade så kortfattat som möjligt.

"Den här hättan du pratar om, vem säger att det var Dupontskans?" sa Henry.

"Initialerna i nacken är väl en bra en ledtråd", menade John.

Diskussionen mellan de båda om hättan fortsatte ett slag men sedan lade sig en besvärande tystnad över bordet.

"Stackars henne, men varför ge sig ut och plocka bär mitt i vintern?" sa Henry allvarligt.

"Vad är det för en varelse som kan släpa upp en fullvuxen kvinna i ett träd?" frågade pubägaren. För att förhindra ryktesspridning svarade jag:

"Det finns inga bevis för att den bar upp henne i trädet, John!" Jag tystnade och började sedan förklara vad vi visste. "Allt vi vet är att Amelia Dupont var ute och plockade vinterbär som hon alltid brukade. Vid något tillfälle halades hon upp i trädet eller klättrade upp dit för att undkomma vår besökare. Därefter har vi inga ledtrådar. En liten droppe blod antyder att någon slags kamp har utspelat sig." Jag suckade djupt. "Vi har inget mer att gå på, mina herrar."

"Hur tar Lily det?" frågade Marishka vår värd.

"Dåligt."

"Jag bara önskar att man kunde göra något för henne, hon har verkligen haft det svårt."

"Hur menar du? frågade jag nyfiket farmaren.

"Först dör hennes man och det lilla barnet, hennes far och nu hennes vän! Det är inte rättvist. Jag önskar jag kunde göra något för att hjälpa henne. Ge henne ett handtag, eller så."

"Aye", var det enda pubvärden kunde svara.

Jag fick en idé.

"Det kanske finns något."

"Finns vadå?" frågade John.

"Javisst!" utropade Marishka.

"Ni vill hjälpa Lily Owen. Jag tror det finns något ni kan göra." Jag höll fingret över läpparna och tecknade åt dem att vara tysta. "Oss emellan, jag kanske vet ett sätt ni kan hjälpa henne på, om ni är, hur ska jag uttrycka det... lojala mot Lily Owen?" Jag blinkade, så att de säkert skulle förstå vad jag menade.

Ingen av de två männen var särskilt förtjusta i Edward Jackson och båda hade hittills varit vänligt inställda mot mig och Marishka. Nu hade de en chans att visa att deras vänskap var genuin och att deras lojalitet gentemot Woodland Points rättmätiga ledare var äkta.

"Mina herrar, jag ska dela en hemlighet med er..."

Det var en nervpåfrestande, riskfylld idé men nu var planen kläckt.

DUNSEN AV KROPPEN som föll livlös mot golvet högg till i mig. Den lilla flickan, som fortfarande gömde sig bakom tunnan, stirrade med oskyldiga ögon på den stängda gamla dörren och förstod nog vad som fanns där bakom.

En darrande kyla fyllde mig inifrån. Jag hade genast känt igen ljudet och precis som den lilla flickan hade jag målat upp en scen på andra sidan dörren. Jag stoppade tillbaka svärdet i skidan, där det några minuter tidigare inte hade varit något annat än en symbol för Englands traditionella förflutna, och böjde mig ner över den nu döde mördaren. Jag lyfte honom i kragen och släpade hans döda kropp åt sidan. Liksom flickan blev han osynlig där utanför den bleka ljuskäglan om någon eventuellt bevittnade händelsen. Men det tvivlar jag på.

I mörkret halvlåg Vladimirs kropp mot den kalla, våta väggen och det fanns inget respektingivande över honom då. Han satt där som ett tomt, dött skal av uselhet och hat. Jag tyckte att jag såg ett ben innanför dörren och gissade vad som väntade mig när jag gick in i det mörka, fuktiga rummet. För att inte utsätta den lilla flickan för ytterligare faror tecknade jag åt henne att stanna kvar. Med utsträckt arm och handflatan som ett stopptecken såg jag kanske ut som en stelnad staty i hennes ögon, men under dessa omständigheter fanns det inget i mig som var hårt som sten. Jag skakade när jag tog tag i den skrangliga dörren och drog lite försiktigt. Dörren gick upp och öppnades åt höger så att den dolde den fallne mördaren utanför ytterligare lite grann. Att skaffa undan en död kropp var relativt lätt, men jag hade ingen plan för den andra.

Hon låg på sidan med en gyllene kalufs av tufsigt, blont hår över bysten. En kvinna, kanske i trettioårsåldern. Hennes armar låg tvärs över bröstet åt höger. Hennes vänstra ben var fortfarande något lyft och det var uppenbart att hon hade stått upp. Det högra benet låg platt mot det kalla golvet. Hon var mycket död.

Den döda gjorde lika lite väsen av sig nu som hon hade gjort i livet, under de få minuter hon hade funnits i min närhet. Jag hade kört svärdet genom den hämndlystne brottslingen, men samtidigt dödat hans erövring. Hennes sista minuter i livet tillbringade hon med att tillfredsställa en välkänd mördare, förmodligen med föga passion, för att få ihop till brödföda. Det var en tragisk tanke att hon som måste ha tvingats utstå sitt värv i ett sådant elände inte fick leva för att glädjas en smula av det hon tjänat in, hur litet det än var.

Jag gick snabbt ut igen och var noga med att inte snubbla över benen på den som varit hennes sista, om än mycket kortvariga, bekantskap i livet. Jag stängde dörren och var på väg ut i vintersnön. Så fick jag ett infall. Jag tog tag i den livlöse Vladimir och släpade in honom i rummet till kvinnan. När jag stängt dörren drog jag fram en av tunnorna och ställde framför den. Vad som försiggick i mina tankar just då har jag fortfarande svårt att förklara. Det kändes som om jag befann mig utanför min egen kropp och i någon slags sista sympatiåtgärd hade bommat igen dörren för att försegla rummet med den olycksaliga kvinnan och hennes älskare, som en stor gravkammare i det grådisiga Vilnius. Så vände jag mig mot den andra gistna tunnan, den bakom mig.

När jag fick ögonkontakt med den smutsiga flickan där bakom kunde jag inte annat än att känna sympati för henne också. Mina tankar rusade snabbt när jag närmade mig henne, steg för steg. Var det hennes mor jag dödat? Om jag lämnade henne här ute i kylan, skulle hennes framtidsutsikter vara bättre än de hade varit för den äldre kvinnan, som nu hade stängts in i sin grav framför hennes ögon? Hade hon någon familj? Nej, så klart inte. Små flickor med kärleksfulla hem rotar inte i sopor under frostkalla nätter, tunt klädda och med smuts i håret. Kunde jag bara lämna henne där? Var jag inte skyldig den döda kvinnan bakom mig att försöka rädda en annan? Kunde jag få förlåtelse för mina synder genom att rädda livet på en ung flicka, som botgöring för det liv jag så hastigt och oavsiktligt hade tagit?

Jag kan se nu att du tänker att jag är en självisk man, en som dömer snabbt och handlar obetänksamt. En man som visserligen känner skuld för att ha dödat en oskyldig, men som stal ett barn ur Vilnius mörka sköte för att sona brottet. Och kanske har du rätt, för det var därför jag tog Marishka med mig ur det frusna mörkret. Det var därför jag tog med henne bort från fattigdom och faror. Trodde jag, i alla fall. Kanske är jag allt det där du tänker när du hör detta, men en sak ska du veta om mig: Jag har aldrig ljugit för henne om hur jag tänkte när jag tog med henne från den där fasansfulla hålan och förde henne till England. På sätt och vis är jag stolt över det. Över att se henne växa upp och få en god uppfostran och gedigen utbildning. Även om hon fortfarande har kvar några av sina mer vilda, opolerade tendenser.

Jag har varit god mot henne, men vad botgöring beträffar kommer jag aldrig undan vetskapen om att jag dödade den där kvinnan. Vi är på flykt undan Lajunasklanen men kommer aldrig att kunna fly hennes död. Och det värsta är att jag tvivlar på att någon någonsin brydde sig om henne, eller ens lade märke till henne. Inga av de repressalier vi har utstått beror på att jag dödade henne, utan på att jag dödade en man som förtjänade att dö, och det är vad som plågar mig mest med hela denna affär.

När jag närmade mig flickan verkade hon inte bli rädd för mig, konstigt nog. Jag hade halvt om halvt väntat mig att hon skulle kila iväg nerför gatan. Jag kom ännu närmare och hon kikade fortfarande på mig över tunnan. När jag var så nära som en meter satte jag mig på huk så att jag kom nästan i jämnhöjd med hennes lilla ansikte. Under all smuts fanns ett nyfiket barn som inte riktigt visste hur hon skulle reagera på det som hänt.

”Hej”, sa jag, med ett tonfall som lät lite barnsligt.

Men det var ganska dumt gjort, tänkte jag, hon kunde inte förstå. Hon hade knappt ordentliga kläder på kroppen och det såg ut som om hon inte varit nära vatten på åratal. Varför skulle hon förstå mitt språk? Jag lutade mig ännu lite närmare och hon svarade med att kika runt sidan på tunnan, ganska nära. Jag var inte van vid barn så jag tyckte det var bäst att behandla henne som jag skulle ha behandlat ett litet djur, en valp kanske, eller en kattunge: lekfull och ömtålig.

Det skulle inte dröja länge förrän någon kom ut från tavernan så jag ville ta mig bort från gränden snarast möjligt. Jag sträckte ut en hand mot henne och hon tvekade inte inför denna inbjudan från en främling, utan greppade den villigt. När jag reste mig upp och vi började gå märkte jag att hon darrade. Hennes bara axlar, som syntes genom de trasiga kläderna, skakade i kylan. Så jag tog av mig rocken, satte mig på huk igen och svepte den runt det stackars barnet. Under skorpan av smuts kunde jag ana ett leende, kanske det första som synts där på en mycket lång tid.

Jag pekade med ett finger mot mig själv och sa: Eli. Utan att göra samma löjliga gest med fingret sa hon sitt namn, men jag uppfattade det inte.

I stället pekade jag på henne och sedan mot min mun och låtsades tugga mat. Hon nickade och jag ledde ut henne från gränden och ner längs den snöiga gatan mot tryggheten. Vårt korta samtal fortsatte – det kan bäst beskrivas som primitivt – och snart var vi på väg mot Gareth Stonemakers hem, där jag skulle behöva fatta ett snabbt beslut. Skulle jag lämna flickan i Gareths vård eller skulle jag ta henne med mig hem, där hon hade möjligheter till ett bättre liv?

Det skulle bli ett avgörande beslut. Kanske någon hade sett oss där ute i gränden, tänk om någon hade sett Vladimir grabba tag i flickan? De kunde vara efter oss nu. Nej, nu hade jag blivit alltför djupt involverad. Hon skulle naturligtvis följa med mig och jag skulle få mitt själviska försök till absolution. Men vi måste handla snabbt.

Gareth talade hennes språk. Inte helt flytande men tillräckligt bra för att inleda ett litet samtal. Tillräckligt bra för att ta reda på vad flickan visste, vad hon hette och vilken sorts liv hon hade levt i Vilnius, om hon hade någonstans att gå eller någon som tog hand om henne. Jag satt i en av fåtöljerna i hans väl upplysta hus, han satt vid bordet med flickan. Jag hade börjat ångra att jag tog mig an henne när hon inte sa ett ljud till mig. Jag började tvivla på att det skulle fungera, men Gareth lirkade lite med henne.

”Marishka”, sa han. ”Hon heter Marishka.”

”Marishka?” svarade jag och var inte så intresserad utan mer arg på mig själv för att jag ännu en gång hade försatt mig i en knipa. Sedan tänkte jag att jag lika gärna kunde försöka få ur henne så mycket information som möjligt. Jag nickade och började formulera frågor till Gareth som han sedan skulle ställa det lilla barnet. Hans blick sa mig att jag var fel ute.

”Kanske ett samtal i stället för ett förhör”, påpekade han.

Jag kan inte för mitt liv komma ihåg hur han uttalade mina frågor på hennes språk. I ärlighetens namn så brydde jag mig aldrig om att lära mig litauiska, särskilt inte sedan vi gett oss av till England. Hon lärde sig kvickt engelska så därför blev språket från hennes förflutna inte särskilt viktigt för henne, även om jag tyckte att det var lite synd. Hennes litauiska består i dag av spridda ord och fraser här och där, inte mer.

Medan hon slevade i sig flera skedar köttgryta och ett helt kycklingben svarade den lilla flickan på Gareths frågor med mat i munnen och i korta ordalag. Hon hade ingen familj och inget hem, förutom ett visst gathörn som hon tyckte om. Hon hade inte blivit särskilt skrämd av mötet med Vladimir. Hon var van vid att bli utslängd med våld när hon hade brutit sig in i någons kök för att snappa åt sig matbitar. Viktigast av allt var att hon var rätt säker på att en vän, ett annat gatubarn, hade funnits i närheten när det hände. Jag tyckte det var väldigt olyckligt. Om någon annan hade sett mordet kunde han eller hon få för sig att berätta det för någon. Tanken att leta upp barnet och ta med mig honom eller henne också hade slagit mig, men utsikterna att genomsöka staden medan Lajunas män var på jakt efter en mördare var inte särskilt tilltalande. Inte det minsta.

Min vän lämnade flickan att äta sig mätt och vände sig nu till mig.

”Jag kanske har något till dig”, sa Gareth och gick fram till ett skåp där han rotade runt ett slag. Det ramlade ut en del saker och han svor när han trampade på en liten trähäst med sina bara fötter. Så kom han tillbaka med en låda, gammal och dammig men vackert ombunden med ett band och en medfaren rosett.

”Vad är det?” frågade jag.

”Jag sparade den här för att ha till min första dotter”, sa han, ”men tyvärr fick jag aldrig någon.”

Gareth räckte mig lådan. Inuti låg en klänning, skyddad från dammet i skåpet av locket och ett tunt lager papper. Den var riktigt fin när jag hade vecklat ut den. Jag höll fram den mot honom.

”Nej, gör det du, Eli”, sa Gareth. ”Om du tänker ta med det här barnet tvärs över hela kontinenten så blir det en trevlig början för henne.”

Jag reste mig upp och eftersom jag inte riktigt visste hur jag skulle överlämna klänningen lät jag den halvhjärtat dingla framför ansiktet på henne, en bit ifrån så att den inte skulle bli nersmetad med kyckling och köttgryta. Men när jag räckte över klänningen till Marishka sträckte hon ut båda händerna och grep hårt om klänningsaxlarna med sina klibbiga fingrar. Hennes leende var gudomligt, en bild jag har sparat som ett porträtt i bakhuvudet. Det skingrade mörkret där i herr Stonemakers ensliga hem.

Gareth pratade med henne om dubbelmordet, men naturligtvis på ett finkänsligt sätt. Hon verkade fortfarande inte särskilt skrämd av händelsen, som om det var en naturlig del av livet i den ryska staden. Sedan pratade han med henne om länder långt borta och om vad som fanns på andra sidan kontinenten. Flickan lyssnade med spänt intresse. I Vilnius fanns inget annat än kyla och elände för henne, så fjärran länder som Frankrike och England måste ha framstått som rena himmelriket. Gareth pratade mjukt och försiktigt, hans ord verkade klinga som änglaharpor i hennes öron. Varje tanke jag hade haft på att ändra mig och inte ta med henne till England blåstes ut som lågan på ett ljus. Hon verkade ha bestämt sig, och så skulle det få bli. Jag förmodar att hon inte hade mycket att tjäna på att stanna.

Marishka var inte orolig över att åka till England. När hon fick veta att hon nog aldrig skulle få se Vilnius igen verkade hon inte bry sig. Precis som för alla föräldralösa barn var tanken på kläder, mat, vatten och tak över huvudet tillräckligt lockande för att hon inte skulle sakna den ryska staden. Men missförstå mig inte, klänningen var inget lockbete och sannerligen inte något knep. Med tiden skulle Marishka väcka liv i en ny känsla hos mig, en känsla jag inte hade haft på länge: kärlek. Jag längtade efter en familj. Mina föräldrar var döda, jag hade inte många vänner, mitt romantiska liv var i stort sett obefintligt och jag hade inga barn. Marishka blev min skyddsling och min kompanjon, min vän och min familj.

Flickan hade på sig sin nya klänning och med ett litet förråd av förnödenheter som Gareth Stonemaker hade lyckats samla ihop gav vi oss av på den långa resan genom Europa, bara drygt tre timmar efter att jag hade kommit hem till honom med det övergivna barnet. Kusken hade snabbt tillkallats igen för resan hemåt och även han verkade förvånad över det bagage jag hade plockat upp under min vistelse i Ryssland, men också lättad över att det var dags att ge sig av. Jag tror inte att han tyckte om Vilnius. Av alla de stopp vi gjorde var nog detta det som minst tilltalade honom.

Det skulle visa sig att resan inte blev alls så ansträngande som jag hade tänkt mig. Vi färdades snabbt västerut för att lämna Vilnius så långt bakom oss som möjligt på kortast möjliga tid. I kvällningen den sjätte dagen hade vi nått de tyska staterna och en vecka senare reste vi in i Nederländerna med Calais som nästa anhalt. Jag valde för det mesta att inte stanna i de städer jag hade besökt på vägen till Vilnius. Om någon var oss hack i häl hade vi i alla fall fördelen av att ha öppen terräng framför oss. Dessutom skulle en förföljare ha svårt att veta vilken väg vi tog, även om de visste vår destination.

Men det visade sig ju att det inte var någon som följde efter oss, inte på ett tiotal år eller så. När de slutligen närmade sig var vi redan långt borta, på väg till Woodland Point, som du vet.

I stället för att övernatta i olika städer längs vägen sa jag åt kusken att stanna till i de mindre samhällena. Han var inte så värst förtjust i att behöva tillbringa natten på så oglamorösa ställen men det kunde ha varit värre. Jag kunde ha bett honom sova i vagnen. Vi sov korta stunder och stannade inte så ofta. Till skillnad från utresan valde jag att inte stanna till i Paris. Vi stannade knappt alls i Frankrike annat än några korta pauser på ett par timmar. När vi var så nära målet kändes det dumt att stanna. Under de korta uppehåll vi gjorde försökte jag prata med min unga följeslagerska men det var inte förrän hon med tiden lärde sig språket i sitt nya hemland som jag fick veta en del om hennes förflutna.

Marishka var dotter till ett småbrukarpar som hette Taranova, men de hade inte alltid varit så fattiga. De tillhörde de tusentals människor som hade jublat när Vilnius intogs år 1812 av den franske kejsaren, Napoleon Bonaparte. *La grande armées* katastrofala reträtt samma år lämnade Taranovas helt oskyddade mot omvärldens hat, och till slut fick de betala för sina sympatier för fransmännen och avrättades utan ordentlig rättslig prövning av okända förövare, förmodligen deras landsmän. Det var rena turen, lyckan eller ödet, vad du nu vill kalla det, som gjorde att deras unga dotter överlevde attacken. Marishka Taranova blev föräldralös och hennes framtid bestod i att skrapa ihop en ömklig tillvaro på småsmulor i Vilnius. Hon klarade sig på egen hand ganska länge innan hon togs som gisslan av Vladimir Lajunas och jag dök upp i hennes tillvaro.

Den lilla flickan kunde inte veta att tvärs över kanalen från Calais låg vårt slutmål. Det var så nära att hon skulle ha kunnat se det. Jag hade berättat för henne om de vita klipporna under vår resa med hjälp av teckningar. Det var en stor glädje att få se flickan studera mina skisser medan hon åt sig mätt på de förnödenheter vi hade med oss. Framme i Calais lyfte jag upp henne högt i den milda morgonbrisen så att hon kunde se tvärs över kanalen. På andra sidan havet låg vårt hem, ett nytt liv för barnet.

Vår båt skulle sätta segel på kvällen, när det sas att vindarna var gynnsamma. På andra sidan jordklotet fanns det båtar som förde fattiga stackare till ett liv i kedjor och slaveri och andra båtar som förde fattiga stackare till ett liv i frihet och rikedom. En skrämmande bild av den värld vi lever i i dag tänkte jag när jag spanade ut över havet. När vågornas skum yrde upp över det lilla barnet skruvade hon på sig för att komma undan. Hon har kanske aldrig sett havet, tänkte jag. Den synen, som var helt ny för henne, skulle under resten av vårt liv tillsammans komma att symbolisera vår resa från ett ställe till ett annat, varje gång vi kände att det var dags för en förändring.

Att promenera över gräsfälten i Calais med Marishka var en helt ny upplevelse, måste jag erkänna. Hon tyckte om att sitta ner. Med några hundra meters mellanrum eller så, när den kalla vinden piskade kustlinjen, tystnade Marishka plötsligt och satte sig ner. Hennes svarta hår blåste i vinden; jag hade ännu inget hårband att ge henne. Jag satte mig ner bredvid henne och funderade på vad det kunde vara som var så lockande med att sitta. Kanske var det värmen från marken? Det måste ha varit svårt att hitta en varm sittplats i snön och kylan i Vilnius. Vi satt där i flera minuter utan att säga ett ord. Sedan reste hon sig upp och tittade på mig. Jag grep hennes hand och så fortsatte vi en bit. Till nästa sittplats, lite längre bort.

När båten till slut kom var den svartmålad. Jag behöver inte berätta för dig hur ovanligt det var, och fortfarande är, med skepp i den färgen. Med sina vita segel skar det igenom den gropiga sjön in i Calais hamn, nästan som en kniv genom ett stycke fläsk. Hennes ansikte strålade än en gång som tusen stjärnor när vi närmade oss fartyget och gick längs med det massiva skrovet. Marishka kunde inte låta bli att stirra upp i fören på skeppet. Jag såg inte riktigt vad det var som prydde den. Det kan ha varit en sjöjungfru. Kanske hade hon hört sina föräldrar berätta sagor om havsväsen när hon var liten, vem vet? Figuren var guldfärgad och glimmade i aftonsolen när vi gick uppför landgången till det inre av det stora och svällande skeppet. Det var ett handelsfartyg, förmodar jag. Jag hade lyckats köpa mig en passage över till England enbart på mina vitsord. Ingen brydde sig om barnet, hon tog inte mycket plats jämfört med den stora lasten.

Eftersom vi satte segel på kvällen fick Marishka möjlighet att än en gång vara med om något nytt: att sova på en båt. Med tiden skulle hon få uppleva många ting som hon aldrig hade fått möjlighet till om hon stannat i Vilnius, en del bra, en del spännande och några som helt enkelt var skrämmande. Jag tror inte att hon var alls lika begeistrad över den korta vistelsen på skeppet som hon var över själva fartyget. Hon verkade vara i sitt rätta element där hon stod i fören på det mäktiga handelsfartyget, men jag tror att hon inte mådde så bra nere under däck. Mörkret och ljudet av den kraftiga vinden och vågornas svall var kanske lite för mycket för någon som just hade sett det öppna havet för första gången i sitt liv.

Jag invigde snabbt Marishka i rutinerna i mitt hem. Hon blev snart riktigt duktig på att skära sin mat med kniv, något som man kanske inte tänker sig att lära ut till en liten flicka. Jag införskaffade en handledning av Anthony Wilfred, den store läraren i engelska, och ganska snart fick hon smak för språk. När hon var fjorton kunde hon inte bara prata vårt språk flytande, utan hade börjat utveckla sina kunskaper i franska och latin också. Sorgligt nog ledde det till att hennes kunskaper i modersmålet bleknade bort.

Trots att hon inte blev inskriven i någon särskild flickskola bemästrade hon snart konsten att vara hövlig, vänlig och ödmjuk och hon lärde sig rätt bra på egen hand hur en bildad dam för sig. Jag lät henne gå på stan och inhandla våra förnödenheter och hon lärde sig att förvalta ekonomin väl också. Hon tillbringade dagarna med att läsa ur min boksamling, någonting som de flesta gentlemän i Londons societet fortfarande fnyser åt. När hon inte läste tränade hon sig i hantverk, sömnad och kokkonst. Det är rätt ovanligt att någon i min ställning tillreder sina egna måltider, men jag vill inte ha det på något annat sätt.

Jag har alltid trott på människans fria vilja och vid den tiden hade jag inte tolererat någon kokerska eller assistent i mitt hem, lika lite som jag skulle acceptera slavar. Både Marishka och jag lagade mat, men hon stod för det mesta av disken och för inköp av varor. Jag gav henne en rätt bra lön ur min egen ficka, inte för att hon arbetade, förstås, utan mer som vad en make skulle ge sin hustru. Den lilla summa (eller snarare lilla förmögenhet) som hon snart hade samlat ihop var hennes och ingen annans. Med tiden skulle den lilla föräldralösa flickan bli ett välkänt ansikte i mina kvarter. Mina fåtaliga vänner var alla väl bekanta med den unga damen. Deras hustrur tyckte att berättelsen om hur hon hamnade hos mig var fascinerande, men det fanns några som såg ner på henne med ett lätt förakt. Kanske uppfattade de henne som min trofé. Jag hörde en gång att Jacob Richards fru beskrev henne som en kloakråtta. En putsad, välklädd och vältalig kloakråtta visserligen, men ändå. Hon kom aldrig på besök igen, och det var lika bra det.

Jag skämde bort min kära kompanjon under hela hennes uppväxt och vid tiden när vi kom till fristaden i Woodland Point hade jag fortfarande inga planer på att sluta med det. Även om det kanske var dags för henne att ta sina första steg ut i den stora, vida världen utan mig. Hon hade blivit en fri och välutbildad dam och det var dags för henne att leta efter ett lämpligt parti. Marishka var redo att påbörja sina egna äventyr, det var vad jag trodde i alla fall. Hennes äventyr skulle visa sig bli en verkligt upprivande prövning. Men det får vi prata om senare. Under åren efter Woodland Point har vi varit med om så mycket. Men vad vi än har upplevt, hur överväldigande oddsen än har varit, så har vi alltid avgått med segern, och det är därför jag inte kan ge tappt nu.

Jag tänker att det inte finns mycket mer jag kan berätta om min unga kompanjon från öst. Det är hennes berättelse så det skulle var väldigt oartigt av mig att avslöja mer om hennes äventyr. Jag är säker på att hon kommer att berätta om dem och mer därtill om du träffar henne någon gång. Ja, det är jag säker på. Så ska vi återgå till vår berättelse? Var var vi nu? Javisst ja, i början till slutet.

VÅR PLAN VAR KLÄCKT och vi var trötta. Men innan det blev kväll hade Marishka och jag och våra två stora och stadiga vänner tagit ett svep runt byns hela perimeter. Vi hade gjort det i all hemlighet, de två männen för sig och Marishka och jag på vårt håll. I två vida bågar genomsökte vi landskapet efter spår av Amelia Duponts kropp, men utan resultat. Vi möttes vid den gamla stenbron på den stora vägen ut ur Woodland Point. Det fanns inte några som helst spår efter den försvunna kvinnan. Barnet hade lyckats föra bort hennes kropp helt oförmärkt. Sökandet var fruktlöst och det mörknade snabbt. Vi gav oss av hemåt med planer på att återvända ett halvt dygn senare, då vi skulle konspirera och smida ränker igen och så småningom påbörja en genomsökning djupare in i skogen för att finna antingen skönheten eller odjuret.

Det var ovanligt tyst den kvällen och när byborna hade genomlevt natten utan några störningar kallades de alla till morgonsamling på torget för att få höra nyheterna: Medan vi sov hade legosoldaterna anlänt. De hade smugit sig in i vår by tysta som möss. Inte ens jag, som annars var en mycket god iakttagare, hade lagt märke till dem. Edward hade sett till att hans gäster hystes in på tavernan, utom hörhåll från bostadskomplexet. Att tiga var guld, verkade det som.

Jag hörde senare från John hurdana de verkligen var. Edward såg till att de överspända, hänsynslösa dråparna genast serverades glas efter glas, långt efter att tavernan borde vara stängd. Detta hade en negativ effekt på samvaron med pubvärden. John hörde dock samtalen mellan dem och vår ålderman, och beskrev dem som ivriga och villiga att skjuta sitt eget nyfödda barn om priset var det rätta.

En otålig Marishka väckte mig och jag klädde mig raskt innan jag gick ner till torget, liksom alla andra i bostadskomplexet. När jag gick genom den stora portalen förväntade jag mig halvt om halvt att bli haffad, anklagad för att ha stått i vägen för rättvisan, bli fastkedjad vid brunnen och misshandlad av legoknektarna – allt för att statuera exempel för andra som försökte blanda sig i. När jag kom ut på torget såg jag fyra män stå bakom Edward Jackson. Hans gula långrock stod sig väl mot de inhyrda lönnmördarnas föga överraskande svarta klädsel. Han pladdrade på i flera minuter om hur man hädanefter skulle kunna känna sig trygg i byn. Han höll fram sina kupade händer när han sa detta för att understryka sina ord. Hans ord lät giftiga i mina öron och var obehagliga att lyssna till. Bredvid honom, behärskad och stark, stod Lily Owen. Marishka lutade sig närmare mig.

"Tror du att hon har berättat det för honom?" undrade hon.

"Det hoppas jag att hon inte har gjort, kära vän", svarade jag.

Lily stod sida vid sida med Edward Jackson. I dag hade hon inte sin karakteristiska röda klänning. I stället var byns egentliga ledare klädd i svart, dödens och sorgens färg. När den självutnämnde guvernören i Woodland Point hade avslutat sitt tal överlämnade han ett antal pappersark till männen. Fribrev, måhända, tänkte jag? När han vände om och gick mot kyrkporten bjöd han folksamlingen att följa med och be för ett snabbt genomförande av dödsskvadronens uppgift.

Legosoldaterna följde sin ledare in i kyrkan och en misslynt fader Bluestone följde efter dem. Denne helige man kunde inte ha överseende med mord, även om han ännu inte visste vad det egentligen var för en best, eller *vem* besten egentligen var. Sakta hasade sig folkhopen framåt över de frusna gatstenarna och in i kyrkan. Lily Owen rörde sig sakta runt ytterkanten av folksamlingen. Hennes svarta klänning smälte samman med de enklare kläder som bars av Woodland Points mindre bemedlade invånare. Förr i tiden skulle de flesta bybor ha visat henne vördnad. Nu gav de flesta henne knappast en blick. Lily Owen, en symbol för Woodland Points förflutna. Ett förflutet som inte hade någon framtid.

Marishka och jag drog oss också undan, mot tavernan där John Morgan hade vakat över alla förehavanden. När Lily gick in följde vi efter. John Morgan stängde och låste dörren efter oss. Farmaren satt redan i säkerhet där inne.

Vi fem satte oss bakom lås och regel för att formulera och finputsa vår strategi medan Edward och hans följe bad till Gud om en snabb avlivning av ett olycksaligt barn. Lily vände sitt ansikte mot mig där inne i dunklet. Hon kände till vilka order Edward givit legoknektarna på morgonen. Inte ens åldermannen skulle ha vågat hålla henne utanför och genomföra planerna utan att underrätta henne. Det var ju trots allt Lily Owens pengar han betalade skurkarna med. Vi samlades runt bordet. Lily lutade fram och avslöjade vad hon visste och ansåg om Jacksons avsikter.

”De ska gå till fots mot platsen för det första mötet, längs med den gamla timmervägen.”

”Skogshuggarnas stig?”

Lily Owen nickade.

”Därifrån ska de gå genom skogen i en vid halvcirkel, över ån och sedan till den lilla sjön och tillbaka längs byns perimeter.” Hon lutade sig ännu längre in över bordet. ”Det är i alla fall deras plan för i dag. Om de misslyckas, om vi misslyckas, kommer de förstås att försöka något annat i morgon.” Hon tog min hand. ”Har ni tänkt söka på något särskilt ställe, herr Walker?”

”På Marishkas inrådan kommer vi att följa ån långt in i skogen”

”Ja”, hördes en röst från bakre delen av rummet. Jag hade räknat till fem personer, inte sex. Det satt någon annan längst in i det bortersta hörnet. Ansiktet på den som talade var dolt så jag såg inte direkt vem det var. ”Följ strömmen till sjön vid vattenfallet”, fortsatte den märkligt välkända rösten från skuggorna. ”Han tycker om att vara där.”

John och Henry log mot Marishka och sedan mot mig. En kvinna reste sig från stolen i det mörkaste hörnet av tavernan och klev fram ur skuggorna, så jag fick en skymt av hennes ansikte.

”Det är där han bor”, lade Amelia Dupont till.

”Vad är det här för trolleri?” utbrast jag lite för högt och uppjagat, ilsket kanske till och med.

”Jag trodde du var död!” utropade Marishka.

”Nej, jag är inte död, inte än i varje fall”, svarade hon. Kvinnan kom närmare och ställde sig bredvid Lily Owen.

”Du har verkligen haft turen med dig! Men hur har det gått till? Iscensatte du ditt eget försvinnande?” Hon skakade på huvudet. ”Då förstår jag inte. Du kan omöjligen stå här. Såg du honom? Varför skadade han inte dig?”

”Nej, jag visste inte vem det var förrän han fångade mig. Då förstod jag att det var han.”

”Hur kom du undan?” frågade Marishka, som också väntade otåligt på att ljus skulle kastas över dessa händelser. ”Vi såg blod! Lät han dig slippa undan?”

Amelia lyfte huvan på sin mantel och vek ner halslinningen för att blotta ett djupt rivsår på sin högra axel.

”Åh, han fick tag på mig. Han stirrade mig djupt i ögonen. Sedan släppte han mig och sprang tillbaka in i skogen.” Hon tittade ner på Lily innan hon åter vände blicken mot oss. ”Jag följde efter honom, längs ån och bort till vattenfallet.” Nu tittade hon än en gång på Barnets mor. ”Han känner igen oss, han vet vilka vi är. Han är... skräckinjagande. Men ändå är han bara en pojke. Ni får inte låta dem skada honom.”

Jag var totalt förvirrad.

”Nu får du allt förklara dig bättre, kvinna, annars tror jag inte på dessa dumheter!” ropade jag. ”Hur kan det här stämma? Vad hände?”

”Jag plockade bär som vanligt när jag bestämde mig för att vila en stund vid trädet. Jag hörde kvistar som bröts bakom mig men jag såg inget speciellt. Så jag slappnade av igen men började plötsligt känna mig frusen och stel! En droppe landade på min arm, våt och obehaglig i näsan. Sedan började små kvistar och löv falla ner bredvid mig. Och så kände jag lukten. En rå stank. Jag tittade upp och där stod han. Han grep tag i mig och lyfte mig rakt upp, men jag slog honom. Han lyfte upp mig igen, en liten bit upp i trädet, han liksom tryckte mig mot stammen. Stark var han, oerhört stark. Jag kände hans andedräkt i mitt ansikte och hur hans ögon trängde igenom till min själ. Sedan gav han sig av.”

Jag ställde mig upp i protest.

”I går kväll när vi höll vakt, hur många av er visste det här då?” De andra förnekade att de visste något. ”Jag tolererar inte att hållas ovetande i det här. Jag har arbetet intensivt med fallet och jag vill inte bli dragen vid näsan!” rasade jag.

”Eli, lugna dig!” Marishka tecknade åt mig att vara tyst och Amelia fortsatte:

”Jag kan försäkra er, min herre, att jag överraskade dem lika mycket som er. Jag återvände sent i går, framåt skymningen, och gick hem till Lily Owen.”

Hon hade tydligen följt honom i spåren hela dagen. Sedan hade hon väntat tills det mörknade för att kunna återvända obemärkt till byn och berätta för sin väninna vad som hänt. Först tänkte jag att det var lögner, men vad kunde jag göra?

Jag tog Marishkas hand och började gå mot dörren.

"Vattenfallet!" ropade Amelia. "Han tycker om den lilla sjön där."

"Om du söker planlöst, Eli, kommer de att hitta honom innan du gör det." Johns trygga röst lät övertygande. "Stanna här nu, det är inget falskspelande på gång. Jag ger dig mitt ord!"

Han tecknade åt mig att sitta ner. Jag gick tillbaka mot bordet men vägrade sätta mig. I stället lutade jag mig över bordet.

"Henry och John, om ni skulle vilja söka i området bakom Lily Owens hus, en tre, fyra kilometer in i skogen ungefär. Varför skulle vi tro att Jeremiah bara kommer in västerifrån? Vi vet ju redan nu att det inte är så." Jag vände mig mot Lily: "Marishka och jag ska ta en titt vid den lilla sjön, madame." Jag såg männen i ögonen en gång till och kastade en sista blick på de två kvinnorna innan jag gick mot dörren. "Lycka till, mina herrar, och Gud bevare dig, Lily."

"Eli", hördes Johns röst och när jag vände mig om kastade han åt mig en pistol.

"Nej."

"Bara utifall att", svarade han.

Jag stoppade motvilligt på mig pistolen och gick ut genom tavernans dörr för sista gången innan denna historia når sitt slut.

När vi korsade torget höll vi oss till vänster för att undvika oönskade blickar från kyrkfolket. Vi rörde oss mot gattet mellan skolan och smedjan, snett över torget på sydvästra sidan om bostäderna. Snart sprang vi över ängen bakom skolan, förbi måltidsfältet, sedan själva byn, gränslanternorna och till slut in i skogen. Det hade inte tagit oss mer än sex eller sju minuter att nå skogsbrynet.

Grenarna slog mot oss när vi rusade igenom buskaget som stack upp ur den frusna marken. Bakom oss virvlade snön upp och lämnade ett yrväder av frusna snöflingor i vårt kölvatten. Det knarrade under fötterna när vi skyndade in i skogen. Den var lika vacker som alltid, som om det som hade skrämt oss i över ett år nu redan var dött och skogen åter var fri från monster.

Vi tog en liten paus på bänken där Amelia Dupont hade "mött sitt öde" och lyssnade efter det typiska ljudet av en å alldeles i närheten. Den var vår chans att hitta Barnet och med lite tur skulle vi kanske kunna rädda honom. Trots att ån rann relativt nära byn och dessutom var vår färskvattenkälla, hade vi sällan varit där. Det var inget särskilt med ån. Vilken skog har inte ett vattendrag av något slag?

”Vi måste ge oss av”, sa Marishka och ville skynda på in i skogens dunkel.

Jag blev alltmer förvissad om att i dag var den sista dagen som någon skulle ha något att frukta från skogen, åtminstone här i trakterna.

Solen bröt fram genom molnen ovanför oss likt ett nyfött barn som envist arbetar sig fram för att fylla världen med ljus. Men trots det starka skenet så hade luften runt omkring oss och i hela skogen en märkligt blå lyster. Det var som om ljuset filtrerades genom en blå baldakin ovanför trädtopparna och gav allt sin säregna nyans. Det var faktiskt riktigt surrealistiskt. Jag har sannerligen inte sett något liknande fler gånger, men jag har hört sägas att uppe i den höga nord uppstår ett liknande fenomen, fast mer som en väldig gasbubbla. Nåja, det är bara vad jag har hört.

Trots de ovanliga och ständigt växlande färgskiftningarna gav vi oss djupare in i skogen och byns utkanter bleknade bort i ett virrvarr av nakna grenar och kvistar. Det var som om själva skogen sakta lade sina armar runt oss och kramade åt, som om den stängde ute oss från byn som en gång hade känts så trygg, som en beskyddande fristad. I fjärran syntes den vaga siluetten av berg som reste sig från en ocean av träd och framför oss låg bäcken, än så länge liten och smal; den skulle expandera till minst fem gånger den bredden när vi gått en timme in i skogen. Det var egendomligt, där i skogen. De märkliga atmosfäriska förhållandena i skogslandskapet fortsatte, ja, de utvecklades faktiskt till än mer egendomliga fenomen.

Det var inte ovanligt att se dimma i skogen under vintern, åtminstone lite dis. Men det som växte fram var inte vanlig dimma, den var tjock som rök och vi kunde inte längre se vad som fanns runt omkring oss. Hade den inte varit helt utan doft kunde man ha trott att det var en skogsbrand. Men nu var det vinter och bara dumt att tänka sig en skogsbrand. De tunna dimstråken växte ju längre in i skogen vi kom, nästan som om själva dimman konspirerade mot oss, kanske tillsammans med Barnet eller i alla fall tillsammans med de grenar som snärjde in oss och gjorde det svårt att ta sig fram.

Men vi fortsatte ändå vid relativt gott mod med tanke på vad vi sökte efter. Längre och längre in i de täta skogarna medan sikten blev allt sämre. Det hade nu gått en timme sedan vi först såg den smala bäcken. Så småningom hade vi fått förlita oss enbart på ljudet av vattnet som ännu strömmade trots att det var vinter, så att det skulle leda oss västerut mot den lilla sjön.

Vi försökte hålla oss borta från skogshuggarnas stig. Vi visste mycket väl att vid den tiden hade legoknektarna redan lämnat byn. De skulle färdas längs huvudvägen åtminstone en timme innan de vek av söderut. Om de satt till häst skulle de nästan säkert försöka genskjuta oss vid passet på sin väg genom skogen. Vi skyndade på. Tiden började bli knapp. Dimman blev så tät att vi snart inte ens kunde orientera oss efter ljudet av det rinnande vattnet. Och sedan kom lukten. Inte av rök, förstår du, utan av förruttnelse. Luften runt omkring oss var fylld av den hemska stanken av ruttnande kött. Den fick Marishka att kväljas. Jag överdriver inte, det var förfärligt.

Den tjocka dimman försinkade oss förstås, och de beväpnade legoknektarna kunde inte befinna sig mer än drygt tre kilometer öster om oss, på norra sidan om ån. Vi hoppades att de också skulle vara inhöljda av dimman och stanken; de hade en knapphändig karta, så om de hade svårt att se omgivningarna skulle vi kanske hinna före dem, tänkte vi. Vi var nästan framme, kanske några hundra meter från målet, inte längre, när det blev ännu värre. Stigarna blev slippriga och ån steg delvis ut över brädden med porlande kanaler som skurits ut av trädrötterna vid banken. Där detta vatten rann hade isen och snön smält i det sorgsna solskenet. Det var mycket lerigt, helt annorlunda än den istäckta marken i vår by bara någon kilometer bakom oss.

Marishka behövde en paus, så hon satte sig vid ett träd och packade upp en liten skiva hårt rågbröd. Hon erbjöd mig en bit men jag tackade nej, så i stället tecknade hon åt mig att sitta ner bredvid henne medan vi hämtade andan. Vi satt och lyssnade till de vanliga, rogivande ljuden av djurlivet i skogen. Så fylldes luften av en förfärlig tystnad. Vi hade drabbats av den förr, samma dag som Theodore Sullivan rycktes bort. Marishka darrade, och jag också. Inte ett prasslande, inte den minsta kvist som knäcktes. I det ögonblicket vågade vi inte röra oss. Jag kunde höra hennes hjärtslag... nej, nu minns jag, det var mina egna! Hjärtat dunkade hårt i tystnaden och trots årstiden bröt svetten fram på flickans panna och rann nerför hennes nacke och hals, över hennes bara axlar. Hon kröp ihop nära mig, fortfarande stilla och tyst som en mus. Min mun blev sträv och torr och jag ville svälja, men varje gång jag försökte snördes min hals ihop. Till och med min kropp slutade att fungera fullt ut under dessa skräckminuter. Mitt hjärta slog långsammare och långsammare medan vi vred på huvudena och såg oss omkring. Ingenting! Vi kunde inte se någonting. Men kunde någonting se oss? Två främlingar övergivna i sitt nya hemland, ensamma i vildmarken och lätta byten för något okänt. Så började mitt hjärta slå stadigt och allt snabbare tills det nådde sin normala rytm igen. Hade det okända försvunnit?

När fåglarna började sjunga och de nakna grenarna började gnissla mot varandra igen badade vi i svett. Dessutom var vi helt desorienterade. I flera minuter hade vi suttit med ansiktena begravda mot varandras axlar, så vi hade inte märkt det: Dimman hade lättat. Den hade försvunnit med den skrämmande tystnaden. Än i dag kan jag inte förklara det. Pojken hade absolut inte någon makt över vindarna, så mycket är klart, men jag funderade på om han utnyttjade dimman. De stora rovdjuren här i världen är sannerligen listiga och när sikten var minimal kan han ha smugit sig nära trädet där vi satt.

Vi såg varandra djupt i ögonen där och då. Hade det varit en saga kanske vi hade kysst varandra, men det gjorde vi inte. Vi skrattade. Vi skrattade och skrattade tills vår rädsla var borta och vår skräck tillintetgjord. När vi ställde oss upp höll vi fortfarande armarna om varandra och skrattade. Så dog skrattet långsamt ut.

”Marishka”, frågade jag förvirrad av det jag såg runt omkring oss, ”kommer du ihåg åt vilket håll vi var på väg?”

”Följ ån”, svarade hon för hon hade ännu inte lagt märke till det jag hade sett.

”Jag önskar att den fanns här.”

Hon gapade av förvåning och vred på huvudet, lika förbryllad som jag.

”Vad är detta för trollkonster?” frågade Marishka. ”Bäckar och åar kan inte försvinna så där!”

”Men vi satt ju stilla på en och samma plats!” svarade jag, och var nästan helt säker på det.

Fåglarna kvittrade högre än innan och andra djur stämde in, en samstämmig sång för att distrahera oss från den uppenbara förklaringen.

”Lyssna!” sa Marishka. Långt borta hörde jag också något. I ett desperat försök att pejla det svagt porlande ljudet spetsade vi öronen. ”Bäcken!”

Nu hade vi rest oss från marken, hon tog min hand och vi rundade en tät buske som var grön som gräset en sommardag; ett stänk av grönt i den vita skogen, en fattig konstnärs färgklick på en orörd och ren målarduk. Jag kunde svära på att den busken inte hade funnits där tidigare men när jag nu ser tillbaka på det var det inte märkligare att busken dök upp än att bäcken försvann. Vi hittade bäcken flera meter längre bort än där den hade funnits innan vi hemsöktes av tystnaden. Hur kunde detta ha gått till? Det kunde helt enkelt inte ha skett, det var nonsens! Vi närmade oss det undflyende vattnet i alla fall. För andra gången denna eftermiddag, kan jag ju tillägga!

När vi kom fram var ljudet mäktigare än innan, så mäktigt som det kan bli från en porlande ström, förmodar jag. Där rann den fram, inte långt från där vi trott att den skulle finnas, men ändå på helt fel plats. Hade vi förflyttat oss utan att märka det? Hade vi suttit kvar vid samma träd? Men vi hade fortfarande vårt uppdrag och det var mycket större och viktigare än försvunnen tid, spöklika tystnader och bäckar som tog ny fason, så vi skyndade vidare. Vi följde bäcken igen och kom till en liten ravin i den sluttande dalgången som ledde rakt fram till sjön mellan klipporna. Med den väg vi valde skulle vi hamna ovanför sjön som fanns ett tiotal meter nedanför oss i ravinen.

Från vår knappt skönjbara stig av is och lera kom vi in i en liten glänta med hårt grus och våt jord. Små, vassa grå stenar stack upp ur den knaggliga jordytan. Jag varnade min vän att inte gå för snabbt och oförsiktigt på de våta slippriga stenarna. Vi kikade ner. Där porlade en liten bäck över kanten på det utskjutande berget och störtade ner i den lilla sjön som bildats långt där nere. Den var delvis frusen. Att falla ner i den skulle vara lika fatalt som att falla ner på marken. Vattnet var bittert kallt och knappt två meter djupt. Det skulle leda till en säker död. Till höger om oss sträckte sig en naturlig bro, som bildats av ett klippblock, över ett smalt pass i en ravin. Detta pass ledde norrut där det anslöt sig till den ravin där vi hade förlorat Theodore. Vi tittade till vänster och såg att det skulle gå att ta sig ner till sjön med hjälp av kullfallna träd och klippblock. Att gå till höger var inte att tänka på. Stenen som vilade över ravinen var förmodligen hal och dessutom ledde den stigen till bergen långt västerut. Att ge sig av åt det hållet skulle leda oss in i det okända eller upp på huvudvägen till legoknektarna. Nej, det var inte ett alternativ. Vi hade ingen aning om hur dessa knektar skulle reagera om de mötte oss på vägen. Om vi tog oss in i okända skogslandskap var risken stor att vi inte skulle hitta tillbaka till byn före mörkrets inbrott. Att övernatta i vildmarken var inget alternativ, inte ens om Barnet inte funnits där ute.

Jag gick först för att undersöka vilka klippblock man kunde kliva på, så att Marishka inte riskerade att halka. Tillsammans hade vi på en tre, fyra minuter, jag minns inte exakt längre, tagit oss ner till randen av sjön. Platsen där allt hade börjat med William Owen och Lily Stanford för många år sedan.

Denna plats där det en gång hade blomstrat så mycket kärlek. Denna plats som nu hyste ett olyckligt stackars barn som bara hade fått uppleva obeskrivligt hat. Det var Williams verk.

Vi kom ner till ravinens botten relativt lätt, som sagt. Det fanns en skärpa i den friska fläkten från vattenytan. Det skulle inte bli någon lek eller något plaskande i vattnet i dag. Även om vi hade haft lust till det, var det alldeles för kallt. Om Barnet verkligen levde här eller inne i grottan så visste vi alla fall hur han hade överlevt alla dessa år. Det fanns fisk i vattnet, inte särskilt stora, men tillräckligt många. Eftersom det var ett vattenhål kan man tänka sig att vilda djur kom hit för att dricka också. De skulle säkerligen vara lätta byten för en snabb, vig och kvick jägare som vår.

Marishka böjde sig ner för att badda sin svettiga panna med det kalla vattnet. Det måste ha känts bra, för hon upprepade det tre gånger. Däremot var det ännu inte tid för välförtjänt vila. Jag grep hennes hand med min vänstra och drog min pistol med den högra. Så gick vi tätt tryckta mot de fuktiga väggarna som omgav sjön. Jag hade anat att det skulle finnas en grotta där, men nu när jag till slut såg den måste jag erkänna att jag inte blev belåten med mig själv. Inte ett dugg. Vad det än var som hade fått mig att börja söka efter denna olyckliga själ kändes mycket avlägset här och nu.

Vi stod vid grottöppningen och jag tittade in i mörkret. Jag såg ingenting. Jag släppte Marishkas hand för att treva runt inne i grottan men där fanns inget. Så jag sträckte mig efter henne igen medan jag fortsatte att stirra in i avgrundsmörkret men famlade än en gång i tomma luften. Så jag vände mig hastigt om. Den unga flickan stod som fastfrusen av skräck, stel och stum. Hon stirrade på något till höger om grottans öppning.

”Marishka?” Flickan rörde sig inte. ”Vad är det?” frågade jag. Jag ställde mig bredvid henne för att se vad hon stirrade på där på klippväggen, men förstod inte vad som gjorde henne så rädd.

”Vad är det, lilla vän?” Jag började bli otålig på min annars så gladlynta kompanjon.

Till slut samlade hon sig tillräckligt för att kunna svara.

”Skuggorna”, sa hon.

”Vad är det med dem?” frågade jag utan att förstå hur två diffusa skuggor kunde få min resoluta, orädda kompanjon att frysa till is. Darrande rörde hon nästan omärkligt på läpparna för att säga fyra ord. Fyra hemska ord som bar med sig en skrämmande insikt.

”Vi står ju stilla.”

Det kändes som om mina ögon vidgades när jag till slut tittade på skuggorna ordentligt. Våra skuggor fanns där på bergväggen, två skuggor stilla som stenstoder. Bara det att det inte längre var bara två skuggor. En tredje hade flutit samman med den längre av de två, så subtilt att jag nästan inte lade märke till det, och den rörde sig.

”Vänd dig om sakta, sakta...” viskade jag till henne.

Solen stack plötsligt till i ögonen när vi vred oss runt. Jag fick snabbt upp handen till pannan så att jag inte bländades och kunde se framför mig tvärs över vattenytan. Det fanns ingenting där. Så vände jag mig åter mot skuggorna. Där syntes endast två nu. Han var där, det var jag säker på. Det var någon här!

Jag tog ett steg längre ut mot vattnet och granskade den steniga väggen för att försöka hitta vår besökare, men jag kunde inte se honom. Jag visste att han fanns där. Det var något i min kropp som sa det. Mina revben värkte och magen knöt sig på ett sätt som jag aldrig tidigare hade upplevt. Jag kunde känna hur håren på armarna och i nacken reste sig som på en skrämd katt. Mitt hjärta slog snabbare och en plötslig kyla fick mig att bli alldeles tom i huvudet för en kort stund. Så svepte ett moln över solen och jag återfick mina sinnen. Men än en gång syntes ingenting. Sedan började det regna.

Droppar föll och landade på mitt huvud. Inte snö eller regn, eller något annat som jag upplevt förr, utan lera. Små stycken av lera och tovor av gräs och småstenar föll från ovansidan av grottans mynning.

”Backa!” skrek jag åt Marishka. Vi manövrerade oss försiktigt runt vattnet och tillbaka till den västra bergsväggen i hålan så att vi bättre skulle kunna se vad som fanns ovanför grottan. Solen kom ut och ville leka igen och belyste grottan en aning bättre, men jag kunde ändå inte se någonting, varken i eller ovanför bergsskrevan.

När solen sken på den östra väggen flimrade en annan skugga till över isflaken i den lilla sjön. Vi stod tryckta mot den bortre bergväggen, så än en gång måste det vara någon annans skugga. Först vågade jag inte vrida huvudet mot den punkt där skuggan kom ifrån. Sedan insåg jag att det i slutändan skulle stå oss dyrt att missa en sådan möjlighet, så jag tog ett djupt andetag och vred lite på huvudet. Jag är inte säker på vem det var som skrek först.

Det kan ha varit flickan. Barnet satt på huk uppe på klippblocket som bildade en bro över ravinen och det skrämde henne in i märgen. Hennes blodisande skrik fick sitt motstycke i ett skrik av ren fasa. Marishka skrek från djupet i sina lungor, ett rop på hjälp ur en mardröm, och det besvarades av det övergivna Barnet.

Han använde varje fiber i sin kropp för att åstadkomma det mest skräckinjagande ljud som någonsin nått mänskliga trumhinnor, eller kommit ifrån mänskliga stämband. Hans vrål fick dalen att tystna, det kom från djupet inom honom, ett ihållande skrik som sjönk i frekvens allt eftersom. När han avslutat sin demonlika sång gled han ner på marken och kröp ihop bakom ett stenblock som för länge sedan hade fallit ner från den naturliga passagen. Han kikade upp bakom blocket. Iakttog oss. Det kändes som om han skulle anfalla vid minsta rörelse.

Vi skulle aldrig ha hunnit klättra uppför de våta klippväggarna snabbt nog för att undkomma Barnet. Det enda som återstod var grottan och ett nästan totalt dödläge, bokstavligen och bildligen. Så vi stannade kvar i hålan där vi nu till slut var tillsammans med Barnet. Vi var fångade.

VAD SKULLE VI GÖRA NU? Vi bara stod där, stela som lik, och stirrade på stenblocket. Nyss hade det varit en vanlig sten i ravinen, nu var det det enda som fanns mellan oss och honom. Våra hypoteser om Barnet var fel. Allt vi trodde att vi visste, allt vi trodde att vi hade förstått om honom, var helt fel. Han var mer respektingivande än någon hade kunnat tänka sig och mer skrämmande än någon hade kunnat tro.

Sekunderna kändes evighetslånga, ett helt liv passerade varje ögonblick. Ett långt finger stack långsamt fram över kanten på stenblocket och lade sig över den släta ytan som slipats av väder och vind. Sedan syntes ytterligare ett finger som lade sig bredvid det andra, sedan ett till. För varje finger som kröp fram backade vi ett steg bakåt och stod snart med ryggarna tryckta mot den fuktiga klippväggen. Hålan omgav oss som en dödsfälla. Jag kunde höra honom. Det kändes som om han hela livet hade funnits där bland oss, djupt i vår tillvaro, djupt inne i våra mardrömmar. Inte ett ord hade han någonsin yttrat, men det är kanske orättvist att säga så. Snarare inte ett ljud. Vi hade aldrig hört någon tung andhämtning, inte ens när vi visste att varelsen måste finnas i närheten. Men nu kunde jag höra honom. Även mitt i gråten och snyftandet som hördes från det andra barnet i hålan, mitt eget kära barn. Hans andhämtning blev tyngre för varje centimeter som fingrarna kröp fram över stenen. Det var bara en tidsfråga innan han hade tagit sig över stenblocket helt och hållet och då skulle marken ligga helt öppen mellan oss. Skulle vi dö i denna håla? Jag hade en pistol i handen, men jag kunde inte samla kraft nog att höja den.

Om jag hade gjort det där och då, hade jag då stått här och nu och berättat denna historia? Skulle han inte ha slaktat mig på samma sätt som han hade slitit paret Green i stycken, om jag hade försökt? Skulle jag ha haft tid att ta sikte? I detta ögonblick av evighetslång skräck krafsade han med sina kloliknande naglar över stenens yta. Ljudet skar genom min kropp som tusen knivar. Utan att ens lägga ett enda av sina abnormt långa fingrar på vare sig Marishka eller mig kramade han oss långsamt till döds av skräck. Medan vi drog oss baklänges, centimeter för centimeter mot hålans södra vägg, blev hela hans axelparti synligt och han sträckte ut en hand för att gripa tag om en urholkning i stenblocket, men hans kropp var fortfarande nästan helt dold.

När solen än en gång började blekna kändes det som att allt snart skulle vara över. Han stack nu fram ett ben och hans fot fick fäste i den lösa jorden. Trots benens ovanliga längd såg vår plågoandes knotiga knän helt mänskliga ut. Men hans rörelser var inte som en människas. Knastret i gruset hördes knappast när hans andhämtning ökade. Med benet framåtböjt steg han långsamt fram runt stenblocket och tog ett fast grepp om de utstickande kanter som fanns på stenen. Det påminde om en spindels sätt att röra sig, om du kan se det framför dig.

Hans fingrar grep allt hårdare om stenen och han klättrade upp på den så att vi till slut kunde se honom helt och hållet. Vi såg äntligen Lilys lille pojke för första, och förmodligen sista, gången. Marishka föll ihop när han kanade nerför stenen och satte sig hukande på marken. Hennes tårar skar i min själ. I ett virrvarr av känslor lade jag mig ner bredvid flickan. Jag höll ena armen om henne och i den andra höll jag pistolen, fortfarande utan att höja den. Där satt Jeremiah hopkrupen framför stenen och jag höll ett fast grepp om Marishkas arm. Hennes tårar rann nerför min rock. Hon var på väg att bli hysterisk. Hennes mjuka hår klibbade fast vid hennes läppar, våta av tårar. Hon kved oavbrutet, hennes ögon var nästan helt slutna. Jeremiah kom närmare och närmare, bit för bit. Han hade långt trassligt hår på huvudet. Det droppade vatten från håret. Det rann över hans blekvita kropp och ner på marken. Man kunde se hans andedräkt forma sig, nästan som dimman.

Han stod bara ett fåtal meter från oss nu, i hopkrupen ställning, nästan som om han satt på huk. Marishka hade krupit ihop till en boll, alltför skräckslagen för att våga titta på pojken som bara var något år yngre än hon själv. Sedan, utan förvarning ställde sig Barnet upp och skrek sin mardrömslika melodi igen. Marishka försökte gömma sig i mina kläder. Plötsligt kastade Jeremiah sig mot oss med armarna utsträckta och händerna hårt knutna. Han gjorde ett otroligt hopp, men landade inte på fötterna.

När han föll mot marken hoprullad som en boll och vred sig i plågor, förstod jag först ingenting. Han rev och slet i bröstet med sina naglar. Jag kände rök kittla i min näsa. Det var en doft jag kände igen. Marishka hasade sig bort mot grottan. Jag reste mig upp och gick fram till pojken som rullade runt på marken och då äntligen förstod jag.

I sina dödsryckningar grep det tjutande barnet om iskanten i sjön så att isen skar in i hans fingrar och blodet droppade. Jag försökte möta hans blick men kunde inte nå den. Jag stod bredvid, inte ens en meter ifrån honom, när han slutade sparka. Det droppade från såret i hans bröst och snart orkade han inte längre riva sig i bålen.

När jag var helt säker på att det var ofarligt lutade jag mig ner över Barnet. Hans andedräkt var motbjudande, hans tänder skräckinjagande, spetsiga och vassa. De enormt långa armarna kunde inte längre läggas runt någon, de smala benen låg orörliga mot den kalla marken. Jag lade min hand över hans hand, förde hans hår åt sidan och strök honom varsamt över huvudet. När jag såg in i hans ljusbleka ögon såg jag honom och han var lugn. Han mötte min blick som om han kände mig. Och så dog han. I mitt sökande efter gottgörelse hade jag tagit ännu ett liv, dödat ännu en oskyldig. Min kära kompanjon hade fått bevittna ännu en varelses död. Jag släppte pistolen och lämnade kroppen för att se hur hon mådde. Vid det här laget hade hon slutat gråta och kröp fram till mig på marken.

”Är han död?” frågade hon. Hennes mun var öppen igen och tårarna hade frusit fast på hennes skära kinder.

”Ja”, svarade jag och visste inte vad jag mer skulle säga.

Vad mer fanns det att säga? Det var äntligen över, det stora mysteriet var uppklarat. Alla hade haft en roll att spela, men det kändes orättvist att jag än en gång hade fått en så trist roll i historien. Den hade verkligen nått sitt slut, men till ett högt pris.

När jag nu hade bragt Barnet om livet var det uppenbart att Johns och

Henrys sökande öster om bostadskomplexet skulle bli fruktlöst. De fann inte ens ett enda spår av honom på den sidan. Legoknektarna som rådet (eller snarare Edward Jackson) i sin okunskap hade kallat in skulle inte få något villebråd att jaga och utan någon strid att se fram emot hade de antagligen ingen lust att stanna i en liten avkrok som denna, mitt i smällkalla vintern till på köpet. De blodtörstiga sällarna skulle ge sig av lika snabbt som de kommit. Jag frågar mig nu vem som var den verklige skurken? Var det fel av mig att göra som jag gjorde igen? Jag har inget minne av att ha tryckt på avtryckaren. Det var kanske en undermedveten handling för att skydda mitt eget älskade barn som fick mig att ha ihjäl Lilys pojke? Var han någonsin Lilys pojke efter att han lämnat hemmet och blivit Barnet?

Nej, legoknektarna fick aldrig sitt byte och byborna fick aldrig se någon död kropp, vilket betyder att de aldrig fick något riktigt avslut heller. Men det fick någon annan. Långt söderut, långt från vattenfallet, långt från huvudvägen och längre bort än någon av oss någonsin hade varit finns en grav – Jeremiah Owens grav.

Efter pojkens död tänkte Marishka och jag först begrava honom där han föll, men det hade varit fel att göra det. Med Marishkas goda lokalsinne, och vetskapen om att det plötsligt inte fanns så mycket att vara rädd för i skogen, skyndade vi oss i stället mot en väg som legoknektarna förmodligen inte skulle följa. Den förde oss långt bort från dem, två timmar söderut ungefär till en plats som såg precis likadan ut som resten av skogen. Bara Marishka och jag hittar dit.

Jag bar honom själv. Det var mitt skott, mitt fel. Jag grävde hastigt en grav och svepte in pojken i min rock. Han hade inte fått någonting här i livet förutom sin moders kärlek. I döden fick han nu något att kalla sitt eget, även om det kom från just den man som med katastrofala följder misslyckats att rädda honom. Marishka bad en bön för hans själ. Hon fick göra det medan jag förberedde kroppen för att begravas. Nästa dag skulle vi återvända.

Legoknektarna hade gett sig ut redan tidigt morgonen därefter och de fortsatte sina eftersökningar i en vecka innan de gav upp och gav sig av från byn för gott. När vi återvände från skogen tog Lily nyheten om sitt enda barns död med fattning och hon hyste inget agg mot mig, trots att hans blod fanns på mina händer. Vi skålade för hans liv på tavernan. Inga andra besökare var välkomna den kvällen, det var bara vi och pubvärden, farmaren, arvtagerskan och bydoktorn. Morgonen efter gav vi oss i hemlighet ut i skogen, vi sex, så att alla kunde bevittna det sista kapitlet i Jeremiah Owens liv; hans verkliga begravning. Lily bad mig att skyffla bort jorden och hon lade ner fantastiska skatter i hans grav: Leksaker och en Bibel tillsammans med lindan och andra klädesplagg från hans barndom. Jag bad tillsammans med dem, förmodligen för första gången på många år, kanske för första gången över huvud taget. Hans själ var räddad, sa Lily. Männen sa mycket lite, om ens något. Men hans kropp hade inte försvunnit från jordens yta lika oförklarligt som hans fars hade flera år tidigare. Han lades till vila och begravdes som sig bör, så som hans mor hade önskat från början och hon kunde sörja honom under dagarna som följde.

Hur gick det med byn? Trots att man bad oss att stanna tyckte Marishka och jag att Woodland Point hade alltför många tråkiga minnen för att vi skulle göra det. Vi hade längtat efter att undkomma farorna i Europa och om vi hade lärt oss någonting så var det att Woodland Point i all sin avskildhet inte var säkrare än något annat gömställe på vår gröna jord. Den våren gav vi oss av mot nya äventyr. Över haven reste vi, för alltid förändrade av händelserna i Woodland Point. Vi lämnade den platsen bakom oss, men såg först till att byn var i säkra och goda händer.

Under månaden som följde barnets död överlämnade Henry Marshall tillsammans med John Morgan, Stephen Holmes och flera andra bybor som var lojala mot Lily, ett edgångsbevis från arkivarien. Det var undertecknat av såväl Alice Briggs som Lily Owen och baserat på de lagar i Woodland Point som Lilys egen farfar hade instiftat. Det betydde slutet för Edwards revolt. Han förvisades från byn utan någon större förmögenhet. Allt tillföll det allmänna och så återtog Lily sin roll som arvtagerska och ordförande i rådet för första gången på många år. Hon tog sig namnet Lily Stanford igen och gick en lysande framtid till mötes. Hon kastade genast ut allt det gamla och etablerade en ny hierarki i byn. Att vara rådman skulle inte längre gå i arv. De skulle utnämnas av byborna på grundval av ålder och klokskap, meriter och engagemang i gemenskapen. Det såg faktiskt ut som om Woodland Point höll på att utvecklas till allt det byn en gång var, och allt det vi önskade att den skulle förbli. Men vi stannade ändå inte. Vi accepterade en ganska rejäl summa från Lily Stanford som hon i enrum beskrev som ett erkännande av våra tjänster för samhället, men som officiellt förklarades vara vår egen investering i byn. Sedan gav vi oss av.

Och Lajunas? Än i dag har jag ingen aning om hur de fann oss, eller ens visste vilka vi var. Jag kan berätta vad som hände, men det är en annan historia. Den hör inte hemma här, i berättelsen om Barnet och Woodland Point.

Woodland Point! Ja, det var väl tio år sedan nu, men när jag sitter här och berättar för dig känns det som att det var i går. Att berätta för dig har väckt historien till liv inom mig. Jag känner samma saker igen, min vän. Vintrarnas kyla, byns skönhet, nätternas skräck och kraften i en ung kvinnas kärlek; ja, jag pratar om min kära Marishka. Det är därför jag berättar allt detta för dig nu, Clyde. Hon har varit borta i över en vecka. Men jag kommer att hitta henne igen, jag måste hitta henne igen. Jag ska hitta henne igen…

www.ingramcontent.com/pod-product-compliance
Ingram Content Group UK Ltd.
Pitfield, Milton Keynes, MK11 3LW, UK
UKHW041849190726
13854UKWH00002B/784

9 789151 983080